KB003776

한·중 민간서사의
전개 구조와 전승 의식
−홍수설화를 중심으로−

정소화 지음

보고사
BOGOSA

책머리에

　민간 설화는 기타 민간문학, 민간예술과 마찬가지로 한 민족의 생활 현실과 생활에 대한 그들의 생각과 감정을 표현하고 있다. 또한 그들의 상상력과 환상이 유난히 생동감 있게 펼쳐져 있기도 하다. 따라서 민간설화는 민족의 성격의 예술적인 표현이며 민족사에 있어 더없이 훌륭한 색인이 되어준다고 鐘敬文 선생님이 말씀하였다. 한국과 중국은 지리적으로 인접하고 오랜 시간 역사적 교류를 거치면서 광범위하고 깊은 문화적 친연관계를 맺어 왔다. 민간문학 측면에서 한·중 양국은 주제, 모티프, 구성 등을 상당 부분 유사하게 공유하고 있다. 특히 홍수 설화는 양국에서 보편적으로 존재하는 설화 가운데 하나로 꼽을 수 있다.

　본 책은 한·중 홍수 설화의 비교를 연구 주제로 삼아, 홍수로 인한 파멸에 중심을 둔 서사와 파멸 후 인류 재창조에 중심을 둔 일련의 설화를 연구대상으로 하였다. 양국 홍수 설화의 영향 관계보다 전승, 변이를 거친 현재 모습에 관심을 두었다. 연구를 통해 한국과 중국 홍수 설화의 공통점과 변별점, 각 유형의 의미까지도 파악하고자 하였다. 더 나아가 이러한 공통점과 차이점을 생기게 한 근원을 규명하기 위해 한·중 홍수 설화의 전승 배경과 전승 의식을 살펴보았다.

　한국과 중국의 방대한 홍수 설화 자료를 모아 정리한 결과 양국에서 공유하고 있는 홍수 설화 유형으로 크게 '함몰 설화'와 '인류재창조형 홍수 설화'를 들 수 있다. 함몰 설화는 한 마을, 한 집 등의 국지적인 함몰을 다룬 유형인데 대부분은 홍수원인이 서사의 핵심이 된다. 그리고 인류재창조형 홍수 설화는 홍수의 재난이 끝나고 인류가 멸망의 위기에 처하게 되면서 인류를 재창조하기 위해 남매혼이나 비혈연혼을 택해서 인류의 맥을 다시 이어가는 설화들이다. Ⅱ장에서는 먼저 한국과 중국의 홍수 설화에 대한 기존 분류법을 살핀 후 이를 기반으로 홍수의 범위를 기준으로 한국과 중국의 홍수 설화를 크게 '함몰 설화'와 '인류재창조 홍수 설화' 두 가지로 분류하여 자료 양상을 살펴보았다.

이어서 Ⅲ장에서 유형별로 화소 비교를 진행하여 서사 전개상의 공통점과 차이점을 밝힌 다음 의미를 살펴보았다. 그 다음에 한국과 중국 함몰 설화의 갈등양상을 살펴 통합적인 의미를 추출해 보았다. 이 유형의 설화에서 예언과 금기는 모두 신이 인간을 테스트하는 '도구'로 활용되어 신과 대립한 자들은 모두 파멸할 수밖에 없는 운명임을 강조한다. 즉, 이 유형의 공통된 의미는 "인간을 향한 신의 끊임없는 시험과 신성을 모독한 자를 향한 징치라고 할 수 있다. 이로써 신은 인간에게 지속적으로 자신의 힘을 과시하는 것이다. Ⅳ장에서 한·중 '인류재창조형 홍수 설화'에 대한 화소, 의미 비교 작업을 진행하였다. 그 다음에 인류재창조형 홍수 설화 중 재창조의 주체와 범위를 살피고, 재창조 과정 중의 갈등양상을 살펴 남매혼 홍수 설화와 비혈연혼 홍수 설화의 통합적인 의미를 고찰하였다. 마지막 Ⅴ장에서 한·중 홍수 설화 전승 의식과 문화배경을 고찰하였다.

이러한 작업을 통해 한국과 중국 홍수 설화의 공통점과 문화배경에 기반한 변별성을 대략적으로 추출할 수 있었다. 하지만 전제적으로 볼 때 한·중 홍수 설화의 비교연구는 이제 시작 단계에 불과하다. 앞으로 자료의 폭을 더욱 확장시키고 다양한 유형에 대한 정밀한 분석 작업들이 지속적으로 진행되어야 할 것이다.

이 책을 내면서 제 유학 생활에 완전히 마침표를 찍은 것 같아 아쉬움이 많다. 한국에서 유학 생활을 10년 넘게 하면서 많은 분들의 은덕을 입었다. 우선 제 지도교수이셨던 김기형 선생님께 깊은 감사를 드리고 싶다. 입학 당시 짧은 발표문도 제대로 쓰지 못했던 저를 석사 과정 때부터 늘 자상하게 격려해주시고 지도를 해주셨다. 그리고 박사논문을 심사 맡아 소중한 의견을 제시해 준 장효현 선생님, 전경욱 선생님, 권태효 선생님, 박종성 선생님께 깊은 감사를 드리고 싶다. 특히 장효현 선생님은 제 석사 논문 심사도 맡으셨는데 문법부터 오탈자까지 일일 체크를 해주신 분이다. 앞으로 석사 논문 원고와 같이 선생님의 은혜를 평생 간직할 것이다. 그 다음에 논문을 쓰기 시작할 때부터 따뜻한 마음으로 격려해 주면서 문장을 꼼꼼하게 수정해준 김혜정 선배님, 이주영 선배님, 김영호 선배님, 송소라 등 여러 선배님과 동기한테 감사하다는 말을 전하고 싶다.

그리고 가족처럼 챙겨주고 삶의 안식처가 되어 주신 이문동 월초 아저씨 일가에게 감사 인사를 드린다. 월초 아저씨는 늘 제 고민을 들어주고, 가현이는 밤새 제 논문을 수정해 주고, 이환숙 언니는 따뜻한 밥상을 아침마다 챙겨 주셨다. 박사 논문 쓰는 동안 이환숙 언니한테 제가 가끔 미운 삼식이 같았을지도 모른다. 그리고 종암동 이재순 어머니가 몇 년 동안 저를 딸처럼 보살펴 주었다. 논문 쓸 때 저를 집으로 불러 삼계탕을 끓여주고 건강을 챙기면서 하라고 하셨다. 이렇게 보면 저는 먹을 복도, 인복도 참 많은 사람이다. 이분들 덕분에 한국 유학 생활이 외로움, 힘듦 대신에 기쁨과 따뜻함, 풍요로움이 늘 가득하였다.

이 책을 내게 해주신 보고사 김흥국 대표님과 이소희 편집자님께도 진심으로 감사드린다. 교정과 편집과정에서 고생해 주신 분들이 있었기에 이 책이 세상에 나올 수 있게 되었다. 모든 분께 이 자리를 빌려 감사의 말씀을 드린다.

마지막으로 이 책이 제가 살아온 세월을 돌아보는 계기가 되고, 앞으로 살아갈 인생에서 큰 지표가 되기를 소망한다. 앞으로 초심을 잃지 않고 한·중 고전문학 비교연구에 작은 힘을 보태도록 좋은 연구자가 되겠다.

2021년 1월
저자 程小花

차례

한·중 민간서사의
전개 구조와 전승 의식

-홍수설화를 중심으로-

서 론

1. 문제 제기 및 연구사 검토

인류의 모든 활동은 서사와 관련되어 있다. 영화, TV, 광고, 소설, 간행물 등을 통해 다양한 형태의 서사를 우리는 늘 접하고 있다. 그 사이 생활 속에서 가장 자주 접했던 민간 서사, 즉 구비문학은 이러한 대중매체의 포화 속에서 겨우 목숨을 부지하고 있는 상황에 처해있다. 그러나 민간 서사는 우리에게 방대하고도 다채로운 설화를 남겼다. 이러한 민간 설화의 특정한 유형, 모티프, 구성은 서사의 원리와 함께 역사의 긴 흐름 속에서 천천히 침전되면서, 세계의 각 민족에게 귀중한 무형문화유산으로 남아 있다.

세계 각 나라, 각 민족에게는 수많은 설화가 존재하며 이 중에는 비슷한 서사 구조를 가진 설화도 많다. 그 중 여러 나라가 공유하는 대표적인 설화로 홍수 설화가 있다. 홍수 설화는 유럽, 아시아, 아메리카 등 세계 각지에 고루 분포되어 있어 그 보편성을 확인할 수 있다. 잘 알려진 홍수 설화로 『성서』의 〈노아의 방주〉, 바빌로니아의 〈길가메시 서사시〉, 중국의 〈함호(陷湖) 설화〉, 〈남매혼 홍수 설화〉, 인도의 〈마누와 물고기 이야기〉 등이 있다. 홍수 설화는 광범위하게 존재하는 만큼 텍스트도 다양한 특징을 지닌다.

그동안 홍수 신화인가 설화인가 민담인가 하는 장르 구분부터 시작하여 여러 연구들이 진행되었다. 그러나 신화, 전설, 민담의 경계가 유동적인 탓에 엄격하게 그 경계를 구분하여 홍수 설화 자료를 분석하면 자료의 폭이 좁아지고 신화학적 의미를 밝히는 데 한계가 올 수 있다. 그래서 본고에서는 자료 폭을 넓히고 다양한 담론을 이끌어내기 위해 장르 구분을 엄격하게 하지 않고 '홍수 설화'로 통일해서 부르고자 한다.[1]

한국의 홍수 설화에 대한 연구는 손진태로부터 시작되었다. 그는 중국의 영향을 받은 홍수 설화를 제시하고 한국의 〈남매혼 홍수 설화〉는 중국 소수민족인 로로족, 즉 오늘날의 이족(彝族) 계열의 홍수 설화와 유사하며, 중국의 『독이지(獨異誌)』에 기록된 남매창세 신화에서 직접 영향을 받았다고 주장했다.[2] 그의 연구는 실증적인 검토를 하고 있다는 점에서 의미를 가지나 대상으로 삼은 자료들이 많지 않은 관계로 한국 홍수 설화의 변천과 전승 원리를 규명하는 데까지는 나아가지 못하였다.

홍수 설화에 대해 본격적인 논의를 시작한 연구자는 최래옥이다. 그는 전국에 전승되는 홍수 설화를 분석하여 한국 홍수 설화의 구조와 변이양상, 그리고 그 의미를 고찰했다.[3] 대홍수에서 살아남은 남매의 남매혼이 있는 홍수 설화와 전국에서 10곳에 분포한 〈달래고개 전설〉을 비교하여, 홍수 설화가 한국의 윤리에 의해 변모한 것이 〈달래고개 설화〉라고 보고, 또 홍수 재난이 전란(壬辰亂)의 영향으로 바뀐 〈임란시조 설화(壬亂始祖說話)〉도 홍수 설화의 변형으로 보았다.

나경수는 〈남매혼 설화〉에 주목하여 개별적인 연구를 진행하였다. 그

---

1   연구사를 정리할 때는 기존 연구자들이 쓰던 명칭을 그대로 쓰겠으나 본격적인 논의에 들어가면 홍수 설화로 통일하고자 한다.

2   손진태, 『손진태 선생전집2·한국민족설화의 연구』, 태학사, 1981.

3   최래옥, 「한국 홍수설화의 변이양상」, 『한국민속학』 12, 민속학회, 1980.

는 신화론적 입장에서 남매혼 설화에 접근하였다. 그는 남매혼 설화의 유화(類話)로 인정되는 〈달래고개 전설〉과의 비교를 통하여 먼저 신화와 전설의 차이를 찾아보고, 이를 근거로 하여 여러 가지 신화 원리에 남매혼 설화가 부합하는지의 여부를 규명하였다. 더 나아가 신화 원리의 검증 과정으로 종교 요소인 제의와의 상관성을 고찰하여 〈남매혼 설화〉를 신화로 규정하였다.[4] 천혜숙도 〈남매혼 신화〉에 주목하여 연구를 진행하였는데, 그는 '남매혼 설화군'을 대립적인 체계를 이루는 양(兩) 갈래로 나누었다. 즉, 근친상간인 남매혼을 통해 신화적 주인공을 탄생시키는 '+ 신화'(〈인류의 시조〉, 〈단양장씨 시조〉, 〈우곡나씨 시조〉)와 그 금기로 인해 남매가 죽음을 당하는 '- 신화'(〈오누이굴〉, 〈용동이 폐동이 된 유래〉, 〈달래강의 유래〉)가 그것이다. 이러한 양면성은 근친상간이라는 동일한 사건을 사회적인 계층에 따라 상반되게 인식한 결과로서, 이들은 전승과정에서 역동적인 의미의 생성과 변이를 수반하게 된다. 특히 전승과정에서 보이는 의미 지향으로서 특징적인 사실은 '+ 신화'의 인식은 고착되는 반면 반 신화의 위상이 부각되는 점이다. 전승의 과정에서 신성시된 남매혼 신화는 속화되는 반면, 부정시된 남매혼 신화는 스스로 선택한 죽음의 변증을 거치면서 오히려 성화(聖化)될 뿐 아니라, 인간존재에 관한 물음의 장을 마련하고 있다고 밝혔다.[5]

최근에 박종성은 다양한 외국 남매혼 신화 자료를 대상으로 남매혼 전승의 서사적 변주와 전략을 살펴보았다. 그는 남매혼의 기본적 유형에 대해 '남매혼을 긍정하지 않기'와 '남매혼을 부정하지 않기'라고 하는 사유의 기본 틀을 통해 분석을 시도하였다. 그리고 시베리아『태양여인과

---

4 나경수, 「남매혼설화의 신화론적 검토」, 『한국언어문학』 26, 한국언어문학회, 1988, 197~220쪽.

5 천혜숙, 「남매혼신화와 반신화」, 『한국어문연구』 4, 계명어문학회, 1988, 475~492쪽.

초승달』을 대상으로 남매혼 전승의 급격한 변주 양상을 고찰하고, 그 결과를 통해 '인간 남매혼 전승의 사유 방식'에 관하여 논의를 전개하였다. 본 연구는 인간의 남매혼에 대한 사유의 기저에는 '남매혼은 있지 않다-남매혼은 불가능하지 않다'라고 하는 인식의 기본항이 존재한다고 보았다. 무엇보다 이 논문은 풍부한 남매혼 신화 자료를 대상으로 남매혼의 사유 방식을 규명한 점에서 의의를 찾을 수 있다.[6]

조현설은 홍수 신화가 홍수의 원인에 대한 서사와 인류재창조에 대한 두 개의 서사로 이루어져 있다고 분석하였다.[7] 그는 홍수의 원인을 '자연 자체', '인간', '신'으로 나누어 홍수 신화를 '자연 원인형', '인간 원인형', '신 원인형'으로 분류하였다. 이 중 '자연 원인형' 홍수가 가장 큰 비중을 차지하고 있으며, 이 유형의 홍수 신화들은 홍수의 원인에 관심이 없고 홍수로 인해 일어나는 난제의 해결에 중점을 둔다고 보았다. 그리고 홍수를 인문 현상과 결부하지 않고 자연 자체로 바라보고 있는 특징을 지니고 있다고 하였다.

이주영은 한국의 홍수 설화 가운데 신성이 개입하여 파괴와 재생이 일어나는 유형을 통합적으로 살피고자 하였다. 홍수 원인담과 결과담으로 분류하는 기존의 시각을 수용하여 전자에 〈돌부처 눈 붉어지면 침몰하는 마을〉 설화와 〈장자못 전설〉을, 후자에는 〈목도령 설화〉와 〈남매혼 설화〉를 놓고 차례로 분석했다. 〈돌부처 눈 붉어지면 침몰하는 마을〉 설화가 신의 의지에 따르는 일관된 모습이라면, 〈장자못 전설〉은 신의 처벌에 대해 문제를 제기하면서 나아가 재생의 문제를 재해석하였다는 주장을

---

6 박종성, 「남매혼 전승의 서사적 변주와 전략」, 『비교한국학』 24, 국제비교한국학회, 2016, 241~268쪽.

7 조현설, 「동아시아 홍수신화 비교연구-신·자연·인간의 관계에 대한 인식을 중심으로」, 『구비문학연구』 16, 한국구비문학회, 2003.

펼쳤다.[8]

그리고 〈장자못 전설〉에 집중하여 진행된 연구들이 활발하게 이어져 왔다. 최래옥은 전국적인 조사를 통하여 〈장자못 전설〉의 200가지 유화를 채록하였다. 그는 이 많은 유화들을 비교하여 공통점을 찾아 원형 설화를 재구, 복원한 후 지금까지 전승되어 오는 과정 중에 나타난 변이를 고찰하였다.[9] 이 연구는 〈장자못 전설〉 많은 각편을 확인하고 전승과 변이의 양상을 파악함으로써 후기 연구의 토대를 마련해 주었다. 그 후 한동안 〈장자못 전설〉에 대한 연구는 금기 모티프에 집중되었다.[10] 최근에는 금기 모티프를 뛰어넘어 다양한 시각으로 〈장자못 전설〉을 바라보는 연구들이 이루어져 주목할 만하다. 송미영은 자연과 신과 인간의 상호 화해의 인간 구원적 측면에서 〈장자못 전설〉을 바라보았다. 전승 집단의 구원 의식에서는 금기를 통한 신성성, 영혼의 정화와 재생, 바위숭배 의식에 나타난 기자(祈子)신앙 등에 내재하는 현세적 구원과 내세적 구원의 차원을 두루 망라하는 카오스적 혼돈 상태로 이 전설이 전승되고 있다고 보았다.[11]

신연우는 〈장자못 전설〉에 대한 기왕의 연구들이 돌이 되는 것의 비극적 측면을 부각시키거나 선인에게도 징벌이 주어지는 하늘의 뜻에 대한 인간적 반발심을 보인 것이라는 견해를 보인 것에 대해, 그 점은 후대의 인간적 관심을 지나치게 반영한 것이 아닌가하는 의문을 던졌다. 그는 〈장자못 전설〉은 새로운 질서의 출현을 나타내는 다른 신화들과 같은 맥

---

8 이주영, 「한국 홍수설화에 나타난 신과 인간의 대립담론」, 『한국민속학』 53, 한국민속학회, 2011, 143~171쪽.

9 최래옥, 『한국 구비전설의 연구』, 일조각, 1981.

10 장장식, 「설화의 금기연구」, 경희대학교 석사학위논문, 1984.
    최재선, 「구비설화의 금기 모티프에 나타난 민중의식」, 『모악어문학』 2, 전주대학교 국어국문학회, 1987, 127~147쪽.

11 송미영, 「〈장자못 전설〉 연구」, 한국 교원대학교 석사학위논문, 2001.

락에 놓고 봐야 된다고 하였다. 이 연구는 특히 홍수 신화를 과거의 세계
와 질서는 소멸되고, 새로운 세계와 질서로 재편되는 신화의 변형태로
보는 새로운 해석을 도모하여 의의가 크다.[12] 신동흔은 〈장자못 전설〉의
금기에 내재한 '저편의 길'에 새롭게 의의를 부여하는 방향의 논의를 전
개하였다. 그에 따르면 〈장자못 전설〉은 부정과 모순의 과거를 넘어서 새
로운 삶으로 향하는 '또 다른 인간의 길'에 대한 지향이 함축돼 있다고 하였
다. 즉, 금기를 인간에 대한 신의 명령과 억압으로 보지 않고 인간 스스로의
길에 대한 계시라는 맥락에서 읽어 그 신의 목소리가 곧 인간 스스로의
깨달음을 그렇게 표현한 것으로 해석하고, 신과 인간에 대한 이원적·차
별적 사고를 넘어서 인간의 길과 신성을 일원적으로 인식하였다.[13]

오정미는 여성의 금기와 금기 위반, 그로 인한 화석의 신성성이 갖는 의
미를 해석하는 데 힘을 기울였다. 금기는 시험의 의의를 함의하고 있으며,
〈장자못 설화〉는 선(善)에 대한 시험이 점진적으로 진행되어 인정에 대한
확인과 그에 대한 신성성 부여로 이루어진 구조로 파악하였다. 그리고 이
러한 구조를 통해 석화와 신성화의 메커니즘이 모신(母神)의 탄생이라는
이니세이션에 관여한다고 해석하였다. 이로써 〈장자못 전설〉의 며느리는
모신이라는 인물군의 한 유형으로써 이해할 수 있으며, 이 유형을 통해
여성에 대한 새로운 인식과 지평이 마련될 것으로 보인다고 하였다.[14]

그 외에 〈돌부처 눈 붉어지면 침몰하는 마을〉담에 주목하여 집중적인
연구를 한 연구자로 권태효를 들 수 있다. 그는 〈돌부처 눈 붉어지면 침몰

---

12 신연우, 「장자못 전설의 신화적 연구」, 『열상고전연구』 13, 열상고전연구회, 2000, 149
    ~168쪽.

13 신동흔, 「설화의 금기 화소에 담긴 세계인식의 층위-장자못 전설을 중심으로」, 『비교민
    속학』 33, 비교민속학회, 2007, 417~446쪽.

14 오정미, 「장자못 설화 연구-여성의 '돌아봄'의 의미를 중심으로-」, 『국어문학』 60,
    국어문학회, 2015, 143~167쪽.

하는 마을〉담에 주목하여 이 이야기의 홍수 설화적 성격과 위상을 규명하고자 하였다. 이 설화를 〈장자못〉, 〈남매혼〉, 〈목도령 설화〉와 비교하여 이 유형이 홍수 설화의 내용 중 그것의 발생 원인에 초점을 맞추고 있으며, 선인(善人)이 생존하게 된다는 점에서 세계에 대한 긍정적 인식이 작용하고 있다고 논의하였다.[15] 이 연구는 16편의 자료에 대한 세심한 검토를 진행하고 있으며, 홍수 설화로서의 의미도 충분히 밝혀 의미 있는 연구라 평가할 수 있다. 그러나 〈돌부처 눈 붉어지면 침몰하는 마을〉담과 〈장자못 전설〉이 비슷한 서사를 가지고 있다는 것을 입증하여 두 설화의 근원에 조형(祖型) 신화가 존재할 것이라 추론만 하고 더 이상 논의를 진행하지 않았다.

한편 김혜정은 전파론 측면에서 〈장자못 전설〉과 〈돌부처 눈 붉어지면 침몰하는 마을〉 설화에 대한 비교연구를 진행하였다. 이 연구는 금기화소만으로 이 전설을 이해하고자 했던 선행연구들에서 벗어나 〈장자못 전설〉이 가지고 있는 모든 화소의 의미 분석을 시도하였다.[16] 그 결과 두 설화는 악행을 일삼는 인물에 대한 징악(懲惡)의 의미로 그가 속한 마을이 호수로 변하는 '함몰 전설'이라는 공통점에도 불구하고, 여러 화소에서 차이가 있음을 알 수 있으며, 이러한 차이점들이 전파력에 지대한 영향을 미친 것이라 밝혔다. 이 연구는 화소비교라는 방법으로 논의를 전개하여 유효한 결론을 도출한 데에 의의가 있으나 과연 전파력의 차이만으로 자료를 해석할 수 있는지에 대해서는 재고의 여지가 있다.

그리고 비교문학의 시각에서 홍수 설화를 연구한 학자로 김선자[17], 임

---

15 권태효, 「돌부처 눈 붉어지면 침몰하는 마을담의 홍수설화적 성격과 위상」, 『구비문학연구』 6, 한국구비문학회, 1998.

16 김혜정, 「'장자못 전설'의 전파력 연구」, 『구비문학연구』 28, 한국구비문학회, 2009.

17 김선자, 「금기와 위반의 심리적 의미에 대한 고찰」, 『중국어문학논집』 11, 중국어문학연

추행[18]과 이주노[19]를 들 수 있다. 김선자는 중국의 〈함호 전설〉과 한국의 〈장자못 전설〉을 비교하여 금기와 위반의 의미를 심리적인 측면과 의례적인 측면에서 살펴보았다. 〈장자못 전설〉은 인간적 욕망에 충실하여 '돌아보지 마라'라는 금기를 깨는 용기를 발휘하여 인간으로서의 통과의례를 성공적으로 끝냈다고 하였다. 그러나 중국 '함호 전설'의 자료를 선택한 기준에 재고의 여지가 있고, 〈돌부처 눈 붉어지면 침몰하는 마을〉담을 연구대상에서 포함시키지 않은 점이 문제로 지적될 수 있다. 임추행은 한국 및 대만의 〈남매혼형 홍수 신화〉의 서사구조를 비교분석하였다. 한국 홍수 신화의 경우 홍수가 단순한 자연재해로만 취급되고 있으며 이로 인해 홍수의 서사가 인간과 자연의 대립에 집중되는 특징을 보여주는 반면, 대만의 경우에는 신·자연과의 대립 서사가 모두 나타난다고 하였다.

이주노는 한·중 양국에서 특정 지역의 '함몰'과 '홍수'를 모티프로 하는 〈함호형(陷湖型) 전설〉의 양상과 특징을 집중적으로 분석하였다. 그는 중국과 한국의 〈함호형 홍수 설화〉를 각각 두 유형으로 나누어 보고 재난의 예언과 재난 징조의 인위적 조작, 뒤이은 함몰과 홍수의 재난을 주요 줄거리로 하는 유형(C-I)이 한국의 광포(廣浦) 유형(K-I)과 유사도가 매우 높다고 밝혔다. 그리고 스님에 대한 박대와 스님의 금기 제시, 함몰 및 홍수의 재난과 금기의 위반을 주요 줄거리로 하는 K-Ⅱ유형(〈장자못 전설〉 유형)이 한국에서 주류를 형성하고 있는 반면에 중국에서는 이 유형이 발견되지 않아 그 차이점을 지적하였다. 하지만 중국에 더 많은 함호유형이

구회, 1992, 2~26쪽.

18 임추행, 「한·대 홍수남매혼신화의 서사구조 고찰」, 『비교문학』 55, 한국비교문학회, 2011, 109~140쪽.

19 이주노, 「한국과 중국의 함호형 전설 비교연구」, 『중국문학』 77, 한국중국어문학회, 2013, 199~220쪽.

존재함에도 두 가지 유형만을 정리하여 연구의 폭이 좁고, 주로 이야기의 줄거리와 금기 모티프에 주목한 탓에 〈함호형 전설〉의 변이 양상 전반을 살펴보았다고 하기에는 아쉬움이 남는다.

종합해서 볼 때, 홍수 설화에 대한 연구가 많이 진행되었으나 아직 여러 가지 미흡한 점이 있다. 첫째, 한국에서의 홍수 설화 연구는 〈남매혼〉형, 〈목도령〉형, 〈돌부처 눈 붉어지면 침몰하는 마을〉형, 〈장자못 전설〉형에 대한 개별 연구에 집중되었다. 그러나 〈돌부처 눈 붉어지면 침몰하는 마을〉형과 〈장자못 전설〉형, 〈남매혼〉형과 〈목도령〉형에 대한 통합적인 분석은 빈약한 편이다. 따라서 확실하게 이들을 유형별로 묶어서 진행한 연구는 부족하다 할 수 있다. 둘째, 비교연구를 하는 데에 있어, 중국 홍수 설화와의 비교가 '남매혼 홍수 설화'의 개별주제에만 국한되어 통합적인 연구가 많이 이루어지지 못하였다. 셋째, 기존 연구에서 각편을 정리하고 나름대로 분석을 펼쳤지만 화소에 대한 면밀한 분석과 비교가 부족하여 화소를 중심으로 자료를 논하는 것이 중요한 과제로 남았다.

다음으로 그동안 중국의 홍수 설화 연구를 살펴보도록 하겠다. 중국 홍수 설화에 대한 연구는 1920년대부터 시작되어, 30~40년대에 와서 더 활기를 띠게 되었다. 초창기의 포괄적인 홍수 설화 연구자로는 량치차오(梁啓超), 뤼이푸(芮逸夫), 쭝징원(鍾敬文) 등을 들 수 있다. 량치차오는 『홍수고(洪水考)』에서 중국 홍수 신화와 그리스 홍수 신화, 『구약성서』에 실린 홍수 신화의 차이점을 밝히고, 홍수 발생의 일원론(一元論)을 비판하였다.[20]

뤼이푸는 소수민족 중 묘족(苗族)의 홍수 신화를 채록하여 그 당시 십여 편의 각편을 가지고 주인공인 남매를 복희(伏義)와 여와(女媧)의 기록과 비교함으로써 묘족 이야기의 주인공이 바로 복희임을 밝혔으며, 복희

---

20 馬昌儀, 『中國神話學文論選萃』, 中國廣播電視出版社, 1994, 56~67쪽.

· 여와 이야기가 원래 묘족의 것임을 지적하였다.[21] 그리고 그는 묘족 홍수 신화를 '남매배우형(男妹配偶型)' 홍수 신화라 명명하여 이 유형의 지리적 분포도 함께 다루면서, 남매혼 홍수 신화가 중국 서남쪽을 중심으로 전파 되었다고 추측하여 남매혼 전파 구역을 '동남아주문화구(東南亞洲文化區)' 로 명명하였다.

80년대부터 민간 자료의 채록이 활발해지면서 연구의 폭이 넓어지고 더 많은 성과가 제출되었다. 쫑찡원은 처음으로 중국의 함호(陷湖) 설화[22] 와 인류 전멸·재창조 신화를 체계적으로 정리하여 같은 모티프를 지닌 히브리(希伯來) 신화와 비교하였다.[23] 히브리 신화가 전반적으로 강한 종 교적 의미(권선징악)를 지니고 있는 것과 달리, '영웅 탄생설 → 함호 전설 → 인류전멸 및 재창조'의 세 단계로 구분되는 중국 홍수 신화는 두 번째 단계에 들어서야 종교적 권선징악의 요소가 첨가되고, 세 번째 단계가 되면서 히브리 신화와의 거리가 더 좁혀졌다고 밝혔다.

뤼웨이(呂微)는 구조분석을 하여 홍수 신화가 두 가지 구조를 지니고 있다 하였는데, 바로 잠재 구조(潛在構造)와 전개 구조(展開構造)이다. 전 개 구조는 보통 징치 모티프, 예언 모티프, 홍수 발생 징조 모티프, 피수 (避水) 모티프를 포함하고, 잠재 구조는 '홍수'와 '피수(避水) + 인류를 태 어나게 하는 생인(生人)도구' 두 가지 기본 요소만 가진다고 하였다.[24] 더

---

21 芮逸夫,「苗族的洪水故事與伏羲女媧的傳說」,『人類學集刊』1, 國立中央研究院歷 史語言研究所, 1938, 155~194쪽.

22 중국 학계에서 국지 함몰을 다룬 홍수 설화 유형을 '육침(陸沉) 설화' 혹은 '함호(陷湖) 설화'라고 지칭해 왔다. 연구사를 정리할 때는 최근 중국 학계에서 주로 쓰는 '함호 설화'로 통일해서 쓰겠다.

23 鍾敬文,『鍾敬文民間文學論集』(下), 上海文藝出版社1, 1986, 63~191쪽.

24 呂微,「中國洪水神話結構分析」,『民間文學論壇』2, 中國民間文藝研究會, 1986, 23~36쪽.

나아가 그는 홍수 신화의 상징적 의미도 밝혔는데, 홍수 신화는 사계절의 변화를 뜻하며, 또 한편으로는 인류 모체의 생육(生育)을 상징한다고 하였다. 시앙베이송(向柏松)[25]은 홍수 신화는 일종의 복합형 신화로 그것은 '원시홍수 신화', '수생인(水生人) 신화', '호로생인(葫芦生人) 신화, '남매혼 신화' 등이 융합되어 생겨난 것이라 주장하였다. 그리고 이 신화 안에 매우 다양한 생식(生殖) 숭배 사상이 응집되어 있다고 덧붙였다.

이 외에 홍수 설화의 개별 유형 연구들도 많았다. 우선 남매혼 홍수 설화에 대한 연구를 살펴보면, 리쯔시안(李子賢)은 나시족(納西族) 홍수 신화를 연구하여 남매혼은 독립된 신화였다가 후에 홍수 신화와 결합되었다고 주장하였다. 후에 그는 '단일형 남매혼 신화(單一型男妹婚神話)', '복합형 홍수남매혼 신화(複合型洪水男妹婚神話)'의 개념을 제시하고,[26] 대부분의 동남아 민족이 '단일형', '복합형' 남매혼 신화를 보유하고 있으며, 동시에 '우생원시시조(偶生原始始祖)', '인류재생남매시조(人類再生兄妹始祖)' 신앙을 갖고 있다고 하였다. 일본 학자 이토 세이지(伊藤淸司)는 복합형 홍수남매혼 신화에서 나온 인류기원이 사실은 인류의 두 번째 기원을 상징하며, 이는 인류의 번연(繁衍)에 대한 인식을 드러낸다고 주장하였다. 이는 곧 성(性)과 번연이 관련 있다는 것을 인식한 것이다.[27]

그 다음으로 함호 설화에 집중하여 진행한 연구를 살펴보겠다. 처음

---

25 向柏松,「洪水神話的原型與建構」,『中南民族大學學報』3, 中南民族大學, 2005, 57~61쪽.

26 李子賢,「麗江納西族洪水神話的特點及其所反映的婚姻形態」1,『思想戰線』, 雲南大學, 1983, 79~86쪽.
    _____,「東亞視野下的兄妹婚神話與始祖信仰」,『民間文學論壇』1, 中國民間文藝研究會, 2012, 5~13쪽.

27 伊藤淸司,「人類的二次起源－中國西南少數民族的創世神話」,『民族文學研究』1, 中國社會科學院民族文化研究所, 1990, 81~91쪽.

함호 설화에 주목하게 된 것은 여러 각편의 수집에서 기인하는데, 일찍이 1930년대 천지량(陳志良), 예찡밍(葉鏡銘)은 함호 설화와 관련된 여러 각편을 수집하기는 했으나 이를 유형화시켜 연구하지 않았다. 그 후, 쫑찡원은 〈중국의 수재 전설(水災傳說)〉이라는 글에서 함호 설화에 대해 관심을 가지고 외국의 유사한 홍수 설화와 비교 연구했는데, 이것이 곧 정식으로 시작된 함호 설화연구라고 할 수 있다. 1950년부터 중국에서는 대규모로 민간문학을 정리하는 작업을 시작했는데 이 유형의 다른 각편 또한 광범위하게 수집되어 집성되면서 이후 이 유형의 설화를 연구하는 데 있어서 기반이 되었다.

이후 1980년대에 함호 설화의 각 유형에 대한 연구가 계속해서 새로운 진전을 이루었다. 푸광위(傅光宇)는 고대 문헌 가운데 '함호 설화'의 각편을 수집하여 다섯 가지 유형으로 나누고 이들의 변이 과정과 지역 분포를 통해 그 변이 양상을 탐색하였다.[28] 그러나 각편들을 보면 함호 설화로 보기 힘든 것도 있고, 각편의 선택 기준이 다소 모호하여 주의하여 살필 필요가 있다. 다음으로 지방 문화의 발굴에 따라 많은 학자들이 현지에 전파되는 전설을 조사하고 유형화하려는 작업이 진행되었다. 이로 인하여 함호 설화를 지방 문화와 결부시켜 연구를 진행하기도 하였다. 류씨청(劉錫誠)의 논의에 따르면 함호 설화는 吳나라 문화권을 대표하는 매우 오래 전승된 유형으로 그 안에는 "돌사자의 눈에서 피가 나와 홍수의 징조가 나타남"의 내용이 반드시 있다고 하면서 이를 분석하는 데 역점을 두었다.[29] 그러나 이와 같은 연구시각이 한 지역에 국한되어 함호 설화를 넓은 시각으로 바라보지 못한 아쉬움이 있다.

---

28   傅光宇, 「"陷湖"傳說之型式及其演化」, 『民族文學研究』 3, 中國社會科學院民族文化研究所, 1995, 8~15쪽.

29   劉錫誠, 「陸沉傳說再探」, 『民間文學論壇』 2, 中國民間文藝研究會, 1997, 50~57쪽.

완찌안중(萬建中)은 함호 설화의 금기 모티프에 주목하였다. 그는 이 설화의 전승에 있어 금기 모티프가 결정적인 역할을 한다고 주장하였다.[30] 리도흐어(李道和)는 함호 설화 중의 "산에 올라 난을 피한" 부분에 주목해 보았을 때 이 설화유형은 '등고피수(登高避水)' 유형에 속한다고 말했다. 이로써 중국의 중양절(重陽節) 풍습이 생겨났으며 이와 관련된 많은 이야기들이 동시다발적으로 파생되었다고 덧붙였다.[31]

이상의 연구에서 볼 수 있듯이 학자들의 함호 설화에 대한 연구는 이미 상당히 진척되어, 각편의 수집부터 함호 설화와 관련된 민족 형상에 함축된 의미의 해석, 유형 분류, 발원지 탐구 등의 성과가 제출되었다. 그러나 전체적으로 볼 때 함호 설화에 대한 연구는 지금까지의 홍수 설화 연구에 있어서 여전히 미진한 부분으로 지적될 수 있다. 비록 많은 학자들이 이 분야의 중요성을 인식하고 있었지만, 이 분야의 연구 작업은 아직 초보 단계에 있고, 비교 연구 또한 더욱 심화될 필요가 있다.

물론 지금까지 비교연구가 없었던 것은 아니다. 하지만 주로 중국 홍수 설화를 그리스, 헤브루 신화와 비교하는 연구가 주류를 이루었다. 류쩬위(劉勁予)는 헤브루, 그리스, 중국의 홍수 신화를 비교하여 각각의 특징을 추출하여, 헤브루 홍수 신화에는 인간의 죄의식이 내포되어 있고, 그리스 홍수 신화에는 지식을 탐구하는 의욕이 내포되어 있으며, 중국 한족(漢族)의 홍수 신화에는 사람의 종법윤리의식(宗法倫理意識)이 내포되어 있다고 고찰하였다.[32] 채무어송(蔡茂松)은 서아시아, 그리스, 인도, 중국의 홍수

---

30 萬建中, 「地陷型傳說中禁忌母題的歷史流程及其道德話語」, 『廣西民族大學學報』 2, 廣西民族大學, 2001, 59~67쪽.

31 李道和, 「歲時民俗與古小說研究」, 天津古籍出版社, 2004, 266~299쪽.

32 劉勁予, 「論洪水神話與文化分型」, 『中山大學校學報(社會科學版)』 3, 中山大學, 1997, 91~96쪽.

신화 비교연구를 진행하였는데 이 논의에서 중국의 홍수 신화[33]는 주로 재난에서 민중을 구원하는 것을 강조하여, 재난 후의 평화로움을 보여줌으로써 자연을 이기는 인간의 힘을 과시하는 것으로 보았다. 이와 달리, 다른 세 나라의 홍수 신화는 종교적인 의미가 강하여 신이 인간을 징계하는 힘을 보여준다고 고찰하였다.[34]

한편 수찡(宿晶)은 중서방(中西方) 홍수 신화의 구조를 살펴 이들은 창조(創世) - 조인(造人) - 인간의 죄악 - 홍수로 징벌 - 재창세의 구조적 유사성을 지니고 있다 하였다.[35] 그러나 서양의 홍수 신화가 대체로 피난을 주제로 삼아 능동적인 항쟁(抗爭)의 의지를 보이지 않는 반면, 중국의 홍수 신화는 대부분 '치수(治水)'가 주제이므로 인본(人本)과 신본(神本)의 문화적 차이를 내포한다고도 하였다. 찌어쟈리(頡加麗)는 30여 편의 다른 나라 홍수 신화 텍스트를 분석하여 이들의 유사점을 정리하고 중국 홍수 신화와 외국 홍수 신화의 가장 큰 차이는 홍수를 대하는 태도라고 하여 수찡(宿晶)과 비슷한 결론을 도출했다.[36]

중국과 외국의 홍수 설화를 대상으로 비교한 연구를 살펴보면 아쉬운 점이 많다. 비교 연구를 어떻게 진행하든 간에 비슷한 결론으로 귀결되는 양상을 보였으며, 비교대상을 주로 치수 신화로 잡아 보편적인 홍수 설화의 비교연구가 이루어지지 않았다. 그리고 가까운 한국이나, 인도, 대만과의 비교연구가 아직 미흡하다.

이상과 같이 연구사를 살피면서 본 연구 성과를 종합하여 필자는 아래

---

33 이 논문에서는 주로 치수 신화(治水神話)를 가리킨다.

34 蔡茂松, 「論洪水神話內涵差異性的成因」, 『民間文學論壇』 2, 中國民間文藝研究會, 1983.

35 宿晶, 「中西洪水神話的文化差異」, 山東大學 碩士學位論文, 2008.

36 頡加麗, 「中外洪水神話比較研究」, 山西大學 碩士學位論文, 2016.

와 같은 연구의 필요성을 제기해본다.

첫째, 홍수 설화는 세계적으로 전승되는 설화로서 인류의 서사문학사에서 보편적인 연구 가치를 지닌다. 특히 한국과 중국은 지리적으로 가깝고, 쉽게 영향을 주고받을 수 있는 나라라 볼 수 있다. 양국의 홍수 설화를 비교 연구하는 작업은 동아시아문화권 홍수 설화 성격을 규명하는 연구의 일환이 될 것이다.

둘째, 기존 연구에서는 개별 유형을 대상으로 부분적으로만 비교 작업이 진행되었다. 중국에서는 일부 한국 자료를 소개하는 단계에 머무르고 있고, 한국에서는 부분적으로만 한·중 비교가 진행되었다. 특히 국지 함몰을 다룬 홍수 설화를 체계적으로 정리하여 비교를 진행한 연구를 찾을 수 없고, 방대한 중국의 소수민족 홍수 설화 자료를 활용해 남매혼 홍수 설화에 대해서 비교한 연구도 충분하지 않았다. 그래서 한국과 중국 홍수 설화 자료의 폭을 넓혀 기준을 세워 분류한 다음, 전면적이고 포괄적으로 분석, 연구할 수 있는 시각이 필요하다.

셋째, 홍수 설화는 발원한 각기 다른 지역과 환경, 그리고 각 민족 집단의 생각과 지혜, 심리, 신앙의 차이로 인해 고유의 특수성을 드러낸다. 한국과 중국 홍수 설화 자료를 면밀하게 살핌으로써 변별성을 규명하고 이와 같은 변별성이 가진 의미에 대해 연구할 필요가 있다. 따라서 홍수 설화 자료 및 유형을 통합적으로 살피고 각각의 공통성과 변별성을 추출한 다음, 문화 배경과 결부해서 변별성이 생긴 이유를 밝히는 의미 있는 작업이 요구된다.

따라서 본 연구는 선행 연구의 부족한 부분을 보완하여 전반적인 비교 연구를 시도하고자 한다. 연구의 폭을 넓혀 한국과 중국의 홍수 설화 자료를 통합적으로 분류하고, 텍스트 중심으로 서사구조 비교, 각 화소별 비교를 먼저 진행하고자 한다. 이를 바탕으로 한·중 홍수 설화의 서사적 유사성과 변별성을 추출할 계획이다. 더 나아가 한·중 홍수 설화가 갖는 의미를 밝히고자 한다. 마지막으로 한·중 홍수 설화의 전승 의식 및 서로 다른 의미를 결정해 주는 문화기반을 살펴보고자 한다.

2. 연구대상 및 연구방법

한국과 중국에는 다양한 홍수 설화들이 전승되어왔고, 변이형도 많기 때문에 자료의 양이 매우 방대하다. 홍수 설화를 논하기 전에 먼저 설화의 범위를 정할 필요가 있다. 보편적으로 홍수는 크게 지리학적인 관점에서 '지표상에 넘쳐흐르는 재난을 동반하는 큰물'이라는 자연과학적 정의와, '갑자기 세상을 덮어버리고, 단 몇 사람만 남기고 인종을 전멸시킨 큰물'이라는 종교와 민속과 설화의 관점에서 내리는 인문과학적인 정의로 나눈다.[37] 하지만 전자의 경우 단순히 비가 많이 내린 경우나 바다나 강이 넘친 경우를 홍수 설화로 정의한다면 홍수 설화의 범위는 무한히 넓어지는 단점을 안고 있다. 본고에서 연구 대상이 될 홍수 설화는 후자인 인문과학적 정의에 그 기초를 두어 범위를 한정하고자 한다. 한편 홍수와 관련된 모든 설화를 홍수 설화로 통틀어 지칭할 수 있지만, 홍수의 파괴와 창조의 상징적인 의미를 고려해서 여기서 연구대상으로 삼은 홍수 설화는 두 가지 서사 축을 가지고 있다. 하나는 홍수로 인한 한 집단의 멸망이고 또 하나는 홍수의 발생부터 인류재창조까지의 과정이 서사의 중심이 되는 설화들이다. 텍스트에 따라 파멸에 중점을 두는 것도 있고, 홍수가 난 후 인류의 재창조에 중점을 두는 경우도 있다.

---

37   구도연, 「세계 대홍수설화 연구」, 중앙대학교 석사학위논문, 2014, 2쪽.

이에 해당되는 한국 홍수 설화의 텍스트들은 주로『한국구비문학대계』와『한국구전설화』에 실린 것을 활용할 것이다.『한국구비문학대계』는 1979년부터 1985년에 걸쳐 전국적으로 진행된 조사 작업을 바탕으로 만들어낸 자료집이다. 한국정신문화연구원 어문학연구실이 이 조사 사업을 주관하고, 많은 연구자들이 투입된 작업이었다. 전국적인 조사를 바탕으로 80권 넘은 자료가 간행되어 학술적인 의의가 매우 크다고 할 수 있다. 철저한 사전계획에 따라 조사가 진행되었으며, 조사 범위를 전국으로 했기 때문에 객관성이 있는 자료집이다. 게다가 채록 당시 지침서에 의거하여 일관된 방법으로 행해졌기 때문에 자료의 신뢰성이 매우 높다. 이 대계는 구비문학 연구뿐만 아니라, 민족문화를 탐구하려는 인문·사회·과학 제 분야에 있어 매우 중요한 자료이다.

『한국구전설화』전 12권은『한국구비문학대계』보다 규모는 작지만 임석재가 1920년대부터 1990년대까지 70년간에 걸쳐 채록 작업을 진행한 결과물이다. 이 방대한 설화자료집도 전국의 자료를 고루 담아내어 설화 연구자들에게 다양한 텍스트를 제공해 주고 있어 자료적 가치가 높다.

중국 홍수 설화와 관련하여 본 논문이 채택한 연구 대상은『중화민족고사대계(中華民族故事大系)』,『중원신화전제자료(中原神話專題資料)』에 수록된 홍수 설화 및 역사 문헌에 기록된 홍수 설화 자료 등 이다. 그 중『中華民族故事大系』는 본 연구의 주요한 참고 자료로서 이는 상하이문예출판사(上海文藝出版社)가 1995년 12월 대대적으로 출간한 중국 각 민족의 설화 집대성된 자료집이다. 유명한 학자 쫑찡원이 총고문(總顧問)을 맡고, 중국민족 설화 연구의 전문가인 우빙안(烏炳安)을 대표로 위원회를 구성하여 이를 집필하였다. 이 대계와 관련하여 각 지역과 각 민족의 설화를 진술, 채록, 정리, 기록, 번역, 집필하는 데 참여한 인원이 5000~6000명에 달했으며 장장 15년간에 걸쳐 이 대계를 출간했으니, 중화민족의 민간문학 작품을 편집, 출판하는 대규모 프로젝트였다고 할 수 있다.

이 대계는 1950년대 이후 중국 내에서 수집 기록한 2500여 편의 설화의 원본을 수록하였는데 많은 민족이 처음으로 이 새로운 작업의 대상이 되었고 이로써 수많은 자료가 구두 전승에서 기록 형식으로 전환되어 세상에 공개되었다. 이러한 의미에서 중화민족 설화 총서는 풍부하고도 가치 있는 문화 자료이다. 한편『중원신화전제자료』는 중국의 유명한 민속학자 장쩐리(張振犁)가 제자들과 함께 1980년부터 몇 차례에 걸쳐 "중원심화조사조(中原深化調査組)"를 구성하여 허난성(河南省)의 주구(周口), 개봉(開封), 뤄양(洛陽), 난양(南陽), 신향(信陽) 등의 지역을 돌아다니며 중원 지역에서 전해지는 설화를 채록한 자료집이다. 이 자료집은 몇 년간의 노력으로 다량의 설화를 확보해 선별하여 편집·출판하였고, 이는 중원지역 연구에 있어서, 더 나아가 북방 전체의 홍수 설화 연구에 있어 매우 큰 의의를 지닌 자료이다. 쫑찡원은 이 책이 신화를 과학적으로 연구하였다는 점에서 매우 가치 있는 자료라고 평가한 바 있다.

이 밖에도 산재되어 있는 홍수 설화가 많기 때문에 본고는 민간문학 연구자(뤼이푸, 천지량 등)들이 1930~1940년대에 수집한 설화와 민속 간행물에 실려 있는 홍수 설화, 천찌안시안(陳建憲)이 정리한『中國洪水神話文本』, 또 일부 소수민족에게서 지금까지 전해지는 창세 서사시까지 연구의 대상으로 삼고자 한다. 이와 함께 홍수 설화의 연구에 있어『초사(楚辭)』,『회남자(淮南子)』,『수신기(搜神記)』,『술이기(述異記)』등의 사서에 기재된 문헌자료들도 활용하도록 하겠다. 중국 홍수 설화 전체를 놓고 보면, 이들 자료가 많다고는 할 수 없다. 다만 이것이 중국 각 민족들에게 분포되어 있다는 점과, 각 민족에게서 전승된 범위 정도를 고려해 볼 때 일정한 대표성을 띠고 있어 중국홍수 설화의 전체적인 윤곽을 살필 수 있어 의미가 있다.

홍수 설화 비교연구라는 주제를 설정하고 본고에서는 실증적인 방법을 시도하기로 한다. 즉 가능한 풍부한 설화 자료를 확보하고, 이를 정리·대조해 일정한 법칙을 가진 모티프를 찾아낼 것이다. 중국의 홍수 설화 연구는 부분적이거나 개별적인 문제에 있어서 연구가 이루어지기는 했으나, 포괄적인 연구는 여전히 소략하다. 필자는 홍수 설화의 폭넓은 연구를 위하여 현존하는 다량의 문헌기록 및 구전 설화 자료를 활용하겠다.

다음으로, 본고는 유형 연구에 힘을 쓰고자 한다. 한국과 중국의 홍수 설화를 정리하여 비슷한 이야기들을 하나의 유형으로 묶어 그 구조를 비교하고 의미를 분석하는 것이 방대한 자료를 가진 홍수 설화를 비교연구 하는 데 유용한 방법이 될 수 있다. 연구를 진행하기 위해 각 유형별로 서사구조를 먼저 비교하고자 한다. 서사구조는 모티프나 화소의 연쇄를 살펴봄으로써 파악할 수 있다. 서사구조는 홍수 설화의 기본적인 뼈대를 중심으로 같은 유형 홍수 설화의 변이 과정을 살펴볼 수 있고, 동시에 여타의 여러 의미와 층위를 검토할 수 있다.

세 번째는 비교연구이다. 비교연구는 설화를 연구하는 데 가장 필요하고도 적합한 연구방법 중의 하나이다. 홍수 설화를 예로 들자면 현재 여러 나라에서 보편적인 이야기로 받아들여지는데 이는 세계 각처에 생성·유포되어 있으며 문화적 배경이 다른 곳에서 동시다발적으로 발전했다. 그런데 지역과 문화가 다른 몇몇 민족들에게서 오히려 비슷한 모티프와 구성 요소가 자주 나타나기도 하고 또 어떤 민족들 사이에서는 동일하거나 비슷한 문화적·지리적 배경에도 불구하고 오히려 판이하게 다른 홍수 설화가 나타난다는 사실을 알 수 있었다. 이러한 현상을 이해하는 데에는 비교연구가 비교적 적합한 방법 중 하나일 것이며, 비교연구는 깊이 있는 탐구를 이끌어내 어느 정도 사물의 필연성을 풀어 낼 수 있다. 물론, 비교의 과정에서 일반적으로 다른 영역의 학문, 즉, 민속학이나 종교학 등등과 같은 학문이 필요하다. 본 논문은 다른 영역의 학문 지식의 도움을 통해 홍수 설화의 베일을 벗기려는 목적을 달성하고자 한다.

본고는 Ⅱ장에서 한국과 중국의 홍수 설화에 대해 체계적인 분류를 시도하여 그 다음에 유형별 자료의 전개양상을 살펴볼 예정이다. 한국에서는 〈돌부처 눈 붉어지면 침몰하는 마을〉담 계열, 〈장자못 전설〉 계열, 〈남매혼 홍수 설화〉, 〈나무도령과 홍수〉, 〈고리봉 전설〉 등 다양한 홍수 설화가 전해오고, 중국에서도 〈치수(治水) 신화〉, 〈함호 설화〉, 〈남매혼 홍수 설화〉, 〈천녀혼 홍수 설화〉 등 다양한 자료들을 확인할 수 있다. 그래서 홍수 설화의 범위를 한정하고 하나의 기준으로 체계적인 분류를 진행하는 것은 결코 쉬운 일이 아니다. 한국과 중국 홍수 설화에 대한 기존의 분류법을 살펴 이를 기반으로 통합적인 시각으로 양국 자료를 바라보고자 한다. 그 다음으로 유형별로 자료를 정리하여 서사 단락 및 주요 모티프를 추출하면서 자료의 전개양상을 고찰하도록 하겠다.

Ⅲ장에서는 한·중 함몰 설화의 비교연구를 진행하겠다. 먼저 한국과 중국에서 공유된 '징조 조작형', '금기 위반형' 함몰 설화를 화소 중심으로 비교한 후, 각각의 의미를 살펴보겠다. 그 다음 함몰 설화 중 '영물복수형 함몰 설화'가 왜 중국에서만 전승되어 왔는지를 고찰하도록 하겠다. 마지막으로 함몰 설화 중 홍수를 주관하는 '신'에 주목하여 신과 인간의 갈등양상을 고찰함으로써 함몰 설화의 심층구조와 의미를 통합적으로 파악하도록 하겠다.

Ⅳ장에서는 한·중 인류재창조형 홍수 설화를 비교하려고 한다. 한·중 '남매혼 홍수 설화', '비혈연혼 홍수 설화'의 서사구조를 살펴 이를 토대로 의미를 비교하겠다. 더 나아가 '재창조'에 주목하여 재창조의 주체와 범위를 살피고 재창조 과정 중 인(人)·신(神)의 갈등양상을 통해 전체 '인류재창조형 홍수 설화'의 의미를 추출해 보겠다.

Ⅴ장에서는 Ⅲ, Ⅳ장의 연구 분석을 기반으로 한·중 홍수 설화의 전승 의식을 살펴보고 이와 같은 전승 의식 차이를 생기게 한 문화배경도 같이 고찰할 예정이다.

Ⅵ장 결론 부분에서는 전반적으로 본 연구의 중심 내용을 개괄하고 본 논문의 연구사적 의의와 향후 연구 과제를 제시할 것이다.

한·중 홍수 설화의 분류체계 및 유형

1. 한·중 홍수 설화의 통합적 분류체계

한·중 홍수 설화 자료는 그 양이 방대하여, 효율적인 비교 연구를 위해 이들을 몇 가지 유형으로 분류하는 작업이 필요하다. 물론 적정한 분류 기준을 설정한다 하더라도 방대한 자료를 체계적으로 분류하는 것은 쉬운 일이 아니다. 그럼에도 그 필요성이 인정되는 바, 먼저 한국과 중국 학계에 제출되었던 기존의 분류법을 살피고, 이를 바탕으로 본고에서 새롭게 홍수 설화의 분류 체계를 세우고자 한다.

우선 한국 홍수 설화의 분류를 보면, 최래옥은 홍수 전설계 범주에 속하는 유형으로 〈고리봉 전설〉, 〈행주형(行舟型) 전설〉, 〈홍수남매혼 전설〉, 〈전쟁남매혼 전설〉, 〈달래고개 전설〉 등을 들고 있다.[38] 천혜숙은 신화학의 측면에서 홍수 신화를 분석하여 이를 천지개벽 및 우주창조 신화인 동시에 종말론적 신화라고 설명하였다.[39] 그리고 홍수 설화의 유형을 크게 두 가지로 나눴는데 '홍수 이후 재창조를 부각한 기원론적 이야기를 다룬 유형'과 '홍수가 지닌 죽음과 전멸의 의미를 부각한 종말론적 이야

---

38 최래옥, 『한국구비전설의 연구』, 일조각, 1981, 77~78쪽.

39 천혜숙, 「홍수설화의 신화학적 조명」, 『민속학연구』 1, 안동대학 민속학과, 1989, 55~73쪽.

기를 다룬 유형'이 그것이다. 전자에 속하는 것으로 〈홍수남매혼 전설〉, 〈나무도령과 홍수〉 설화, 〈고리봉 전설〉이 있고, 후자에 속하는 것으로 〈장자못 전설〉, 〈돌부처 눈 붉어지면 침몰하는 마을〉담, 〈행주형 전설〉이 있다.

권태효는 홍수 설화가 이 세상의 악이 만연해 신이 물로 인간을 멸하고 최후의 인류를 남겨 새로운 인류의 시조가 되도록 한다는 인류기원 신화로 개념을 잡았다. 이를 바탕으로 한국의 홍수 설화를 홍수의 원인을 중심으로 한 유형(〈돌부처 눈 붉어지면 침몰하는 마을〉담, 〈장자못 설화〉)과 홍수의 결과를 중심으로 한 유형(〈나무도령과 홍수 설화〉, 〈남매혼 설화〉) 두 가지로 분류하였다.[40] 그 연장선에서 심치열은 홍수 신화를 타락한 인간세상을 재정비하고 인간을 재창조하는 것으로 보았으며, 또한 그것을 통하여 새로운 세상을 여는 인류의 시조에 대한 이야기라 정의하였다.[41] 그는 한국 홍수 신화의 유형을 '남매 결혼 유형'과 '나무도령 유형'으로 보고 전자는 자연재해의 극복에 초점을 맞춘 반면에 후자에는 권선징악이라는 윤리적 공식이 두드러지게 드러난다고 논의하였다. 조현설은 홍수 신화에 두 개의 중요한 서사의 축이 있다고 보았는데 홍수의 원인에 대한 서사와 인류의 재(再)시작에 대한 서사가 그것이다. 이에 그는 홍수 원인에 따라 동아시아 홍수 설화를 '자연 원인형', '인간 원인형', '신(神) 원인형' 3가지로 세분화하였다.[42]

박계옥은 홍수를 '갑자기 세상을 덮어버리고 단 몇 사람만 남기고 인종

40 권태효, 앞의 논문, 235~237쪽.

41 심치열, 「홍수 이야기에 나타난 신화적 의미지향 연구 - 한국과 인도를 중심으로」, 『남아시아 연구』 6, 한국외국어대학교 남아시아연구소, 2001, 149~176쪽.

42 조현설, 「동아시아 홍수신화 비교연구 - 신·자연·인간의 관계에 대한 인식을 중심으로」, 『구비문학연구』 16, 한국구비문학회, 2003, 461~496쪽.

을 전멸시킨 큰 물'이라 정의하여 홍수와 관련된 한국 설화들을 모두 포함시켜 분류 작업을 진행하였다. 그 결과 홍수의 결과를 중시하는 '홍수 유민 이야기'와 '지리적 증거물', 홍수의 원인을 중시하는 '신과 인간의 갈등' 이상의 3가지 유형으로 나눌 수 있다고 하였다. 여기서 '홍수 유민 이야기'는 〈남매혼형 설화〉와 〈목도령 설화〉가 속한 '인류기원담'이며, '지리적 증거물'은 〈고리봉형 전설〉, 〈행주형 전설〉, 〈홍수로 떠내려 온 산형 전설〉, 〈달래고개형 전설〉이 속하는 '지명유래담'이다. '신과 인간의 갈등'은 〈장자못형 전설〉과 '〈돌부처 눈 붉어지면 침몰하는 마을〉형 전설'을 포함하는 '악인 징치담'을 의미한다.[43] 이는 한국 홍수에 관련된 모든 설화를 망라하여 총체적으로 분류한 작업으로 의의가 있다. 그러나 필자가 보기에 〈고리봉형 전설〉, 〈행주형 전설〉, 〈달래고개형 전설〉은 모두 지명유래담이긴 하나 이들은 내용이나 구조면에서 많은 차이가 나고, 특히 〈달래고개형 전설〉은 〈남매혼 홍수 설화〉의 변이형으로 다루어야 그 나름대로의 의미를 추출할 수 있을 것 같다.

김헌선은 두 가지 준거에 의거하여 홍수 설화 자료를 정리하였는데 하나는 이야기가 신성시되는 것과 신성시되지 않는 것으로 가르고, 다른 하나는 완형(完型)으로 전하는 것과 파쇄형(破碎型)[44]으로 전승되는 것으로 가르는 것이다. 신성한 의례 속의 홍수 설화와 서사적 완형으로 〈장자 못 전설〉과 변이형(〈돌부처 눈붉어지면 침몰하는 마을〉 설화)이 있고, 예사 구

---

43 박계옥, 「한국 홍수설화의 신화적 성격과 홍수 모티프의 서사적 계승 연구」, 조선대학교 박사학위논문, 2005.

44 김헌선에 의하면 파쇄형이란 온전한 서사의 유형을 이루지 못하고 이야기가 깨져 나간 것을 지칭하는 것이다. 지명 전설이나 지형 전설의 특성상 온전한 이야기를 구성하지 못하고 전설적인 설명에 그치는 것을 볼 때 파쇄형이라는 것은 그 전설의 문법에 맞는 것을 의미한다. 김헌선, 「한국 홍수설화의 위상과 비교설화학적 의미」, 『민속학연구』 31, 국립민속박물관, 2012, 122쪽.

전 홍수 설화와 서사적 완형으로 〈남매혼 설화〉와 변이형(〈나무도령〉)이 있으며, 마지막으로 홍수 설화의 파쇄형으로 〈고리봉 전설〉이 있다. 그러나 두 가지 준거를 잡아 홍수 설화를 대상으로 분류한 것에 의의가 있지만 명확한 분류인지에는 의문이 든다. 특히 홍수 설화 유형을 〈장자못 전설〉, 〈남매혼 설화〉, 〈고리봉 전설〉 세 가지 위주로 압축하다 보니 〈돌부처 눈 붉어지면 침몰하는 마을〉 설화와 〈나무도령〉 설화에 대해서는 분석이 다소 소략해진 것이 아쉽다.

　한국 홍수 설화는 많은 연구자들에 의해 어느 정도 유형이 밝혀진 상태이다. 한국의 홍수 설화라고 하면 보통 〈남매혼 홍수 설화〉와 〈나무도령과 홍수〉담을 지칭한다. 이 설화들은 홍수 후 인류가 어떻게 계승되었는지에 대해 초점을 맞추고 있다. 홍수 설화의 범위를 조금 더 확대하면 〈장자못 전설〉과 〈돌부처 눈 붉어지면 침몰하는 마을〉담도 홍수 설화에 해당된다. 이 설화들은 홍수를 통한 징벌을 다룸으로써 세계의 다른 홍수 설화와 유사성을 지닌다. 그 외에 기존 연구자들의 분류에 따르면 홍수와 관련된 여러 가지 다른 설화들도 존재하고 있는데 지명유래설인 〈달래고개 전설〉, 〈고리봉 전설〉, 〈행주형 전설〉 등이 그것이다. 최래옥처럼 〈전쟁남매혼 설화〉를 홍수 설화의 범주 안에 넣는 경우도 있다. 〈전쟁남매혼 설화〉는 임진왜란을 배경으로 하고 있어 〈남매혼 홍수 설화〉와 비슷한 구조를 지니고 있으나 홍수를 배경으로 한 게 아니므로 홍수 설화의 범주 안에 넣고 다루는 것은 무리가 있다. 그 외에 천혜숙은 〈고리봉 전설〉과 〈행주형 전설〉도 홍수 설화에 범위에 포함시켰으며 박계옥 역시 홍수와 관련된 모든 설화를 홍수 설화로 보고 있다. 그러나 〈고리봉 전설〉을 비롯한 일련의 지명 유래설은 기존 홍수 설화의 변이형으로도 볼 수 있지만 온전한 홍수 서사가 나오지 않고, 홍수의 결과만 확인할 수 있는 것이어서, 앞서의 유형과 같이 논의하기에 무리가 있다. 즉 이 설화들은 홍수 설화의 파편만 남아 있는 이야기들이기에, 그로부터 홍수의 파멸이나 재생의 의미를 찾을 수 없다.

따라서 본고에서는 홍수 설화를 이야기할 때, 신(神)이 인간을 홍수로 징치하는 이야기나, 홍수 후에 인류가 시작되는 이야기가 포함된 이야기만을 집중적으로 살펴볼 예정이다. 즉, 파괴와 재생의 의미를 지닌 홍수 설화를 중심으로 연구를 진행하고, 이 중에서도 특히 신과 인간의 관계에 주목하여 연구할 계획이다. 그리하여 본고에서는 권태효의 홍수 설화에 대한 시각을 수용하여 〈돌부처 눈 붉어지면 침몰하는 마을〉담, 〈장자못 전설〉, 〈남매혼 홍수 설화〉, 〈나무도령과 홍수〉담으로 범위를 한정하여 중국 자료와 통합적인 분류를 진행할 것이다.

그 다음으로 중국 홍수 설화에 대한 분류를 살펴보도록 하겠다. 쭝찡원(鍾敬文)은 처음으로 중국의 홍수 신화를 체계적으로 정리하여 중국 홍수 신화의 시초(始初)를 위인탄생 신화(偉人誕生神話) - '이윤공상(伊尹空桑)'에서 찾았다. 그는 홍수 신화의 유형을 함호 설화와 인류 파멸 재전(再傳) 신화로 구분하였다.[45] 이와 같은 분류 기준을 후에 많은 학자들이 수용하였는데, 그 대표적인 학자로 뤼웨이(呂微)를 들 수 있다. 그 역시 중국 홍수 신화를 두 가지 유형으로 나누었는데 하나는 장족(壯族), 야오족(瑤族)과 이족(彝族)의 홍수 신화로 대표되는 유형이고, 또 하나는 '이윤공상'이야기로 대표되는 유형이다. 장족, 야오족과 이족의 대표적인 유형이 바로 홍수로 인한 파멸과 재창조를 다루고 있으며, '이윤공상'유형이 바로 한 동네나 마을, 국지적 함몰을 다룬 함몰유형이다. 다음으로 양찌용(楊知勇)은 홍수 발생 원인에 따라 홍수 신화를 분류하여 5가지 유형으로 정리하였다. '인류에 대한 신의 불만, 신의 영역에 대한 인간의 침범, 인신(人神)

---

45   鍾敬文, 『鍾敬文民間文學論集』(下), 上海文藝出版社, 1986, 163~191쪽.

다툼, 악신(惡神)이 홍수 내림, 신물(神物)의 실수' 등이 그것이다.[46] 셰쉬
안쥔(謝選駿)은 같은 맥락에서 홍수 발생 이유를 들어 홍수 신화를 7가지
로 분류하였다.[47] 리쯔시안(李子賢)은 윈난(雲南) 소수민족의 홍수 신화를
3가지 유형으로 분류하였는데, 남매혼 유형, 천녀혼(天女婚) 유형, 그리고
홍수와 인류 기원의 연관성만을 이야기하는 유형이다.[48] 푸광위는 고대
문헌 가운데 중국 함호 설화 각편을 수집하여 다섯 가지 유형으로 나누고
이들의 변이 과정과 지역 분포를 통해 그 변이의 궤적을 탐색하였다.[49]
즉, 예언응험형(預言應驗型), 영사복수형(靈蛇復讐型), 살룡획견형(殺龍獲譴
型), 동물보은형(動物報恩型), 종합형(綜合型)이 그것이다. 그러나 각편의
수집이 대부분 문헌기록을 중심으로 이루어졌고, 하위 유형 간의 교섭도
많이 보이며 분류기준도 애매하다는 단점이 있다.

천찌안시안(陳建憲)[50]은 90년대 중반까지 수집한 방대한 자료를 바탕으
로 중국 43개 민족의 홍수 신화에 대해 대규모 연구를 진행하였다. 그는
433편의 홍수 신화를 네 가지의 특수 유형과 기타 유형[51]으로 분류하였다.
네 가지 특수 유형은 ㉠ 신계시(神啓示)형, ㉡ 뇌공(雷公)복수형, ㉢ 천녀
혼(天女婚)형, ㉣ 남매혼형이며, 나머지를 ㉤ 기타 유형으로 구분한다. 이
는 처음으로 시도된 방대한 자료를 대상으로 한 체계적인 분류라 평가할
수 있다. 그러나 이러한 분류 기준이나 명칭에 대해서는 재고할 필요가

---

46 楊知勇,「洪水神話初談」,『民間文學論壇』6, 中國民間文藝硏究會, 1982.

47 謝選駿,『中國神話』, 浙江教育出版社, 1989.

48 李子賢,「試論雲南少數民族的洪水神話」,『思想戰綫』1, 雲南大學, 1980, 44~49쪽.

49 傅光宇,「"陷湖"傳說之型式及其演化」,『民族文學研究』3, 中國社會科學院民族文
    化研究所, 1995, 8~15쪽.

50 陳建憲,「中國洪水神話的類型與分布」,『民間文學論壇』3, 中國民間文藝硏究會,
    1996, 2~10쪽.

51 기타 유형은 앞의 네 가지의 특수 유형이 기타 지역으로 전하면서 생긴 각편 및 종교의
    전파를 통해 중국에 들어온 노아의 방주 이야기 등을 가리킨다.

있다. 특히 '신계시형'은 주로 국지 함몰을 다룬 홍수 설화를 가리키는데, '신계시형'이라 명명을 하게 되면 이 유형의 특징을 제대로 파악하기 힘들다. 게다가 뇌공복수형이나 천녀혼형, 남매혼형 홍수 신화 안에도 신의 계시가 없지 않다. 뇌공복수형도 마찬가지로 대부분 홍수 설화 안에 뇌공이 등장하지 않았다.[52] 후에 그는 568편의 각편을 가지고 이러한 분류를 보완하였는데, 중국 홍수 유형을 한족홍수고사권(漢族洪水故事圈), 묘요홍수고사권(苗瑤洪水故事圈, 뇌공의 복수로 발생한 홍수가 가장 큰 특징), 장면홍수고사권(藏緬洪水故事圈, 이족(彝族), 나시족(納西族)을 대표로 한 천녀혼 유형), 남도홍수고사권(南島洪水故事圈, 대만 원주민 및 해남도를 대표로 한 유형), 기타 등의 5가지로 나누었다. 이는 그 전에 분류한 결과와 크게 다를 바가 없다.

여기까지 살펴본 결과 중국 홍수 설화에 대한 통합적인 분류가 그리 많지 않음을 알 수 있다. 쫑찡원(鍾敬文), 천찌안시안(陳建憲)을 비롯한 연구자들은 중국 한족문화권에 전파되는 함몰 설화를 하나의 유형으로 보고 서남 소수민족 사이에 전파되는 남매혼 홍수 설화와 천녀혼 홍수 설화를 다른 유형으로 보았다. 본고에서는 이 시각을 수용하여 중국의 홍수 설화를 크게 한족과 소수민족 문화권으로 나눈다. 한족에게는 함몰 설화로 대표되는 홍수 설화가 있고, 소수민족에게는 남매혼 홍수 설화, 천녀혼 홍수 설화가 대표적으로 전승되고 있다.[53] 한편 연구자에 따라 홍수

---

52 鹿憶鹿, 「百年來洪水神話硏究回顧」, 『民間文學靑年論壇』, 中國民俗學會, 2003, 73~100쪽.

53 홍수 후 남매 결연의 방식을 통해 인류를 재창조해 나가는 홍수 설화가 중국 소수민족과 한족문화권에 모두 존재한다. 한족 계열의 남매혼 홍수 설화는 홍수 발생 이전에 복희여와 남매 혹은 반고 남매가 돌사자 혹은 돌 거북의 계시를 받아 돌사자 혹은 돌 거북 배속에 들어가 피난하여 인류를 재창조해 나가는 내용이다. 기존에 천찌안시안(陳建憲), 류시청(劉錫誠) 등 중국 연구자들은 이 유형의 홍수 설화를 복합적 함몰 설화로 분류하였다. 본고에서도 역시 한족, 즉 북쪽 문화권의 남매혼 홍수 설화를 함몰 설화의

설화 범위에 대한 설정도 어느 정도 차이가 있다. '함호 설화', '남매혼 홍수 설화', '천녀혼 홍수 설화' 외에 '곤우치수(鯀禹治水)', '여와가 갈대를 태운 재를 쌓아 평지에서 뿜어 나오는 홍수를 막았다는 이야기'를 홍수 설화로 보는 연구자[54]도 있지만 대부분 연구자들은 이와 같은 설화를 치수 신화로 따로 구분하고 홍수 설화의 분류체계에 포함시키지 않았다.

　종합해서 보면 한국과 중국의 홍수 설화는 그 종류가 많은 만큼 범위 설정 및 분류 기준 역시 다양한 것을 알 수 있다. 홍수 설화의 범위에 관해 앞에서도 언급한 적이 있는데, 본고에서 살피는 홍수 설화는 홍수와 관련된 모든 설화를 망라하지 않고 '홍수로 인한 파멸, 홍수가 난 후 인류가 어떻게 재창조해 나가는지' 두 가지 측면에 초점을 맞춘 일련의 설화들이다. 따라서 본고에서 다루는 홍수 설화에 해당되는 한국의 자료로는 〈돌부처 눈 붉어지면 침몰하는 마을〉담, 〈장자못 전설〉, 〈남매혼 홍수 설화〉, 〈나무도령과 홍수〉담이, 중국 자료로는 〈함호 설화〉, 〈남매혼 홍수 설화〉, 〈천녀혼 홍수 설화〉가 있다.

　분류하는 데에 있어 한국에서 홍수 원인을 중심으로 이룬 유형과 홍수 결과를 중심으로 이룬 유형이 있으나 원인, 결과로 양분(兩分)하는 것은 한국 자료의 독특한 특징에 맞춘 것이니 이 기준에 따라 중국자료를 분류하는 것은 적당하지 않다. 물론 중국 홍수자료에도 원인만 강조하는 유형이 있긴 하지만 상당한 수의 홍수 설화 자료에 원인과 결과가 동시에 존재

변이형으로 다룸으로써 그 나름대로의 의미를 밝힐 수 있으리라 본다. 본고는 한중 비교연구에 초점을 맞춘 것이라, 중국 남·북방 사이에 남매혼 홍수 설화의 영향관계에 대한 비교 고찰은 향후의 연구과제로 삼겠다. 따라서 함몰 설화는 북쪽 한족문화권에 전파되어 함몰 설화 연구할 때는 주로 한족문화권의 자료를 활용하고, 남매혼 홍수 설화와 천녀혼 홍수 설화 연구할 때 주로 소수민족 홍수 설화 자료를 활용할 것을 미리 밝힌다.

54　宿晶, 頡加麗, 앞의 논문.

하기 때문이다. 한국과 중국 홍수 설화 자료를 정리해 보면 모두 국지적인 함몰, 즉 한 마을, 한 집의 함몰을 다룬 홍수 설화가 있고, 전멸적인 홍수 설화, 즉 홍수로 인해 세계가 멸망한 위기에 처하고 이를 극복하여 인류를 재창조하는 인류기원담이 있다. 이를 실마리로 삼아 본고에서는 한·중 홍수 설화를 '홍수 발생의 범위'에 따라 분류하고자 한다. 국지적인 함몰 이란 홍수로 인해 한 마을 또는 한 집안이 함몰하여 호수, 못, 바다로 변하는 것인데 중국 학계에서 '함호'라는 말로 주로 표현한다. 한국의 〈돌부처 눈 붉어지면 침몰하는 마을〉담, 〈장자못 전설〉이 모두 한 마을, 한 집안의 파멸을 다루고 있는데 홍수의 결과로 동네나 집안이 함몰하는 것이다. 그래서 본고에서는 국지적인 홍수를 다룬 설화 유형을 '함몰 설화'로 통일해서 지칭하고자 한다.[55] 한국의 함몰 설화로 〈장자못 전설〉과 〈돌부처 눈 붉어지면 침몰하는 마을〉담이 있다. 중국의 함몰 설화를 조금 더 세분하여 살펴보면, 〈역향 전설(歷陽傳說)〉로 대표된 유형, 〈엽인 해력포(獵人海力布)〉로 대표된 유형과 〈공하 전설(邛河傳說)〉로 대표된 유형이 있다. 〈역양 전설〉은 누군가가 함몰 재난을 예언하여 징조를 제시하는데, 이 징조를 믿지 않는 자가 징조를 조작하여 결국 함몰 재난을 불러일으키는 이야기이다. 이는 한국의 〈돌부처 눈 붉어지면 침몰하는 마을〉담과 비슷한 서사를 지니고 있다. 중국에서 이와 같은 유형을 예언응험형(預言應驗型)이라 불리지만 이 명칭을 그대로 쓰면 분류하는 데 혼란을 가져올 수

---

55   지금까지 한국 학계에서 국지 함몰을 다룬 설화를 '광포 전설' 혹은 '돌부처 눈 붉어지면 침몰하는 마을담', '장자못 전설'이라고 일반적으로 지칭해 왔다. 이 유형을 통합해서 지칭하는 경우, 최래옥은 '함몰 설화', 이주노, 김선자 등 연구자는 '함몰형 전설', '함호형 전설'이란 명칭을 사용한 적이 있다. 중국 학계에서는 '함호 설화', '함호 전설' 혹은 '육침(陸沉) 설화'란 명칭을 사용해 왔는데, 이 유형의 특징을 쉽게 파악할 수 있도록 본고에서는 한국과 중국 국지 함몰을 다룬 설화를 통합해서 '함몰 설화'라고 지칭하고자 한다.

있다. 왜냐하면 〈장자못 전설〉에서도 예언 화소, 예언대로 재난이 일어나는 화소가 모두 있기 때문이다. 서사 내용으로 보면 예언, 징조, 징조 조작, 함몰이 이 설화의 핵심이라 볼 수 있는데 본고에서 이를 함몰 설화의 하위 유형으로 '징조 조작형 함몰 설화'라고 지칭하고자 한다.

그 다음으로 한국의 〈장자못 전설〉이 있는데, 장자의 악행, 도승의 예언과 며느리의 금기 위반이 서사의 중심축을 이룬다. 중국에서 이와 비슷한 유형으로 위금화석형(違禁化石型)이 있는데, 이는 한자 명칭이라서 내용파악이 어렵다는 한계를 지니고 있다. 서사 내용으로 보면 이들 설화는 모두 함몰과 동시에 주인공이 금기를 위반해서 돌 혹은 다른 이물로 변한다는 내용이 들어가 있다. 그리하여 본고에서는 '금기 위반형 함몰 설화'로 이들을 통틀어 지칭하고자 한다. 마지막으로 중국 〈공하 전설〉로 대표되는 다른 유형이 있는데 이는 영물(靈物)로 등장한 뱀이나 용이 복수하는 내용이라 '영물복수형 함몰 설화'라 칭하고자 한다.

한편 한국의 〈남매혼형 설화〉와 〈목도령 설화〉는 모두 인류재창조가 서사의 주축을 이룬 인류 기원담으로는 중국의 〈남매혼 홍수 설화〉, 〈천녀혼 홍수 설화〉와 비슷한 면모를 지닌다. 인류의 재건 과정을 다룬 설화이니 이들을 통합해서 '인류재창조형 홍수 설화'라고 지칭하고자 한다. 그리고 인류재창조를 실현하는 데 여러 가지 결연 방식이 동원되는데 그 대표적인 것으로 남매혼이 있다. 그 외에 한국에서는 목도령이 주인의 친딸과 결연하는 방식이 있고, 중국에서는 인간인 남자가 천신의 딸과 결연해서 인류의 재창조를 실현하는 경우가 있다. 남매혼이 혈연혼이라면 천녀혼과 목도령이 주인 딸과 한 결연은 모두 비혈연혼에 해당된다. 그래서 본고에서는 '인류 기원담 홍수 설화'를 '남매혼 홍수 설화'와 '비혈연혼 홍수 설화'로 나눠 살피고자 하였다. 정리하면 다음과 같다.

<표 1> 한·중 홍수 설화의 분류

구분	한국	중국
함몰 설화	징조 조작형 함몰 설화 (〈돌부처 눈 붉어지면 침몰하는 마을〉)	징조 조작형 함몰 설화 (〈역양 전설〉)
	금기 위반형 함몰 설화 (〈장자못 전설〉)	금기 위반형 함몰 설화 (〈엽인 해력포〉)
	–	영물복수형 함몰 설화 (〈공하 전설〉)
인류재창조형 홍수 설화	남매혼 홍수 설화 (〈남매의 혼인〉)	남매혼 홍수 설화 (〈인류기원〉)
	비혈연혼 홍수 설화 (〈목도령형 홍수 설화〉)	비혈연혼 홍수 설화 (〈천녀혼 홍수 설화〉)

2. 한국 홍수 설화의 유형별 자료 검토

1) 한국의 함몰 설화

한국의 함몰 설화는 크게 '징조 조작형' – 〈돌부처 눈 붉어지면 침몰하는 마을〉담 유형과 '금기 위반형' – 〈장자못 전설〉 유형 두 가지로 나눌 수 있다. 〈돌부처 눈 붉어지면 침몰하는 마을〉담은 손진태에 의해 '광포 전설'이라 일컬어지고 있으며, 지금까지 채록된 각편이 총 16편이다. 〈장 자못 전설〉 유형은 『한국구비문학대계』에 수록된 각편만 해도 60편 넘고, 한국구전 설화 등 기타 자료집에 수록된 각편을 합하면 80편 정도 된다.

(1) 징조 조작형 함몰 설화

손진태는 『한국민족설화의 연구』에서 〈돌부처 눈 붉어지면 침몰하는 마을〉 설화를 소개하였는데, 함남 정평군 선덕면 광포(咸南定平郡宣德面廣 浦)의 유래에 관한 설화라 하며 이를 광포 설화라 명명하였다. 『한국구비

문학대계』에서는 〈돌부처 눈 붉어지면 침몰하는 마을〉이라는 명칭을 사
용하였고, 또한 노영근이 '지함위해(地陷爲海)'설화라는 명칭을 제시한
바가 있다.[56] 아직까지 학계에서 통용되는 명칭이 없어 필자는 앞에서 밝
혔듯이 일단 이 유형을 징조 조작형 함몰 설화라 명명하고자 하였다. 현재
까지 채록된 이 유형의 설화는 총 16편으로[57], 양적으로 리 많은 것은 아니
다. 각편을 정리하면 다음과 같다.

〈표 2〉 한국 징조 조작형 함몰 설화 각편

No.	제목	구연자	조사자	조사 지역	출처
1	광포 설화	도상록	손진태	함남 함흥	『손진태전집·한국민족설화의 연구』, 521쪽
2	돌부처의 피눈물	이항훈	조희웅	경기 의정부	『한국구비문학대계』 1-4, 149~151쪽
3	청지포 전설(혼합)	김재식	조동일	경기 강화군	『한국구비문학대계』 1-7, 880~883쪽
4	천지포 놋다리	나경필	성기열	경기 강화군	『한국구비문학대계』 1-7, 108~112쪽
5	놋다리 이야기	박영주	성기열	경기 강화군	『한국구비문학대계』 1-7, 182~183쪽
6	장지포 이야기	정현진	성기열	경기 강화군	『한국구비문학대계』 1-7, 408~410쪽
7	청주펄 청동다리	황인병	성기열	경기 강화군	『한국구비문학대계』 1-7, 686~687쪽
8	신판 노아의 방주	윤태선	성기열	경기 강화군	『한국구비문학대계』 1-7, 851~853쪽
9	계화도의 함몰 내력	김홍진	최래옥	전북 전주시	『한국구비문학대계』 5-2, 191~194쪽
10	계화도의 유래	홍용호	최래옥	전북 부안군	『한국구비문학대계』 5-3, 24~26쪽
11	개비석 눈에 피가 나 섬이 망하다	최덕원	백금문	전남 신안군	『한국구비문학대계』 6-6, 322~324쪽
12	도사가 가르쳐준 우물	정우영	류종목	경남 진양군	『한국구비문학대계』 8-3, 356~358쪽
13	아산만	한기승	임석재	충청 서산군	『한국구전설화』 6, 210쪽
14	칠산 바다	송상규	임석재	전북 익산군	『한국구전설화』 7, 54~55쪽
15	계화도	김원기	임석재	전북 부안군	『한국구전설화』 7, 56쪽
16	장연호	박일섭	최상수	함북 명천	『한국민간전설집』 470쪽

---

56 노영근, 「동아시아 〈지함위해〉설화 유형의 비교연구」, 『대동문화연구』 84, 성균관대학
    교 동아시아학술원, 33~68쪽.
57 권태효, 「〈돌부처 눈 붉어지면 침몰하는 마을〉담의 홍수설화적 성격과 위상」, 『구비문학
    연구』 6, 1998, 238쪽.

〈돌부처 눈 붉어지면 침몰하는 마을〉 설화는 대부분 『한국구비문학대계』에 수록되어 있다. 그 분포 지역을 보면 대부분 경기도와 전라도에 집중되어 있다. 일찍이 권태효가 〈돌부처 눈 붉어지면 침몰하는 마을〉 설화를 정리하여 자료적 특징을 파악한 연구가 있다. 그는 특징으로 3가지를 정리했는데 전승지역이 서해안을 끼고 남북으로 길게 이어지는 양상을 보인다는 점, 구연자가 모두 남성이라는 점, 화자가 〈장자못 전설〉과 거의 동일한 설화로 인식하면서 전승시키고 있다는 점이다.[58]

본격적으로 이 설화를 검토하기에 앞서, 서사단락을 정리하면 다음과 같다.

> 1. 마을을 지나간 과객이나 도승이 돌부처 눈에 피가 나면 마을이 침몰할 거라고 예언한다. (마을에 악한 사람이 많이 살고 있다.)
> 2. 이를 믿는 자가 날마다 돌부처를 확인하러 다닌다.
> 3. 마을 사람이 노옹이나 도승의 예언을 의심하여 징조를 조작한다.
> 4. 예언을 믿는 자가 징조를 보고 피난 가서 살아남는다.
> 5. 예언대로 재난이 나서 마을이 침몰한다.

줄거리 정리를 통해서 알 수 있듯이 〈돌부처 눈 붉어지면 침몰하는 마을〉 설화의 핵심 구조는 '(마을 사람의 악/선행) → 함몰 계시 → 징조 → 징조 조작 → 함몰 발생'의 순으로 되어 있다.

이 유형의 설화는 홍수 발생 원인에 역점을 두며, 징벌의 의미가 뚜렷하다. 먼저 각편의 서사 전개를 살펴보도록 하겠다. 〈청지풀 전설〉, 〈놋다리 이야기〉, 〈장지포 이야기〉, 〈청주풀 청동다리〉, 〈광포 전설〉, 〈천지포 놋다리〉 6편에는 마을 사람의 인심이 나쁘다는 직접적인 서술이 있다.

---

58 권태효, 앞의 논문, 235~265쪽.

그리고 〈개비석 눈에 피가 나 섬이 망하다〉, 〈돌부처의 피눈물〉, 〈아산만〉에서는 마을에 '개 눈이나 바위에 피가 나면 난(亂)이 난다'는 전설이 전해오고 있다고 하였다. 그리고 나머지 각편에서는 마을에 대한 배경 서술 없이 도승이 찾아와 예언하는 것부터 서사가 시작된다.

〈청지풀 전설〉에서는 도승이 부자들이 많이 사는 청지풀에 왔는데 사람들이 문을 닫고 그를 외면한다. 그에게 쌀을 주거나 돈 한 푼을 주는 사람이 하나도 없었다. 날이 저물어 도승이 잘 곳을 구하러 어느 집에 들어갔다. 이 집주인은 도승에게 저녁도 차려주고 후대해 주었다. 그래서 도승은 주인에게 청지풀이 곧 망하니 이사를 가라고 일러주었다. 또 미륵 코에서 피가 나면 망하는 줄 알고 도망가라고 당부했다. 그 후로 영감은 매일 미륵을 살피러 갔는데, 동네 사람 하나가 이를 수상하게 여겨 이유를 캐물었다. 영감이 왜 그런 행동을 하는지 알게 된 동네 사람은 영감을 속이려고 닭을 하나 잡아먹고서 피를 가져와 미륵 코에다 문질렀다. 그 다음날 이를 본 영감은 살림살이를 값싸게 처분한 후 마을에서 빠져 나왔다. 그가 빠져나온 지 사흘 만에 동네가 함몰되었다. 〈청지포 놋다리〉, 〈놋다리 이야기〉도 이와 비슷한 서사를 지니고 있다. 독특한 것은 〈청지포 놋다리〉에서 후대를 받은 중이 할머니에게 배를 지으라고 하였고 나중에 재난이 발생한 다음 그 집 식구가 그 배를 타고 피난 갔다는 점이다.

〈청주폴 청동다리〉에는 마을 사람의 악행에 대해 자세히 서술되어있다. 마을에 부자들만 살고 있는데 모두 사치를 부리고, 청동으로 다리를 놓기도 하며 찰떡으로 불돌을 하기도 한다. 여기 사람들도 마찬가지로 부유한 생활을 하면서 시주하러 온 도승을 문전박대한다. 도승은 '두고 봅시다'라고 하고 가버렸고 얼마 지나지 않아 갑자기 하늘이 컴컴해지고 천지를 뒤흔드는 뇌성벽력이 일어나더니 폭우가 쏟아져 동네가 온통 물바다로 변하고 말았다. 이때 마을에서 비교적 마음씨가 고운 늙은 할머니한 사람만이 하늘의 도움을 얻어 살아나 연백 땅에서 쓸쓸히 살다가 죽었다고 한다. 이 각편에서는 생존자로 남은 할머니가 도승한테 선행을 베풀었다는 서술이 없다. 〈장지포 이야기〉는 청지 지방에 사람들이 인심이 사나워 중을 외면하는데 어떤 팥죽 할머니만이 그를 따뜻하게 대해주었다는 이야기가 나온다. 팥죽을 먹은 중이 할머니한테 미륵에 코피가 흐르면 이사 가라고 하였다. 할머니의 아들이 날마다 미륵을 살피러 갔다가 이를 본 동네 청년들이 이유를 물어보고, 이유를 들은 청년들은 그를 골려주려고 일부러 미륵에 닭 피를 발랐다. 이를 보고 모자 둘이서 황급히 동네를 떠났고, 그날 비가 쏟아져 동네가 온통 물바다로 변했다.

〈광포 전설〉에서는 동네에 방탕한 청년이 많이 살고 있었다고 한다. 광포에서 팥죽 장사하는 할머니가 소박한 옷차림을 한 노옹을 후대하였다. 노옹이 할머니한테 삼일간의 식량(食糧)을 준비하여 동자석상(童子石像)에 피가 흐르면 높은 산으로 피난가라고 하였다. 날마다 동자석을 살피러 가는 할머니를 놀리려고 동네 청년들은 석상(石像)의 눈을 붉게 염색시켜 혈루(血淚)와 같이 하였다. 이를 본 할머니는 당황하여 급히 산으로 피난을 떠났다. 나쁜 청년들은 할머니의 주점에 무단으로 들어가 난음대취(亂飮大醉)하였다. 그동안 해일이 일어나 광포는 순식간에 바다로 화하였다. 〈장연호〉도 이와 비슷한 서사를 지닌다. 여기서 재난이 일어나는 징조는 돌부처의 눈에 피가 흐르는 것이었다.

〈도사가 가르쳐 준 우물〉에서 도사가 예언자로 등장하여 한 부녀자한테 물을 얻어먹고 짐승 모양 돌의 눈에 피가 나면 피하라고 하였고, 다른 짓궂은 부녀가 닭 피를 돌에다 발라 큰물이 일어나는 재난을 불러 일으켰다. 〈칠산바다〉에서는 서씨(徐氏) 노인이 지사를 후대하여 '부처 귀에서 피가 흐르면 바다가 된다'는 예언을 받았다. 동네 개백정 하나가 개 잡던 피 묻은 손을 부처님 귀에 문질러 피를 발랐고, 서씨 노인은 이를 보고

어서 피하라고 외치면서 높은 산으로 올라가 살아남았다. 동네 사람 중 서씨 노인의 말을 믿은 원님네 식구, 육방 관서(六房 官署)의 식구, 소금장 수만 살고 나머지 사람들은 모두 죽었다.

〈돌부처의 피눈물〉과 〈아산만〉 2편은 모두 한 지역에 '미륵 콧구멍에서 피가 나면 난이 난다'는 전설이 전해진다고 한다. 이 때문에 노인은 매일 미륵을 살피러 가는데 청년들이 그를 골려 주기 위해 미륵에 소 피나 개 피를 발랐다. 이를 본 노인은 급히 피난 가서 살아남았고 동네는 바다로 변했다. 〈개 비석 눈에 피가 나 섬이 망하다〉에서도 전설 내용을 믿는 자가 마지막에 살아남았는데 이때 믿는 자가 한 사람이 아니고 동네 원주민 전체였다. 동네 사람이 외래자(外來者) 두 명을 살렸는데 두 사람이 섬을 차지하기 위해 개 비석 눈에 피를 발랐다. 결국 전설에서 나온 것처럼 섬이 가라앉아 도망 간 마을 원주민들은 살아남고 악심을 품은 두 사람은 죽었다.

〈신판 노아의 방주〉에서는 어떤 사람이 '미륵 코에 피가 흐르면 물로 심판 한다'는 꿈을 꾸어 이를 믿고 날마다 미륵을 살피러 간다. 동네 사람이 미륵 코에 닭 피를 발라 이 사람을 속이려고 하였고 결국 꿈대로 재난이 일어났다는 이야기이다. 〈계화도의 함몰유래〉와 〈계화도의 유래〉, 〈계화도〉는 비슷한 서사를 지니고 있다. 〈계화도의 함몰유래〉에는 풍수가 나와서 예언하고, 〈계화도의 유래〉에서는 동네를 지나간 과객이 '돌부처 눈에 피가 나면 섬이 된다'는 예언을 하는데 동네 어떤 장난꾼이 소 피를 돌부처에 바르자 재난이 예언대로 일어나 마을이 망하였다. 돌부처를 날마다 살피러 간 노인이 급히 피난 가자고 하였는데 손자만 그의 말을 믿고 따라 나왔다.

위의 내용 정리를 통해 우리는 대략 이 유형의 서사 전개를 파악할 수 있다. 이와 같은 유형은 홍수 발생 원인에 초점을 맞추고 있는데, 홍수 발생의 직접적인 원인이 바로 '징조 조작'이다. 이들 각편들에 마을 사람의 악행에 대한 서술이 다 있는 것은 아니다. 마지막 생존자로 남은 자의 선행에 대한 서술이 있는 경우도 있고 아예 언급을 안 하는 경우도 있다. 하지만 이들 각편들의 공통점은 도승, 과객, 지사 등의 예언을 의심한 사람이 징조를 조작해서 재난을 불러일으킨다는 것이다. 즉, 도승의 예언을 의심한 자나, 돌부처 눈에 피를 바른 자가 한 집단의 멸망을 초래하고, 마을 사람들 중에서 예언을 믿고 돌부처를 날마다 살피러 간 사람만이(각편에 따라 그의 가족도 포함) 살아남는다.

(2) 금기 위반형 함몰 설화

〈장자못 전설〉은 한국 전역에서 많은 각편이 전승되는 설화 유형이다. 이는 악인을 징치할 목적으로 생긴 국지적(보통은 한 마을, 한 집)인 함몰을 다루기 때문에 〈돌부처 눈 붉어지면 침몰하는 마을〉 설화와 같이 함몰 설화에 해당된다. 〈장자못 전설〉유형은『한국구비문학대계』에 수록된 각편만 해도 60편 넘고『한국구전설화』등 기타 자료집에 수록한 각편을 합하면 79편에 달한다. 각편 리스트를 다음과 같이 정리한다.

〈표 3〉한국 금기 위반형 함몰 설화 각편

No.	제목	조사 지역	구연자	조사자	출처
1	장자늪	경기 남양주	이강범	조희웅 외	『한국구비문학대계』1-4, 267~271쪽
2	귀래리 방아못 전설	경기 화성군	강성직	성기열 외	『한국구비문학대계』1-5, 247~249쪽
3	방아못 전설	경기 화성군	나도성	성기열 외	『한국구비문학대계』1-5, 300~301쪽
4	황지못 전설	경기 옹진군	장의성	성기열 외	『한국구비문학대계』1-8, 500~501쪽
5	아침못 전설	강원 춘성군	박석산	서대석	『한국구비문학대계』2-2, 353~355쪽
6	아침못 전설	강원 춘성군	박치관	서대석	『한국구비문학대계』2-2, 707~709쪽
7	남양소 장자못 전설	강원 삼척군	김일기	김선풍	『한국구비문학대계』2-3, 156~157쪽
8	장자못 전설	강원 삼척군	김대봉	김선풍	『한국구비문학대계』2-3, 329~332쪽

9	독갑소와 장자 이대성	강원 속초시	이명철	김선풍	『한국구비문학대계』 2-4, 126~128쪽
10	영변 장자못 전설	강원 횡성	오정섭	김순진 외	『한국구비문학대계』 2-7, 145~148쪽
11	장자못 전설	강원 영월군	김진홍	김선풍 외	『한국구비문학대계』 2-8, 554~555쪽
12	의림지 장자못 전설	강원 영월군	김진홍	김선풍 외	『한국구비문학대계』 2-8, 555~556쪽
13	의림지 전설	충북 중원군	윤효영	김영진 외	『한국구비문학대계』 3-1, 196~197쪽
14	부도의 유래	충북 충주시	이철우	김영진	『한국구비문학대계』 3-1, 60~61쪽
15	장자늪 유래	충북 충주시	권태일	김영진	『한국구비문학대계』 3-1, 80~81쪽
16	중 괄시해서 연못이 된 장자터	충북 단양군	장영식	김영진	『한국구비문학대계』 3-3, 29~31쪽
17	제천 의림지 전설	충북 단양군	심상원	김영진	『한국구비문학대계』 3-3, 280~281쪽
18	황지 '구멍소'의 전설	충북 단양군	이우암	김영진	『한국구비문학대계』 3-3, 445~446쪽
19	상입석리의 장자못 전설	전북 부안군	이상희	최래옥 외	『한국구비문학대계』 5-3, 112~114쪽
20	부안읍 장자못 전설	전북 부안군	김사형	최래옥 외	『한국구비문학대계』 5-3, 141쪽
21	북청 통두란과 장자못 전설	전북 부안군	이재종	최래옥 외	『한국구비문학대계』 5-3, 156~157쪽
22	부안 장자못 전설	전북 부안군	효산스님	최래옥 외	『한국구비문학대계』 5-3, 211~212쪽
23	보안면 웃선돌의 장자못 전설	전북 부안군	최정자	최래옥 외	『한국구비문학대계』 5-3, 310~312쪽
24	장자못 전설	전북 부안군	이병순	최래옥 외	『한국구비문학대계』 5-3, 689~690쪽
25	장자못 전설과 개바위 전설	전북 부안군	이영한	최래옥 외	『한국구비문학대계』 5-3, 718~719쪽
26	장자못 전설	전남 장성군	김일남	최래옥 외	『한국구비문학대계』 6-8, 52~53쪽
27	안동부락 장자못 전설	전남 장성군	최준성	최래옥 외	『한국구비문학대계』 6-8, 156~158쪽
28	황지못과 돌미륵	경북 봉화군	홍성수	임재해 외	『한국구비문학대계』 7-10, 563~565쪽
29	황희정승과 황지못	경북 대구	김봉한	최정여 외	『한국구비문학대계』 7-13, 477~480쪽
30	중을 괄세한 황부자, 장자못 전설	경북 월성군	김수만	임재해 외	『한국구비문학대계』 7-2, 234~235쪽
31	중을 괄시한 만석꾼, 장자못	경북 월성군	박동준	조동일 외	『한국구비문학대계』 7-2, 62~64쪽
32	장자못 다른 이야기	경북 월성군	최춘원	임재해 외	『한국구비문학대계』 7-3, 516~518쪽
33	장자못	경북 영덕군	조유란	임재해 외	『한국구비문학대계』 7-6, 291~292쪽
34	장자못	경북 영덕군	권태방	조동일	『한국구비문학대계』 7-6, 55~57쪽

35	장자못과 돌이 된 며느리	경북 상주군	황수용	천혜숙 외	『한국구비문학대계』7-8, 1176~1177쪽
36	집터가 변해서 된 황지못	경북 안동군	류태석	임재해 외	『한국구비문학대계』7-9, 292~294쪽
37	중을 괄시하여 생긴 황지못	경북 안동군	강대은	임재해 외	『한국구비문학대계』7-9, 675~676쪽
38	부자의 집터였던 황지못	경북 안동군	신동식	임재해 외	『한국구비문학대계』7-9, 847~849쪽
39	영산 장자늪	경남 의령군	최만교	류종목 외	『한국구비문학대계』8-11, 108~109쪽
40	삭실늪이 생긴 유래	경남 의령군	정복련	류종목 외	『한국구비문학대계』8-11, 168~170쪽
41	영산 장자늪	경남 의령군	김봉규	정상박 외	『한국구비문학대계』8-11, 384~386쪽
42	의령 북실 장자못	경남 의령군	박연악	정상박 외	『한국구비문학대계』8-11, 475~477쪽
43	황지 장자못의 유래	경남 의령군	최용득	류종목 외	『한국구비문학대계』8-11, 631~633쪽
44	옹촌 장자못	경남 울산	이유수	정상박 외	『한국구비문학대계』8-12, 56~57쪽
45	황지의 장자못	경남 울주군	김삼남	정상박 외	『한국구비문학대계』8-13, 553쪽
46	장자못	경남 진주	김두상	정상박 외	『한국구비문학대계』8-3, 33~34쪽
47	장자못	경남 진양군	류성만	정상박 외	『한국구비문학대계』8-3, 453~455쪽
48	장자못	경남 밀양군	김도연	정상박 외	『한국구비문학대계』8-7, 539~540쪽
49	마굴소와 마전암	경남 밀양군	김태욱	정상박 외	『한국구비문학대계』8-8, 273~274쪽
50	장자못	제주 북제주군	안용인	현용준 외	『한국구비문학대계』9-1, 91~93쪽
51	바위가 된 여자	황해도 옹진군	김금화	임석재	『한국구전설화』3, 221쪽
52	바위가 된 여자	황해도 은율군	최재철	임석재	『한국구전설화』3, 222쪽
53	투구바위	평북 정주군	홍윤제 강문빈	임석재	『한국구전설화』3, 36~37쪽
54	애기광구	평북 강계군	김이협	임석재	『한국구전설화』3, 37~38쪽
55	애기방구	평북 창성군	김신웅	임석재	『한국구전설화』3, 38쪽
56	바위로 화한 며느리	평북 녕변군	김치옥	임석재	『한국구전설화』3, 39쪽
57	바위로 화한 며느리	평북 녕변군	이동제	임석재	『한국구전설화』3, 39~40쪽
58	바위로 화한 며느리	평북 의주군	박원건	임석재	『한국구전설화』3, 40쪽
59	바위로 화한 며느리	평북 선천군	이기하	임석재	『한국구전설화』3, 41쪽
60	바위로 화한 며느리	평북 의주군	홍무근	임석재	『한국구전설화』3, 41~42쪽
61	바위로 화한 여자	평북 선천군	김득호	임석재	『한국구전설화』3, 42~43쪽
62	장연호	함북 경원군	김성덕	임석재	『한국구전설화』4, 19~20쪽
63	북청 유아암	함북 경성군	김타연	임석재	『한국구전설화』4, 20~21쪽

64	광지바이	함북 청진부	광천찬율	임석재	『한국구전설화』4, 21~22쪽
65	바위가 된 여자	함북 경성군	채씨	임석재	『한국구전설화』4, 23~24쪽
66	황강	경기도 개풍군	서본희규	임석재	『한국구전설화』5, 30쪽
67	바위가 된 처녀	충남 아산군	박영수	임석재	『한국구전설화』6, 220~221쪽
68	며느리 바위	충남 연기군	이재선	임석재	『한국구전설화』6, 221~222쪽
69	장자못	충남 공주읍	이치우	임석재	『한국구전설화』6, 229쪽
70	장자못	충남 공주읍	전안희	임석재	『한국구전설화』6, 229~230쪽
71	개나리 방죽	충남 논산군	신안중량	임석재	『한국구전설화』6, 230~231쪽
72	두무소	충북 충주군	이경동	임석재	『한국구전설화』6, 24~25쪽
73	장자늪	충북 충주군	신승철	임석재	『한국구전설화』6, 25~26쪽
74	장자늪과 애기바위	충북 청원군	조수석	임석재	『한국구전설화』6, 26~27쪽
75	부처봉과 장자늪	경남 창녕군	조성국	임석재	『한국구전설화』7, 24~25쪽
76	장자늪	전북 무주군	김환신	임석재	『한국구전설화』7, 56쪽
77	구모소	경북 안동군	이동훈	임석재	『한국구전설화』12, 26쪽
78	구모소	경북 봉화군	임일재	임석재	『한국구전설화』12, 27쪽
79	두호지	경남 포항시	이재하	임석재	『한국구전설화』12, 27~28쪽

위 표를 통해 알 수 있듯이 〈장자못 전설〉은 전국적인 분포를 보이고 있다. 평북 9편, 함북 4편, 황해 2편, 강원 8편, 경기 5편, 경남 13편, 경북 13편, 전남 2편, 전북 8편, 충남 5편, 충북 9편, 제주 1편이 전해진다. 이 중에 특히 경남, 경북에 집중적으로 분포되어 있고 다음으로 충청도가 14편으로 비교적 많은 양이 채록된 지역이다.

〈장자못 전설〉은 전승 과정에서 많은 각편이 나올 만큼 강한 전파력을 가진 설화유형이다. 그 줄거리를 정리하면 다음과 같다.

1. 옛날 어느 마을에 인색한 부자가 살고 있었다.
2. 하루는 중이 동냥하러 왔는데 두엄을 주거나 학대하여 쫓아냈다.
3. 옆에서 지켜본 며느리가 도승에게 시주를 하며 시아버지의 악행을 용

서해 달라고 했다.

4. 중이 며느리에게 따라 나오라 하고 무슨 일이 있어도 뒤돌아보지 말라고 했다.

5. 며느리는 벼락 소리에 놀라 뒤를 돌아보았다.

6. 장자 집터는 못으로 변해 버렸다.

7. 며느리가 금기를 어겨 돌로 화했다.

위와 같은 〈장자못 전설〉 이야기는 각편에 따라 변이가 크다. 도승에게 아무것도 주지 않은 경우도 있고 거름이나 똥을 퍼주었다는 각편도 있다. 물론 주지 않는 것이나 먹지 못할 것을 준 것은 모두 도승을 박대한 행위이다. 며느리 대신 부자의 딸, 혹은 옆집 처녀가 선행을 베푼 각편도 있다. 그리고 가끔 시아버지 대신에 시어머니가 등장하는 각편도 있다. 며칠 후에 홍수가 발생하는 것이 아니라 바로 선행(善行)이 이루어진 다음에 홍수가 일어났다는 이야기도 있다. 또 며느리는 혼자 산으로 대피할 뿐만 아니라 아이를 업거나 키우던 강아지를 데리고 나오기도 한다. 그리고 마지막으로 며느리가 돌이 되었다는 결말이 대부분이지만 며느리가 살아남거나, 구렁이로 변한 각편들도 있다. 하지만 이와 같은 세부적인 차이에도 불구하고 〈장자못 전설〉의 핵심 구조를 살펴보면 '학승(虐僧) → 며느리의 선행(善行) → 재난 예언과 금기 제시 → 함몰 → 금기 위반 → 화석'의 순으로 정리할 수 있다. 최래옥은 일찍이 〈장자못 전설〉에 대해 4개의 모티프를 근간으로 이야기가 전개된다고 논의하였다.[59] 그것을 화소별로 살펴보자면, 학승 모티프(부자가 중을 학대하여 쫓아낸다), 금기 모티프(중

---

59   최래옥, 「설화와 그 소설화 과정에 대한 구체적 분석－특히 장자못 전설과 옹고집전의 경우」, 서울대학교 석사학위논문, 1968, 12~13쪽.

이 며느리에게 '뒤를 돌아보지 말라고 한다), 함몰 모티프(장자의 집터가 연못이 된다), 화석 모티프(금기를 어긴 며느리가 돌로 변한다)이다. 여기서 학승 모티프와 금기 모티프가 〈장자못 전설〉을 이루는데 '원인구실'을 하며, 장자가 벌을 받아 그의 집이 뇌성벽력과 소나기로 함몰해서 못이 되었다는 '함몰' 모티프와 '화석' 모티프가 서사구조를 이루는 '결과구실'을 한다고 볼 수 있다.

각편 중에서 경남 밀양군에서 조사한 〈장자못〉, 전북 부안군에서 조사한 〈북청 통두란과 장자못 전설〉, 평북 정주군에서 조사한 〈투구바위〉 3편을 제외하고 나머지 76편에 모두 학승 모티프가 있다. 옹진군 〈황지못 전설〉[60]에서 장자는 고약하고 구두쇠로 나온다. 그는 시주하러 온 중한테 소똥을 준다. 장성군 〈안동부락 장자못 전설〉[61]에서는 장자의 악행이 더욱 심하게 드러난다. 그는 시주하러 온 도승한테 대퇴를 매어[62] 학대한다. 대부분 각편에서 이처럼 장자를 고약하고 인색하며 탐욕스러운 인물로 묘사하고 도승이 시주하러 왔는데 쇠두엄을 주거나 바가지를 깨뜨리는 등 악행을 저지른 인물로 표현한다. 그리고 대부분 도승은 특별한 설명이 없이 거지나 걸인, 쌀을 동냥하는 자 등 초라한 걸승의 모습으로 나타나지만 본질적인 모습은 비범한 신적 존재로서 장자를 심판하고자 하는 성격을 지니고 있다. 즉 도승은 인간 세상의 악을 징벌하는 신적 능력을 가진 천상적 존재이다. 하지만 장자는 도승이 천상계의 신적인 존재인 것을 못 알아보고 도승을 학대하고 만다. 장자의 이와 같은 악행은 징벌의 원인으로 작용하며, 그의 파멸, 집터가 못으로 변하는 결과를 야기하고 있다.

장자 며느리는(각편에 따라 가끔 딸, 옆집 처녀도 등장한다) 장자와 반대로

---

60 〈황지못 전설〉, 『한국구비문학대계』 1-8, 한국정신문화연구원, 1984, 501쪽.
61 〈안동부락 장자못 전설〉, 『한국구비문학대계』 6-8, 한국정신문화연구원, 1986, 157쪽.
62 콩을 담아서 머리에 둘려 물을 주고 콩이 불어 머리를 조이는 형벌이다.

몰래 시주를 하고 자비심이 많은 여성으로 묘사되어 장자와 극적인 대립을 이루는 이미지로 표출된다. 〈바위로 화한 며느리〉[63] 등 대부분 각편에서 며느리는 시아버지 몰래 도승한테 쌀 한 되를 가져다주고 예언을 받는다. 가끔 삼척군 〈장자못 전설〉[64]처럼 도승에게 쌀을 주고 시아버지 대신해서 사죄하는 경우도 있다. 이처럼 선행을 베푼 며느리에게 도승이 재난을 예언하고 자기를 따라오라 하거나 높은 산으로 올라가라고 하며, 이와 동시에 어떤 일이 있어도 뒤돌아보지 말라는 금기를 부여한다. 79편의 각편에서 13편은[65] 금기 모티프가 없고, 나머지 66편에서는 금기가 두드러지게 나타난다. 66편에서 다 똑같이 "뒤돌아보지 말라"는 금기가 나오는데 〈투구바위〉[66]에서만 이와 같은 금기가 도승이 직접 전해주는 방식이 아니라 꿈을 통해 전달된다.

도승에게 시주를 준 며느리는 도승의 말을 듣고 산으로 피신하러 간다. 그러나 중이 제시한 '뒤돌아보지 말라'는 금기를 어기고 뒤돌아봄으로써 돌로 변하고 만다. 각편 79편에서 '뒤돌아보지 말라'는 금기가 제시된 편수가 66편이고, 금기가 제시되고 화석 모티프가 등장한 편수가 57편[67]이

63 〈바위로 화한 여자〉, 임석재, 『한국구전설화』 3, 평민사, 1989, 40쪽.

64 〈장자못 전설〉, 『한국구비문학대계』 2-3, 한국정신문화연구원, 1981, 330쪽.

65 금기 모티프가 없는 13편은 다음과 같다: 〈마굴소와 마전암〉(『한국구비문학대계』 8-8, 1983, 273~274쪽), 〈독갑소와 장자 이대성〉(『한국구비문학대계』 2-4, 1983, 126~128쪽), 〈아침못 전설〉(『한국구비문학대계』 2-2, 1981, 353~355쪽), 〈황강〉(『한국구전설화』 5, 1989, 30쪽), 〈황지의 장자못〉(『한국구비문학대계』 8-13, 1986, 553쪽), 〈영산 장자늪〉(『한국구비문학대계』 8-11, 1984, 384~386쪽), 〈장자못〉(『한국구비문학대계』 8-3, 1981, 33~34쪽), 〈두호지〉(『한국구전설화』 12, 1993, 27~28쪽), 〈집처가 변해서 된 황지못〉(『한국구비문학대계』 7-9, 1982, 292~294쪽), 〈부안 장자못 전설〉(『한국구비문학대계』 5-3, 1983, 211~212쪽), 〈장자못〉(『한국구전설화 6』, 1990, 229쪽), 〈삭실늪이 생긴 유래〉(『한국구비문학대계』 8-11, 1984, 168~170쪽), 〈웅촌 장자못〉(『한국구비문학대계』 8-12, 1986, 56~57쪽).

66 〈투구바위〉, 임석재, 앞의 책, 1989, 36~37쪽.

다. 즉, 화석 모티프는 대부분 이야기에서 나올 만큼 〈장자못 전설〉의 전형적인 모티프라고 볼 수 있다. 각편에 따라 며느리는 금기를 어겨 '돌부처, 바위, 망부석, 돌, 미륵' 등으로 변한다. 선행을 베푼 며느리가 왜 돌로 화했는지 납득이 안 될 수도 있는데, 그 이유는 걸승이 가르쳐 준 금기를 어겨 성스러운 것이 깨졌기 때문에 신의 구원을 받을 수가 없었던 것이다.

이처럼 세부적인 차이가 있으나 〈장자못 전설〉의 서사를 대략 '학승(虐僧) → 며느리의 선행 → 재난 예언과 금기 제시 → 함몰 → 금기 위반 → 화석'의 순으로 정리할 수 있다. 〈장자못 전설〉은 『구약성서』에 나오는 〈소돔과 고모라〉 이야기와 유사한 점이 많다. 타락하고 부정한 이들에 대한 응징이 있다는 모티프와 신에 의해 선택된 이가 산으로 피신하는 모티프, 그리고 금기를 어긴 이가 화석화되었다는 모티프이다. 하지만 그 차이 또한 크다. 『구약성서』의 이야기는 한 도시 전체를 몰락시켰으며, 신은 천사를 보내어 신과의 언약을 굳게 지킨 이에게 미리 구원을 알린다. 그리고 불로서 처벌을 내리고, 금기를 파기한 이를 소금 기둥으로 만든다. 반면에 〈장자못 전설〉 계열의 이야기에서는 구체적인 신격이 등장하지 않고, 장자의 집만 물에 잠겼으며, 금기를 파기한 이가 화석화되었다는 것은 선택 사항이다. 이것은 지역에 따라 화석화를 설명할 돌기둥의 유무에 따라 서사가 조정된 것으로 보인다.[68]

---

67   금기를 제시했는데 이에 따른 화석(化石)이 없는 대표적인 각편은 다음과 같다(각편에 따라 며느리가 구렁이로 변하는 경우도 있음): 〈황지못 전설〉(『한국구비문학대계』 1-8, 1984, 500~501쪽), 〈방아못 전설〉(『한국구비문학대계』 1-5, 1981, 300~301쪽), 〈영산 장자늪〉(『한국구비문학대계』 8-11, 1984, 108~109쪽), 〈의림지 장자못 전설〉(『한국구비문학대계』 2-8, 1986, 1986, 555~556쪽), 〈장자못 전설〉(『한국구비문학대계』 6-8, 1986, 52~53쪽), 〈장자늪〉(『한국구전설화』 7, 1990, 56쪽), 〈부안읍 장자못 전설〉(『한국구비문학대계』 5-3, 1983, 141쪽), 〈의림지 전설〉(『한국구비문학대계』 3-1, 1980, 196~197쪽).

68   김재용, 「동북아시아 지역 홍수신화와 그 변이에 대한 연구」, 『한국고전연구』 4, 한국고

2) 한국의 인류재창조형 홍수 설화

(1) 남매혼 홍수 설화

한국에 인류가 홍수로 인해 멸망한 다음 생존자인 남매가 인류를 재창
조해 나가는 홍수 설화 유형이 있는데 이른바 남매혼 홍수 설화이다. 이는
남매가 홍수 재난에서 살아남아 인류의 멸종을 면하기 위해 천의 시험을
거쳐 결합하는 이야기이다. 『한국구비문학대계』에는 남매혼 홍수 설화가
'남매가 혼인해 인류 시조되기' 항목에 수록되어 있는데 이들 이야기의
경우에는 남매가 아닌 모자간의 이야기도 포함되어 있고 남매간의 이야기
라 해도 홍수로 인해 둘만 살아남은 것이 아니라 임진왜란으로 인해 사람
이 다 죽고 남매만 살아남았다는 이야기가 주종을 이루고 있다.[69] 본고에서
는 원칙적으로 남매와 홍수에 관련된 이야기가 반드시 등장하는 설화만
분석대상으로 삼으려고 하지만, 홍수 설화와 같은 성격을 지닌 해일 남매
혼도 함께 논의 대상으로 삼고자 한다. 각편을 제시하면 아래와 같다.

〈표 4〉 한국 남매혼 홍수 설화 각편

No.	제목	전승지역	구연자	채록자	출처
1	대홍수 전설	함흥부 하동리	김호영	손진태	『孫晉泰先生全集2·한국민족설화의 연구』, 513~517쪽
2	형제봉, 형제산	경북 월성	박동준	조동일	『한국구비문학대계』 7-2, 59~62쪽
3	인류의 시조	전북 완주군	유명열	한상수	『한국인의 신화』, 223~226쪽
4	남매의 혼인	경기 파주	조규휘	임동권	『한국의 민담』, 87~88쪽

일찍이 손진태는 한국에 전해져 내려온 홍수 남매혼 설화가 중국 위난
성에 집거하고 있는 로로족의 창세 신화의 일부와 비슷하며 중국 당나라

전연구학회, 1998, 92쪽.

69 이향애, 「한국 홍수설화 연구」, 서강대학교 석사학위논문, 2008, 7쪽.

에 쓰여진『독이지(獨異志)』에 기록된 홍수고사에서 직접적인 영향을 받았다고 논의하였다.[70] 그가 1923년에 채록한 〈대홍수 설화〉는 대략 다음과 같다.

> 옛날 이 세상에는 큰물이 져서 세계는 전혀 바다로 화하고 한사람의 생존한 자도 없게 되었다. 그때에 어떤 남매 두 사람이 겨우 살게 되어 백두산 같이 높은 산 정상에 표착하였다. 물이 다 걷힌 뒤에 남매는 세상에 나와 보았으나 인적이라고는 구경할 수 없었다. 만일 그대로 있다가는 사람의 씨가 끊어질 수밖에 없으나 그렇다고 남매간에 결혼할 수도 없었다. 얼마 동안 생각하다 못하여 남매가 각각 마주 서 있는 두 봉 위에 올라가 맷돌을 굴려 내렸고 각각 하느님에게 기도를 하였다. 암망과 수망은 산골 밑에서 마치 사람이 포개 놓은 것 같이 합하였다. 남매는 하느님의 뜻을 짐작하고 결혼하기로 하였다. 사람의 씨는 이 남매의 결혼으로 인하여 계속하게 되었다. 지금 많은 인류의 祖先은 실로 옛날의 그 두 남매라고 한다.[71]

손진태가 1923년에 채록한 이 〈대홍수 설화〉는 남매혼 설화의 최초기록이다. '홍수 발생 → 남매 생존 → 인류 멸종 위기 → 천의시험 → 남매결연 → 인류의 시조'의 순서로 서사가 전개된다. 그러나 홍수 발생 원인에 대한 언급이 없고, 남매 결연 후 인류재창조에 관한 자세한 설명도 찾을 수 없었다. 같은 자료집에 〈대전쟁 전설〉도 수록되어 있는데 이는 홍수대신 임진왜란을 배경으로 설정하여 전란의 위기 가운데 남매만이 살아남은 상태에서 절손을 염려하여 결연을 앞두고 천의시험을 진행하는 이야기이다. 결국에 연기가 합쳐져 남매는 결혼을 하며 개량 오싯골 나씨

---

70   손진태,『손진태전집2·한국민족설화의 연구』, 태학사, 1981, 513~516쪽.
71   손진태, 위의 책, 514쪽.

의 시조가 된다. 이 각편에서는 홍수 대신 전란을 배경으로 하지만 윤곽은
위에 살핀 대홍수 설화와 크게 다르지 않다.

그 다음으로 『한국구비문학대계』에 수록된 자료를 살펴보도록 하자.
〈형제봉, 형세산〉은 해일을 배경으로 하고 있으며, 남매가 살아남아 절손
을 염려 하는 대신에 성(性)을 안다는 서술이 나온다. 남매간은 원래 결혼
할 수 없으니 남동생은 김해 김씨, 누이는 정골 허씨로 성을 바꾸어 결혼
한다. 그리하여 남매가 김해 김씨와 정골 허씨의 시조가 되었는데 지금도
양씨 간은 결혼하지 않는다. 이 각편을 보면 남매가 결혼해서 인류를 재창
조하기보다는 성씨의 시조, 어느 지역의 시조가 된다는 서술이 핵심이다.
특히 이 각편에서 천의시험 화소는 등장하지 않으며, 남매가 능동적으로
결연을 주도하고 있어 흥미롭다.

한상수가 채록한 〈인류의 시조〉는 홍수남매혼 설화에서 온전한 구조를
가진 각편이라 할 수 있다. 홍수의 발생 원인부터 인류의 시조가 되기까지
이야기가 모두 언급되었기 때문이다. 이 각편에서는 가난하여 불화가 잦
은 시대에 부모의 말을 잘 듣는 셋째 딸과 일곱째 아들이 산에 머루를
따라 갔다가 재난을 피할 수 있었다. 둘은 인류가 멸망할 것을 염려하여
천의시험(연기 피우기, 맷돌 굴리기)을 통해 하늘의 뜻을 물어보고 결혼한
뒤 인류의 시조가 되었다. 여기서 홍수의 원인은 인간의 불화에서 찾을
수 있고, 남매는 착하고 부모 말을 잘 들으니 행운을 얻어 살아남을 수
있었다. 『한국의 민담』에서 수록되어 있는 〈남매의 혼인〉에서는 큰 장마
가 들어 세상이 온통 물바다가 되었다. 사람들은 하나도 남김없이 떠내려
가 모두 죽었는데 두 남매가 다행히 홍수를 피해 높은 산으로 일찍 피난하
였기에 겨우 살아남았다. 남매는 살 길을 찾기 위해 열심히 일을 했으나
난처한 문제에 봉착했다. 남매인 까닭에 결혼할 수도 없고 자식이 없으니
적적할 뿐 아니라 일손도 모자라며, 이렇게 살다가 인종이 끊어질 수도

있다는 걱정이 들었다. 남매는 맷돌을 가지고 높은 산으로 올라가서 오라
버니의 수맷돌을 동쪽으로 굴리고, 누이동생은 암맷돌을 서쪽으로 굴렸
는데 신기하게도 동서 정반대 방향으로 굴렸던 맷돌이 하나로 포개어 있
었다. 남매는 이게 하늘의 뜻이라 생각하고 결혼해 인류의 멸종을 면했다.

종합해서 보면 이들 4편의 자료들이 세부적인 차이를 보이고 있으나
전체적인 서사는 남매혼을 중심으로 전개되어 '홍수 → 남매 생존 → 천의
시험 → 남매 결연 → 시조 탄생'의 골격을 지니고 있다. 이 유형의 설화에
는 각편에 따라 끝부분에 부연설명이 첨가되는 경우가 있다. 그리고 남매
혼 홍수 설화 전승과정 중에 생긴 변이형으로 〈전쟁남매혼 설화〉와 〈달래
고개 전설〉이 늘 언급되는데, 〈전쟁남매혼 설화〉는 전쟁이란 배경을 빼면
남매혼 홍수 설화와 큰 차이가 없다. 전쟁은 홍수와 비슷하게 파멸의 의미
를 가진 점에서 상통하는 면이 있다. 이는 홍수 설화의 시대적 상황에
따른 변이로 볼 수 있다. 그리고 남매혼 홍수 설화와 〈달래고개 전설〉에
서 규모는 다르지만, 사건이 발생하는 것에 '비'가 결정적인 역할을 한다
는 점이 동일하다. 비를 만난 상황에서 남매가 단둘이 있어 종족유지 본능
이든 성욕이든 본능적인 욕구가 일어나는 점에서도 유사함을 보인다. 그
다음으로 이야기의 전개가 두 갈래로 나뉘게 되는데, 〈남매혼 홍수 설화〉
는 천의시험을 거쳐 남매가 결연하고 인류를 재창조해 나간 반면, 〈달래
고개 전설〉은 남동생이 성적 본능이 일어남을 부끄러워하여 근친상간의
벽에 부딪히게 되는 것이다. 때문에 남매는 윤리적 한계를 넘어서지 못해
비극적인 결말을 맞았다. 이처럼 남매혼이 윤리적 파탄을 넘어서지 못하
고 좌절하여 비극적 결말에 이르는 사정은 이미 신이나 천의(天意)의 개입
따위가 윤리적 파탄을 제거하는 구실을 하지 못한다는 의식의 발현이다.
달래강 전설에서 지명의 유래만 남긴 채 윤리적 파탄의 엄중한 심판을
받은 남동생(오라버니)을 죽음에 이르게 하는 세계의 장벽, 곧 근친상간을

금기시하는 윤리적 장벽은 모두 신의 판단이 절대적인 기준이 되었던 사정을 아득한 먼 옛날의 일로 던져두고, 윤리적 판단이 삶의 엄격한 준거로 작용하는 시기의 산물일 터이다.[72] 이처럼 〈달래고개 전설〉에서는 전멸적인 홍수 대신에 소나기가 나오고, 홍수가 가진 징벌과 재생의 상징보다 인간의 내면적인 갈등을 중심으로 서사가 전개되어 있다. 이는 한국 남매혼 홍수 설화의 독특한 변이양상으로 홍수 모티프가 지닌 상징성보다 윤리적 관념이 더 강하게 작용되고 있는 것을 볼 수 있다.

(2) 비혈연혼 홍수 설화

홍수 설화에서는 홍수가 나서 살아남은 자가 인류를 재창조해야 하는 문제를 여러 방법으로 흥미롭게 해결해 나가는데, 남매혼 이외에 한국에서 흔히 볼 수 있는 것이 〈나무도령과 홍수〉담이다. 이 또한 인류재창조가 중심을 이룬 설화이다. 천상 선녀와 계수나무 사이에서, 혹은 지상의 과부나 처녀가 목신의 정기에 감하여 태어난 나무도령이 홍수를 겪고 살아남아 동물(개미떼, 모기떼)과 소년을 구하고 어떤 노파의 친딸과 결연하여 인류의 시조가 되는 내용이다. 각편에 따라 구해 준 동물이 멧돼지·뱀·제비 등으로도 나타나며, 노파가 내는 시험의 종류도 다양하게 존재한다. 하늘의 선녀 대신 자식 없는 과부가 목신(木神)에게 기도해서 나무도령을 낳았다는 각편도 있다. 각편을 정리하면 〈표 5〉와 같다.

〈나무도령과 홍수〉담의 각편을 보면, 『한국구전설화』에 9편, 『한국구비문학대계』에 3편, 『한국민족설화의 연구』, 『한국인의 신화』, 『한국의 민담』, 『세계민담전집』 1(한국편)에 각 한 편씩이 수록되어 있다. 조사 지역별로 보면, 평북 4편, 경상도 5편, 전라도 4편, 충청도 2편, 조사지역이

---

72   박종성, 「전설의 비극, 창세의 신화」, 『구비문학, 분석과 해석의 실제』, 월인, 2002, 442쪽.

〈표 5〉 한국 비혈연혼 홍수 설화 각편

No.	제목	전승지역	구연자	채록자	출처
1	홍수 설화(목도령)	부산 부산진	김승택	손진태	『孫晉泰先生全集2·한국민족설화의 연구』, 672~676쪽
2	류씨의 시조	경북 월성군	이선재	조동일	『한국구비문학대계』 7-1, 273~274쪽
3	오동나무에 공들여 낳은 아들	경남 남상면	이민호	최정여	『한국구비문학대계』 8-5, 814~820쪽
4	사람의 조상인 밤나무 아들 율범	경남 언양면	김원관	류종목	『한국구비문학대계』 8-12, 542~551쪽
5	구해준 개미 돼지 벌의 보은	평북 정주군	탁병주	임석재	『한국구전설화』 2, 26~27쪽
6	구해준 개미 돼지 파리 사람	평북 선천군	김여은	임석재	『한국구전설화』 2, 27~29쪽
7	구해준 벌과 개미의 보은	평북 철산군	최원병	임석재	『한국구전설화』 2, 29~31쪽
8	구해준 하루살이 돼지 사람	평북 선천군	유필용	임석재	『한국구전설화』 2, 29~31쪽
9	둥구나무 아들	전북 진안군	김연단	임석재	『한국구전설화』 7, 269~271쪽
10	구해준 모기 개미 뱀 멧돼지 소년	전북 정읍군	이씨	임석재	『한국구전설화』 7, 271~274쪽
11	사람을 구해 주었더니	전북 고창군	임희정	임석재	『한국구전설화』 7, 274~275쪽
12	구해준 돼지 뱀 개미 사람	전남 목포	정복순	임석재	『한국구전설화』 9, 59~62쪽
13	구해준 노루와 뱀과 사람	경북 포항	박일천	임석재	『한국구전설화』 12, 62~64쪽
14	나무도령	-	-	신동흔	『세계민담전집』 1, 81~89쪽
15	나무도령과 홍수	충남 금산군	한경득	한상수	『한국인의 신화』, 227~235쪽
16	참나무 아들	충북 청원군	정창화	임동권	『한국의 민담』, 249~252쪽

명시되지 않은 각편 1편이 있다. 손진태가 1923년 부산진에서 채록한 〈홍수 설화〉가 최초의 기록인데 그 내용을 요약하면 다음과 같다.

1. 옛날에 한 그루의 계수나무 그늘에 선녀가 항상 내려와 있었는데 계수나무와 정을 통하여 옥동자를 낳았다. 아이가 7~8살 될 때, 선녀가 천상으로 올라가게 되고, 어느 날 큰 비가 내리기 시작했다. 목도령이 쓰러진 아버지 계수나무를 타고 표류하다가 개미떼와 모기들을 구해준다. 목도령과 동년배의 소년이 살려달라고 하자, 계수나무가 구하지 말라고 했지만 목도령은 그 말을 듣지 않고 소년을 구해준다. 표류하던 일행은

작은 섬의 가장 높은 산봉우리에서 작은 오두막 한 채를 발견한다.

2. 거기에 노파와 노파의 친딸과 수양딸이 살고 있었는데 세상에 사람의 흔적이 없으니 노파가 딸과 종의 짝을 맺어주려고 했다. 구조된 소년은 목도령이 흩어진 좁쌀을 가려내는 재주가 있다고 노파에게 거짓말을 하고 노파가 그 재주를 보고 싶다고 하니 목도령이 차마 거절을 못하였다. 목도령이 친딸과 결혼하기 위하여 좁쌀을 흩어놓고 있자 개미들이 나타나 그를 도와서 좁쌀을 모아놓는다. 노파와 소년은 분리된 좁쌀을 보고 놀란다.

3. 노파는 두 딸을 동서 두 방에 갈라놓고 목도령과 소년보고 알아서 들어가 배필을 찾으라 하였다. 이때 목도령에게 모기가 다가와서 친딸이 있는 방을 가르쳐주고 목도령이 노파의 친딸과 결혼하게 된다. 세상 사람들은 이 두 쌍 부부의 자손이다.[73]

줄거리 정리를 통해서 〈나무도령과 홍수〉담의 구조를 대체로 '나무도령 출생담 → 홍수 발생 → 나무도령 생존 → 여러 동물 및 소년을 구원 → 결연 장애 → 난제 구혼 → 결연 성공 → 인류재창조'로 정리할 수 있다. 목도령의 출생담에 대해 대부분 각편에서는 '나무 밑에 오줌을 누어 잉태된다'는 서술이 들어있다. 『한국구비문학대계』에 수록된 〈홍수 설화(목도령)〉, 『한국인의 신화』에 수록된 〈나무도령과 홍수〉에서 나무도령은 천상의 선녀와 나무 사이에 태어난 아이로 설정되어 있다. 이로 인해 두 각편에는 신성한 분위기에서 서사가 시작된다. 〈사람을 구해 주었더니〉, 〈구해준 노루와 뱀과 사람〉, 〈구해준 개미 돼지 벌의 보은〉, 〈구해준 벌과 개미의 보은〉, 〈구해준 하루살이 돼지 사람〉에서는 목도령의 출생담이

---

73   손진태, 『孫晉泰先生全集·한국민족설화의 연구』, 태학사, 1981, 672~676쪽.

아예 탈락된 양상을 보인다. 특히 〈구해준 노루와 뱀과 사람〉에서는 주인
공을 그저 냇가를 지나가는 사람으로 설정하고 있어 다른 각편에서 흔히
등장한 아버지 교목에 대해서도 언급된 바가 없다.

　홍수 발생 원인이나 배경에 대해서도 대부분의 각편에서 언급되지 않
고 있다. 그저 어느 날에 갑자기 비가 오기 시작하더니 몇 날 며칠 이어져
홍수가 났다고 한다. 그러나 〈사람의 조상인 밤나무 아들 율범〉, 〈오동나
무에 공들여 낳은 아들〉, 〈나무도령과 홍수〉에서는 "지금 천지가 개복(開
闢)이 돼가지고 인간이라고는 없는데"[74], "좌우간에 비가 시작하거등 너
오동나무에 올라갖고 너 집에 들어 앉거라. 천지개복을 하니"[75] 등의 서술
을 통해 아버지인 나무가 목도령에게 홍수의 원인을 설명한다. 한편 홍수
의 원인을 밝히는 특이한 각편이 하나 있는데 바로 〈구해준 하루살이 돼
지 사람〉이다. 배나무가 목도령에게 서당 앞에 있는 비석에는 절대 피를
바르지 말라고 하면서 만일 비석에 피를 바르면 큰 변이 일어난다고 말했
다. 그러나 한 아이가 비석에 피를 바르자 하늘에 검은 구름이 몰려오고
비가 오기 시작하더니 홍수가 났다. 이는 〈돌부처 눈 붉어지면 침몰하는
마을〉담과 교섭한 양상을 보인다.

　대부분의 각편에서 홍수가 나자 목도령은 아버지인 나무와 함께 표류
하다 살아남는다. 도중에 구해준 동물들이 다양하지만 서사 전개는 비슷
하다. 다만 소년을 구한 각편도 있고 소년이 등장하지 않거나(〈류씨의 시
조〉), 홍수에서 구원받은 자로 등장하지 않는 각편이 있는데 이때 소년은
홍수가 끝난 후 스스로 주인집을 찾아온 사람이거나 주인집에 있던 사람

---

74 〈사람의 조상인 밤나무아들 율범이〉, 『한국구비문학대계』 8-12, 고려원, 1986, 542~
　　551쪽.
75 〈오동나무에 공들여 낳은 아들〉, 『한국구비문학대계』 8-5, 한국정신문화연구원, 1981,
　　814~820쪽.

으로 묘사되어 있다.(〈오동나무에 공들여 낳은 아들〉, 〈구해준 개미 돼지 벌의 보은〉). 이런 경우 목도령과 동년배 청년과의 대립도 크게 약화된다.

각편에 따른 다소의 차이가 있지만 목도령이 홍수에서 구한 동물들 모두 그의 결연 과정을 적극 도와준다. 목도령은 동년배 청년의 해코지로 위기에 빠지거나, 노파나 주인이 직접 낸 어려운 과제 때문에 곤경에 빠진다. 이는 밭 갈기부터 좁쌀 심기, 흩어진 좁쌀 다시 줍기 등으로 모두 농경(農耕)과 관련된 과제이다. 마지막은 신부 고르기인데 목도령은 모기나 파리의 도움 하에 순조롭게 위기를 넘긴다.

인류를 재창조하는 데에 있어, 〈류씨의 시조〉, 〈둥구나무 아들〉, 〈사람을 구해 주었더니〉, 〈구해준 노루와 뱀과 사람〉 4편을 제외한 나머지 각편에서 목도령은 다 노파의 친딸과 결연하여 인류의 시조가 된다. 위에서 언급한 4편에서는 살아남은 목도령이 누군가와 결연해서 인류를 재창조하는 내용이 아예 탈락되어 있다. 〈류씨의 시조〉에서는 목도령이 아버지인 버들나무의 도움 받고 살아남아 류씨의 시조가 되었다는 서술로 끝을 맺었다. 〈동구나무 아들〉, 〈사람을 구해주었더니〉, 〈구해준 노루와 뱀과 사람〉에서는 결연 과정이 없고, 나무도령이 금덩어리를 발견해서 부자가 되었는데 동년배 청년이 그를 고발해서 하옥되게 하였다. 이 4편에서는 결연에 역점을 두지 않고 청년의 배은망덕한 행위를 묘사하는 데에 초점을 맞춘다.

정리해 보면 〈나무도령과 홍수〉담의 구조를 대체로 '(나무도령 출생담) → 홍수 발생 → 나무도령 생존 → 여러 동물 및 소년을 구원 → 나무도령과 소년의 대립(결연 장애) → (난제 구혼) → (결연 성공) → (인류재창조)'로 나눌 수 있다. 나무도령이 홍수에서 소년을 구한 후 서사가 두 가지 방향으로 전개된다. 하나는 나무도령이 이 청년으로 인해 생긴 혼사 장애를 동물의 도움 하에 하나씩 극복하고 자신은 주인의 친딸과, 청년은 그 집

종과 결연해서 인류의 시조가 된다는 내용이다. 또 하나는 두 쌍 남녀의 결연 과정이 모두 생략된 채 '보은하는 동물, 배은망덕한 청년'에 초점을 맞추어 서사가 전개되는 것이다. 이때 동년배 청년의 악행 묘사가 서사의 핵심이 된다.

3. 중국 홍수 설화의 유형별 자료 검토

1) 중국의 함몰 설화

중국에서 함몰 설화는 보편적인 설화로서, 진(秦)나라 초에서 청(淸)나라 말에 이르기까지 기록된 문헌도 많고 구비 전승된 자료들도 많다. 근대에 이르러 많은 민간 구전 자료도 계속해서 채록·정리되고 있는데, 이러한 자료들이 홍수 설화 연구에 많은 도움을 준다. 우선 본 연구에서는 중국의 함몰 설화 자료를 유형별로 검토하고자 한다.

푸광위는 중국의 함호 설화, 즉 함몰 설화에 대해 다음과 같이 논의하였다. 그는 함몰 설화를 내용에 따라 다섯 가지 유형으로 분류하였는데, '예언응험형', '영사복수형', '살룡획견형', '동물보은형', '종합형'이 그것이다.[76] 그러나 이 연구에서는 유형 정리에 치중하여 각편에 대한 체계적인 정리가 이루어지지 않았다. 그래서 본 논문은 푸광위의 연구를 기초로 하되 체계적인 정리와 함께 각편을 추가하여 새로운 유형 분류를 하려고 한다. 이에 따라 한·중 비교연구에 치중하여, 푸광위의 유형 분류를 토대로, 각 유형의 특징을 드러내고, 간명하고 핵심적인 원칙에 의거해 중국

---

76   傅光宇, 「"陷湖"傳說之型式及其演化」, 『民族文學硏究』 3, 中國社會科學院民族文化硏究所, 1995, 8~15쪽.

의 함몰 설화를 '징조 조작형, 금기 위반형, 영물복수형' 세 가지 유형으로 분류하였다.

(1) 징조 조작형 함몰 설화

징조 조작형 함몰 설화는 어떤 누군가가(신격을 지닌 자일 경우가 많다) 마을에 홍수가 올 것을 예언하고 징조를 알려주며, 이를 믿지 않는 마을 사람이 징조를 조작하자 예언대로 실제 재난이 일어나는 유형이다. 우선 이 유형에 관한 기록을 살펴보도록 하겠다. 『초사(楚辭)』〈천문(天問)〉의 "수빈지목(水濱之木)"에 대해 왕일(王逸)이 아래와 같이 주를 달았다.

> 이윤 모친이 임신하였는데 꿈에서 신녀가 알려주기를: "부뚜막에 개구리가 나면 바로 떠나라, 뒤돌아보지 마라!" 얼마 있지 않아, 부뚜막이 물에 잠겨 개구리가 나는데 그녀가 즉시 동쪽을 향해 떠났다. 뒤돌아 그 읍을 보니 모두 물에 잠겼다. 그녀가 물에 빠져 죽었는데 공상(空桑)으로 변했다. 물이 다 걷힌 후에 어떤 아이가 물가에 울고 있었다. 어떤 사람이 데리고 가서 길렀는데 커서 기특한 재능이 있었으나 공상에서 나온 이유로 다른 여자에게 보냈다.[77]

그 다음 『여씨춘추(呂氏春秋)』〈효행람·본미(孝行覽·本味)〉에서 이와 비슷한 기록을 찾을 수 있다.

> 신씨(侁氏)가 뽕을 즐겨 땄는데 공상에서 아이 하나를 얻었다. 이 아이

---

[77] "伊尹母妊身, 夢神女告之曰: '臼竈生蛙, 亟去, 無顧!' 居無幾何, 臼竈中生蛙, 母去, 東走, 顧視其邑盡為大水. 母因溺死, 化為空桑之木, 水幹之後, 有小兒啼水涯. 人取養之. 既長大, 有殊才, 有莘惡伊尹從木中出, 因以送女也." 洪興祖, 『楚辭補注』, 中華書局, 1983, 108쪽.

를 왕에게 바쳤는데 왕이 주방 사람보고 이 아이를 기르라고 하고 그의
유래를 조사하였다. 말하기를: 그의 모친이 이수에 살았는데 임신하고 꿈
에서 신이 이와 같이 알려주었다. "절구에서 물이 나면 동쪽으로 가라,
뒤돌아보지 마라!" 그 다음날, 절구에서 물이 나온 것을 보고 이웃에게
알렸다. 동쪽으로 10리를 가서 뒤돌아보니 온 읍(邑)이 물에 잠겼다. 그의
몸이 이로 인해 공상으로 변했는데 이윤(伊尹)이라는 이름을 지었다. 이게
바로 이윤이 공상에서 태어난 이유이다.[78]

이는 보통 이윤생공상(伊尹生空桑)으로 불리는데, 이윤의 모친은 임신
중에 꿈에서 절구에 물이 나오는 징조를 보면 동쪽으로 달려가라는 신의
계시를 받았다. 이때 그녀에게 뒤돌아보지 말라는 금기가 부여되는데, 금
기를 어겨 공상(空桑)으로 변하는 경우가 있다. 이윤생공상의 구조를 "함
몰 계시(꿈을 통해서) → 함몰 징조(절구에서 물이 나오는 것) → 금기 부여(뒤돌
아보지 말기) → 함몰 발생 → 금기 위반(공상으로 화하기)"로 정리할 수 있다.

그리고 징조 조작형 함몰 설화 가운데 가장 대표성을 가지는 것이 〈역
양 전설〉인데 손진태가 『한국민족설화연구』에서도 언급한 적이 있다. 역
양은 오늘날 안위성 화현(安徽省和縣)이다. 『회남자(淮南子)』〈숙진훈(俶眞
訓)〉에서 고유(高誘)는 "夫歷陽之都, 一夕反而爲湖"에 대해 아래와 같이
주석하였다.

옛날에 한 할머니가 살았는데 늘 착하고 의로운 일을 하였다. 어느 날
두 서생이 길을 지나며 말하였다: "이 고장은 곧 함몰하여 호수가 될 것이

---

[78] "有㑊氏好采桑, 得嬰兒于空桑之中, 獻之其君. 其君令烰人養之, 察其所以然. 曰: 其
母居伊水之上, 孕, 夢有神告知曰: '臼出水而東走, 毋顧!' 明日, 視臼出水, 告其鄰,
東走十裏, 而顧其邑盡為水. 身因化為空桑, 故命之曰伊尹. 此伊尹生空桑之故也."
陳奇猷校釋, 『呂氏春秋校釋』 2, 學林出版社, 1984, 739쪽.

다." 그들은 할머니에게 말하였다: "성문 문지방에서 피가 나는 것을 보면 북쪽 산으로 속히 올라가야 하며 뒤를 돌아봐서는 안 됩니다." 이후 할머니는 매일 문지방을 살피러 성문으로 갔는데 문을 지키는 관리가 할머니께 그 이유를 묻자 할머니는 곧 자세히 알려주었다. 밤이 되자 문지기는 닭을 잡은 후 일부러 닭의 피를 문지방에 발랐다. 그 다음날 할머니는 아침 일찍 문지방을 살피러 갔을 때 피를 보고서 곧장 산 위로 도망갔다. 그 지역은 함몰하여 호수로 변했는데 할머니가 문지기에게 이 일(문지방에서 피가 나면 급히 도망가야 한다는 것)을 말한 지 불과 하루 밤이 지나서였다.[79]

이 외에도, 남북조시대 양(梁)나라 임방(任昉)의 『술이기(述異記)』에도 이 전설이 기록되어 있다.

화주 역양이 함몰되어 호수가 되었다. 옛날에 한 서생이 할머니를 만났는데, 이 할머니가 그를 매우 후하게 대접해주었다. 서생이 할머니께 말하였다: "이 현 입구의 돌 거북의 눈에서 피가 나면, 이 지역은 침몰하여 호수가 됩니다." 할머니는 자주 입구로 가서 살펴보았다. 문지기가 그 연유를 물으니, 할머니는 자세히 알려주었다. 문지기는 빨간색으로 거북 눈에 점을 찍으니, 할머니가 거북 눈에서 피가 나온 것으로 알고 북쪽 산으로 달아났다. 뒤를 돌아보니 이 지역은 모두 함몰되었고 오늘날 호수에는 명부어(明府魚), 노어(奴魚), 비어(婢魚)가 있다.[80]

---

79 "昔有老嫗, 常行仁義. 有二諸生過之, 謂曰: '此國當沒爲湖.' 謂嫗: '視東城門閫有血, 便走上北山, 勿顧也! 自此, 嫗便往視門閫. 閽者問之, 嫗對曰如是. 其暮, 門吏故殺雞, 備塗門閫. 明旦, 老嫗早往視, 見血, 便上經山, 國沒爲湖. 與門吏言其事, 適一宿耳." 劉安 外, 『淮南子·俶眞訓』의 高誘 注, 上海古籍出版社, 1989, 25쪽.

80 "和州歷陽淪爲湖. 昔有書生遇一老姥, 姥待之厚. 生謂姥曰: '此縣門石龜眼血出, 此地當陷爲湖.' 姥後數往觀之. 門吏問姥, 姥具答. 吏以朱點龜眼. 姥見, 遂走上北山. 顧城遂陷焉. 今湖中有明府魚, 奴魚, 婢魚." 魯迅, 『古小說鉤沉』(上), 魯迅全集出版

　이상의 두 편을 징조 조작형의 대표적 이야기로 볼 때, 그 줄거리는 대략 '함몰 계시(두 서생) → 징조(돌 거북 눈에서 피가 남) → 금기 제시(돌아보지 말 것) → 징조 조작(돌거북에 피를 바름) → 함몰 발생'순으로 요약된다. 〈역양 전설〉과 〈이윤생공상〉을 비교해서 볼 때 제일 큰 차이점이 바로 홍수가 발생한 이유를 사람의 잘못에서 찾는 것이다. 〈이윤생공상〉에서 홍수 발생의 징조는 절구에서 물이 나오는 것인데 이는 자연 현상에 속한다. 하지만 〈역양 전설〉에서는 홍수 발생의 징조가 돌 거북에서 피가 나는 것으로 바뀌었는데 결국 누군가가 가서 징조 조작을 하여 홍수를 초래한다. 따라서 〈이윤생공상〉의 홍수를 자연 현상이라 하면 〈역양 전설〉에서는 홍수가 '악한 사람의 징치'의 의미를 갖기 시작하였다. 한편 홍수를 예언하는 자도 신(神)으로부터 평범한 서생으로 바뀌었다. 이 이야기에서 금기인 "勿顧(뒤돌아보지 마라)"화소가 제시되어 있지만 금기 위반이나 금기 위반에 따른 징벌이 보이지 않는다. 대신에 서사의 중심이 "城門閫有血(성문 문지방에서 피가 나기)", "縣門石龜眼血出(현 입구 돌 거북의 눈에서 피가 나기)"및 피를 발라 재난을 초래하는 것에 집중되어 간다.

　이 외에『수신기(搜神記)』,『신이전(神異傳)』,『태평환우기(太平寰宇記)』에서도 상기한 줄거리와 유사한 각편이 존재한다. 그 중『수신기』권13에 기재된 지역은 유권현(由拳縣)으로 지금의 저장성 자싱현(浙江省嘉興縣)이다.

　　유권현은 진나라 때의 장수현이다. 그 당시 "성문에 피가 보이면, 성은 함몰하여 호수가 될지니"라고 부르는 동요가 유행했다. 한 할머니가 이를 듣고 날마다 성문으로 가서 살피니, 문지기가 할머니를 잡아들였다. 할머니는 매일 살피러 온 이유를 말하였고 그 후 문지기는 개의 피를 성문에

社, 1947, 168쪽.

발랐다. 할머니가 그 피를 보고서 황급히 도망치는데 감히 뒤돌아보지 못했다. 갑자기 홍수가 일어나 이 현의 성은 침몰되었다. 主薄가 干이라는 사람을 보내 현령에게 보고하도록 했다. 현령이 말했다: "당신은 어찌하여 갑자기 물고기가 되었습니까?" 干이 현령께서도 물고기가 되었다고 하였다. 이렇게 이 현성은 침몰되어 호수가 되었다.[81]

『수경주(水經注)』〈면수(沔水)〉에도 이와 비슷한 기록이 실려 있다.[82] 〈면수〉에서 "城門當有血(성문에서 피가 나면)"의 "당(當)"은 "장(杖)"의 가차자이다. 이는 문 양쪽의 나무를 가리키는 것이므로 문(門)에 속한다. 이 줄거리를 대략적으로 요약하면: "함몰 계시(동요) → 징조(문에서 피가 남) → 징조 조작(문지기가 개의 피를 문에 바름) → 함몰 발생"이다. 〈역양 전설〉에서의 재난 계시는 두 명의 서생이 한 것이었고 〈유권 전설〉의 재난 계시는 동요에서 나온 것이다. 송나라 악사(樂史)의 『태평환우기』에는 지금의 안휘성의 소호(巢湖)와 장쑤성(江蘇省)의 동해현(東海縣)에서 전해지는 두 편의 각편이 기록되어 있다. 그 중 126권 "廬州合肥縣"에는 아래와 같은 기록이 있다.

노인들에 의해 전해지는 이야기로 다음과 같다: "거소현이라는 곳에 한 무녀가 살았는데, 점을 쳐서 미래를 예측하는데 능했고 그녀가 말한 길흉은 대부분 그대로 되었다. 거소현 성문에는 돌 거북이 있었는데 무녀가

---

81 "由拳縣, 秦時長水縣也. 始是時, 童謠曰: '城門有血, 城當陷沒爲湖.' 有嫗聞之, 朝朝往窺. 門將欲縛之. 嫗言其故. 後門將以犬血塗門, 嫗見血, 便走去. 忽有大水欲沒縣. 主薄令幹入白令. 令曰: '何忽作魚? 幹曰: '明府亦作魚.' 遂淪爲湖." 干寶, 『搜神記』 13, 世界書局(台北), 1975, 98쪽.

82 酈道元注, 王國維校, 袁英光·劉寅生整理標點, 『水經注校』, 上海人民出版社, 1984, 926쪽.

말하기를 돌 거북에서 피가 나면 이 곳은 함몰되어 호수가 된다고 하였다. 얼마 지나지 않아, 마을에 제사를 지냈는데 어떤 사람이 돼지의 피를 가져 다가 돌 거북 입에 놓았다. 무녀가 이것을 본 후 황급히 남쪽으로 도망쳤는 데 뒤를 돌아보았을 때 이 지역은 이미 함몰되어 호수가 되었다. 사람들은 그녀를 숭배하여 그녀를 위해 사당을 지었고 지금 호수 가운데의 姥山廟 가 바로 그것이다.”[83] (소호는 지금의 안휘성 중부에 위치한다.)

이 〈소호 전설〉의 줄거리는 다음과 같이 정리되는데, “함몰 계시(무녀 자신) → 징조(거소문 돌 거북에서 피가 남) → 징조 조작(어떤 이가 돼지 피를 거 북 입에 놓음) → 함몰 발생”이다.

　　권2 “해주(海州)”조(條):
　　구산현(胸山縣)……석호호(碩濩湖)는 현(縣) 남쪽 142리에 있다. 『신이 전』에서 말하기를: 진나라 때 동요 중 “성문에서 피가 나면, 성은 함몰되어 호수가 될지니”라고 부르는 노래가 있었다. 한 할머니가 이 노래를 듣고 매우 두려워 날마다 성문으로 가 살펴보았는데 문지기가 그녀를 잡아들였 다. 할머니는 매일 살피러 온 이유를 말하고 그곳을 떠난 후 문지기는 개를 잡아 개피를 성문에 발랐다. 할머니는 그 피를 보고 황급히 도망쳤는 데 얼마 지나지 않아 갑자기 홍수가 발생하여 이 현성은 침몰되었다. 할머 니는 개를 데리고 북쪽으로 60리를 도망갔는데 이래산에 이르러서야 살 아남을 수 있었다. 서남우(西南隅)에는 지금까지 돌집이 하나 남아있는데 이를 神姆廟(신모묘)라고 부른다. 묘 앞의 돌에는 개의 흔적이 남아있다.[84]

---

[83] “耆老相傳云: 居巢縣地昔有一巫嫗, 知未然, 所說吉凶, 咸有徵驗. 居巢門有石龜, 巫 曰: ‘若龜出血, 此地當陷為湖.’ 未幾, 鄉邑之間祭祀, 有人以豬血置龜口中, 巫嫗見之 南走, 回顧其地已陷落為湖. 人多賴之, 為巫立廟, 今湖中姥山廟是也.” 樂史, 『太平寰 宇記』 第470冊, 四庫本, 台灣商務印書館, 1986, 243쪽.

　이상 3편의 함몰 설화에서 〈유권 전설〉과 〈석호호 전설〉은 예언자의 말 대신에 동요나 노래가 예언의 역할을 한다. 〈소호 전설〉에서는 무녀가 스스로 재난이 올 것을 예언한다. 한 가지 주목할 만한 것은 "뒤돌아보지 말라"는 금기가 완전 사라진 것이다. 뒤돌아보지 말라는 금기가 '不敢顧 (감히 뒤돌아보지 못하였다)'로 바뀌고, 오직 홍수를 예언하는 '城門有血(성 문에서 피가 나는 것)'로써 예언을 실현하는 서사만 남았다. 후대에 전해 내 려온 징조 조작형 함몰 설화가 대체로 이와 비슷한 서사 전개를 지니는데, 예언, 징조, 징조 조작, 함몰 발생 화소가 그대로 있고 '되돌아보지 말라는 금기' 모티프는 완전 탈락되는 것이 특징이다.

　근대에 이르러 민간에 전해지는 이 유형의 설화들이 몇 편 수집 정리되 었다. 쩐롱화(金榮華)가 편저한 『중국민간고사유형색인(中國民間故事類型 索引)』에서는 아래와 같이 이 유형의 줄거리를 요약하였다.

　　마음이 착한 한 사람이 신선으로부터 예고를 들었는데 성문 입구의 돌 사자의 두 눈에서 피가 나면 즉시 산으로 올라가야 한다는 것이었다. 왜냐 하면 곧 홍수가 일어나 이 성이 침몰될 것이고 이는 성 주민들의 갖가지 죄에 대한 징벌이기 때문이다. 그리하여 이 사람은 매일 돌사자를 살펴보 러 갔고 어떤 이가 그 이유를 알고 이 사람을 속이려고 일부러 돌사자의 두 눈에 빨간 색을 칠했다. 이 사람이 이를 보고서 즉시 산으로 올라갔다. 속이는 데 성공한 그 사람이 즐거워할 때 홍수가 실제로 일어나 삽시간에 이 성은 침몰되었다.[85]

84　"朐山縣, 碩濩湖在縣南一百四十二里. 『神異傳』曰: 秦時童謠云: 城門有血, 城當陷 沒. 有一老母聞之, 憂懼, 每日往窺城門. 門傳兵縛之, 母言其故. 門傳兵乃殺犬以血 塗門上. 母往, 見血便走. 須臾水大至, 郡縣皆陷, 老母率狗北走六十里, 至伊萊山得 免. 西南隅今仍有石屋, 名曰神姆廟, 廟前石上, 狗跡尚存." 樂史, 『太平寰宇記』, 第 469冊, 四庫本, 台灣商務印書館, 1986, 192쪽.

근대에 수집된 징조 조작형 함몰 설화 중, 민속학자 천지량이 30년대에 상해에서 수집한 〈침성의 고사(沉城的故事)〉가 상당히 대표성을 갖는데, 서사 구성은 대략 다음과 같다.

동경성에 효자가 한 명 살았는데 신선은 그에게 성황당 앞의 돌사자의 눈에서 피가 나면 이 성은 침몰될 것이라고 말한다. 효자는 날마다 성황당 으로 가서 살펴보는데 돼지를 잡는 자가 그를 보게 되어 그 연유를 캐물으 니 효자는 사실대로 이야기한다. 돼지를 잡는 자가 돼지 피를 돌사자의 눈에 바른다. 효자는 이를 보고 집으로 돌아와 노모를 업고 도망쳤다. 동경 성은 침몰하여 호수가 되었고 숭명도(崇明島)가 점점 올라오게 되었다.[86]

장쑤 화이안현(江蘇 淮安縣)에서 전하는 〈홍택호 전설(洪澤湖傳說)〉에 서 이르기를:

관음노모(觀音老母)가 세상 사람이 재난을 당할 것을 알게 되어 가오량 젠(高良澗)으로 와서 찐빵을 팔았다. 그런데 사람들이 아이에게만 사서 먹이고 노인에게 주려고 사는 사람은 없었다. 연말이 되어 드디어 한 아이 가 할머니께 드리려고 찐빵을 사러 왔다. 그리하여 관음은 그 아이에게 등교하는 길의 암자 앞 돌사자의 눈이 붉어지면 곧 홍수가 나는데 이때 할머니를 모시고 멀리 도망가야 한다고 알려준다. 이후 아이가 사자를 살피고 있는데 백정이 이를 보고 그 이유를 캐물으니 아이는 사실대로 이야기했다. 백정이 아이를 놀리려고 돼지 피를 발랐는데 아이는 이를 보고 황급히 집으로 달려가 할머니를 모시고 도망쳤다. 할머니가 침대

85   金榮華, 『中國民間故事類型索引』 1, 中國口傳文學學會, 2000.
86   陳志良, 〈沉城的故事〉, 『風土什志』 2, 成都風土什志社, 1940.

밑의 화수분을 가지고 가려 하는데 홍수가 화수분 아래에서 솟아오르고 할머니와 손자는 높은 곳에 올라 재난을 피했다. 고량간은 곧 침몰하여 홍택호가 되었다.[87]

이 〈홍택호 전설〉의 줄거리를 다음과 같이 '함몰 계시(관음) → 징조(돌 사자 눈이 붉어짐) → 징조 조작(백정이 돼지 피를 사자 눈에 바름→함몰 발생'으 로 요약할 수 있다. 장쑤성 이싱현(江蘇省宜興縣)에서 전파되는 〈수엄반변천(水 淹半邊天)〉도 이와 비슷한 내용이다.[88]

산둥성(山東省) 량산현(梁山縣)에 전해지는 〈사자홍 함호릉(獅子紅陷濠 陵)〉에는 다음과 같은 이야기가 기록되어 있다.

옛날에 양산 서쪽 40리 떨어진 곳에 호릉성이 있었는데 이곳에는 나쁘 고 불의한 사람들이 많았다. 태산노모가 거지의 모습을 하고 살피러 가보 았는데 오직 한 학생만이 그녀를 집안으로 들이고 도움을 주었다. 태산노 모는 그에게 사당 앞 사자의 눈이 붉어지면 땅이 함몰될 것임을 알려주며 그와 그 어머니에게 작은 종이 배 하나를 주면서 피난하도록 했다. 그 학생이 사당으로 가 사자를 살피는데 선생님이 그 이유를 캐묻자 사실대

---

87 江蘇民間文學工作者協會編, 『江蘇民間文學』 2, 1981, (華士明·陳民牛 채록, 王步 生구술), 68~70쪽.

88 태호에 산양성이 있는데, 성안에는 반쯤 수염을 기른 72명의 사람들이 악행을 일삼았다. 이들 악인을 징벌하기 위해 옥황상제는 地藏王 에게 어느 날에 산양성을 무너뜨리라고 명했다. 남해관음은 장사치로 변장하여 부꾸미를 파는데, 큰 부꾸미를 싸게, 작은 부꾸미 를 비싸게 팔았다. 어느 효자가 부모를 위해 작은 부꾸미를 사갔다. 남해관음은 옥황상제 가 호수로 만들어버릴 비밀을 그에게 알려주면서, 성황묘 앞의 돌사자의 눈이 붉어지면 바로 성이 무너져 가라앉으리라고 말해주었다. 효자는 매일 돌사자의 눈이 붉어졌는지의 여부를 살피다가 백정에게 들키고 말았다. 백정은 그를 놀려주기 위해 돌사자의 눈에 돼지피를 발랐다. 이를 본 효자는 온 성의 백성과 노모를 데리고 성을 빠져나왔다. (江蘇 省宜興縣文化局 編, 『陶都宜興的傳說』, 中國民間文藝出版社, 1984, 89~93쪽.)

로 말한다. 선생님이 빨간색 연필로 사자의 눈을 빨갛게 칠하자 아이는
즉시 집으로 가서 어머니와 종이배에 탔는데 이때 하늘과 땅이 어두컴컴
해지고 우렛소리가 크게 일면서 호릉성은 함몰되었다. 모자가 탄 종이배
는 큰 배로 변했고 물결을 타고 넘실거렸다.[89]

이 〈사자홍 함호릉〉의 줄거리는 '함몰 계시(태산노모) → 징조(사자의 눈
이 붉어짐) → 징조 조작(선생님이 빨간색 연필로 사자 눈을 칠함) → 함몰 발생'
으로 요약된다.

장쑤성(江蘇省), 저장성(浙江省)에서 전해지는 〈태호 전설(太湖傳說)〉[90]과
윈난성 쿤밍(昆明)에서 전해지는 〈양종해 전설(陽宗海傳說)〉[91]도 있다. 이렇
듯 여러 각편을 살펴보았을 때 징조 조작형 함몰 설화의 핵심 화소는 '예
언, 징조(문에서 피가 남, 거북에서 피가 남, 돌사자에서 피가 남 등등), 징조 조작

---

[89] 山東省梁山縣三套集成辦公室編印, 『中國民間文學集成·梁山民間故事集成』 4, 王
文成 채록, 王曰讓 구술, 1991, 6~17쪽.

[90] 神仙이 瓷州에 왔다가 사람들이 탐욕스러운 것을 보고서 징벌하기로 결심한다. 그는
어느 여종에게 성문 입구의 사자 눈이 붉어지면 즉시 집으로 가서 젓가락을 가지고
도망치라고 알려준다. 성 사람들은 물독 옆에 죽순이 많이 자란 것을 보고서 뽑기 시작하
였다. 한 개를 뽑고 한 줄기 큰물이 솟아 나와, 계속해서 뽑으니 홍수가 발생하였다.
여종은 길 한 마장 갈 때마다 젓가락 한 개를 꽂았는데 젓가락은 한 줄로 늘어선 갈대가
되어 홍수를 막아주었다. 하지만 자주성은 끝없이 넓은 호수로 변하였다. 田家村 主編,
『中國民間文學集成·長興故事卷』, 浙江省湖州市長興縣民間文學集成編纂委員會,
1997, 長興橫山中學欽利群 구술, 172~173쪽.

[91] 陽宗海는 원래 평지였는데 한 노부부가 두부를 만드는 것으로 생계를 유지하고 있었다.
한 신선이 후한 대접을 받아 복숭아를 주었는데 잘못하여 암퇘지가 그것을 먹어버렸다.
신선이 다시 와서 상황을 알게 된 후 노부부에게 홍수가 올 것이며 학당 문 입구의
돌사자의 눈이 붉어지면 즉시 쇠사슬로 암퇘지를 묶어서 산으로 올라가라고 말해주었다.
이후 돌사자를 살펴보다가 한 학생에게 들키고 그 학생은 노부부를 놀리려고 일부러
빨간색으로 사자의 눈에 점을 찍었다. 노부부는 이것을 보고 즉시 돼지를 끌고 산에
오르는데 홍수가 발생하였다. 돼지를 묶는 곳에 이르자 갑자기 홍수가 멈추었고 陽宗海
는 곧 침몰되어 바다가 되었다. 〈陽宗海的來歷〉, 李德君·陶學良, 『彝族民間故事』,
雲南人民出版社, 1988, 172~174쪽.

(어떤 이가 피를 바름으로써 함몰을 초래한 것), 함몰 발생'이라고 할 수 있다.

결론적으로 중국 징조 조작형 함몰 설화의 서사전개는 대략 '(선행) → 함몰 계시 → 징조 → 징조 조작 → 함몰 발생'으로 정리할 수 있다. 그리고 이 유형의 분포를 살펴보면 역사 문헌에 기록된 각편은 대부분 안휘(安徽), 저장(浙江), 장쑤(江蘇)을 공간적 배경으로 삼고 있다. 안휘, 장쑤는 모두 양자강(揚子江) 유역에 위치해 있고 홍수 재난이 빈번했던 곳이다. 저장 동쪽은 바다를 마주하고, 성 안에 시호(西湖), 타이호(太湖)를 비롯한 많은 호수가 있다. 즉, 이 분포 지역들을 보면 모두 강이나 호수와 관련이 깊고 수재해가 빈번했던 지역이다. 근대에 채록된 각편들을 살펴보면 그 분포지역이 산둥(山東), 윈난(雲南)까지 확장되었다. 산둥은 지리적으로 안휘, 장쑤와 가까워 그 영향 관계를 쉽게 파악할 수 있지만 윈난에서 채록된 〈양종해 전설〉의 전파 경로를 밝힌 연구는 아직 찾을 수 없다. 앞으로 이와 같은 유형의 각편 채록과 함께 그 전파 경로도 연구할 필요가 있다.

가. 징조 조작형 함몰 설화와 남매혼의 결합

일반적으로 구비전승 문학은 여러 사람의 입을 거쳐 널리 퍼지는 과정에서 동일한 모티프와 줄거리가 시대의 변화에 따라 변화하는 양상을 띤다. '징조 조작형 함몰 설화'도 마찬가지다. 각기 다른 시대와 지역, 민족을 거치면서 사람들의 첨가와 보충이 이루어지게 되고 일련의 새로운 이야기가 형성되는 경우도 흔하다. 함몰 설화, 그중 징조 조작형 함몰 설화가 민간에서 전해지는 과정에서 다른 모티프와 결합되어 일련의 변이를 겪는 양상을 확인할 수 있다. 비교적 전형적인 것이 바로 '남매혼' 모티프와의 결합이다. 각편 리스트를 정리하면 다음과 같다.

〈표 6〉중국 복합형 함몰 설화 각편

No.	민족	제목	전승지역	홍수 원인	피난도구	출처
1	漢族	盤古開天	河南	暴雨	石獅	『中華民族故事大系』1, 5~9쪽
2	漢族	第二代人	寧夏	天災	石人	『中國洪水神話文本』[92]
3	漢族	高公高婆	吉林	天災	石獅	『中國民間故事集成·吉林卷』, 10~12쪽
4	漢族	石獅子眼紅	吉林	天災	－	『中國洪水神話文本』
5	漢族	兄妹結親	遼寧	天災	石獅	『中國洪水神話文本』
6	漢族	喂石頭人吃飯	遼寧	天災	石人	『中國洪水神話文本』
7	漢族	兄妹留後人	遼寧	天災	石獅	『中國洪水神話文本』
8	漢族	人祖山的傳說	山西	天災	石獅	『中國洪水神話文本』
9	漢族	人根之祖的傳說	山西	－	石獅	『中國洪水神話文本』
10	漢族	獅子嘴里有血	浙江	天災	石獅	『民俗』107, 12쪽
11	滿族	人的來歷	遼寧	天災	石獅	『中國洪水神話文本』
12	漢族	石獅破天	浙江	天災	石獅	『中國洪水神話文本』
13	漢族	盤古兄妹婚2	河南	天塌地陷	石獅	『中原神話專題資料』, 29~30쪽
14	漢族	盤古兄妹婚3	河南	天塌地陷	石獅	『中原神話專題資料』, 30~32쪽
15	漢族	盤古兄妹婚4	河南	暴雨	石獅	『中原神話專題資料』, 32~33쪽
16	漢族	盤古兄妹婚8	河南	天塌地陷	石獅	『中原神話專題資料』, 36~37쪽
17	漢族	盤古兄妹婚9	河南	天塌地陷	鐵獅子	『中原神話專題資料』, 37~40쪽
18	漢族	伏羲和女媧	河南	天塌地陷	龜	『中原神話專題資料』, 97~101쪽
19	漢族	太昊	河南	天塌地陷	老人	『中原神話專題資料』, 101~103쪽
20	漢族	人祖爺	河南	天塌地陷	龜	『中原神話專題資料』, 103~106쪽
21	漢族	白龜寺	河南	天塌地陷	龜	『中原神話專題資料』, 106~108쪽
22	漢族	兩兄妹	河南	天地混沌	石獅	『中原神話專題資料』, 127~130쪽
23	漢族	玉人和玉姐	河南	天塌地陷	나무	『中原神話專題資料』, 131~134쪽
24	漢族	人祖爺	河南	天地混沌	龜	『中原神話專題資料』, 134~137쪽
25	漢族	人祖爺和白龜寺	河南	天塌地陷	龜	『中原神話專題資料』, 137~138쪽
26	漢族	人祖廟	河南	天塌地陷	鐵水牛	『中原神話專題資料』, 138~139쪽
27	漢族	人的起源	河南	天塌地陷	鐵獅子	『中原神話專題資料』, 139~141쪽
28	漢族	捏泥人	河南	天地相合	石獅	『中原神話專題資料』, 141~143쪽

---

92 이는 陳建憲이 중국 홍수 설화를 모은 자료집인데, 현재 공개 발행을 계획하고 있다.

29	漢族	人祖爺	河南	天塌地陷	水牛	『中原神話專題資料』, 143~144쪽
30	漢族	人祖爺	河南	天塌地陷	老人	『中原神話專題資料』, 144~145쪽
31	漢族	人頭爺	河南	天塌地陷	龜	『中原神話專題資料』, 146~147쪽
32	漢族	人祖爺	河南	天塌地陷	龜	『中原神話專題資料』, 148~150쪽
33	漢族	洪水泡天	河南	天塌地陷	石獅	『中原神話專題資料』, 150~152쪽
34	漢族	人的來歷	河南	天塌地陷	龜	『中原神話專題資料』, 152~154쪽
35	漢族	人祖爺	河南	開天辟地	龜	『中原神話專題資料』, 154~155쪽
36	漢族	人祖爺	河南	天塌地陷	龜	『中原神話專題資料』, 156~157쪽
37	漢族	人祖的傳說	河南	天塌地陷	龜	『中原神話專題資料』, 157~159쪽
38	漢族	兄妹造人	河南	自然災害	石獅	『中原神話專題資料』, 159~161쪽
39	漢族	洪水滔天	河南	暴雨	鐵牛	『中原神話專題資料』, 161~163쪽
40	漢族	兩兄妹	河南	天塌地陷	鐵牛	『中原神話專題資料』, 163~165쪽

'징조 조작형 함몰 설화'는 중국에서 저장성(浙江省), 장쑤성(江蘇省), 안휘성(安徽省), 산둥성(山東省), 윈난성(雲南省) 등 지역에 전해져 왔다. 어느 지역의 도시가 모종의 원인으로 한 순간 연못이나 호수로 변하게 되는데 물론 함몰이 발생하기 전 징조가 있었다. 바로 돌사자나 돌 거북의 눈이 붉어지는 것이었다. 돌사자의 신비스런 예고는 오직 한 사람에게만 알려졌고 따라서 그(그녀)는 함몰의 재난 중에 다행히 살아남을 수 있게 된 것이다. 그러나 이 함몰 설화가 전해지는 과정에서 모종의 변이를 겪는데, 함몰 후 생존자가 한 할머니 혹은 한 남자에서 한 쌍의 남매로 변이하고 이 남매는 천의 시험을 거쳐 결연을 해 인류의 대를 다시 이어지게 한다. 돌사자나 돌 거북은 이 유형의 전설에서 중요한 역할을 맡는다. 지린시(吉林市)의 한 설화의 내용은 다음과 같다.

남매 두 사람의 성은 고(高)씨로 매일 등하굣길에 돌사자에게 먹이를 주었는데 하루는 꿈에 돌사자가 나타나 다음날이 되면 땅이 꺼져 홍수가 날 거라고 예언해 주었다. 그 후 그들은 돌사자의 뱃속으로 들어가 홍수를 피하고 살아남는다. 홍수가 지나간 후 돌 사자는 남매에게 바늘에 실을 꿰게 하고 맷돌을 굴리게 하여 둘을 부부가 되게 하니, 두 사람은 돌사자 앞에서 천지게 절을 했다. 그러나 남매가 결혼을 하기는 했으나 진정한 부부가 되지는 못하였으니 어떻게 자녀를 낳아 기를 수 있었겠는가? 두 사람은 서로 의논하여 진흙으로 사람을 만들어 인류의 대를 이어나가기로 했다. 그들은 진흙으로 수없이 많은 사람을 만들어 햇빛에 말리고 있었는 데 비를 만나 미처 수습하지 못하여 이때 빗자루로 쓸어내니 이 진흙으로 만든 사람들이 살아나 새로운 인류가 되었다. 그러나 쓸다가 잘못하여 팔, 다리, 눈이 떨어지기도 했는데 이들은 장님, 절름발이 등의 장애인이 되었다. 후대 사람들이 이 남매의 사람을 만든 공로에 감사하며 그들을 고공(高公), 고파(高婆)라 칭하며 집집마다 조상으로 모셨다.[93]

이 외에도, 예찡밍(葉鏡銘)이 1930년대에 저장성 푸양현(浙江省富陽縣) 에서 채록한 〈사자취리유혈(獅子嘴里有血)〉[94] 또한 이 유형에 속한다. 여기 에서는 누나와 남동생 둘이 나오는데, 남동생은 매일 '확초단(鑊焦團)'을 돌사자 입에 꼭 넣어주었다. 3년이 지나고 어느 날 돌사자가 남동생에게 "내 입가에서 피가 나면, 세상이 반드시 큰 재난을 당하는데 그때가 되면 너는 내 뱃속으로 들어가 재난을 피하도록 하라."고 말했다. 며칠이 지나 남동생은 돌사자의 입가에서 피가 나는 것을 보게 되었고 이는 어떤 백정 이 무심코 돼지 피를 바른 것이었다. 그는 즉시 달려가 누나에게 이를

---

93 〈高公高婆〉, 中國民間文學集成全國編輯委員會, 『中國民間故事集成·吉林卷』, 中 國文聯出版社, 1992, 10~12쪽.

94 〈獅子嘴里有血〉, 葉鏡銘, 『民俗』 107, 中山大學語言歷史學研究所民俗學會, 1930, 12쪽.

알렸으며 둘은 함께 재난을 피하기 위해 사자 뱃속으로 들어갔다. 사자 뱃속은 심히 컸고 게다가 바다와 통했다. 남매가 피해있을 때, 세상에서 인류는 이미 흔적도 없이 사라졌다. 남동생은 누나에게 두 사람이 부부가 되어 인류기 멸절되는 것을 막자고 제안했다. 남매 둘은 맷돌을 굴리는 천의시험을 거쳐 결혼하였고 이들의 결혼으로 인류의 재창조가 실현되었다.

그리고 〈반고개천(盤古開天)〉[95], 〈홍수도천(洪水滔天)〉[96], 〈형매조인(兄妹造人)〉[97], 〈양형매(兩兄妹)〉[98] 등의 설화에서는 돌사자가 홍수가 일어나기 전부터 남매 둘과 가장 친한 동무였으며 '교분'이 매우 깊었고 남매는 늘 돌사자에게 찐빵을 먹이로 주었다. 그 후 돌사자는 이 세상이 곧 멸망할 것을 남매에게 직접 알렸고 그날이 오면 자신을 찾아와 피난하라고 하였다. 남매는 돌사자의 뱃속에서 전에 사자에게 주었던 찐빵을 먹으며 무사히 살아남았다. 돌사자의 뱃속에서 나온 후 남매는 또 돌사자의 제안에 따라 맷돌을 굴려 천의시험을 거친 다음 결혼하고 황토로 사람을 빚어 만들었다. 여기서 등장한 남매로 반고(盤古)남매가 있고, 복희(伏羲) 여와 (女媧)남매가 있다. 반고, 복희, 여와는 모두 최초의 창세신인데 복합형 함몰 설화에서 그들은 2차 창세를 맡아서 한다.

종합해서 볼 때, 변이된 징조 조작형 함몰 설화의 대략적인 줄거리는 다음과 같다.

1. 원인불명 혹은 천재지변으로 인해 홍수가 발생

2. 남매와 돌사자의 관계가 친밀하여(돌사자에게 먹이를 주거나 돌사자를 타

95 〈盤古開天〉, 『中華民族故事大系』 1, 1995, 5~9쪽.

96 〈洪水滔天〉, 『中原神話專題資料』, 1987, 161~163쪽.

97 〈兄妹造人〉, 『中原神話專題資料』, 1987, 159~161쪽.

98 〈兩兄妹〉, 위의 책, 1987, 163~165쪽.

고 놀다) 돌사자는 남매에게 홍수가 곧 발생할 것을 예언하고 피난방법
도 알려준다.

3. 남매가 재난 발생 시 돌사자(돌 거북)의 뱃속에 들어가 숨는다.

4. 홍수가 지나간 후 남매 두 사람만 살아남는다.

5. 인류를 재창조하기 위해 남매는 천의시험을 한다. (각편에 따라 돌사자가
결연을 직접 돕는 경우도 있다)

6. 남매가 천의시험을 거쳐 결연한 후, 진흙을 빚어 사람을 만드는 방식으
로 인류를 재창조한다.

류시청(劉錫誠)은 이 유형의 설화를 '복합형 함몰 설화'라고 명명한 바
있다. 이것과 일반 함몰 설화와의 공통된 모티브는 '예언 + 함몰'이다. 이
유형의 설화는 함몰 설화에서의 홍수를 예고하는 부분을 그대로 유지하
고 있는데, 즉 돌사자의 눈이 붉어지면 홍수가 발생한다거나 돌사자가
나와서 직접 홍수를 예고하는 것이다. 또한 돌사자의 역할이 다양화되기
시작했으며 많은 각편에서 피난의 도구를 직접 담당하기도 했다. 그러나
지역적으로 볼 때, 국지적 함몰에서 전멸적 홍수로 발전되기는 하지만
홍수의 원인에 있어서는 대부분 상세히 언급하고 있지 않아서 함몰 설화
가 원래 가지고 있던 징치의 색채가 매우 희박해졌다. 한편 홍수의 생존자
에 있어서는 보통의 함몰 설화와 근본적인 차이점이 있다. 보통 함몰 설화
에서 생존자는 대부분 할머니이거나 효자, 아이였는데, 변이를 거치면서
생존자가 남매로 바뀌었다. 이는 함몰 설화와 남매혼 모티프가 결합하는
데에 밑바탕을 제공하였고 이를 통해 내용이 더욱 다채롭게 되었다.

이와 같은 복합형 함몰 설화는 중원지역에 집중적으로 분포되어 있다.
중원 지역에서 일어난 이와 같은 변이는 여와(女媧) 신화의 분포와 관련이
있다고 생각된다. 천찌안시안(陳建憲), 장쩐리(張振犁), 양리훼(楊利慧)의

연구에 따르면 오어권이북(吳語圈以北)의 중원 지역, 즉, 허난성(河南省),
동북지역, 오어권(吳語圈)과 인접한 안휘(安徽) 등지는 모두 남매혼 설화
가 전해지는 곳이다. 양리훼는 여와 신화의 분포를 자세히 설명하는 도표
를 만들어 여와 신화의 분포 상태를 설명했는데 다음과 같다. "황하 유역
(黃河流域)에 속하는 간쑤성(甘肅省), 산시성(陝西省), 허난성, 허베이성(河
北省), 산둥성 등지는 고대부터 현재에 이르기까지 여와 신앙의 중심지가
분명하며, 이곳들은 역사적으로 여와묘(女媧廟), 여와각(女媧閣), 여와동
(女媧洞), 여와산(女媧山), 여와묘 그리고 기타 각종 여와 신앙의 풍습이
있을 뿐만 아니라 여와 신화의 유적이 집중적으로 분포된 곳으로 그 영향
은 심지어 20세기 1990년대의 오늘에까지 미치고 있다. 이러한 지역에서
채록된 함몰 설화와 남매혼이 접합한 것은 여와 신화의 신앙이 대부분
북방 혹은 서북방에서 전해지는 것과 틀림없이 관련이 있다."[99] 저장성(浙
江省) 일대의 오어권에서 전해지는 유형은 순수하게 성이 함몰하여 호수
가 되는 전설이며 남매혼과의 결합은 매우 적다. 그 지역에서는 1930년
예쩡밍이 채록한 〈석사취리유혈(石獅嘴里有血)〉과 1988년 출판된『중국
민간고사집성·부양현고사권(中國民間故事集成·富陽縣故事卷)』에 수록된 〈합
석마(合石磨)〉 등 몇 편만이 함몰과 남매혼이 결합한 것이다. 물론 한 지역
에서 민간 자료를 수집한 작업이 정확성을 갖추고 전면적으로 진행되었
다고는 단언할 수 없지만, 하남대학이 1980년대에 수집한 자료를 근거로
판단해 보건대, 허난성은 홍수 이후 남매혼 신화가 중점적으로 전해지는
지역 중 하나로 이 결론은 신빙성이 있다고 할 수 있다.

---

99   楊利慧,『女媧溯源－女媧信仰起源地的再推測』, 北京師範大學出版社, 1999, 82~83쪽.

(2) 금기 위반형 함몰 설화

금기 화소는 설화에서 흔히 볼 수 있는 화소이고, 서사 전개의 핵심 축을 이루는 역할을 하는 경우가 많다. 중국의 함몰 설화에는 주인공이 금기를 어겨 이물로 변신한다는 유형이 있다(돌로 변하는 경우가 대부분이다). 몽고족(蒙古族)의 〈엽인 해력포〉, 〈천상인간(天上人間)〉, 만족(滿族)의 〈북극성(北極星)〉, 어원커족(鄂溫克族)의 〈막일근화석의 전설(莫日根變巨石的傳說)〉, 리수족(傈僳族)의 〈석마(石馬)〉, 한족(漢族)의 〈구명석(救命石)〉, 〈망낭탄(望娘灘)〉 등이 모두 이 유형에 속한다. 우선 〈엽인 해력포〉의 내용을 보도록 하자.

> 엽인 해력포가 백사 한 마리를 구해주었는데 그 보은으로 날짐승과 길 짐승의 말을 알아들을 수 있게 되었다. 그런데 한 가지 금기 사항이 있었는데 들은 내용을 절대로 발설해서는 안 된다는 것이었고, 그것을 어길 시 생명을 잃고 돌이 된다는 것이었다. 그는 새들이 서로 이야기하는 것을 통해 살고 있는 지역의 산이 곧 무너지고 물이 솟을 것을 알게 되었고, 모두의 안전을 위해 금기를 깼다. 그리하여 많은 사람이 이동하고 난 후 산이 무너지고 큰물이 솟았다. 그곳은 넓은 바다가 되었고 그는 금기를 어겨 돌이 되고 말았다. 사람들이 그 돌을 찾아서 산 정상에 올려주고 대대손손 그에게 제사를 지냈다.[100]

리수족(傈僳族)의 〈석마〉는 〈엽인 해력포〉와 비슷한 내용이다.[101] 몽고족의 〈천상인간〉은 새야(賽野)가 1956년에 몽고 동부의 한 몽고족 유목민 거처에서 채록하였다. 이 설화의 대략적 내용을 정리하면 다음과 같다.

---

100 〈獵人海力布〉, 『中華民族故事大系』 1, 1995, 453~456쪽.
101 劉旭平, 「望夫何以成石」, 『民間文化』, 中國民間文藝家協會, 1999, 49쪽.

인간 세상의 한 왕과 그 수행이 옷차림이 허름하고 가난한 한 떠돌이를 때려서 무고하게 죽이고 금사산양(金丝山羊)을 강탈했다. 천신은 이를 알고 매우 화가 나 홍수를 일으켜 인류를 벌하기로 결심하고 악인들을 해저로 침수시키려 했다. 땅의 신이 이를 알고 무고한 사람들을 구하기 위해 불쌍한 노파의 모습을 하고 인간 세상으로 와 다시 한 번 인류의 양심을 시험하였다. 그는 차례로 왕의 집사와 부자에게 가서 그들에게 먹을 것을 좀 주고 업어서 강을 건너달라고 간청했다. 그러나 집사와 부자는 그 요청을 들어주지 않았을 뿐 아니라 그녀를 문 밖으로 내쫓았다. 노파가 이번에는 한 가난한 청년 아랍득(阿拉特)에게 간청했다. 청년은 마음을 다해 그녀를 잘 대해주었다. 그리하여 노파는 그에게 자기의 신분을 공개하고 내일 홍수가 날 것임을 알려주며 그에게 내일 아침이 오기 전 산으로 올라 홍수를 피하라고 권고한다. 마지막으로 노파는 아랍특에게 이 사실을 다른 사람에게 알리면 생명을 잃고 돌로 변한다고 경고했다. 그러나 아랍특은 모두를 위해 자신의 안위를 생각하지 않고 홍수가 올 것이라는 소식을 마을 사람들에게 알린다. 그리하여 마을 사람들은 구제를 받고 도리어 그는 돌로 변했다. 그러나 그는 영원히 소와 양을 들고 산 앞에 가서 제사를 지내어 그를 추모하였다.[102]

헤이룽강(黑龍江)에서 채록된 만족(滿族)의 〈북극성〉의 대략적 내용은 다음과 같다.

오소리한(烏蘇里汗)이라는 노인이 물이 말라가는 샘구멍에서 미꾸라지를 구해 강에 놓아주었다. 미꾸라지는 생명을 구해준 은혜에 대한 보답으로 젊은이의 모습으로 나타나 노인에게 홍수가 올 것임을 알려주며 피난

102　〈天上人間〉,『中華民族故事大系』1, 1995, 518~523쪽.

하는 방범을 가르쳐주었다. 젊은이는 노인에게 만약 비밀을 다른 사람에게 전하면 생명을 잃게 될 것이라고 거듭 경고했다. 그러나 노인은 자신의 안위를 돌보지 않고 마을 사람들에게 천기를 누설하여 그들로 하여금 홍수 중에 도망쳐 살아남을 수 있게 하였다. 그러나 자신은 도리어 한 가닥 푸른 연기로 변해 천상으로 올라가 북극성이 되었다. 그 후에 만족사람들이 제사 지낼 때 늘 별에 제사를 지내게 되었다.[103]

이 외에 내몽고 어원커족(鄂溫克族)에도 이와 비슷한 설화가 전해진다.[104] 이 유형의 지역적 분포를 살펴보면 대략 중국 북쪽(내몽고 지역) 및 동북쪽(헤이롱강 지역 - 黑龍江地區), 멀리는 남쪽 윈난(雲南)에도 있다.[105] '금기 위반형 함몰 설화'들의 특징은 지금까지의 홍수 설화에서 주인공 자신이 홍수 중에 생존하게 되는 모티프에서 '다른 사람들을 구하기 위해 주인공이 자신을 희생하는 내용'으로 변했다는 것이다. 다른 함몰 설화에서는 선(善)을 행하고 덕을 쌓은 사람이 홍수의 소식을 접하고 그 사람 혹은 그 가족은 다행히 재난을 당하지 않았다. 그들은 인류의 시조가 되거

---

103 〈北極星〉, 『中華民族故事大系』 4, 1995, 313~315쪽.

104 막일근이 사냥을 하다가 매 한 마리가 작은 뱀을 잡아 하늘로 날아가는 것을 보았다. 작은 뱀이 사람의 말로 살려달라고 애원하였다. 막일근이 활을 쏘아 매를 죽여 뱀을 구해주었는데, 뱀이 갑자기 미녀로 변하여 "해삼낭"(즉 용왕의 셋 번째 공주)이라고 자칭하였다. 그녀는 막일근에게 함께 바다로 들어가서 좋은 시간을 보내자고 하였지만 막일근은 끝내 동의하지 않았다. 그래서 해삼낭은 산중의 동물들의 말을 가르쳐주고 "절대로 다른 데 누설하지 말라"고 당부하고는 떠났다. 얼마 되지 않아, 그는 산중의 동물들한테서 세상이 곧 뒤집어진다는 이야기를 들었다. 막일근은 짐승들의 말에 통달했으므로 그 말을 알아듣고 스스로 살자고 하지 않았다. 그래서 해삼낭의 당부를 어기고 홍수 소식을 마을 사람한데 전해 주었다. 결국 마을 사람들은 구출되었지만 해삼낭이 구하러 오기도 전에 막일근은 산꼭대기로 피하였고, 결국 그는 거대한 돌이 되어 후세사람들의 추앙을 받아 왔다. 〈莫日根變巨石的傳說〉, 祈連休·肖莉, 『中國傳說故事大辭典』, 中國文聯出版社, 1991, 561쪽.

105 〈石馬〉는 윈난 리수족 사이에 전파되는 설화로 내용은 〈엽인 해력포〉와 같다.

나 인류를 재창조하는 사명을 담당했다. 그러나 여기서 살핀 '금기 위반형 함몰 설화'의 주인공은 금기를 어기고 자신을 희생함으로써 다른 사람을 구하는 영웅이 되었고 인류의 시조가 되지 않았다. 종합해서 볼 때, 이 유형의 줄거리는 다음과 같이 정리 할 수 있다.

1. 한 사람이 동물을 구하거나 사람에게 선행을 베푼다.
2. 선행의 보답으로 보물을 얻거나 홍수의 소식을 직접 예고 받는다.
3. 들은 이야기를 발설해서는 안 된다는 금기가 부여된다.
4. 주인공이 마을 사람을 구하기 위해 금기를 위반한다.
5. 홍수가 나서 마을 사람들이 구출되었지만 금기를 위반한 주인공이 돌이나 다른 이물로 변한다.

즉, 이 유형의 서사전개를 '누군가의 선행 → 보물 얻어 금기 부여받기 → 재난 예언을 받기 → 금기 위반 → 마을 사람 구출 → 화석'순으로 요약할 수 있다. 줄거리 앞부분을 보면 인도의 〈마누와 물고기〉 이야기가 쉽게 떠오른다. '마누'라는 남자가 물고기 한 마리를 구해주는데, 나중에 물고기의 계시를 받고 홍수 재난에서 유일한 생존자로 살아남게 되는 이야기다. 홀로 남은 마누는 고행을 통해 여성을 만들고, 역시 고행의 방법을 통해 그 여성과 더불어 인류를 번성시켰다고 한다. 중국의 '금기 위반형 함몰 설화'에서도 주인공이 동물을 구해주고 직간접적으로 재난의 계시를 받았다. 이런 방면에서 인도의 〈마누와 물고기〉 이야기는 중국의 함몰 설화와 비슷한 양상을 띤다. 그러나 중국의 '금기 위반형 함몰 설화'에서는 인류를 재창조하는 서사 대신에, 주인공들이 마을 사람을 구원하기 위해 금기를 어겨 모두 이물로 화하였다는 서사를 가지고 있다. 이는 내몽고와 헤이룽강(黑龍江)의 홍수 설화가 불교와 함께 뒤늦게 들어온 인도 홍수 설화의 영향을 받은 것에서 기인한다고 볼 수 있다. 그 당시 부녀혼(父女婚) 같은 근친상간의 원시적 사유보다 '자기를 희생하여 남을 구하는 희생 관념'이 성행했을 가능성을 점쳐볼 수 있으며 이 영향으로 근친혼을 통해 인류를 재창조하는 모티프가 화석(化石) 모티프로 대체되었을 가능성이 높다. 그 결과 이야기의 서사는 인류 시조의 출현보다 영웅의 출현에 치중하게 되었다. 비록 이들은 하늘의 뜻을 어겨 생명을 잃었지만 현재까지도 추앙을 받는 영웅으로 영원한 생명을 획득하였다.

(3) 영물(靈物)복수형 함몰 설화

한국과 중국의 설화 모두 도덕적 관념에 있어서 은혜와 원한 갚는 것을 강조한다. 사람들에 의해 구전되는 "군자가 원수를 갚는 데 10년도 늦지 않다", "아버지를 죽인 원수와는 같은 하늘 아래에서 살 수 없다" 등의 말은 누구나 다 알고 있다. 사람과 사람 간의 은혜와 원한을 다룬 제재 말고도 사람과 동물 간의 은혜와 원한을 다룬 제재는 전통 민간 설화에서 자주 등장하는 모티프이다. 특히 함몰 설화의 영물복수형 유형에서는 수재, 홍수와 관련된 동물, 예를 들어 신령한 뱀, 용이 자주 등장하는 주인공들이다.

신령한 동물이 복수하는 이들 이야기의 줄거리는 대략 다음과 같다. 어떤 한 사람이 신령한 동물(신령한 뱀 혹은 용)을 기르거나 존중했는데 다른 사람들은 그 신령한 동물이나 그를 기른 주인을 모독하고 불공정한 대우를 했다. 이때 신령한 동물이 노하여 홍수를 일으켰고 결국 이 지역은 함몰되어 못이 되었다. 영물복수형의 각편 중, 〈담생 전설(擔生傳說)〉과 〈공하 전설(邛河傳說)〉이 자주 언급되곤 하는데, 이 두 전설에서 우리는 영물복수형의 전반적인 특색을 엿볼 수 있다. 먼저 왕궈웨이(王國維)의 『수경교주(水經校注)』 권10의 기록을 살펴보겠다.

노인들에 의해 전해지는 이야기로 다음과 같다:

한 고을의 어떤 이가 길을 걸어가다가 작은 뱀 한 마리를 발견하고 이 뱀에게서 영기를 느낀다. 그리하여 집으로 데리고 가서 기르니 이름을 '담생'이라고 지었다. 다 자란 후에 담생은 사람을 잡아먹는데 이는 사람들에게 우환이 되었다. 그리하여 이 뱀의 주인이 잡혀갔다. 담생은 주인을 업고 달아나는데 고을은 함몰되어 호수가 되었고 현령과 관리들은 물고기가 되었다.[106]

송(宋)·이석(李碩)의 『속박물지(續博物志)』 권8에는 아래와 같은 기록이 있다.

무강현에 어떤 이가 길을 걷다가 뱀 한 마리를 발견하고 집으로 데리고 가서 길렀다. 이름을 '담생'이라고 지었다. 담생이 자란 후에 사람을 잡아먹으니 이로 인해 이 뱀의 주인이 잡혀갔다. 담생은 주인을 업고 도망가는데 읍은 함몰되어 호수가 되었고 현령과 관리는 모두 물고기로 변했다.[107]

푸광위는 고증을 통해 이 이야기가 허베이성 우창현(河北省武強縣)에서 발생했고 시대는 불분명하다고 밝혔다.[108] 이야기의 전체적 내용은 다음과 같다. 어느 마을에 한 사람이 뱀 한 마리를 길렀는데 이름을 담생이라

---

106 "耆宿云: 邑人有行于途者, 見一小蛇, 疑其有靈, 持而養之, 名曰擔生, 長而吞噬人, 里人患之, 遂捕系獄, 擔生負而奔, 邑淪為湖, 縣長及吏, 咸為魚矣." 北魏酈道元注, 王國維注校, 袁英光整理標点, 『水經注校』, 上海人民出版社, 1984, 368쪽.

107 "武強縣有行于途, 得一小蛇, 養之, 名曰擔生. 長而噬人, 里人遂捕系獄. 擔生負而奔, 邑淪為湖, 縣官吏為魚矣." 北宋·李石撰, 李之亮点校, 『續博物志』, 巴蜀書社, 1991, 115~116쪽.

108 傅光宇, 「"陷湖"傳說之形式及其演化」, 『民族文學研究』, 中國社會科學院民族文化研究所, 1995, 9쪽.

하였다. 뱀이 자라서 사람을 잡아먹자 주인은 연루되어 감옥에 가게 되는
데, 뱀이 주인을 업고 탈옥하면서 복수로 이 지역을 함몰시켜 호수가 되게
하였다.

영물복수형의 각편 중에서 〈공하 전설〉도 가장 대표적인 각편 중 하나
라고 할 수 있다. 『후한서(後漢書)』 〈공도이(邛都夷)〉에서는 공도는 오랑
캐의 것인데 무제(武帝) 때부터 공도현이라 하였다고 기록되어 있다. 얼
마 되지 않아, 땅이 함몰되어 못이 되었고 공지(邛池)라고 이름 하였기에
남방 사람들은 공하(邛河)라고 하였다. 당나라 이현(李賢)이 "지금의 수주
월수현(嶲州越嶲縣) 동남쪽에 있다"고 주석하고 이응(李膺)의 『익주기(益州
記)』를 인용하여 이 전설을 기재하였다.

공도현에 한 할머니가 살았는데 집이 가난하고 외롭게 지냈다. 할머니
가 매번 밥을 먹을 때마다 뿔 달린 작은 뱀이 침대 사이에서 보고 있었으니
할머니가 그 뱀을 가엽게 여겨 먹을 것을 주었다. 그 후 뱀은 어느덧 자라
나 길이가 3m에 달했다. 현령에게는 좋은 말이 하나 있었는데 이 뱀에게
잡아 먹혔다. 현령이 크게 노하여 할머니를 꾸짖으며 뱀을 내어 놓으라고
명했다. 할머니는 뱀은 침대 밑에 있다고 하였다. 현령은 즉시 사람을 보내
땅을 파서 뱀을 찾으려 했으나 아무리 많이 깊게 파도 뱀을 찾을 수 없었
다. 그리하여 현령은 분노를 할머니에게로 옮겨 할머니를 죽였다. 뱀이
꾸짖으며 말하기를, 왜 나의 어머니를 죽였느냐면서 어머니를 위해 복수
하겠다고 했다. 그 후 매일 밤 우레와 바람 소리가 들리는데 40일이 지나
자 고을 사람들이 서로 마주보며 놀라며 말하기를, "자네 머리에 왜 갑자
기 물고기가 생겼는가?" 한 밤사이 이 현 주변 40리는 돌연 함몰되어 호수
가 되었고 선비들은 이것을 '함호'라 칭했다. 할머니의 집만이 아무 일
없는 듯 그대로였고 매우 평온했다. 어부들이 고기를 잡을 때에는 항상

이곳에서 멈춰 머무르고, 풍랑이 일 때에는 그 집 근처에서 피한다. 이곳은
풍랑이 없고 매우 고요하다. 바람이 부드럽고 햇살이 좋아 물이 맑고 투명
할 때에는 아직도 호수 아래의 망루를 어렴풋하게 볼 수 있다. 오늘날
물이 얕을 때, 어떤 이가 물에 들어가 고목을 건져왔는데 매우 견고하고
칠흑같이 검고 광택이 있었다. 많은 사람들이 이 고목을 베개로 쓰라고
선물을 주고받는다.[109]

푸광위는 한(漢)나라의 공도(邛都), 당나라의 수현(嶲縣)이 곧 지금의 쓰
촨성 시창시(四川省西昌市)임을 고증하였다. 전설의 줄거리는 대략 다음과
같이 정리할 수 있다. '신령한 뱀을 기름→신령한 뱀이 사람을 해침→
신령한 뱀을 기른 자가 감옥에 감→ 뱀이 동네를 함몰시켜 원한을 풀음
(뱀을 기른 자만 생존)'. 신령한 뱀과 유사한 것이 용의 등장이다. 뱀 혹은
용은 중국 고대에서 모두 물과 매우 밀접한 관계를 가진 영물이다. 당나라
조린(趙璘)의 『인화록(因話錄)』 권6의 고우 전설(高郵傳說)의 내용은 다음
과 같다.

진사 정휘가 고유에는 친척 노씨가 사는데 그 마을은 물가 옆에 위치한
다고 말했다. 어느 여름날 이웃 사람 몇 명이 백사 한 마리를 함께 죽였다.
얼마 지나지 않아, 갑자기 우렛소리가 크게 일고 큰 비가 억수같이 내려

---

109 "邛都縣下有一老姥, 家貧孤獨, 每食輒有小蛇頭上戴角在床間, 姥憐之, 飴之. 後稍長
大, 遂長丈余. 另有駿馬, 蛇遂吸殺之. 令因大憤恨, 責姥出蛇. 姥雲蛇在床下, 令即掘
地, 愈深愈大而無所見. 令因遷怒殺姥. 蛇感人以靈言, 嗔令: '殺我母, 當為母報仇.'
此後每夜輒聞若雷若風, 四十許日, 百姓相見咸驚語: '汝頭那忽戴魚?' 是夜, 方四十
裏與城一時俱陷為湖. 士人謂之"陷河". 唯姥宅無恙, 迄今猶存. 漁人采捕必依止宿,
每有風浪輒居宅側, 恬靜無他. 風靜水清滾, 猶見城郭樓櫓窈然. 今水淺時, 彼土人沒
水取得舊木, 堅貞, 光黑如漆, 今好事人以為枕相贈." 南朝·宋 范曄, 唐李賢 注『后漢
書』10, 中華書局, 1965, 2852쪽.

홍수가 발생했다. 몇몇 집들은 모두 침몰되었으나 오직 노씨네 집만 아무 일 없는 듯 무사했다.[110]

고우(高郵)는 지금의 장쑤성 양주시(江蘇揚州) 북쪽에 위치한다. 이곳의 사람들은 용 혹은 용의 화신을 죽이고 잡아먹었는데 오직 한 사람만은 이를 먹지 않았다. 먹은 사람은 모두 참혹하게 보복을 당했으나 오직 먹지 않은 이 사람만 목숨을 보전할 수 있었다. 이처럼 영물을 죽여 화를 초래한 기록이 송·유부(劉斧) 『청쇄고의(靑瑣高議)』 후집(後集) 권1 〈함지(陷池)〉조(條)에도 있다.

『침주도경(郴州圖經)』에서 아래와 같은 기록이 있다.

'침주 이천 리에 떨어진 곳에 못이 하나 있다. 전에 마을 사람 누군가가 용자(龍子)를 죽였는데 하루 저녁에 뇌성벽력하니 온 집이 함몰되었다.[111]

송·홍매(洪邁)의 『夷堅志·夷堅丙志』 권9 〈宣和龍〉에서 용을 죽여 고기를 나누어 먹다가 고장 전체가 함몰되는 고사가 기록되어 있다. 여기서 용의 모습에 대한 묘사도 상세하게 들어 있다. "소리는 소와 같다……온 몸에 까만색 비늘이 덮고……두 뺨이 물고기 뺨과 비슷하며 초록색 빛을 띤다."[112] 여기서는 홍수가 나서 동네를 함몰시킨 게 아니라 영문 모르는

---

110 "進士正擧說, 家在高郵, 有親表盧氏, 莊近水, 有鄰人暑假, 共殺一白蛇. 未久, 忽大震雷電雨, 發洪, 數家皆溺無遺, 唯盧在當中, 一家無恙." 唐·趙璘撰, 『因話錄』, 上海古籍出版社, 1979, 112쪽.

111 "去州二千里有陷池. 向有民家殺龍子, 一夕, 大風雷, 全家乃陷." 傅光宇, 앞의 논문, 11쪽 재인용.

112 "有聲如牛……鱗色蒼黑……兩頰如角頭, 色正綠". 洪邁, 『夷堅志』, 中華書局(北京), 1981, 72쪽.

물이 민가를 삼켜 버렸다고 한다. 그 외에 『광서통지(廣西通志)』 권188에
아래와 같은 기록도 있다.

> 지정연간(至正間), 홍업현(興業縣) 남쪽으로 10리 떨어진 곳에 한 촌민
> 이 말 한 마리가 바위에서 나와 풀을 먹는 것을 보았다. 그곳 주민들이
> 말을 잡아서 죽이고 말고기를 나누어 먹었는데 어느 할머니와 아들 내외
> 세 사람만이 먹지 않았다. 그날 밤 큰 우레 소리와 함께 번개 불빛 속에서
> 창룡이 하늘에서 내려오는 것이었다. 할머니는 이를 보고 매우 놀랐는데
> 누군가 그녀에게 이렇게 말하는 것이었다. "어서 가라, 뒤를 돌아보지 마
> 라." 노파와 아들은 즉시 마을을 떠나 작은 산에 올랐고 매우 피곤하여
> 잠시 서있는데 그만 돌이 되어버렸다. 이 마을은 함몰되어 큰 못이 되었고
> 사람들은 이곳을 가리켜 "마당"이라고 하였다.[113]

위의 기록을 통해 알 수 있듯이 영물이 용, 뱀 이외에 말도 등장한다.
용은 상상의 동물로 거대한 뱀을 닮은 형상을 하고 있으며 신성한 힘을
지닌 상서로운 존재로 여겨왔다. 용은 뱀의 형태와 비슷하지만 뱀 이외에
여러 가지 다른 동물, 예를 들어 말, 소, 사슴의 이미지도 복합적으로 융합
되어 있다. 말도 그 이미지의 하나라 볼 수 있다. 한(漢)나라 왕충(王充)은
"세간에서 그린 용 그림은 말 머리에다 뱀 꼬리를 더 붙였다(世俗畫龍之像,
馬首蛇尾)."라고 하였다. 이들은 모두 홍수, 수재와 관련된 영물로 볼 수
있다. 『광동통지(廣東通志)』 권333에 다음과 같은 기록이 있다.

---

113 "至正間, 興業縣南十里. 村民見一馬從石中出食草. 居人撲殺分食, 唯一老姬子婦三
人不食. 是夜雷聲大作, 電光中人見蒼龍從空中下, 其姬驚仆, 覺有人喝曰:'急出, 無
顧家.' 母子遂出, 上小山, 困急, 立化為石. 其村為大池, 人呼曰:'馬塘'." 謝啓昆 監修,
『廣西通志』 13, 海文出版社(台北), 1966, 9154~9155쪽.

함호는 수계현 동남쪽 70리에 있는데, 그 주위 10여 리에서 나는 샘물
은 매우 맑다. 노인들이 전하는 이야기이다. 옛날에 이곳에 탁(托)과 녕
(寧)이라는 두 마을이 있었다. 당나라 때 흰 소 한 마리가 이 마을에 왔는데
마을 사람들이 모두 이 소를 잡아먹었는데 한 노파만이 먹지 않았다. 하루
동안 큰 비가 내려 두 마을은 모두 침수되었다. 노파는 대나무를 지팡이
삼아 비속으로 도망치는데 뒤를 돌아보니 땅이 계속해서 침몰하고 있었
다. 그리하여 대나무를 땅에 꽂자 비로소 침몰이 멈추었는데 두 마을의
촌민들은 모두 익사하고 말았다. 이후 이 호수 옆에는 많은 대나무가 자랐
고 그리하여 이 지역은 '함호'라 불리게 되었다.[114]

그리고 〈만와수당의 전설(曼佤水塘的傳說)〉[115]에서는 만완산채(曼瓦山寨)
의 어떤 남자가 사냥하다가 사슴을 하나 잡아왔는데 동네 사람들과 이를
나누어 먹었다. 어느 과부집에만 고기를 나누어주지 않았다. 천신이 이를
알고 수룡(水龍)을 시켜 홍수를 일으켰고 동네를 함몰하게 하였다. 동네
전체가 못으로 변했는데 과부집만 그대로 있었다. 과부의 딸도 이웃집
사슴 고기를 먹은 바람에 죽게 되었다. 상기한 내용을 통해 알 수 있듯이
이 영물복수형 설화의 주요 내용은 다음과 같다. '영물이 마을 사람들에
의해 잡아먹힘 → 한 사람만이 영물 고기를 안 먹거나 영물에게 선행을
베풂 → 영물의 보복 → 동네를 함몰시켜 분풀이함(선행 베푼 자만 생존)'.
이 유형의 홍수 설화는 주로 쓰촨(四川), 광둥(廣東), 광시(廣西), 윈난

---

114 "陷湖在遂溪縣東南七十里, 周圍十余里, 其泉極清. 故老傳雲: 古系托, 寧二村. 唐時
　　有一白牛入于本村, 村人共殺食之, 惟一老姬不食. 一日天降大雨, 二村俱陷. 老姬携
　　一傘竹杖, 乘雨而走, 回望地陷不已, 遂以傘插地, 乃止. 村人民無一存焉. 其後傘竹
　　側生湖旁, 因名陷湖." 傅光宇, 「'陷湖'傳說之形式及其演化」, 『民族文學研究』, 中國
　　社會科學院民族文化研究所, 1995, 11쪽 재인용.
115 〈曼佤水塘的傳說〉, 『中華民族故事大系』 12, 1995, 45~47쪽.

(雲南) 등 중국 서남쪽과 남쪽 지역에 분포되어 있으며, 허베이성(河北省)과 장쑤성(江蘇省)에서도 약간의 분포가 확인된다. 중국에서 홍수는 뱀이나 용과 매우 밀접한 관계가 있다. 민간에서 용은 구름과 비를 관장하는 것으로 여겨지며 많은 지역에서 용에게 비를 내려달라고 제사를 지내는 풍습이 있다. 이들 서사에서는 용이나 영물을 공경하지 않고 그 고기를 나누어 먹은 사람들은 반드시 하늘의 꾸짖음을 받아 응징을 당했고 그 중 한 사람만이 영물의 양육자나 신봉자로서 반드시 마땅한 보상을 받았는데 그 보상은 바로 생존자가 되었다는 것이다. 따라서 이 유형의 함몰 설화에는 강한 권선징악 사상이 들어 있다고 할 수 있다.

2) 중국의 인류재창조형 홍수 설화

(1) 남매혼 홍수 설화

중국에 55개의 소수민족이 있는데 대부분의 소수민족은 남쪽에 거주하고 있다. 대표적인 소수민족으로 장족(壯族), 묘족(苗族), 이족(彝族), 푸이족(布依族), 야오족(瑤族) 등을 들 수 있다. 많은 소수민족은 자기 민족의 문자(文字)없이 주로 구비 전승의 방식으로 자기 민족의 역사와 문화를 유지해 왔다. 특히 홍수 설화는 거의 모든 소수민족마다 보유하고 있고 중국 홍수 설화 연구에 귀한 자료들이다. 이들 홍수 설화 중에서 대표적인 것으로 남매가 홍수 재난에서 살아남아 천의시험을 거쳐 혼인하는 남매혼 홍수 설화와 인간인 남자 한 명이 홍수에서 살아남아 하늘의 천녀와 결혼하는 천녀혼 홍수 설화가 있다. 본고는 『중화민족고사대계』에 수록된 홍수 설화를 대상으로 삼아 인류재창조의 방식을 기준으로 분류하여 남방 소수민족 홍수 설화의 서사구조 및 특징을 파악하고자 한다. 이 과정에서 일부 소수민족의 창세시, 민속 간행물에 수록된 자료들도 검토 대상으로 삼고자 한다. 우선 남매혼 홍수 설화를 살펴보도록 하겠다.

필자가 정리한 자료 중에서 남매혼 홍수 설화는 36편이다. 쓰촨(四川),
윈난(雲南), 후난(湖南), 광시(廣西), 구이저우(貴州) 등지에서 널리 분포되
고 있으며 소수민족 사이에 보편적으로 존재하는 유형이다. 자료를 정리
하면 다음과 같다.

〈표 7〉 중국 남매혼 홍수 설화 각편

No,	민족	제목	전승지역	정리자	출처
1	무라오족(仫佬族)	阿仰兄妹制人煙	貴州織金 水城	羅懿群	『中華民族故事大系』13, 8~15쪽
2	무라오족(仫佬族)	伏羲兄妹的傳說	廣西羅城	龍殿保	『中華民族故事大系』11, 279~285쪽
3	동족(侗族)	捉雷公的故事	―	龍玉成	『中華民族故事大系』4, 684~690쪽
4	하니족(哈尼族)	兄妹傳人類2	雲南 墨江縣	李燦偉	『中華民族故事大系』6, 17~22쪽
5	하니족(哈尼族)	兄妹傳人類1	雲南 紅河州	劉慶元	『中華民族故事大系』6, 14~17쪽
6	투쟈족(土家族)	布索和雍妮	湖南湘西湖北	覃仁安	『中華民族故事大系』5, 641~650쪽
7	투쟈족(土家族)	孫猴子上天	四川西陽	何雲	『中華民族故事大系』5, 651~653쪽
8	투쟈족(土家族)	土家人的祖先	湖北	全明村	『中華民族故事大系』5, 667~668쪽
9	지노족(基諾族)	祭祖的由來	雲南景洪	仲錄	『中華民族故事大系』16, 804~808쪽
10	지노족(基諾族)	阿嫫堯白造天地	雲南景洪	劉怡	『中華民族故事大系』16, 793~796쪽
11	장족(壯族)	布伯的故事	廣西 紅河流域	藍鴻恩	『中華民族故事大系』3, 373~384쪽
12	푸이족(布依族)	阿培哥本和他的兒女	貴州都勻	竹茗	『中華民族故事大系』3, 695~701쪽
13	푸랑족(布朗族)	兄妹成婚	雲南勐海	門圖	『中華民族故事大系』12, 18~19쪽
14	이족(彝族)	阿霹利, 洪水和人的祖先	雲南 路南縣	王偉	『中華民族故事大系』3, 35~37쪽
15	이족(彝族)	世上的几代人	雲南 紅河州	民間文學 紅河調查隊	『阿細的先基』, 42~60쪽
16	이족(彝族)	人類起源	雲南楚雄	民間文學 楚雄調查隊	『梅葛』, 20~50쪽
17	이족(彝族)	橫眼睛時代	雲南楚雄	郭思久, 陶學良	『査姆』, 59~81쪽
18	누족(怒族)	創世紀	雲南 貢山縣	彭兆淸	『中華民族故事大系』14, 518~522쪽
19	라후족(拉祜族)	一娘養九子	雲南 貢山縣	尚正與	『中華民族故事大系』8, 697쪽

20	징퍼족(景頗族)	人類祖先的傳說	雲南	東耳	『中華民族故事大系』10, 38~45쪽
21	징퍼족(景頗族)	人種流傳	雲南	何娥	『中華民族故事大系』10, 23~29쪽
22	마오난족(毛南族)	盤古的傳說	廣西 環江縣	譚金田	『中華民族故事大系』12, 479~485쪽
23	수이족(水族)	牙線造人的故事	貴州獨山,榕江	韋榮康	『中華民族故事大系』9, 5~11쪽
24	두룽족(獨龍族)	聰明勇敢的朋更朋	雲南 貢山縣	祝发清	『中華民族故事大系』15, 581~595쪽
25	두룽족(獨龍族)	洪水泛濫	-	屈友誠	『中華民族故事大系』15, 575~580쪽
26	야오족(瑤族)	伏羲兄妹的故事	廣西金秀	劉保元	『中華民族故事大系』5, 21~26쪽
27	써족(畬族)	盤石郎	浙江丽水	唐宗龍	『中華民族故事大系』8, 94~101쪽
28	바이족(白族)	開天辟地	雲南大理,洱源, 劍川	杨亮才	『中華民族故事大系』5, 317~322쪽
29	치양족(羌族)	伏羲兄妹治人煙	四川汶川	李冀祖	『中華民族故事大系』11, 684~685쪽
30	묘족(苗族)	吳良左講述的洪水故事	湖南西部	芮逸夫	「苗族的洪水故事與伏羲女媧的傳說」, 158~160쪽[116]
31	묘족(苗族)	阿陪果本	湖南西部,貴州松桃縣	騰樹寬	『中华民族故事大系』2, 634~641쪽
32	묘족(苗族)	儺神起源歌	湖南西部	芮逸夫	「苗族的洪水故事與伏羲女媧的傳說」, 161~163쪽
33	묘족(苗族)	儺公儺母歌	湖南西部	芮逸夫	「苗族的洪水故事與伏羲女媧的傳說」, 160~161쪽
34	묘족(苗族)	張古老鬥雷公	貴州 東南部	成文魁	『中華民族故事大系』2, 627~631쪽
35	리족(黎族)	螃蟹精	海南 五指山區	陳葆真	『中華民族故事大系』7, 7~9쪽
36	리족(黎族)	南瓜的故事	海南 五指山區	王國全	『中華民族故事大系』7, 10~13쪽

이 많은 홍수 자료에는 서사가 다양하게 나타나는데 우량좌(吳良左)가 제시한 홍수 설화와 〈나신기원가(儺神起源歌)〉, 〈나공나모가(儺公儺母歌)〉는 모두 뤄이푸가 정리한 묘족(苗族) 홍수 설화들로 대략적인 줄거리가 일치한다. 뇌신이 인간에게 진노하여 홍수를 일으켜 인류를 멸하는데 오직 한 남매가 뇌신의 은혜로 조롱박이나 박과 같은 식물을 얻게 되고 그

---

116 芮逸夫, 「苗族的洪水故事與伏羲女媧的傳說」, 『人類學集刊』1, 國立中央研究院歷史語言研究所, 1938, 155~194쪽.

속에 들어가 홍수의 재난으로부터 살아남게 된다는 것이다. 홍수 이후 인간 세상에는 남매 둘만이 생존자로 남게 되고 인류의 계승을 위해 결혼을 한다. 이 과정에서 맷돌을 굴리고 불을 지펴 연기를 내고, 바늘에 실을 꿰는 등의 천의시험이나, 혹은 거북 등 영물(靈物)의 중매를 통해 맺어진다. 그리고 남매가 결혼한 후 그들이 낳은 살덩이들을 잘게 부수어 사방에 흩뿌리니 이 살점들이 사람이 되어 각 민족 혹은 백가성(百家姓)의 시조가 되었다.

이러한 홍수 설화에서 뇌신은 인간과 지혜 및 용기를 겨루는 역할로 등장하며 예외 없이 참패하여 붙잡힌다. 〈아배과본(阿陪果本)〉에서 뇌신과 아배과본은 형제인데 그가 뇌신에게 닭고기를 먹이고 뇌신이 복수하러 오자 그에게 잡힌다. 〈장고로투뇌공(張古老鬪雷公)〉에서 뇌신과 장고로는 형제이고 장고로는 뇌신에게 소를 빌려 지혜롭게 뇌신을 이기는데 이 이야기에서는 장고로가 조롱박을 타고 달아나는 것으로 결말을 맺어 인류가 재창조되는 부분은 구체적으로 기술하고 있지 않다. 종합해서 볼 때 뇌신이 묘족(苗族)의 홍수 설화에서 많은 비중을 차지하고 있고, 대부분 뇌신과 인간의 갈등으로 홍수가 발생한다. 그리고 여기서 등장한 뇌신은 늘 '닭'과 뗄 수 없는 관계라는 것을 알 수 있다.[117]

---

117 鳥形雷神은 남방 소수민족의 뇌신 이야기 중 매우 자주 출현하는 형상일 뿐만 아니라 현대까지 남아 있는 가장 보편화된 뇌신의 형상이다. 『夏小正』 중 "정월에 꿩이 울고 그 날개를 펼친다. 정월에 필히 천동이 있으며, 천동이 잘 울리지 않으면 꿩만 먼저 그 소리를 듣는다(正月, 雉震呴, 震也者鳴也, 呴也者鼓其翼也. 正月必雷, 雷不必聞, 唯雉爲必聞也)."라는 구절이 있다. 이로써 사람들은 아주 옛날부터 천동 소리와 꿩이라는 동물의 관계를 관찰해 낸 것을 알 수 있다. 雉는 바로 꿩을 말한다. 새와 꿩은 높게 날 수 있으며 신비로운 천동이 발생한 하늘과 더욱 가깝다. 천동소리가 나타나기 시작하는 정월에 꿩은 천동이 올 것을 미리 알려 줄 수 있으므로 꿩을 뇌신의 원형으로 삼은 것은 일리가 있다. 이외에도 닭은 시간을 알고 시간을 알려줄 수도 있는 동물이다. 닭이 울면 해가 뜨고 달이 지면서 밤낮의 교체가 이뤄진다. 밤낮을 나누는 것은 곧 陰과 陽을 나누는 것이다. 게다가 음과 양의 분리는 종종 인간과 귀신의 분리로 여겨진다. 고대인의

뇌공과의 갈등으로 인하여 홍수가 발생하는 홍수 설화는 묘족(苗族)의
것 말고도 무라오족(仫佬族)의 〈복희형매의 전설(伏羲兄妹的傳說)〉, 동족
(侗族)의 〈착뇌공의 고사(捉雷公的故事)〉, 푸이족(布依族)의 〈아배과본과
그의 자녀(阿陪果本和他的兒女)〉, 투쟈족(土家族)의 〈포색와 옹니(布索和雍
妮)〉, 장족(壯族)의 〈포백의 고사(布伯的故事)〉, 마오난족(毛南族)의 〈반고
의 전설(盤古的傳說)〉, 야오족(瑤族)의 〈복희형매의 고사(伏羲兄妹的故事)〉,
써족(畬族)의 〈반고랑(盤古郎)〉 등이 있다. 그 중에 후난(湖南) 샹시(湘西)
의 〈포색와 옹니〉에서도 홍수는 인간과 뇌신의 갈등에서 기인한다. 뇌공
산(雷公山) 아래의 한 어머니가 뇌신의 고기를 먹고 싶어 하니, 8남매가
뇌신을 잡는데 뇌신은 포색과 옹니의 도움을 받아 살아나고 이로 인해
옥황대제는 크게 노한다. 홍수 중에 포색과 옹니 남매는 조롱박을 타고
살아남는다. 홍수 후에는 남매는 까치, 바람, 구름, 거북 등의 권고와 점을
치는 것을 통해 결혼을 한다. 결혼하고 백일이 지나 누이는 빨간 핏덩어리
를 낳는데 머리, 뇌, 손발이 없었고 소리도 숨결도 없었다. 핏덩어리를
잘게 부수어 모래와 진흙을 섞으니 묘족(苗族), 커쟈족(客家族), 투쟈족(土
家族)으로 변했다.

후베이(湖北)에서 전해지는 〈토가인의 조선(土家人的祖先)〉에서는 홍수
의 원인에 대해서는 서술되어 있지 않고 다음과 같은 이야기만 전한다.
남매가 조롱박에 의존하여 홍수를 피하고 그 후 관음보살이 남매를 중매
하고 점을 쳐 둘은 결혼하게 된다. 결혼 후에 누이는 살덩어리를 낳았고
그것을 열여덟 조각으로 잘라 흙으로 감싸 나뭇가지에 걸어 놓으니 사람

관념 중 닭은 吉鳥의 모델이 되었고 액운을 쫓고 상서로운 기운을 가져오는 새이다.
이 때문에 닭은 뇌신의 모델이 됨으로써 뇌신이 악인을 벌하는 기능을 갖추게 해주었다.
이외에도 뇌신이 닭과 새를 원형으로 하는 것은 일부 종족의 토템과 관련 있다는 견해도
있다. 張卓, 「南方雷神形象與雷神故事之變遷」, 雲南大學 碩士學位論文, 2014,
43~47쪽.

으로 변해 자라서 투쟈족(土家族)의 시조가 되었다. 아이들이 다 큰 다음 관음보살은 남매를 데리고 하늘로 올라가 오빠는 달이 되고 누이는 태양이 되었다. 해와 달이 된 남매는 밤낮 돌아가면서 후손을 지켜보고 있다.

장족(壯族)은 중국에서 인구가 가장 많은 소수민족으로, 주로 광시(廣西), 광둥(廣東), 윈난(雲南) 등지에 분포한다. 장족의 홍수 설화는 묘족의 것과 다소 비슷하다. 광시 훙허(紅河) 유역에서 전해지는 〈포백의 고사〉에서 옛날에는 하늘과 땅이 가까웠다고 전해진다. 하늘의 맑음과 비를 내리는 것은 천상의 뇌신이 관장하였다. 지상의 우두머리는 포백이었는데, 뇌신과 포백 사이에 갈등이 생겨 뇌신이 비를 내리지 않자 포백은 뇌신을 잡아 가둔다. 이후 뇌신은 복의(伏依)남매에 의해 구출되고 하늘로 올라가 홍수를 일으키는데, 복의 남매는 뇌신이 준 치아를 심어 피신할 수 있는 조롱박을 얻고 살아남는다. 그 후 남매는 거북과 대나무의 결혼 권고와 연기가 합하는 시험을 통해 하늘의 뜻을 물어 결혼하는데, 결혼 후 누이는 살덩어리 하나를 낳고 이것을 칼로 잘게 부수어 산 아래로 흩뿌리니 많은 사람들로 변하였다. 이를 통해 장족의 홍수 설화에서 홍수의 기원은 인간과 뇌신의 갈등에서 비롯되며 피난의 방식도 뇌신이 준 조롱박 씨에서 기인한다는 것을 알 수 있다.

푸이족(布依族)은 중국 서남부의 비교적 큰 민족으로 그 중 구이저우성(貴州省)의 푸이족 인구가 전국 푸이족 인구의 97% 이상으로 가장 많은 비중을 차지한다. 구이저우성(貴州省) 두윈(都勻)에서 전하는 〈아배과본과 그의 자녀〉에서는 뇌신에게 아배과본이라는 인간 친구가 있었는데 그가 뇌신에게 닭고기를 먹게 함으로써 이로 인해 둘 사이에 원한이 생기고 뇌신은 노하여 폭우를 내린다. 이는 홍수 원인에 있어서 묘족의 것과 일치하나 여기에서는 아배과본이라는 인물이 좀 더 부각되었다. 그 자녀의 남매혼 역시 아버지 아배과본의 중매로 이루어진 것인데, 결혼 후 5년이 지나 누이는 살덩어리 하나를 낳는다. 아버지가 남매로 하여금 그것을 작은 덩어리로 잘라 나무, 바위, 밭 등지에 버리게 하니 모두 사람으로 변했다. 이로써 아배과본은 결혼을 권고하는 역할을 맡았을 뿐 아니라 인간이 다시 번식하게 되는 과정을 지도하는 역할도 하게 된다.

야오족(瑤族)은 중국 화난(華南) 지역에 가장 광범위하게 분포한 소수 민족으로 인구가 많고 광시(廣西), 후난(湖南), 광둥(廣東)에 폭넓게 분포 한다. 광시에서 전해지는 야오족의 홍수 설화 〈복희형매의 고사〉는 묘족 의 홍수 설화와 매우 유사한데, 홍수의 원인 또한 뇌신과 지상의 사람 사이의 갈등이다. 남매는 조롱박을 타고 살아남고 거북, 대나무, 태백신 선의 중매로 결혼을 한다. 그 후 살덩어리를 낳아 잘게 잘라 이레 밤낮으 로 햇볕을 쪼이니 참깨와 야채 씨앗으로 변하였고, 이것이 곧 한족, 다섯 야오족의 시조이다. 이로써, 주요한 모티브가 묘족의 홍수 설화와 일치됨 을 알 수 있다.

그리고 뇌공 말고도 지상 사람과 신의 갈등 때문에 홍수가 발생하는 경우가 종종 있다. 예를 들어 징퍼족(景頗族)의 〈인종유전(人種流傳)〉, 바 이족(白族)의 〈개천벽지(開天闢地)〉 등이 있다. 윈난 다리(雲南大理)에서 전해지는 바이족 홍수 설화인 〈개천벽지〉에서 반고는 용왕의 셋째 왕자 를 낚는다. 관음의 아버지 묘장왕(妙庄王)은 용왕과 도술로 싸우는데 용왕 이 큰 비를 내려 홍수를 일으켰다. 관음은 남매를 금북 안에 숨겼고 홍수가 끝난 후 쥐가 금북을 갉아 그것을 열었다. 남매는 천의시험을 거쳐 결혼하 고 개 가죽의 자루(狗皮口袋)를 낳으니 그 안에 아들 열 명이 있었고 그 열 명의 아들이 다시 열 명의 손자를 낳으니 백가성(百家姓)이 생겼다.

인간이 악해서, 혹은 그의 악한 짓에(천신의 사자를 때려죽임) 신이 노하여 홍수를 일으키는 경우도 있다. 하니족(哈尼族)의 〈남매의 인류창조(兄妹傳 人類)2〉, 이족(彝族) 『메이거(梅葛)』에 일부인 〈인류기원〉, 『아시더시안지

(阿細的先基)』에 수록된 〈세상의 여러 세대 인류(世上的几代人)〉,『차무(査姆)』에 수록된 〈횡목인시대(橫眼睛時代)〉, 두룽족(獨龍族)의 〈총명용감한 붕갱붕(聰明勇敢的朋更朋)〉, 〈홍수 범람〉 등이 다 이에 해당된다. 추슝(楚雄)에서 전해지는 이족 사시(史詩)『메이거』에 쓰인 첫 번째 인류는 외발이며 키가 일척이촌(一尺二寸)이었다. 두 번째 인류는 키가 일장삼척(一丈三尺)인데 이 두 인류는 모두 태양에 의해 타 죽었다. 세 번째 인류는 직안인(直眼人)인데 마음씨가 나빴다. 신이 무모륵왜(武姆勒娃)를 위한 복수로 홍수를 일으키는데, 다섯 형제 중 네 형제가 각각 금궤, 은궤, 동궤, 철궤에 들어가 홍수를 피했다. 홍수 이후 인류는 멸절하는데, 조롱박에 몸을 숨긴 다섯째와 누이만 다행히 살아남고, 두 사람은 맷돌과 체를 굴려 천의 시험을 한 후에 결혼한다. 이후 누이가 조롱박을 낳고 조롱박에서 9개 민족이 걸어 나오니 한족이 첫째인데 평지에 살면서 밭을 일구고 농사를 짓고 책을 읽고 글 쓰는 것을 배우니 총명하고 능력이 있었다. 둘째는 다이족(傣族)인데 다이족은 면화를 기르는데 능했다. 이어서 이족, 리수족(傈僳族), 묘족, 장족(壯族), 바이족, 회족(回族)이 나왔다. 훙허저우(紅河州)에서 전해지는『아시더시안지(阿細的先基)』의 〈세상의 여러 세대 인류(世上的几代人)〉는 모두 홍수 이후 남매가 결혼하는 남매혼 홍수 설화이다.

그 외에 무라오족(仏佬族)의 〈아앙남매의 인류 창조(阿仰兄妹制人煙)〉, 이족(彝族)의 〈아벽찰, 홍수와 인류의 선조(阿霹刹, 洪水和人的祖先)〉에서는 홍수의 배경으로 형제가 황무지를 개간하는 것이 언급된다. 이때 인간이 악하다는 직접적인 서술은 없으나 대체로 형제가 황무지를 개간하는데 그 다음날 보면 땅이 원상 복구되는 내용이 나온다. 그리고 원숭이때문에 홍수가 일어난다는 것으로 투쟈족(土家族)의 〈손후자 상천(孫猴子上天)〉, 치앙족(羌族)의 〈복희형매의 인류창조(伏羲兄妹治人煙)〉가 있다. 쓰촨 유양(酉陽)에서 전해지는 〈손후자 상천〉은 다음과 같은 내용이다.

옛날에는 뽕나무가 하늘까지 자랐는데 손후자(孫猴子)가 하늘에 올라 땅의 가뭄이 심하다고 거짓으로 보고하고 옥황상제가 금 대야로 물을 뿌리니 땅에서 홍수가 일어났다. 이때 조롱박을 타고 살아남은 남매가 천의시험을 거쳐 결혼하고 결혼 후 누이는 포도를 낳는데 복숭아나무 아래 던진 것은 도씨 성이 되었고, 자두나무 아래 던진 것은 이씨 성이 되는 등이다. 이러한 내용을 통해 주로 여러 성씨의 공통된 기원을 이야기하고 있다.

리족(黎族)은 주로 헤이난성(海南省)에 거주하고 거기 총인구의 90%이상을 차지하며 구이저우(貴州) 등의 성(省)과 시(市)에 소수 분포한다.『중화민족고사대계』에서는 두 편의 리족 홍수 설화인 〈방해정(蚄蟹精)〉, 〈남과의 고사(南瓜的故事)〉가 수록되어 있는데 모두 하이난성 우즈산(海南五指山)에서 전한다. 〈방해정〉에서 게(동물 게)는 인육을 먹는 것을 좋아하여 뇌신에게 맞아 죽는다. 그 후 배 안의 누렁물이 인간 세상으로 쏟아지고 큰 수재를 일으키게 된다. 조롱박을 타고 살아남은 남매는 남생이, 대나무, 백발노인(뇌신)의 중매로 점을 쳐 결혼하고 손발과 눈코가 없는 살덩어리를 낳는데 칼로 잘라 살점으로 만든다. 일부는 까마귀가 와서 물어 산으로 가져가니 산의 것은 리족, 묘족(苗族)이 되고, 평지의 것은 한족이 되었다. 여기에서 홍수 원인에 있어서는 뇌신이 노하여 홍수를 일으켰다는 여타의 설화와는 다르지만 인류를 재창조하는 과정은 살덩어리를 낳아 여러 개로 자르는 것으로 대동소이하다.

〈남과의 고사〉에서는 홍수의 원인이 상세히 기술되어 있지 않고 하늘이 큰 비를 10년간 내렸다고 이야기한다. 남매는 조롱박을 타고 홍수를 피하고 홍수가 지나가자 쥐가 조롱박을 갉아 여니 수탉이 튀어나와 새벽을 알린다. 임신하고 3년이 지나 살덩어리를 하나 낳았는데 이를 칼로 삼등분을 하였더니 한족, 묘족, 리족의 시조가 되었다. 이 외에 홍수 원인을 명확하게 밝히지 않은 각편들도 있다. 그러나 홍수 원인만 밝히지 않았

을 뿐 모두 남매가 홍수에서 살아남아 남매혼을 통해 인류를 재창조하는
내용이다.

종합해서 볼 때, 앞에서 남매혼 홍수 설화에서 가장 큰 비중을 차지하
는 것이 바로 앞에서 언급한 묘족, 무라오족, 동족, 푸이족, 투쟈족, 장족
(壯族), 마오난족, 야오족, 써족의 홍수 설화들이다. 홍수는 대개 지상 인
간과 뇌신 사이의 갈등에서 비롯되는데, 지상 인간이 뇌신에게 닭고기를
먹여 미움을 사거나, 뇌신의 고기를 먹으려고 그를 잡아오거나 해서 뇌신
을 노하게 만든다. 뇌신이 남매의 도움으로 탈출하면서 남매에게 조롱박
씨를 남겨준다. 그 후에 뇌신이 홍수를 일으켰고 남매는 조롱박을 타고
살아남아 인류를 재창조한다. 그 재창조 방식을 보면 대부분 살덩어리,
혹은 핏덩어리를 낳아 조각으로 자른 다음에 사람으로 변해 여러 민족의
조상이 된다는 것이다. 즉, '뇌신과의 갈등 → 남매의 도움으로 뇌신이 탈
출 → 뇌신이 남매에게 조롱박 씨를 남겨주고 떠남 → 뇌신이 홍수를 일으
킴 → 남매가 조롱박 타고 살아남 → 남매가 천의 시험을 함 → 남매 결혼
해서 인류를 재창조함'의 서사를 지닌다. 그 외의 소수민족들의 설화에서
홍수의 원인이 다양하게 나타나는데, 신이 악한 인간을 징치해서 홍수를
일으키는 경우가 있고, 원숭이가 하늘에 올라가서 가뭄을 거짓 보고해
홍수가 발생하는 경우도 있다. 그러나 원인이 무엇이건 간에 모두 홍수에
서 살아남은 남매가 인류를 재창조한다. 즉, 남매혼 홍수 설화는 '홍수
발생 → 남매 생존 → 천의시험 → 남매 결연 → 인류 혹은 각 민족의 시조
탄생'의 구조를 지니고 있는 것이다.

(2) 비혈연혼 홍수 설화

중국 서남쪽 쓰촨 남부의 량산(凉山) 이족(彝族) 거주 지역, 윈난(雲南)
쓰촨(四川)의 접경(接境) 지역의 나시족(納西族) 지역, 윈난 중부의 일부

지역에서는 매우 독특하고 오래된 홍수 설화가 널리 전해진다. 그것은 천녀혼 홍수 설화로 이족, 나시족, 야오족(瑤族), 푸메이족(普美族)에게 전해진다.

『중화민족고사대계』에 6편의 천녀혼 홍수 설화가 수록되어 있고, 이족 창세시『러어터이(勒俄特衣)』의 〈홍수 범람〉도 천녀혼 홍수 설화의 텍스트로 많이 거론된 자료이니 여기서 같이 검토하도록 한다. 설화 전승 현황을 정리하면 다음과 같다.

〈표 8〉 중국 비혈연혼 홍수 설화 각편

No.	민족	제목	전승지역	정리자	출처
1	이족(彝族)	洪水氾濫	四川凉山	馮元蔚	『勒俄特衣』, 67~95쪽
2	이족(彝族)	洪水潮天的故事	四川凉山	鄒志誠	『中華民族故事大系』3, 19~34쪽
3	야오족(瑤族)	開天辟地的傳說	廣東連南	廣西少數民族社會歷史調查組	『中華民族故事大系』5, 27~29쪽
4	나시족(納西族)	铧治路一且	雲南甯蒗	楊爾車	『中華民族故事大系』9, 669~678쪽
5	나시족(納西族)	人類遷徙記	雲南麗江	和志武	『中華民族故事大系』9, 644~664쪽
6	푸메이족(普美族)	帕米查列	雲南甯蒗	王震亞	『中華民族故事大系』14, 12~23쪽
7	더앙족(德昂族)	葫蘆的故事	雲南	朱宜初	『中華民族故事大系』15, 20~21쪽

이족과 나시족의 천녀혼 홍수 설화가 비슷한 양상을 띠고, 이 유형의 설화에서 양적으로 비교적 큰 비중을 차지한다. 쓰촨 량산저우(四川凉山州)에서 전승되는 이족 홍수 설화 〈홍수조천의 고사(洪水潮天的故事)〉에는 천신 은제고자(恩梯古玆)가 인간세상으로 사자를 보내 지대를 받아오게 하였는데, 그가 곡포거목(曲布居木)의 소에 받쳐서 죽게 된다. 이에 천신이 크게 노해 아홉 개의 호수의 물을 놓아 홍수를 일으켰다. 아격야고(阿格耶庫) 노인이 홍수를 예언하러 왔는데, 그의 조언에 따라 첫째와 둘째는 각자 철궤와 동(銅)궤에 들어가 홍수를 피했고, 막내만이 유일하게 아격

야고 노인을 친절히 대했으며 그의 가르침에 따라 나무 궤에 들어가 홍수를 피했다. 홍수가 나자 착한 막내만이 살아남는데, 동물들의 도움으로 시험을 거듭 거치면서 천녀와의 결혼에 성공한다. 하늘에서 데리고 온 식물과 동물은 인류가 다시 이어지는 것을 실현한다. 홍수 후 살아남은 인간세상의 남자와 하늘의 여자와의 결혼, 이는 이족 창세시에서도 보편적으로 존재하는 소재이다.

이 외에도 쓰촨 량산(四川凉山)에서 비슷하게 전해지는 이족 서사시『러어터이』에서는, 각포거목(却布居木)이 가정을 이룬 뒤 아들 셋을 낳았다. 어느 해 삼형제는 황무지를 개간하고 있었는데 다음 날이면 개간한 밭이 원래대로 돌아와 있는 것을 발견했다. 삼형제가 손에 몽둥이를 들고 땅을 지키며 살펴보니 천신의 사신 아격엽고(阿格葉庫)가 멧돼지를 끌고 와 그들이 갈아 놓은 밭을 원상 복귀시키는 것을 보았다. 첫째와 둘째는 아격엽고를 때리려고 했으나 막내아들인 거목무오(居木武吾)만이 그를 온화한 태도로 대해 주었다. 아격엽고는 형제들한테 홍수가 곧 날 거라고 말하며 피난 방법을 가르쳐 주었고, 그 방법대로 첫째와 둘째가 각각 금 침상, 동 침상을 만들고 막내아들은 나무 궤짝을 만들어 숨었다가 혼자 살아남았다. 홍수가 끝나자 천신은 거목무오가 살아 있는 것을 알고 사신을 보내 그를 잡아오라 하였다. 거목무오가 사신들 잘 대접하니 사신들이 그를 잡아오지 않았으며, 천신에게 천신의 딸과 그의 혼사를 제의했으나 천신이 이를 거절했다. 이에 홍수 날 때 구해준 동물들이 거목무오를 도와 천신의 딸 자아니타(玆俄尼拖)와 혼인하게 해 주었다. 결혼하고 삼년 뒤 그들이 말을 못하는 아들 셋을 낳았는데 동물 등이 다시 나서서 하늘에 올라가 벙어리 치료법을 훔쳐 왔다. 거목무오는 비법에 따라 대나무 세 대를 불살라 세 가마솥에 넣고 물을 끓여 세 아들을 데게 하니 세 아들이 각기 다른 말을 내뱉었다. 그들이 곧 장족(壯族), 이족, 한족 세 민족의 조상이 되었다.

　이족의 천녀혼 홍수 설화는 대체적으로 내용이 비슷하며, 천신이 보낸 조세의 신이 맞아 죽고 천신이 이에 노하여 홍수를 일으킨다는 이야기를 언급한다. 또한 밭을 갈면 원래대로 복구되는 이야기도 모두 나온다. 피수 도구에 있어서 남매혼 홍수 설화에서 종종 조롱박으로 홍수를 피하는 것과는 달리 이 두 편은 모두 목궤(木櫃)로 홍수를 피하는 것으로 나온다.

　나시족은 윈난 고유(固有)의 민족 중 하나이며, 대부분 리장(麗江)에 거주한다. 또 일부는 윈난 기타 현(縣)과 시(市) 그리고 쓰촨 옌위안(鹽源), 옌삐안(鹽邊), 무리(木里) 등의 현(縣)에 분포하고 시장(西藏) 망캉현(芒康縣)에 소수 분포한다. 윈난 닝랑현(寧蒗縣)에서 전해지는 〈촤치로일저(鉒治路一苴)〉는 이족의 천녀혼 홍수 설화와 거의 비슷하다. 윈난 리장에서 전해지는 나시족의 〈인류천사기(人類遷徙記)〉에는 홍수가 발생한 원인이 종인리은(從忍利恩) 대(代)의 남매가 결혼하여 천신의 노여움을 산 것 때문임을 명확히 기술한다. 종인리은은 소가죽 북(牛皮鼓)을 이용해 홍수를 피하고 홍수가 지나간 후, 흰 수염의 노인이 그에게 횡안(橫眼)의 천녀와 결혼할 것을 권하지만 그는 직안(直眼)의 천녀와 결혼한다. 그러나 직안의 천녀가 세 번 출산했는데 모두 곰, 돼지 등 동물만 낳았다. 결국 리은이 다른 배필을 찾기 위해 수풀을 베는 등의 어려운 시험 과정을 거쳐 천녀 친홍포백명(襯紅褒白命)과 결혼한다. 부부 두 사람은 하늘에서 말, 소 등 가축을 가지고 왔다. 한 번에 아들 셋을 낳는데, 그들이 장족(壯族), 나시족, 민쟈인(民家人)의 시조이다. 여기에서 나시족의 피수 도구는 소가죽으로 만든 포대이거나 북으로, 다른 소수민족의 나무 궤, 조롱박 등과는 차이가 있다. 다만 전체적인 구성에 있어서 나시족의 천녀혼 홍수 설화가 이족의 것과 기본적으로 일치한다는 것을 알 수 있다.

　앞에서 남매혼 부분에서 야오족(瑤族)을 다룬 적이 있다. 야오족도 이

족처럼 남매혼 홍수 설화와 천녀혼 홍수 설화 두 가지 유형을 다 보유하고
있다. 『중화민족고사대계』에 수록된 〈개천벽지의 전설(開天闢地的傳說)〉
은 광둥 렌난(連南)에서 전해지는데, 홍수의 원인이 독특하다. 옛날에 하
늘의 물을 관리하는 선녀가 있었는데 그때에는 하늘이 매우 낮아 지상
사람도 높은 나무를 타고 하늘에 오를 수 있었다. 하루는 선녀가 지상의
청년과 노래를 부르다가 하늘의 둑의 물을 막는 것을 잊는 바람에 홍수가
일어난다. 홍수가 지나가고 옥황상제가 선녀에게 지상의 모든 생명을 다
시 회복시킬 것을 명한다. 선녀와 청년은 120근의 곡식 씨앗과 120근의
참깨 씨앗을 가지고 지상으로 내려왔다. 두 사람은 장인, 장모의 말에 따
라 씨앗 한 움큼을 뿌리고 침을 한 거품 뿜었다. 그리하여 청년이 뿌린
것은 남자와 수컷 동물로 변했고, 선녀가 뿌린 것은 여자와 암컷 동물로
변했으니 이때부터 인류가 다시 세상에서 번성하게 되었다.

　더앙족(德昻族)은 중국과 미얀마의 접경지역 산지의 소수민족이다. 주
로 윈난의 더훙(德宏), 바오산(保山), 린창(臨滄) 등지에 거주한다. 더앙족
의 천녀혼 홍수 설화는 상대적으로 간단한 편인데, 홍수의 원인에 있어서
는 다른 소수민족에서는 발견되지 않는 내용이 나타난다. 윈난에서 전해
지는 더앙족 홍수 설화 〈호로의 고사(葫蘆的故事)〉에서 태고(太古)적에 게
는 물의 어머니로 게가 가는 곳마다 물이 일었다. 이 때문에 게가 홍수
발생의 주원인으로 지목되지만 인간과 신 사이의 갈등에 대한 직접적인
언급은 없다. 홍수 이후 남자는 조롱박에서 나와 짝을 이룰 여자를 찾는데
한 여인이 하늘에서 날아 내려온다. 이는 다른 소수민족의 천녀혼과 비교
할 때, 구혼할 때 난제를 푸는 과정도 없고 결혼하여 인류를 재창조하는
과정도 매우 간단하며 우여곡절 또한 겪지 않는다.

　푸메이족(普美族)은 중국에서 주로 윈난 누장저우(怒江州)의 란평현(蘭
坪縣)과 리장시(麗江市)의 닝랑현(寧蒗縣), 윈룽현(雲龍縣) 등에 거주하며

일부는 쓰촨의 무리(木里), 옌위안(鹽源), 주룽(九龍) 등의 현에 분포한다. 윈난에서 전해지는 〈파미사렬(帕米査列)〉의 경우 홍수의 구체적 원인에 대해서는 언급되지 않았고 피수 방식은 이족과 대체적으로 일치한다. 삼형제가 황무지를 개간하는데 흰 수염의 노인이 개구리로 변하여 홍수를 예고한다. 홍수가 지나간 후, 셋째는 개구리의 인도에 따라 천신 목다정파(木多丁巴)의 막내딸과 만나 결혼하여 인류를 재창조한다.

종합해서 볼 때 천녀혼 홍수 설화에서는 대부분 마음씨 착한 막내가 천신의 사자를 후대하여 목궤, 소가죽으로 만든 북 혹은 소가죽 포대 등으로 피수하는 방법을 알게 된다. 홍수에서 살아남는 인간 남자가 난제구혼 끝에 천신의 딸과 결연하여 지상으로 내려오는데, 대부분 씨앗이나 가축을 가지고 내려온다. 물론, 이 중에서 더앙족처럼 난제 구혼을 겪지 않은 경우도 있긴 하나 대부분의 경우 천신이 어려운 과제를 내고 인간 남자가 동물이나 천녀의 도움으로 시험을 통과하여 천신의 딸과 결연한다. 즉, 대체적인 서사구조는 '마음씨 착한 남자가 누군가를 후대함→홍수 예고 받음→피난 방법 제시→생존→혼사 장애→난제구혼→천녀와 결연→씨앗과 가축을 가지고 지상으로 내려옴'으로 되어 있다.

한·중 함몰 설화의 화소와 의미

1. 한·중 징조 조작형 함몰 설화

앞의 Ⅱ장에서는 자료 분류 및 정리를 통해 중국, 한국 함몰 설화의 전반적인 윤곽을 파악하였다. 한국에는 〈돌부처 눈 붉어지면 침몰하는 마을〉담을 대표로 하는 '징조 조작형 함몰 설화', 〈장자못 전설〉을 대표로 하는 '금기 위반형 함몰 설화'가 있다. 중국의 함몰 설화는 '징조 조작형', '금기 위반형', '영물복수형' 3가지 유형으로 나뉠 수 있다. 중국의 '징조 조작형 함몰 설화'는 예언과 징조 모티프를 핵심으로 구성되어 있어 한국 〈돌부처 눈 붉어지면 침몰하는 마을〉담과의 친연성이 일찍이 손진태에 의해 밝혀진 적이 있다.

그리고 〈장자못 전설〉로 대표된 '금기 위반형'은 한국에서 넓게 전파된 유형이라 할 수 있으며 중국의 '금기 위반형 함몰 설화'와 동일하게 함몰 예언과 금기 부여, 금기 위반에 따른 징벌 모티프를 갖고 있어 비교할 여지가 없지 않다. 그래서 본고는 한·중 '징조 조작형 함몰 설화'의 비교, '금기 위반형 함몰 설화'의 비교를 각각 진행하고자 하는데, 일단 화소별로 서사 전개의 양상을 비교한 다음, 그에 각각 내포된 의미를 추출할 것이다. 그 다음에 '영물복수형 함몰 설화'가 왜 중국에만 있는 독특한 유형인지 그 이유에 대해 살펴보려 한다. 마지막으로 모든 함몰 설화 속의

'금기'와 '예언' 화소에 초점을 맞추어 이들 함몰 설화의 의미 및 심층구
조를 확인할 것이다.

1) 한·중 징조 조작형 함몰 설화의 화소

(1) 신자(信者), 의인 선택

중국의 함몰 설화 가운데 비교적 이른 시기에 문헌으로 정착된 〈역양
전설〉을 살펴보면, 할머니는 '늘 의로운 일을 행하였다(常行仁義)'고 하고
그 덕분에 생존자로 살아남을 수 있었다. 그런데 그 선행에 대한 구체적인
서술이 없다. 〈유권 전설〉와 〈석호호 전설〉에서는 할머니가 동요의 내용
을 굳게 믿기 때문에 재난을 예시하는 징조를 날마다 살피러 가서 살아남
을 수 있었다. 〈소호 전설〉에서는 무녀(巫女)가 자신의 예지능력을 믿고
재난을 예측하여 생존할 수 있었다. 즉, 문헌에 기록된 '징조 조작형 함몰
설화'를 보면 생존자의 선행에 대한 구체적인 서술을 찾을 수가 없다. 동
시에 마을의 악인, 악인의 악행에 대한 서술도 찾을 수가 없다. 나중에
함몰 재난에서 목숨을 잃은 자들의 '죄'라고 할 수 있는 것은 마을에 제사
가 있을 때 닭 피나 개 피를 성문이나 돌 거북에다 발랐다는 것뿐이었다.
따라서 문헌에 기록된 '징조 조작형 함몰 설화'의 생존자와 희생자에 대
한 서술은 선과 악으로 대립되지 않으며, 오직 신이 제시한 예언에 대한
신(信)과 불신(不信)으로 나뉠 뿐이다. 그러나 근대에 채록된 각편들을 보
면 대부분 선행에 관한 에피소드를 보인다.

　　㉠ 그녀는 찐빵을 팔 때 규칙이 하나 있다. 어떤 이가 와서 찐빵을 살
　　　때, 그녀는 묻는다. "찐빵 사려고요? 누구한테 주려고요?" "아이한테
　　　주려고요." 물어볼 때마다 모두 아이에게 준다고 답한다. 노인에게 준

다고 답한 이는 없다. 관음노모(觀音老母) 마음속으로 "이곳의 사람들
이 노인을 공경하지 않아서 재난을 당하는구나"라고 생각했다. (중략)
"우리 할머니가 어디 불편해서 찐빵 두개 사가서 죽을 끓여 할머니 드
리려고요."[118]

ⓛ 태산노모가 거지로 변신해서 호릉성(濠陵城)에 왔다. 그녀는 집집마다
들르며 구걸했다. 아침부터 점심까지 아무도 그녀에게 먹을 것, 마실
것을 주는 이가 없었다. 태산노모는 화가 나 구름으로 변해 떠나려는
참에 맞은편에 한 초등학생이 왔다. 이 초등학생은 노모가 추워서 벌벌
떠는 것을 보고 매우 불쌍하게 생각했다. 그래서 급히 달려가 말했다.
"할머니, 밖에 이렇게 추운데 얼어 죽을지 몰라요. 얼른 저 따라 집에
가서 몸을 좀 녹여요." 태산노모는 그 말을 듣고 매우 기뻐하며 "호릉성
사람이 천만이 넘는데 이 소년만 못하구나"라고 생각했다.[119]

이처럼 근대에 채록한 대부분 각편에서 의인의 선행에 대한 자세한 서
술이 덧붙여졌다. 누군가를 집으로 데려가 후대하거나 부모한테 지극히
효도를 하는 것이다. 특히 상하이(上海)에서 채록된 두 편의 〈침성(沉城)

---

118 "她賣饅頭有個規矩, 有人來買饅頭, 她都要問, '咳, 妳買饅頭啊?' '咳, 妳買饅頭是把
那個吃的?' '把伢子吃的.' 問一個, 答一個, 個個都是把伢子的, 沒有一個買說是把上
人吃的. 觀音老母思念開了: 怪不得此地人要遭難, 沒得一個孝敬父母的人. (中略)
'嗨, 我奶奶不好過, 我要買兩個饅頭, 家去燒些粥把我奶奶吃.'〈홍택호의 전설〉, 『江
蘇民間文學』 2, 江蘇民間文學工作者協會, 1981, 68쪽.

119 "泰山老母就化妝成一要飯的貧婆, 來到了豪陵城. 她挨門串戶進行乞討, 從清晨討到
天晌午, 無有一人給半塊幹糧, 半碗水喝. 泰山老母氣憤之極剛要化青雲而去, 從對
面來了一位小學生, 這小學生看泰山老母凍得渾身打顫, 很是可伶, 就急忙跑到老人
近前叫聲: '奶奶, 妳在外邊這麼冷, 會把妳凍死的, 妳快跟俺上家暖和暖和吧.' 泰山
老母一聽, 心裏大喜, 濠陵成人上千萬, 不抵十歲小兒男."〈사자안홍함호릉(獅子眼
紅陷濠陵)〉, 山東省梁山縣三套集成辦公室編印, 『中國民間文學集成·梁山民間故
事集成』 4, 山東省梁山縣三套集成辦公室, 1991, 16쪽.

의 고사〉에서는 주인공이 모두 어머니를 지극정성으로 모시는 효자로 나
온다. 이와 동시에 악행에 대한 서술도 종종 찾을 수 있다. 산둥 량산(山東
梁山)에 채록된 〈사자안홍함호릉(獅子眼紅陷濠陵)〉에서는 마을 사람들이
'나쁜 짓을 많이 한다(多行不義)'라고 서술한다. 〈자주성과 태호(瓷州城與
太湖)〉에는 사람들이 욕심이 많다는 서술이 보인다. 이를 통해서 중국의
'징조 조작형 함몰 설화'는 후대로 갈수록 선과 악의 대립이 더 강해지고,
권선징악의 주제가 뚜렷하게 드러난다는 것을 알 수 있다. 초기 역사 기록
에 실린 자료들이 신(信)과 불신(不信)에 초점을 맞추었다고 하면, 근대에
채록된 각편은 착한 자와 악한 자의 대립이 더 뚜렷해진 가운데 결국 착한
자는 신을 믿는 자가 되고, 악한 자는 신을 의심하는 존재가 된다는 특징
이 있다.

한국의 '징조 조작형 함몰 설화' 중 손진태가 함경남도 장평군에서 채
록한 〈광포 전설〉에는 마을 사람에 대한 다음과 같은 서술이 있다.

> ㉠ 그때에 廣浦에는 浮浪放蕩한 청년들이 많았으며 (중략) 惡小輩들은
> 그들의 計略의 妙함을 自矜하면서 老婆의 酒樽을 헐쳐 놓고 亂飮大醉
> 하였다.[120]

『한국구비문학대계』 1-7에 수록된 강화군 5편의 각편과 『한국구비문
학대계』 8-3에 수록된 경남 진양군의 〈도사가 가르쳐준 우물〉[121]에도 선
행과 악행에 대한 서술이 자세히 들어 있다. 대부분 선행은 도승을 후대하
고 시주를 주는 것이다. 이와 반대로 악인들은 마음씨가 나쁘다거나, 도
승한테 시주를 주지 않는 인물로 나타난다. 이보다 더 심한 경우 도승에게

---

120   손진태, 『손진태전집2·한국민족설화의 연구』, 태학사, 1981, 520~521쪽.
121   이 각편에서 선행은 도사에게 물을 주는 것이다.

욕설을 퍼붓고, 쪽박을 깨뜨린 악인들도 있었다. 그 중에서 '부자'에 대한
묘사를 주목할 필요가 있다.

> ㉠ 여기 사람들은 모두 사치를 다했으며 참, 교동까지 얼마 멀지는 않다고
> 하지만서도 청동으로 다리를 놓고 건넜답니다. 심지어 일반 가정에서
> 두 찰떡으로 불돌을 하는, 응 그 사치성이 이루 말할 수가 없었다는
> 거죠. 그러면서도 마을 인심은 어찌나 인색하고 고약했던지 절대로 남
> 을 위해서는 돕거나 쓰는 일이 전혀 없었으며, 스님이 와서 어쩌다 시주
> 를 달라고 해도 시주는 고사하고 공연한 욕설을 퍼부어 돌려보낼 지경
> 이었답니다.[122]

인용문은 부자들에 초점을 맞춰 그들의 사치스러운 삶을 드러낸다. 이
와 같은 사치스러운 생활을 누리면서 인심은 인색하니 남에게 주는 것도
없고 시주를 하지도 않는다. 한 부자의 악을 어떻게 묘사하는가 하는 문제
는 한국과 중국의 '징조 조작형 함몰 설화'를 구분하는 변별점이 된다.
설화에서 부자에 대한 불만이 드러나고, 빈부격차가 심한 사회 현실이
어느 정도 부각된다. 이와 같은 부자의 악은 할머니나 할아버지가 도승에
게 시주를 갖다 주는 선행과 대조된다. 이러한 설정을 통해 선과 악의
대립이 뚜렷해진다.

그리고 한 가지 더 주목할 만한 것은 전라도, 충청남도에서 채록된 각편
들이다. 이들 각편을 보면 생존자의 선행에 대한 서술이 상세하게 이루어
지지 않고, 대부분 주인공은 과객이 지나가면서 한 말을 믿거나, 전설을
믿거나, 풍수가 한 말을 믿어서 매일 돌부처에 피가 났는지를 살피러 간다.

---

122 〈청주펄 청동다리〉, 『한국구비문학대계』 1-7, 고려원, 1982, 686쪽.

㉠ 암 계화도가 육속(陸續)이 되었는데, 그 근처에 살던 사람이여, 옛날에. 항상 풍수가 와서 "쪼깨 있으면 여기가 물속에 가라앉는다."고. (중략) 돌미륵 하나가 서 있는데 돌미륵코에서 피가 나오면 인제 천지개벽을 한다고 그러거든. "그래서 여기는 다 물속으로 들어간다."고. 그러거든. 아 그런개 이 영감이 가끔가다가 거기 코피가 났는가, 돌미륵 코에서 코피가 났는가 가끔 가 다 봐요.[123]

㉡ 계화도가 옛날에는 육진디(육지인데) 열륙(連陸)이 되었어. 열륙이 되았어.암. 육진디, 아, 지나가던 과객이 하나가 계화도 부락을 지내면서 "이 독부처 코구녁에서 피가 나면 여기가 쏘가 된다." 독부처가 있었다 등만, 모퉁이에. 그 바우 밑에 산모랭이로 돌아가면. 그런디 그 부락에서 가장 순허듯이 헌 영감이 그 말을 헛되이 듣들 안했어.[124]

여기 등장하는 생존자의 모습은 중국 초기 문헌 기록의 내용과 비슷한 양상을 보인다. 즉, 상세한 선행 묘사가 없고, 과객이나 전설이 제시한 징조에 대한 굳은 믿음의 여부가 생존자와 징벌을 받은 마을 사람 사이의 차이점으로 드러난다. 이들 각편에서는 징조를 조작한 악인들의 악행에 대한 상세한 서술도 찾기 어렵다. 특히, 전주, 부안, 서산에서 채록된 각편에서 악행이라 할 수 있는 것은 단지 노인을 놀리기 위해 돌부처에다 피를 바른 행위뿐이다. 즉, 선과 악의 직접적인 대립이 없고, 오직 신격에 대한 신과 불신의 대립이 있는 것이다.

종합해서 볼 때, 중국 문헌 기록에 실린 '징조 조작형 함몰 설화'는 선행과 악행에 관한 상세한 서술이 없고, 신자(信者)과 불신자(不信者)가 대립

---

123 〈계화도의 함몰 내력〉, 『한국구비문학대계』 5-2, 한국정신문화연구원, 1981, 192~193쪽.
124 〈계화도의 유래〉, 『한국구비문학대계』 5-3, 고려원, 1983, 24~25쪽.

하는 것이 주된 특징이다. 신이 불신자를 징치했던 것에서 후대로 갈수록 권선징악의 주제가 뚜렷해졌다고 볼 수 있다. 한국에서 전승되는 각편들을 보면, 강화군과 경남 진양군에서 채록된 것들은 선행과 악행에 관한 에피소드가 추가된 양상을 보인다. 그 외의 지역, 특히 전라도, 충청도에서 채록된 대부분 각편들은 선행과 악행의 대립이 거의 드러나지 않고, 예언의 신자와 불신자, 신의 신자와 불신자의 대립만 보인다. 이를 통해서 볼 때, '징조 조작형 함몰 설화'의 주제는 신에 대한 신과 불신의 대립이 먼저였고, 후대로 가면서 '선(善)=신자(信者), 악(惡)=불신자(不信者)'의 구도가 형성되어 권선징악적 주제가 뚜렷해졌다고 할 수 있다. 즉, 이 유형의 심층구조는 여전히 신자와 불신자의 대립이다. 이와 동시에 전라도, 충청도에 채록된 각편들이 선행과 악행의 에피소드 없이 서사가 전개된 것을 보면 이들 각편이 중국 문헌기록 내용과 가장 비슷하다고 볼 수 있다.

(2) 예언자

중국 '징조 조작형 함몰 설화'에서는 여러 신 또는 사람이 예언자의 역할을 수행했다. 이 중에서 선인/노신선(5편), 꿈(4편), 동요(3편), 서생(2편), 무온(巫媼)(1편), 도사(1편), 관음보살(1편), 태산노모(1편)가 예언의 역할을 담당하였다. 문헌기록에 따르면 초기 자료 중에서 주로 무녀나 서생이 예언의 역할을 담당했는데, 이들은 모두 초월적인 존재로 간주하는 게 마땅하다. 초월적인 존재가 원래 모습을 감추고 마을에 나타나는 것은 신자와 불신자, 의인과 악인을 나누려는 의도를 가지고 있다. 나중에는 이처럼 신의 '대리자'로 등장한 이가 직접 신성으로 바뀐다. 그 중에 불교, 도교 여러 신선 및 지역신이 이어서 등장한다. 〈홍택호적 전설(洪澤湖的傳說)〉에는 관음보살이 등장하고, 〈호릉지함 전설(濠陵地陷傳說)〉에는

지역신인 태산노모가 등장하며, 〈징강 전설(澄江傳說)〉에는 도교의 장삼
풍(張三豐) 도사가 등장해 예언의 역할을 담당한다. 또한 많은 각편에서는
신선의 이름을 구체적으로 제시하는 대신 '노신선(老神仙)'이나 '선인(仙
人)' 정도로 언급하였다.

ㄱ 노신선이 듣고 매우 이상하게 생각하여 가서 확인해 보려고 했다. 어느
날, 노신선이 죽순을 파는 노인으로 변신해서 자주성(瓷州城)에 왔다.[125]

ㄴ 태산노모는 마법을 부려 이 날에 우박 삼선(三仙) 왕린관(王藺官)에게
큰 눈을 내리게 하고 바람을 불게 했다. 이 큰 눈은 호릉성(濠陵城)에서
1척 정도 쌓였다. 태산노모는 거지로 변신해서 호릉성에 왔다.[126]

ㄷ 하늘에 한 관음노모(觀音老母)가 있다. 어느 날 그녀는 점을 쳐보고서는
"큰 일 났네, 세상 사람들이 재난을 당하겠네. 내가 안 가면 누가 가겠어?
내가 가서 선과 악을 가려보자."라고 말했다. 관음노모는 구름에서 내려
와 고량간(高良澗)으로 갔다. 거기에 도착하자 할머니로 변신했다.[127]

예언자 및 징치자의 역할을 이처럼 '신'에게 맡기는 것은 설화가 전파
되는 과정에서 생긴 변이양상으로 볼 수 있다. 왜냐하면 이처럼 초능력을

---

125 "老神仙聽了, 覺得很奇怪, 於是想去試探一下. 這天, 老神仙變成一個賣筍的老頭,
來到瓷州城裏."〈태호 전설〉, 田家村, 『中國民間文學集成·長興故事卷』, 浙江省湖
州市長興縣民間文學集成編纂委員會, 1997, 172쪽.

126 "泰山老母施法術, 在這天讓雹冰三仙王藺官忽降大雪並加以凜冽的北風. 這大雪在
濠陵城下了又尺多深, 泰山老母就化妝成一要飯的貧婆, 來到了濠陵城." 山東省梁
山縣三套集成辦公室編印, 앞의 책, 1991, 16쪽.

127 "天上有個觀音老母, 這一天, 她坐在靈臺上一算. 一算呢, 喔唷, 了不得了, 世人要遭
難. 我不去哪個去呢? 說: '我去看看善惡吧'. 觀音老母下雲頭就到了高良澗, 一到高
良澗, 她就變成了個老太."〈호택호 전설〉 江蘇民間文學工作者協會編, 앞의 책,
1981, 68쪽.

가진 '신'은 일반 사람이 갖추지 못한 판단력을 가졌고, 정확하게 신자(信者), 의인(義人)을 골라낼 수 있기 때문이다. 전승 담당자와 향유층의 입장에서 보면 이와 같은 신격이 권선징악의 주체로 등장하는 것은 가장 설득력이 있는 설정이다. 신이 등장할 때 결과적으로 보면 마을 사람들은 신을 알아보지 못하고, 누군가 한 사람만이 신을 후대하며 그를 신성으로 인식한다.

한편, 한국의 '징조 조작형 함몰 설화'에 등장하는 예언자의 양상은 다양하다. 그 중에서는 도승(5편)이 가장 큰 비중을 차지하였고, 그 다음으로 전설과 꿈(4편), 도사(2편), 과객(2편), 지사와 풍수(2편)가 있다.

ㅤ㉠ 그런데 거 '미륵 콧구멍에서 피가 날 거 같으며는 난(亂)이 난다,' 그런
ㅤㅤㅤ전설이 있었다거든.[128]
ㅤ㉡ 그러니까 이 도사가 하두 고마우니까 떠나오면서 뭐고 하니, "뒷산
ㅤㅤㅤ망부석에 가서 피가, 날 것 같으며는 냉큼 갖다 피하시오."[129]
ㅤ㉢ 지나가던 과객이 하나가 계화도 부락을 지내면서, "이 독부처 코구녁에
ㅤㅤㅤ서 피가 나면 여기가 쏘가 된다."[130]

중국의 문헌기록을 통해서 볼 때 대략 과객이나 전설, 꿈을 통해서 예언하는 각편이 가장 초기에 형태에 가깝다는 것을 알 수 있다. 도승이나 도사의 등장은 종교 전파의 영향을 어느 정도 받은 양상이라 볼 수 있는데, 특히 중국의 '징조 조작형 함몰 설화'와 비교해서 볼 때, 도승의 등장은 한국 각편이 가지는 제일 큰 특징이다. 그 연장선에서 뒤에 나온 징조 구현 방식으로 돌부처, 돌미륵이 빈번하게 등장한다. 이를 통해 이 유형

---

128 〈돌부처의 눈물〉, 『한국구비문학대계』 1-4, 한국정신문화연구원, 1981, 149쪽.
129 〈놋다리 이야기〉, 『한국구비문학대계』 1-7, 고려원, 1982, 182쪽.
130 〈계화도의 유래〉, 『한국구비문학대계』 5-3, 고려원, 1983, 25쪽.

설화가 전파되는 과정에서 불교와의 교섭이 어느 정도 이루어졌음을 추론해 볼 수 있다. 지사나 풍수는 지형 변화를 잘 알고, 민간에서 예언의 역할을 하곤 하였다. 그들의 등장은 전승 과정에서 일어난 자연스러운 변이라 볼 수 있다.

(3) 징조

중국의 '징조 조작형 함몰 설화'에서 징조를 구현하는 방식을 보면, 절구에서 물이 나는 것, 성문에 짐승의 피를 바르는 것에서, 돌 거북과 돌사자의 눈이 붉어지거나 눈에 피가 흐르는 방식으로 바뀌었다. 〈역양 전설〉과 〈유권 전설〉에서 함몰에 관한 징조는 '성문에서 피가 나는 것'이며, 〈소호 전설〉에서는 '石龜出血(돌 거북이에서 피가 나는 것)'이다. 그 뒤로 근대에 채록한 각편들을 보면 대부분 '石獅出血(돌사자에서 피가 나는 것)'이다.[131] 즉 징조의 구현 방식은 대체로 구(臼) → 성문(城門) → 돌 거북(石龜) → 돌사자(石獅)의 변천 과정을 거친다. 이러한 변모는 돌 거북과 돌사자가 지니는 문화적 함의와 깊은 관련을 맺고 있다.

성문이 왜 함몰 징조 구현 방식으로 쓰였는지에 대해서는 류시청(劉錫誠)이 그 이유를 밝혔다.[132] 이 모티프에는 원시 사상이 내포되어 있고 역사 문헌에서 동물의 사지를 찢어 성문에 제사지내는 것에서 그 연유를 찾을 수 있다. 『제민요술(齊民要術)』 권3에는 『사월민령(四月民令)』을 인용한 "동문에서 하얀 닭을 찢어 제사를 지낸다."라는 기록이 있다. 『사기(史記)』〈봉선서(封禪書)〉에는 "진덕공(秦德公) 때, 사방의 문에다 개의 사

---

131 물론 전승 과정에서 징조 구현 방식이 모두 "臼 → 城門 → 石龜 → 石獅"의 순서로 정리할 수 없으나 그 경향이 대략 이렇다는 것이다. 후기에 채록된 각편, 특히 남매혼과 결합한 함몰 설화를 보면 돌 거북도 가끔 징조 구현 방식으로 등장하곤 한다.

132 劉錫誠, 「陸沉傳說再探」, 『民間文學論壇』1, 中國民間文藝研究會, 1997, 50~57쪽.

지를 찢어 제사 지내 귀신과 요괴를 막고자 하였다(秦德公時, 磔狗邑四方, 以御蠱菑).”라는 기록이 있다. 응소(應劭)가 『풍속통의·사전(風俗通義·祀典)』에서 이런 현상에 대해 “천자의 성에는 열두 개의 문이 있는데 동문 세 개는 생기(生氣)[133]의 문이다. 생기의 문에 죽은 동물을 내걸고 싶지 않아서 유독 아홉 개의 문에만 개를 죽여 나눠 걸어 불길한 기운을 없앴다(蓋天子之城十有二門, 東方三門, 生氣之門也. 不欲使死物見於生門, 故獨于九門殺犬磔禳)”[134]라고 해석하였다. 즉, 성문은 도성이나 고을의 상징으로써, 신성한 장소로 여겨 왔다. 성스러운 성문에 피가 나는 것은 불길한 징조로 인식되었다.

천찌안시안(陳建憲)은 거북이가 홍수의 예언자가 되는 것은 중국의 고대에 거북이를 숭배했던 심리와 밀접한 관련이 있다고 지적했다. 일찍이 중국에서는 신석기 시대의 옥 거북이 출토되었다. 고대 신화에서 거북은 ‘현명(玄冥)’, ‘원(黿)’ 등의 명칭으로 등장하는데, 물의 신으로서 치수의 기능을 가지고 있다고 줄곧 여겨졌다.[135] 그 외에 돌 거북이가 예언자로 등장한 것은 은나라 이래로 있어온 ‘사령(四靈)’과 관련이 있을 것이다. 거북과 용, 봉황, 기린은 四靈으로 받들어졌는데 장수 동물로서 영성을 지니고 있다고 여겨져 거북 등껍질로 점을 쳤다. 고서에서 거북이 장수하며 이로 점을 칠 수 있다고 언급한 기록이 매우 많다.

그리고 요(遼)나라, 금(金)나라, 원(元)나라 이후로 거북은 신에게서 권한을 부여 받은 상징으로서 어디를 가든 무거운 비석을 등에 지고 있는 모습을 볼 수 있다. 그러나 세속 생활에서 거북의 지위는 점차 낮아져

---

133 만물을 생장시키는 기운이다.

134 이민숙 외 역, 『풍속통의』(하), 소명출판, 2015, 50쪽.

135 陳建憲, 「論中國洪水圈－關於568篇異文的結構分析」, 華中師範大學 博士學位論文, 2005, 58쪽.

심지어 시정 사람들도 비웃는 천한 동물로 전락했다. 명나라 초에 도종의(陶宗儀)는 『남촌철경록(南村輟耕錄)』에 "부녀자들은 모두 외도를 저질러 임신하였는데 집안 남자들은 머리를 움츠리고 나오지 않는 거북처럼 겁쟁이가 되었다(宅眷皆爲撑目兎, 舍人總作縮頭龜)"라는 시를 실었다. 민간에서는 외간 남자와 간통해서 임신한 여자를 탱목토(撑目兎)라고 하는데, 민간에서 거북이는 성관계를 할 수 없어서 암컷은 뱀과 성관계를 맺어야 한다고 믿었다. 게다가 거북이가 위험한 상황에서 늘 머리를 움츠리니 민간에서 무능하여 아내를 간통하게 내버려두는 남자를 "축두구(縮頭龜)"라고 부르기 시작하였다. 대략 원나라 이후 군권(君權)을 상징하던 거북이가 시정에서 놀림을 당하고 "王八(忘八)"[136]로 전락했다.[137]

오랫동안 숭상의 대상이었던 거북이가 천한 대상으로 추락되는 과정에서 돌 거북은 존경을 받는 예언자의 역할을 더 이상 유지할 수 없게 되었고 민간 구전 문학에서는 돌사자가 돌 거북을 대신해 그 자리를 차지했다. 중국 동한(東漢) 시대 이전에는 사자에 관한 기록을 찾을 수 없다. 한무제(漢武帝) 때 장건(張騫)이 사신으로 서역(西域)에 갔는데 서역 여러 나라의 왕이 계속해서 중국 황제에게 사자를 선물로 바치니 이때부터 비로소 사자가 중국에 출현했다. 최초의 기록이 『후한서(後漢書)』〈서역전(西域傳)〉이다. "장제(章帝) 장화(章和) 원년(元年)에 사신을 보내 사자, 부발(符撥)을 선물로 가져왔다(章帝章和元年遣使献師(獅)子, 符撥)". 그 후로 사자에 관한 기록이 증가했다.

사자는 본래 고향인 서역(西域)에서 중국으로 온 이후 점차 중국인의 세계에 들어오게 되었다. 사자가 지닌 용맹과 위엄에 대한 묘사는 여기

---

136 여덟 가지 도덕 준칙(禮, 義, 廉, 恥, 孝, 悌, 忠, 信)을 잊은 사람을 일컫는 말이다.
137 馬昌儀·劉錫誠, 『石與石神』, 學苑出版社, 1994, 119쪽.

저기 산재되어 있다. 이를 테면『낙양가람기(洛陽伽藍記)』에는 북위(北魏)
의 장제(庄帝)가 화림원(華林園)에서 사자의 용맹을 시험하는 이야기가 나
오는데, "공현(龔縣)과 산양현(山陽縣)에서 호랑이 두 마리와 표범 한 마리
를 보내왔다. (중략) 호랑이와 표범은 사자를 보자, 모두 두 눈을 꼭 감은
채 쳐다보지 못했다(龔縣山陽幷進二虎一豹, 於是虎豹見獅子, 悉暝目, 不敢仰
視.)"고 한다. 이로써 사자는 위진남북조시대에 이르러 그 용맹과 위엄뿐
아니라 백수(百獸)의 왕으로서의 이미지를 이미 갖추고 있었음을 알 수
있다. 백수의 왕인 사자가 신성성을 갖게 된 데에는 후한대(後漢代)에 전
래된 불교의 영향 또한 매우 크다고 할 수 있다. 즉, 석가모니께서, "불법
을 설강하시매 두려움 없이 마치 사자가 울부짖은 듯하니, 말씀이 우레가
울리는 듯했다(演法無畏, 犹獅子吼, 其所講說, 乃如雷震)"고 하여, 부처님의
설법을 흔히 사자후(獅子吼)라 일컫는다. 또한 석가모니는 두려움 없이
온갖 마귀를 굴복시키는 제왕의 위엄을 지녔기에, 흔히 그를 '인사자(人獅
子)'라 일컫고, 그의 자리를 '사자좌(獅子座)'라 일컬었다. 불제자의 대좌
(臺座)를 사자로 장식하는 것은 바로 여기에서 비롯된다. 이처럼 사자가
석가모니의 화신으로 인식됨에 따라, 용맹과 위엄을 지닌 백수(百獸)의
왕 사자는 석가모니의 신성성(神聖性)에 힘입어 영수(靈獸) 혹은 신수(神
獸)로서의 상징성을 획득하게 되었다.[138]

이처럼 중국인은 사자에게 여러 가지 새로운 품격을 부여했고, 중국인
이 애호하는 상서로운 동물 중 하나로 삼았으며, 더 나아가 궁전, 저택,
무덤의 수호자가 되게 하였다. 이와 동시에 사자는 거의 전국적으로 널리
퍼져, 오늘날에도 설 전후 광장의 공연 활동인 사자춤과 사자 등(燈)에서

---

138 이주노,「중국 함몰형(陷沒型) 홍수전설 시탐(試探)」,『중국문학』64, 한국중국어문학
    회, 2010, 140~141쪽.

중요한 역할을 하게 되었다.

한국의 '징조 조작형'에서 재난의 징조를 구현하는 방식은 주로 돌미륵이나 돌부처의 코나 망부석, 바위 등이다. 각편 사이에 크게 변화된 양상이 보이지는 않는다. 그 이유에 대해 이주노는 한국의 함몰형 전설이 대부분 20세기의 특정 시기에 채록되었기에 시대 흐름에 따른 전승내용의 변형이 줄어들었을 가능성이 크기 때문이라고 하였다.[139]

돌부처나 돌미륵에서 피가 나는 방식의 징조가 각 편의 반 이상을 차지하는 것은 독특하다고 볼 수 있다. 앞에 계시자 부분에서 밝혔듯이 한국에서는 도승이나 중이 나타나 예언자의 역할을 수행하곤 하였는데 예언의 구현 방식으로 돌미륵이나 돌부처를 종종 활용하곤 하였다. 권태효는 이에 주목하여 왜 돌미륵이나 돌부처가 예언의 상징물로 작용하고 있는가를 밝히고자 하였다. "특히 돌미륵은 평범한 사람으로 현신하여 인간에게 도움을 주기도 하고 재앙을 미리 알리는 등 인간과 가까운 곳에서 사람들에게 영향을 미치는 존재로 믿어져왔다. 그렇다면 이런 돌미륵의 현신이 곧 도승의 모습으로 나타났을 가능성이 크다."고 하였다.[140] 물론 이렇게 보는 것은 전혀 무리가 없다. 한편, 노승이든, 중이든, 돌미륵이나 돌부처든 모두 불교와 관련이 있다는 점에서 그 당시 불교의 위력이 왕성했거나 적어도 불교적 세계관이 민간에 폭 넓게 수용되었음도 엿볼 수 있다.

(4) 징조 조작

한국과 중국의 '징조 조작형 함몰 설화'에서 돌부처나 돌미륵, 돌사자,

---

139 이주노, 「한국과 중국의 함호형 전설 비교 연구」, 『중국문학』 77, 한국중국어문학회, 2013, 207쪽.

140 권태효, 「〈돌부처 눈 붉어지면 침몰하는 마을〉담의 홍수설화적 성격과 위상」, 『구비문학연구』 6, 1998, 243쪽.

돌 거북의 예언 기능은 예외 없이 동물의 피, 물감 등 빨간색을 통해서
실현되었다. 다시 말해, 돌부처나 돌사자 등은 동물의 피가 없으면 예언
의 역할을 수행할 수 없다.

　㉠ 아이가 어려서 사실대로 선생님께 말했다. 이 선생님은 덜렁거려서
　　 태산노모를 무시했다. 빨간 펜으로 두 사자 눈을 칠했다.[141]

　㉡ 며칠 동안 계속해서 백정과 마주쳤다. (상하이에서 백정이 가장 일찍 일어
　　 난다.) 백정이 그의 행동을 수상하다 생각하여 꼬치꼬치 따라 묻고 이유
　　 를 알았다. 그 다음날 이른 새벽에 백정이 손에 묻은 돼지 피를 사자의
　　 눈에 발랐다.[142]

　㉢ 밤에 몰래 가서 老婆의 말하던 石像의 눈에 붉은 染色 물칠을 마치
　　 血淚와 같이 하고 翌朝에 老婆에게 그것을 말하였다.[143]

　㉣ "개를 잡자, 개를 잡아서 거기다 뿌려 놓자."[144]

　㉤ 그래 이 짓궂은 부녀가 하나 있었어. 그 집에 닭을 잡았던가베. 닭을
　　 잡아 가이고 일부러 피를 갖다가 눈에 함 묻히(문혀)줬어.[145]

　한국과 중국 '징조 조작형 함몰 설화' 각편 중에서 흔히 보이는 것으로
닭 피, 소피, 개 피, 돼지 피 등이 있는데, 모두 사람들과 가까운 관계를

---

141 "小孩年幼, 就實話告訴了老師. 這老師是個二二楞楞的人, 根本不把泰山老母放在
　　眼裏, 就用紅筆在兩個獅子眼裏描開了."〈사자안홍함호릉(獅子眼紅陷濠陵)〉, 山東
　　省梁山縣三套集成辦公室編印, 앞의 책, 1991, 17쪽.

142 "一連好幾天, 天天碰到殺猪的(上海殺猪的起身最早). 殺猪的奇怪他的行動, 盤問明
　　白那孝子的原委. 於是在第二天大淸早, 殺猪的把手上的猪血預先塗抹了石獅子的
　　眼睛",〈沉城的故事〉, 陳志良,『風土什志』2, 1940, 77쪽.

143 〈광포 설화〉, 손진태, 앞의 책, 521쪽.

144 〈천지포 놋다리〉,『한국구비문학대계』1-7, 고려원, 1982, 111쪽.

145 〈도사가 가르쳐준 우물〉,『한국구비문학대계』8-3, 한국정신문화연구원, 1981, 358쪽.

유지한 동물들의 피이다. 근대에 채록한 각편 중에서도 빨간 연필이나 물감을 돌사자나 돌부처에 바르는 경우가 종종 있었다. 이는 설화의 전파 과정에서 시대에 변화에 따라 자연스럽게 생긴 변이라 볼 수 있다. 그럼 왜 고대부터 재난의 징조들이 다 빨간색과 연관성을 보이는 것일까?

한국에는 돌부처 눈에서 피가 나는 것을 기우제와 연결해서 해석한 연구가 있다. 권태효에 따르면 돌부처의 눈이 붉어진다는 것은 기우제의 한 형태로서 개나 여타의 짐승을 죽여 그 피를 신성시 여기던 바위에 뿌리는 의식과 관련지어 볼 수 있다. 이렇게 피를 뿌리면 신이 노하여 그 부정함을 씻고자 하늘에서 비를 내린다고 하는 인식은 개 피를 돌부처에 바르는 것이 홍수와 직접적으로 연결되는 까닭을 알게 한다. 돌부처는 마을 가까이에 존재하면서 마을사람들이 섬기고 신성시하는 신앙의 대상이라 할 수 있다. 이런 신앙대상에 짐승을 죽여 그 피를 발랐다는 것은 신성한 바위를 짐승의 피로 더럽혀 비를 갈구하는 의식과 크게 다르지 않다. 기우제 때의 이런 행위가 가뭄에 비를 구하는 방식으로 신이 부정하게 여기는 행위를 범하는 것이라면, 〈돌부처 눈 붉어지면 침몰하는 마을〉 설화는 마을 사람들이 악행이나 신이 부정하게 여기는 행위를 범함으로써 결국 물로 징치를 당하는 양상을 보이는 것이다.[146]

중국학자 마창의(馬昌儀)는 이에 대해 다음과 같이 설명하였다. 몇 만 년 전의 "산정동인(山頂洞人)"들부터 사람과 동물의 피가 마력(魔力)이 있고 피가 생명의 상징이라는 것에 대해 명확한 인식을 가지고 있었다. 그들은 빨간색 적철석(赤鐵石) 가루를 시체 주변에다 뿌려 사자(死者)가 영원한 생명을 얻기를 기원하였다. 그리고 유럽에서 발견된 몇 만 년 전 동굴

---

146 권태효, 「돌부처 눈 붉어지면 침몰하는 마을담의 홍수설화적 성격과 위상」, 『구비문학연구』 6, 한국구비문학회, 1998, 245쪽.

암벽화, 중국에서 발견된 몇 천 년 전 암벽화들 중에서 원시인들이 소피나 적철석 가루로 염료를 삼아 그림을 그리는 경우를 종종 볼 수 있다. 이를 통해 당시 사람들의 피에 대한 숭배 심리를 읽어낼 수 있다. 다른 해석도 있는데, 원시인들이 사람이나 동물이 분만할 때, 양수와 피의 흐름에 따라 새 생명이 탄생되는 것을 많이 목격했기 때문에 자연스럽게 피가 흐르는 것은 큰 물(홍수)의 도래를 예언한다는 의식이 생겼을 것이라는 주장이다.[147]

그러나 어떤 해석이든 먼저 짚고 넘어가야 것이 있다. 돌미륵, 돌부처, 돌 거북, 돌사자 그 자체가 신성한 존재이며 온 마을을 지키는 수호신 역할을 담당하였고 그들의 변화가 마을 전체의 변동을 예시한다는 사실이다. 그들이 그 자리에 서 있기 때문에 동네를 해치는 악귀, 악한 기운까지 다 차단될 수 있다. 그곳에 피를 바르는 것은 그 신성에 대한 모독이니 이에 따른 징벌을 받는 것이 마땅하다. 동시에 돌부처, 돌사자의 신성이 모독되면서 그들이 원래 가진 수호신 기능도 더 이상 수행할 수 없으니 마을의 평화도 더 이상 유지할 수 없는 것이다.

(5) 최후의 생존

한국의 '징조 조작형 함몰 설화'에서 생존자로 등장한 사람은 보통 노파(부녀자) (8편)나 노옹(7편)이다. 중국의 문헌 기록을 보면 〈역양 전설〉, 〈유권 전설〉, 〈소호 전설〉에서 대부분 노파(노모, 무온)가 생존자가 된다. 그들은 설화의 주인공이자 징조와 예언을 굳게 믿는 자이다.

그럼 왜 한국과 중국 각편 중에서 대부분 노인이 생존자로 살아남을까? 다음의 3가지 이유를 들 수 있다. 노파나 노옹이 청년들에 비해서 인생 경험이 더 많고, 사물에 대한 판단력이 더 정확할 수 있다. 젊은이들에

---

147 劉錫誠 외, 『石與石神』, 學苑出版社, 1994, 109쪽.

비해 오래 살아온 이 사람들이 마을의 수호신, 돌 거북, 돌사자, 돌부처, 돌미륵에 대해 더 민감하게 반응할 수 있다. 그리고 노파나 노옹은 보통 선량하고 자애로운 이미지를 가지고 있다. 그래서 선행을 베풀 가능성이 더 크니 서사의 전개에 도움이 되는 설정이라 할 수 있다. 마지막으로 노파나 노옹은 설화를 전승하는 중요한 담당자들로, 그들은 재난의 징조, 금기에 대한 신앙이 남들보다 더 깊다. 그래서 노파나 노옹을 생존자로 설정하는 것이 자연스럽다. 나아가 노파에 대해 더 고민할 필요가 있는데 여성의 신화적 이미지는 태모이며 태모는 여성의 전형, 모든 생명의 기원, 원동력과 포용원리로서의 모든 생명의 창조자이자 육성자이다. 그러므로 노파나 여인이 유일한 생존자가 된다는 것은 여성의 태모신적 모습을 암시적으로 나타내는 것이며, 그들이 혼돈을 정리하고 새로운 세상이 이어질 가능성을 예시하는 잠재된 힘으로서 존재함을 암시하고 있다. 이것은 여성의 잉태와 출산의 여성원리를 투사시켜 본 결과이며 한국의 경우 생명을 주는 주체로 '삼신할미'의 존재가 상정되는 것과 비슷한 발상으로 볼 수 있다.[148] 한국의 각편에서 생존자 설정에 큰 변이 양상이 보이지 않지만 중국에서 근대에 채록된 각편들을 보면 생존자가 효자, 초등학생, 어린 아이도 등장한다.

  지금까지 한·중 '징조 조작형 함몰 설화'의 서사 전개를 화소별로 비교하였는데, 각편의 주요 줄거리가 동일하다는 점에서 볼 때 양국 자료는 유사성이 매우 높음을 확인할 수 있었다. 신자/의인을 선택하는 데 있어서, 중국 문헌 기록에서는 선·악의 대립보다 신과 불신의 대립이 더 뚜렷하고, 근대에 채록된 각편에서는 선행과 악행의 에피소드가 추가되면서

---

148 김재용, 「동북아 창조신화와 양성원리」, 『구비문학연구』 12, 한국구비문학회, 2001, 17쪽.

선과 악이 대립이 강해졌다. 한국의 각편들은 선과 악의 대립을 강조하는
것이 대부분인데, 전라도에서 채록된 각편은 중국 문헌 기록과 가장 비슷
한 양상을 보인다. 즉, 선과 악의 대립이 없고, 신과 불신의 대립만 존재했
을 뿐이다. 이와 같은 유형의 설화는 권선징악이 표면구조라고 볼 수 있으
며, 그 심층구조에는 신에 대한 신과 불신이 깔려 있다.

　예언자의 역할에 대해서는 한국과 중국의 자료에서 과객, 전설, 동요가
공통적인 예언자로 등장하는데, 전라도에서 채록된 각편들은 중국 문헌
기록과 일치한다는 점을 다시 확인할 수 있다. 중국 근대에 채록된 각편들
에서는 도가의 신, 지역 신, 불교의 신 등이 예언자로 등장한다. 한국에서
는 도승이 많이 등장하는 것이 특징이다.

　다음으로 재난의 구현 방식을 살펴보면 중국에서는 성문, 돌 거북이,
돌사자의 변이 과정을 거친 반면에 한국은 주로 돌미륵이나 돌부처의 코,
망부석이나 바위 등으로 각편 사이에 크게 변화된 양상이 보이지 않는다.
이는 한국의 함몰형 홍수 설화가 대부분 20세기의 특정 시기에 채록되어
서 시대 흐름에 따른 전승내용의 변형이 줄어들었을 가능성이 크기 때문
이라고 볼 수 있다.

　역사 기록 등을 통해 중국 징조 구현 방식의 변천은 민속 신앙과 긴밀
하게 결부됨을 확인할 수 있다. 그 외에 한국과 중국 '징조 조작형 함몰
설화'에서 예언은 모두 동물의 피나 빨간색 염료를 통해 실현되었다. 마
지막 생존자를 보면 한국에서 주로 노인이나 노파로 되어 있고, 중국 문헌
기록과 비슷한 양상을 보인다. 그러나 근대에 채록된 중국 각편들을 보면
노인과 노파 대신에 어린아이, 효자, 노인을 공경하는 초등학생이 재난에
서 생존하는 자격을 부여받는다.

　종합해서 보면 전라도에서 채록된 각편들이 중국 문헌 기록과 가장 비
슷하다는 점을 확인할 수 있다. 중국의 '징조 조작형 함몰 설화'의 지리적

인 분포를 보면 대부분 안휘성(安徽省), 저장성(浙江省), 장쑤성(江蘇省)에 집중되어 있다. 역사상 한반도와 중국 강남(江南) 지역 간 해상 교류가 활발하게 이루어진 점[149]을 고려해보면, 이 유형의 설화가 해로를 통해 한반도에 들어왔을 가능성이 높다.

위와 같은 비교항목을 표로 정리하면 다음과 같다.

가. 한국 자료

〈표 9〉 한국 징조 조작형 함몰 설화의 화소

제목	선행	계시자	징조	징조 조작	최후의 생존	출처	채록 지역
광포 전설	노옹 후대	노옹	동자석에 피 나기	방탕한 청년들	노파	『손진태전집2』	함남
돌부처의 피눈물	없음	전설	미륵 코구멍에 피 나기	아무개	할아버지	『대계』1-4	의정부
천지포 놋다리	시주	중	비석에 피 나기	아무개	할머니	『대계』1-7	인천 강화군
놋다리 이야기	시주	중	망부석에 피 나기	못 된 사람	할머니	『대계』1-7	인천 강화군
장지포 이야기	시주	중	미륵에 콧피 나기	동네 청년	할머니 청년	『대계』1-7	인천 강화군
청주펄 청동다리	시주	중	없음	없음	할머니	『대계1-7』, 686~687쪽	인천 강화군
신판 노아의 방주	없음	꿈	미륵에 콧피 나기	동네 사람	할아버지	『대계』1-7	인천 강화군
청지풀 전설	시주	중	미륵에 콧피 나기	동네 사람	할아버지	『대계』1-7	인천 강화군
계화도의 유래	없음	과객	돌부처 콧피 나기	동네 청년	할아버지 손자	『대계』5-3	전북 부안
개비석 눈에 피가 나 섬이 망하다	사람을 살렸음	전설	개눈에서 피가 나기	외래자	동네 사람	『대계』6-6	전남 신안

---

149   金健人, 「浙江與韓國的歷史往來」, 『當代韓國』 2, 社會科學文獻出版社, 1998, 50~56쪽.

도사가 가르쳐준 우물	도사 후대	도사	짐승모양의 돌 눈에 피나기	짖궂은 부녀	부녀	『대계』8-3	경남 진양
아산만	없음	전설	바위에 피나기	동네 사람	할아버지	『한국구전 설화』6	충청 서산군
칠산 바다	지사를 후대	지사	부처의 귀에서 피나기	개백정	할아버지	『한국구전 설화』7	전북 익산
계화도	없음	과객	돌부처 콧 피 나기	청년	할아버지	『한국구전 설화』7	전북 부안
장연호	없음	도승	돌부처 눈에 피나기	청년	할머니	『한국민간 전설집』	함북 명천

나. 중국 자료

〈표 10〉 중국 징조 조작형 함몰 설화의 화소

제목	선행	계시자	징조	징조 조작	생존	출처	전승 지역
〈이윤생공상〉1	없음	꿈	절구에서 물이 나기	없음	이윤의 어머니	『楚辞』〈天问〉 王逸 注	山東 安徽
〈이윤생공상〉2	없음	꿈	절구에서 물이 나기	없음	이윤의 어머니	『呂氏春秋』 〈孝行覽·本味〉	山東 安徽
〈역양 전설〉1	常行 仁義	서생	성문에서 피가 나기	문지기	노파	『淮南子』〈俶眞訓〉 高誘 注	安徽 和縣
〈역양 전설〉2	書生 厚待	서행	돌 거북 피가 나기	문지기	노파	『述異記』	安徽 和縣
〈유권 전설〉1	없음	동요	성문에서 피가 나기	문지기	노파	『搜神記』13	浙江 嘉興
〈유권 전설〉2	없음	동요	성문에서 피가 나기	문지기	노파	『水經注』〈沔水〉	浙江 嘉興
〈소호 전설〉	없음	무녀	돌 거북 피가 나기	마을 사람	무녀	『太平寰宇記』126	江蘇 東海縣
〈석호호 전설〉	없음	노래	성문에서 피가 나기	마을 사람	노파	『太平寰宇記』2	江蘇 連雲港
〈침성의 고사〉1	효자	신선	돌사자 피가 나기	돼지 백정	효자 어머니	『风土什志』2	上海
〈침성의 고사〉2	효자	신선	돌사자 피가 나기	돼지 백정	효자 어머니	『风土什志』2	上海

〈홍택호 전설〉	효도	관음 노모	돌사자 피가 나기	백정	아이 할머니	『江蘇民間文學』 1981	江蘇 淮安
〈사자홍 함호릉〉	敬老	태산 노모	돌사자 피가 나기	선생	학생 어머니	『中國民間文學集成·梁山民間故事集成』	山東 梁山縣
〈태호 전설〉	착함	신선	돌사자 피가 나기	없음 (죽순 뽑기)	여종	『中國民間文學集成·長興故事卷』	江蘇 浙江
〈수엄반변호〉	효자	남해 관음	돌사자 피가 나기	백정	효자 어머니 마을 사람	『陶都宜興的 傳說』	江蘇 宜興
〈양종해 전설〉	神仙 厚待	신선	돌사자 피가 나기	학생	노부부	『彝族民間故事』	雲南 昆明

2) 한·중 징조 조작형 함몰 설화의 의미

가. 한·중 공통된 의미

: 신이 불신자(不信者)/악인을 향하여 행하는 징치

한·중 '징조 조작형 함몰 설화'에서 신은 모두 모습을 감추고 인간 세상에 내려와 그의 신격을 알아본 사람에게 도움을 주고, 그의 신격을 못알아본 사람이나 신성을 모독한 사람한테 징치를 행하곤 하였다. 1절의 분석을 통해 알 수 있듯이 신자와 불신자의 구분에서 신자가 선한 자, 불신자가 악한 자와 등호(等號)를 긋게 되어 권선징악의 의미를 획득한다. 그러면 한국과 중국에서 선한 자, 악한 자를 각각 어떠한 잣대를 가지고 평가했는지 살펴보고자 한다.

중국의 문헌기록의 추이를 통해 '징조 조작형 함몰 설화'의 세속윤리적 (世俗倫理的) 색채가 갈수록 농후해짐을 알 수 있다. 특히 이 유형의 설화가 근대로 전파되면서 윤리 교화의 기능이 강화되었음을 알 수 있다. 역사 문헌으로 남긴 자료들에서는 '선행' 및 '악행'에 관한 에피소드를 찾을 수 없다. 대부분이 간략하게 "상행인의(常行仁義)"로 서술하거나 아예 선행에 대한 서술이 없다. 그러나 근대, 즉 민국시대 이후에 채록된 각편들

을 보면 대부분 대조의 방식으로 '선'과 '악'의 행동을 다루었다. 각편에
따라 부모한테 효도 잘 하는 효자와 노인에게 불효를 저지른 악인을 대조
시키면서 이를 권선징악의 기준으로 적용시켰다.

〈홍택호 전설〉에서는 관음보살이 할머니로 변장하여 찐빵을 팔았다.
이 과정에서 어린 아이 하나를 빼고는 아무도 노인에게 사 먹이는 사람이
없음을 알았다. 그래서 어린 아이한테만 재난이 올 것을 예언하여 결국
이 아이와 그의 할머니만 재난에서 목숨을 보전할 수 있었다. 〈사자홍
함호릉〉에서는 태산 노모가 밥을 빌어먹는 노파로 변장하여 호릉에 왔는
데, 어느 어린 학생만이 그녀를 가엽게 여겨 집으로 모시고 대접하였다.
〈침성의 고사〉에서도 이와 비슷한 맥락에서 '효(孝)' '경로(敬老)'를 내세
워 권선의 기준으로 삼았다.

ㄱ 성 안에 효자가 하나 있었는데 그한테 노모만 한 분 계셨다. 그는 효도
　 를 아주 잘했는데 어느 날 꿈에서 영감이 나와서 그한테 이 고장이
　 곧 침몰할 건데 성황묘(城隍廟) 앞에 돌사자 눈에 피나는 것을 보면
　 빨리 노모를 업고 도망가라고 하였다. 자네가 효자이기 때문에 특별히
　 알려주는 것이다.[150]

ㄴ 물어볼 때마다 모두 아이에게 준다고 답한다. 노인에게 준다고 답한
　 이는 없다. 관음노모 마음속으로 "이곳의 사람들이 노인을 공경하지
　 않아서 재난을 당하는구나"라고 생각했다.[151]

150 "城裏有個孝子, 非常孝順地供養他的母親. 有一晚, 孝子夢見一位老頭子對他說道:
　 這個城快要沉沒了, 妳若見到城隍廟前石獅子眼中流血, 就是沉沒的時間, 妳趕快和
　 妳母親逃走, 因爲妳是孝子, 所以特爲關照妳." 陳志良, 앞의 책, 1940, 78쪽.
151 "問一個, 答一個, 個個都是把伢子的, 沒有一個買說是把上人吃的. 觀音老母思念開
　 了: '怪不得此地人要遭難, 沒得一個孝敬父母的人'." 〈홍택호의 전설〉, 江蘇民間文
　 學工作者協會編, 앞의 책, 1981, 68쪽.

이처럼 부모한테 효도 잘하는 효자, 할머니한테 효도 잘하는 어린이 모두 재난에서 생존자로 살아남을 수 있었다. 또한 〈사자홍 함호릉〉에서는 불의한 사람과 노인을 공경한 학생이 대조되고, 〈태호 전설〉에서는 탐욕스러운 사람과 착한 여종이 대조된다. 즉, 후대에 채록된 각편들을 보면 '선'과 '악'이 명확하게 대조되며, 권선징악의 주제가 갈수록 뚜렷해지고 있다. 그리고 '선'과 '악'을 구별하는 잣대로 '효'가 많이 동원된다.

이는 명나라 때의 예법과 효도의 강조와 관련이 있다. 주원장(朱元璋)은 명나라를 건국한 초기에 "옛 제도를 본받아 다스리고, 예법을 밝혀 백성을 계도한다.(仿古爲治, 明禮以導民)"라고 하면서 『사서(四書)』, 『오경(五經)』, 『성리대전(性理大全)』을 국자감 학생의 필독서로 정했다. 그는 전충전효(全忠全孝)를 선양하는 「비파기(琵琶記)」를 "산해진미(山海珍味)와 같이 부귀한 집안에 없어서는 안 된다네. (如山珍, 海味, 富貴家不可無)"라고 칭찬했다. 이렇게 효는 사람들의 마음에 깊이 자리 잡게 된다.[152]

한국의 '징조 조작형 함몰 설화'는 모두 근대에 들어와서 채록된 것이다. 이들 각편들 중에 '선행'과 '악행'을 대조하면서 서사가 전개되는 각편은 여섯 편이 있다.[153] 그 나머지 3편은 지사나 도사를 후대하는 선행만이 언급되어 있고, 7편은 그저 풍수, 꿈, 전설, 과객의 말을 믿고 인물이 행동했을 뿐이다.[154] 악행을 구체적으로 드러내는 각편이 그리 많지 않은 것이다. '선행'과 '악행'이 대조되는 6편중에서 5편에 중이 등장하며 시주를 달라고 한다. 악행이 서술된 한국 '징조 조작형 함몰 설화'에서 마을

---

152 杜學德, 「固義大型儺戱'捉黃鬼'考述」, 『中華戱曲』18, 山西古籍出版社, 1996, 146쪽.
153 〈광포 전설〉, 〈천지포 놋다리〉, 〈놋다리 이야기〉, 〈장지포 이야기〉, 〈청주펄 청동다리〉, 〈청지풀 전설〉이 있다.
154 〈돌부처의 피눈물〉, 〈신판노아의 방주〉, 〈개화도의 함몰유래〉, 〈계화도의 유래〉, 〈개비석 눈에 피가 나 섬이 망하다〉, 〈아산만〉, 〈계화도〉가 있다.

사람들이 벌을 받는 이유 중 가장 큰 비중을 차지하는 것은 시주를 안한 일이다.

> ㉠ 그래 그 놈에가 인심이 사나운지 중을 동냥을 안 줬댜. 그래 한 두 사람
> 이 인심이 사나운데, 나가 보갔다 하고 그러군, 사실대로 안 주드라."[155]
>
> ㉡ 그 옛날에 그 거기에 한 사람이 살았드랬어요. 못돼 먹어가지고 한
> 날 뭐 그 어느 인제 중이 시주를 하라(하러)인제, 그러니까는 오니까는
> 다른 사람들은 다 안 주는데 어떤 할머니 한 분이 시주를 갖다 인제
> 하더란 얘기예요.[156]

그리고 〈청주펄 청동다리〉에서는 〈장자못 전설〉처럼 도승을 심하게 학대하는 장면도 나온다.

> ㉠ 스님이 와서 어쩌다 시주를 달라고 해도 시주는 고사하고 공연한 욕설
> 을 퍼부어 돌려보낼 지경이었답니다. 근데 하루는 노승이 와서 참 시주
> 를 구하려 이 고을에 찾아 들었는데 어느 집에 다다르자 전과 아주
> 친절한 말로 '공양미를 드릴 것이니 쪽박을 달라.'고 해요. 게 그 중은
> 그 말을 믿고 항상 참, 합장을 하고 쪽박을 내줬습니다. 그랬더니 그 이
> 쪽박을 부수어 산산조각을 내고 한다는 말이 '이 다음부터는 다시는
> 이 곳 문전에 얼씬도 하지 말라.' 하고 입에 담지도 못할 갖은 욕설을
> 다하면서 이 노승을 문 밖으로 쫓아내고 말았답니다.[157]

위 인용문에서 부자가 중에게 못된 짓을 하자, 도승은 직접 두고 보자

155 〈청지포 놋다리〉, 『한국구비문학대계』 1-7, 고려원, 1982, 109쪽.
156 〈놋다리 이야기〉, 『한국구비문학대계』 1-7, 고려원, 1982, 182쪽.
157 〈청주펄 청동다리〉, 『한국구비문학대계』 1-7, 고려원, 1982, 686쪽.

고 말한 다음 가버렸다. 징조나 징조 조작에 관한 서술은 찾을 수 없다. 단지 얼마 있다가 하늘이 어두워지고 뇌성벽력과 함께 큰물이 져서 마을을 잠겨 버렸다고 한다. 이는 도승이 직접적인 징벌을 가한 것이다. 중의 역량을 여실히 보여주는 한편, 마음씨 착한 사람은 살아남지만, 도승을 학대한 사람은 파멸을 피할 수 없다는 사실을 강조한다. 도승은 시주라는 행동을 통해 선한 사람을 가려내고, 학승하는 사람을 과감하게 징치함으로써 권선징악과 함께 자신의 '위력'도 과시하였다.

한편, 중국 '징조 조작형 함몰 설화'에서는 징조의 구현 방식으로 성문, 돌 거북, 돌사자 등이 나타나는 반면, 같은 유형의 한국 설화에서는 거의 돌부처, 돌미륵(9편)이 그 역할을 수행한다. 한국에는 마을 입구에 장승이 많이 세워져 있다. 장승의 역할 중의 하나가 바로 마을의 수호신이다. 그런데 '징조 조작형 함몰 설화'에서는 돌부처나 돌미륵이 대부분을 차지한다. 이런 현상을 함몰 설화에 등장한 도승의 역할과 연결해서 보면, 불교가 한반도에 유입되면서 이 유형의 설화와 긴밀하게 교섭했을 것이라 추론해 볼 수 있다. 이에 따라 도승은 과객대신 예언의 역할을 맡게 되고, 징조의 구현도 성문, 돌 거북에서 돌부처, 돌미륵으로 변모했을 가능성이 높다.

이러한 점을 종합해 보면 〈돌부처 눈 붉어지면 침몰하는 마을〉담에서 불교의 흔적을 포착할 수 있다. 이 유형의 전설은 한국에서 전파되는 과정에서 불교와의 교섭이 많았으며 불교의 영향 하에 권선징악 중 '선'과 '악'이 도승을 후대해주느냐 학대하느냐는 것과 긴밀하게 결합하였을 가능성이 있다. 이와 달리 중국의 징조 조작 함몰 설화에서는 '선행'과 '악행'이 대조되며 그 내용이 자세히 서술되는 각편에서는 '효'나 '경로'를 많이 강화하였다. 이와 같은 유형에서는 갈수록 윤리도덕관념을 더 내세워 '권선징악'을 강조하는 모습을 엿볼 수 있다. 즉, 한국과 중국의 '징조 조작형 함몰 설화'는 모두 신이 불신자, 악인을 향해 징치를 행하는 의미를 내포

하고 있다는 면에서 일치를 보인다. 그러나 악을 평가하는 잣대는 다르다
는 점을 확인할 수 있다. 한국에서 주로 시주하느냐 안하느냐가 평가 잣대
로 활용된다면 중국은 효, 경로 등 윤리 도덕관념이 악을 평가하는 잣대로
활용되는 것이다.

　나. 중국 함몰 설화의 변이: 신의 징치를 넘어서서 재창조(再創造)로
　한국과 중국의 '징조 조작형 함몰 설화'는 모두 신의 징치를 중심으로
서사가 전개된다. 하지만 자료를 살펴보면 한국에서나 중국에서나 이와
같은 유형이 널리 전승되지 못하였고 각편의 양 또한 풍부하지 않음을
알 수 있다. 신은 자신의 모습을 감추고 사람을 대상으로 시험하는데 그를
알아본 자, 그에 대해 경외심이 있는 자만 생존하고, 그의 예언을 무시하
고 징조를 조작한 자는 결국 마을의 파멸을 초래하고 만다. 즉, 이 유형은
오직 한 사람을 제외하고 마을 전체에 징치를 행한 것으로 해석된다. 한국
과 중국에서 이와 같은 유형이 전승 과정 중 크게 인기를 얻지 못하였음을
엿볼 수 있다.

　중국의 '징조 조작형 함몰 설화'는 저장(浙江), 장쑤(江蘇), 안휘(安徽),
산둥(山東) 등 지역에 분포되어 있다. 그러나 이와 같은 유형은 복희 여와
남매혼, 반고(盤古) 남매혼과 결합해서 새로운 복합형 함몰 설화를 형성
하였고, 허난성, 산둥성 등 중원 지역에 활발하게 전파되어 비교적 풍부
한 각편을 창출하였다. 변이된 서사 전개는 대략 다음과 같다. 남매는 돌
사자와의 관계가 친밀하여 돌사자로부터 홍수와 관련한 예언을 받고 피
난 방법도 제시 받는다. 재난 발생 시 남매는 돌사자의 뱃속에 들어가
살아남는다. 인류를 재창조하기 위해 남매는 천의시험을 하여 결연한 다
음 인류를 재창조하는 이야기들이다. 이 유형과 단일 '징조 조작형 함몰
설화'와의 가장 큰 차이는 바로 홍수 원인과 홍수 유민, 인류재창조에 대

한 서술이다. 주지하다시피 단일 '징조 조작형 함몰 설화'의 특징은 바로 신을 모독해서 홍수를 초래했다는 점인데 여기서 대체로 홍수의 원인은 명확하게 밝히지 않았다.

> ㉠ 반고(盤古) 남매가 등교하는 길에 돌사자가 하나 있었다. 어느 날 동사자가 남매한테 찐빵을 달라고 하였다. 둘은 그 후에 매일 찐 빵을 두 개씩 들고 와서 돌사자의 입에 넣어 주었다. 또 한 참 있다가 돌사자가 남매한테 곧 하늘이 무너지고 땅이 꺼지니 빨리 자기 배 속에 들어오라고 하였다. 둘은 돌사자의 배속에 들어가 배고플 때마다 찐빵을 먹었다. 홍수가 지나간 후, 돌사자가 남매보고 나오라고 하였다.[158]
>
> ㉡ 거북이가 또 말하였다. "찐빵을 갖다 주면 언제 하늘이 무너지고 땅이 꺼져 홍수가 나면 구해주마. 내가 부르면 바로 달려와라. 누나가 있으면 누나도 같이 오도록 해라."[159]

이처럼 변이된 함몰 설화를 보면 홍수 원인에 대한 서술을 찾기 어렵다. 원래 한·중 '징조 조작형 함몰 설화'처럼 징조를 조작해 홍수가 일어난다는 서술 대신에 대부분 "하늘과 땅이 무너지다(天塌地陷)"이라고 한다. 즉, 홍수는 사람, 확실하게 말하면 더 이상 신에게 의심을 가진 자에 의해 발생한 것이 아니다.

---

158 "盤古兄妹上學, 路上見一石獅子. 一天, 石獅子叫兄妹給它帶饃. 二人答應. 每天帶兩個饃放到石獅子嘴裏. 過了好久, 有一天, 石獅子給兄妹說: '趕快鑽到我的肚裏來吧! 要天塌地陷了.' 盤古兄妹鑽到石獅子肚子裏, 每天吃過去放進去的饃. 洪水過後, 石獅子讓二人出來."〈盤古兄妹婚〉, 張振犁, 『中原神話專題資料』, 1987, 36~37쪽.

159 "老鱉又給他說: '妳拿這饃給我吃, 啥時候天塌地陷了, 世界都成了水, 啥時候我一叫喚, 妳就跑來, 鑽到我的肚裏. 妳有姐姐, 也叫妳姐姐來."〈人祖爺〉, 張振犁, 『中原神話專題資料』, 1987, 148쪽.

ⓙ 한 달 있다가 남매 둘이 철사자(鐵獅子)에 배 속에 찐빵을 넣어 주려
  했을 때 철 사자의 눈이 빨개진 것을 보았다. 누나가 남동생한테 사자
  눈이 빨개졌으니 같이 사자 배속에 들어가자고 하였다. 말을 끝내자마
  자 철 사자 입이 물 항아리처럼 크게 벌렸다.[160]

사자의 예언을 받은 자도 노파에서 남매로 바뀌었다. 남매는 돌사자와
친분을 맺어 예언을 받아 홍수에서 살아남고 일련의 천의시험을 거쳐 인류
를 재창조한다. 주목해야 할 것은 돌사자나 철사자의 역할 변화이다. 기존
함몰 설화에서 돌사자는 단지 예언의 구현물로 등장하여 수동적인 역할만
담당하였다. 그러나 변이된 함몰 설화에서 돌사자는 재난을 직접 예언하고,
인류의 구원자, 남매 결연의 중매로서 적극적인 역할을 수행하고 있다. 이
와 동시에 돌사자 눈에서 피나는 징조도 차츰 탈락된 양상을 보인다.

ⓙ 그들이 등교하는 길에 산이 하나 있었는데 산 위에 큰 鐵牛가 하나
  있었다. 어느 날 둘이서 가방을 매고 鐵牛 옆을 지나가는데 철우가 눈물
  흘리는 것을 보았다. 그들이 철우한테 왜 눈물을 흘리느냐고 물었다.
  철우는 곧 하늘이 무너지고 땅이 함몰하여 큰물이 질 거라고 말하였다.
  (중략) 남매가 집으로 돌아가서 부모님한테 알려주려고 했으나 소가
  입을 벌려 그들을 삼켰다. 그 다음 날 하늘과 땅이 무너지고 홍수가
  집을 넘쳤다.[161]

---

160 "過了一個月, 有一天, 姊弟倆又往獅子肚裏塡饃的時候, 姐姐看見鐵獅子的眼通紅,
   對兄弟說: '獅子眼紅了, 咱們鑽進去吧. 才說完, 看見獅子嘴張的跟個大水缸一樣, 他
   們趕緊鑽了進去."〈人的起源〉, 張振犁, 앞의 책, 1987, 140쪽.
161 "他倆上學的路上, 有一座大山, 山上有個大鐵牛. 一天, 他們背著書包, 又從鐵牛身
   邊走過時, 看見鐵牛流淚了. 他們就問鐵牛: '老牛啊, 妳咋流淚了?' 鐵牛說: '眼看就
   要天塌地陷了, 要發大水了(中略) 兄妹倆想回家告訴父母, 老牛一張嘴便把他倆呑
   到了肚子裏. 第二天, 果然天塌地陷, 洪水漫過房頂."〈兩兄妹〉, 張振犁, 앞의 책,

ⓛ 세상에 사람이 하나도 없었다. 반고의 여동생이 말했다. "우리 결혼할
까?" 반고는 이를 거부하였다. 둘이 돌사자한테 물어봤는데 돌사자가
맷돌을 굴리라고 하였다.[162]

예문처럼 돌사자가 적극적인 역할(예언, 피난도구, 결연 중매)을 수행하면
서 기존 '징조 조작형 함몰 설화'의 징조 구현 방식이었던 돌사자나 돌
거북에서 피나는 장면은 더 이상 중요하지 않게 되었다. 왜냐하면 돌사자
가 직접 나서서 예언을 하기 때문이다. 즉, 남매혼과 결합한 '징조 조작형
함몰 설화'는 홍수가 어떻게 왜 발생하는지에 역점을 두지 않고, 홍수가
끝난 후 인류가 어떻게 재창조해 나가는지에 관심을 둔 것이다. 원래 '징
조 조작형 함몰 설화'에서 징조 조작은 홍수를 일으키게 하는 이유로 작
용하였고, 이에 따라 신이 내린 징치가 있다. 그러나 함몰 설화가 남매혼
모티프와 결합한 이후, 홍수 발생의 원인이 약화되어 신이 사람을 향하여
행하는 징치라는 의미가 크게 약화되었다.

기존 '징조 조작형 함몰 설화'에서 신의 징치에 중점을 두는 대신에,
변이된 중국 함몰 설화에서는 징치를 약화시키고 오직 인류재창조에 관
심을 보인다. 이는 중원 지역 '생명번영(生命繁榮)'의 심미적 이상을 강력
히 반영해주며 혼인을 중시하는 내용적 특징을 보여준다. 이 유형의 설화
는 주로 허난성(河南省), 랴오닝성(遼寧省), 지린성(吉林省), 저장성(浙江省)
등지에 분포한다. 알려진 바와 같이 허난성은 중국의 남매혼 모티프가
광범위하게 전파된 지역이므로 함몰 설화와 남매혼의 결합은 그럴듯한
개연성을 갖는다. 허난성에서 가장 많은 각편이 채록된 점을 보면 이 변이

1987, 163쪽.

[162] "天下這時沒有人了. 盤古的妹妹說: '咱倆成親吧.' 盤古不答應, 他們問石獅子. 石獅
子讓二人滾磨成親."〈盤古兄妹婚〉, 張振犁, 앞의 책, 1987, 37쪽.

형의 중심이 바로 거기에 있음을 알 수 있다.

중원지역이 홍수 후 결연과 재창조를 중시하는 문화적 특징은 주로 중원지역의 역사 및 자연조건과 농경문화에서 기인한다. 중원은 화하(華夏)의 중심으로써 광활한 평원을 가지고 있으며 기후가 온난하고 토양층이 두텁다. 토질이 푸석푸석하여 농작물 성장에도 적합하다. 지리적 환경은 인간의 생활방식을 결정하며 결국엔 그들의 사유방식과 문화적 특징을 결정하게 된다. 중원지역은 중국에서 가장 이르고, 가장 집중된 농경지역 중 하나이다. 농경사회에서 가장 중요한 생산 요소는 바로 '인(人)'이다. 이 때문에 혼인을 중시하는 것이 가장 먼저 농경문화와 가장 밀접하게 연결된 심도 깊은 심리가 되며 자연스레 생식(生殖)을 숭배하게 된다. 중원지역은 농사를 근본으로 하고 곡식재배를 통해 생활하며 토지를 생명으로 본다. 게다가 이 지역의 거주는 상대적으로 안정적이고 집중되어 있다. 대부분의 경우 가족 혹은 혈연관계에 따라 촌락을 형성해 거주하며 혈연과 혈육 간의 정을 감정의 중심과 심리적 기초로 여긴다. 이러한 지리 인문 조건 하에서 중원지역이 혼인을 통해 대를 잇는 것을 중시하는 것은 필연적인 현상이다. 기존 함몰 설화에서 마을 전체가 파멸하고 노파 한 사람만 살아남는다는 서사가 중원 지역의 위와 같은 문화 배경 하에서 남매혼 모티프와 결합하여 마을의 파멸 대신 남매가 살아남아 인류를 재창조해 나가는 서사로 변화한 것이다.

2. 한·중 금기 위반형 함몰 설화

1) 한·중 금기 위반형 함몰 설화의 화소

한국과 중국의 함몰 설화 유형 중에는 모두 금기를 위반해서 이물로 화한 '금기 위반형 함몰 설화'가 존재한다. 즉, 함몰 재난이 다가올 때 주인 공이 신이 부여한 금기를 어겨 그 징치로 돌 등 이물로 화하는 유형이다. 이 유형의 한·중 자료에서는 함몰 모티프와 금기, 금기에 따른 징치 모티 프를 공유하고 있어서 비교 연구하는데 의미가 있다. 앞 장의 자료 정리를 통해 우리는 이 유형의 서사 전개를 대략 파악할 수 있었다. 한국의 '금기 위반형'의 서사 전개는 대략 "학승(장자) → 선행(며느리) → 금기 부여 → 함몰 → 금기 위반에 따른 징치(돌로 화함)"로 되어 있다. 한편 중국 '금기 위반형'의 전개는 "선행(동물 구조) → 금기 부여 → 함몰 → 금기 위반에 따 른 징치(돌로 화함)"로 되어 있다. 즉, '금기 위반형 함몰 설화'에 있어서 한·중 공통된 화소로 선행, 금기 부여, 함몰, 화석이 있다. 여기서는 선행, 금기, 함몰, 화석 4가지 화소를 통해 비교를 진행하고자 한다.

(1) 선행

중국의 '금기 위반형 함몰 설화' 중에서 주인공의 선행은 대부분 신성 을 지닌 동물을 구조하는 것이다. 〈엽인 해력포〉, 〈북극성〉, 〈막일근화석 의 전설〉, 〈석마〉에서 해력포와 막일근, 한 고아는 똑같이 백사 한 마리를 구했고, 오소리한(烏蘇里汗) 노인은 미꾸라지를 구했다. 이들 설화에는 누 군가의 '악행'에 관한 서술이 없다. 이들 주인공은 동물을 구한 보답으로 직접적이든 간접적이든 재난 소식을 알 수 있었다. 〈천상인간〉에서 인간 세상의 한 왕과 그 수행이 악행을 저질렀는데 천신이 이를 알고 매우 화가 나 홍수를 일으켜 인류를 벌하기로 결심하고 악인들을 해저로 침수시키 려 했다. 땅의 신이 이를 알고 무고한 사람들을 구하기 위해 불쌍한 노파 의 모습을 하고 인간 세상으로 와 다시 한 번 인류의 양심을 시험하였다. 주인공이 지신인 할머니를 후대하자 할머니는 그에게 직접 재난을 예언 한다. 즉, 이 이야기에는 선행 – 악행의 대립이 있어 한국 〈장자못 전설〉

과 비슷한 양상이 보인다.

그리고 구조를 받은 동물을 보면 물고기, 백사, 미꾸라지 등은 모두 물
과 관련이 있다. 특히, 막일근과 한 고아가 구한 백사는 스스로 용왕의
딸이라 자칭한다. 중국에서는 뱀이나 물고기를 다 용 혹은 용족(龍族)의
화신으로 여긴다. 용은 중국 전통 관념에서의 수신(水神)이다. 그의 출현
은 늘 수재(水災)와 관련이 있다.

⊙ 해력포가 급하게 활을 당겨 검은 두루미를 향해 활을 쐈다. 두루미가
　 놀라 백사를 놔주고 급히 도망갔다. (중략) 백사가 그에게 "제 목숨을
　 구해준 은인, 당신 잘 지냈나요? 저를 몰라볼 수도 있지만 저는 용왕의
　 딸이오."라고 말하였다.[163]

ⓛ 오소리한(烏蘇里汗)이라는 노인이 앞에 다가가 보니 물이 말라가는 샘
　 구멍에 미꾸라지 한 마리 있는데 (중략) 노인이 미꾸라지를 두 손으로
　 받쳐 들고 옆의 개울에다 놔주었다.[164]

ⓒ 중이 인제 시주를 하러 갔더니 이 사람에서 이제 중이 목탁 뚜둘기는
　 소리를 듣고 보구서 내다보구설랑 그 중을 불러가지구 말이지. "응!
　 우리는 뭐 줄게 읍구 한 삽 퍼다 줘라." 거 뭘 퍼다 주느냐 허믄 쇠똥을
　 좀 한 삽을 퍼다 바랑에다 느쳤어요. (중략) (며느리) 중 뒤를 쫓아가지
　 구, "스님 스님?" 블르닝깐 볼 꺼 아냐? 그래, "왜 그러느냐?"닝깐, 이

---

163 "海力布急忙拉弓搭箭, 對準山峰飛升的灰鶴射去. 灰鶴一閃, 丟下小白蛇就逃跑了.
　　(中略) 那條小白蛇卻像他說道: "救命的恩人, 您好嗎? 您可能不認得我, 我是龍王的
　　女兒." 〈獵人海力布〉, 中華民族故事大系編委會, 『中華民族故事大系』1, 1995, 上
　　海文藝出版社, 1995, 453쪽.

164 "烏蘇裏汗老人來到跟前一看, 原來泉水幹了, 再一看裏面爬著一條小泥鰍, 被太陽
　　曬得皮都要打褶了. 老人把小泥鰍從眼裏捧出來, 放進甸子邊的小河溝裏了." 〈北
　　極星〉, 中華民族故事大系編委會, 『中華民族故事大系』4, 1995, 313쪽.

중 – 중이 '왜 그러느냐?'구 그러닌깐 인저, "아까 참 죄송허게 됬다."
구. "우리 시아버님이 너무 거시해서 지가 외레 민망허구 그래서 다소
나마 지 성의껏 시주를 헐라구 인제 가주왔다."구.[165]

한국의 '금기 위반형 함몰 설화'인 〈장자못 전설〉에서 의인을 선택하는
부분은 치열한 선악의 대립이 있는데 장자(악) – 도승 – 며느리(선)의 대립
이 그것이다. 장자와 며느리는 여러 면에서 성격상 차이를 보이며, 이것
은 선과 악의 대립으로 구체화된다. 따라서 '징벌 받는 대상'과 '구원 받
는 대상'으로 분류하여 생각할 수 있다. 거의 모든 각편에서 장자의 악행
에 대해 상세한 서술을 하는데 이른바 학승 모티프이다. 장자가 도승한테
악독한 욕설을 퍼붓거나, 바랑에 소똥을 넣어주거나, 직접 도승을 매달아
구타하는 경우도 있다. 며느리는 시아버지의 이와 같은 악행을 목격한
후 도승한테 사죄하고 용서를 빌며 시주했다. 며느리의 이와 같은 선행
덕분에 도승에게서 재난 소식을 들을 수 있었다. 여기서 도승은 신격이며,
재난을 예언할 수 있고, 악을 징치할 수 있으며, 선한 사람을 구해주는
능력까지 모두 갖추고 있다.

의인의 선택 부분에 있어 며느리와 중국의 주인공은 똑같이 선행을 하
였지만 선(善)의 구현 방식이 다르다. 그리고 인물 관계에 있어도 서로
다른 양상을 보인다. 한국에서 장자의 집은 악의 공간으로 묘사되고 처음
부터 선과 악의 대립이 나오지만, 중국 각편에서는 대부분 악에 대한 서술
이 없다. 〈천상인간〉 한편에서만 인간의 왕과 그의 일행이 악행을 저질렀
다고 서술하나, 이를 전체 마을에 해당되는 악으로 보기에는 무리가 있다.
그래서 나중에 징벌의 결과를 보면 왕과 그의 일행만이 그 대상이 되었다.

---

165 〈장자늪〉, 『한국구비문학대계』 1-4, 한국정신문화연구원, 1981, 267~268쪽.

그리고 한 가지 더 주목해야 할 것은 〈장자못 전설〉에서는 한 집안, 한 가정에서 서사가 전개된다는 점이다. 이 집안에서 선과 악의 대립으로 각각 징치와 구원을 받는 것이다. 그러나 중국 '금기 위반형 함몰 설화'의 서사 공간은 한 마을로 설정된다. 그리고 대부분의 각편에서는 마을이란 공간에 선과 악의 대립이 분명하지 않다. 정리하면 다음과 같다.

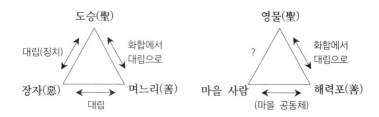

(2) 금기

금기 모티프는 옛날부터 보편적으로 활용되어 왔는데, 이는 작품의 의미를 드러내고 흥미를 돋울 수 있는 문학적 장치이다. 〈장자못 전설〉에서는 신격인 도승이 장자 집에 시주하러 왔다가 학대를 받는 동시에 의인인 장자의 며느리를 만난다. 중은 며느리의 선행을 보고 그녀에게 살아날 기회를 주지만 이것은 금기의 제시와 금기 위반이라는 갈등을 야기한다. 이 금기는 그녀와 구세계의 관계를 차단하기 위한 것이었다. 한편으로는 그녀가 신의 세계로 편입할 수 있는 마지막 관문이기도 하다. 금기를 부여받은 며느리는 결국 도승과 화합에서 대립으로 변해갔는데 바로 성(聖)과 속(俗)의 대립이다. 며느리는 자신에게 선행을 베푼 인물에게 비극적 인간 세계로부터 탈출할 수 있도록 계시를 주는 도승(신의 대리자)으로부터 '뒤를 돌아보지 말라'는 금기명령을 받는다. 이것은 바로 '시아버지'와 '남편'을 비롯한 '가족'을 매몰차게 버리고 오라는 뜻이다. 아무리 악한 행위를 저질렀다고 할지라도, 자신과 '피'를 나누고 '행복'이라는 욕망의 테두리를 함께 완성해가는 '가족'사이에서, 그들의 악행을 쉽게 고발하고 그것을 다른 사람과 함께 비난하기란 쉽지 않다. 그런 점에 있어서, '며느리'는 그 가족의 비리를 인정하면서 자신만 살아남아야 한다는 상황을 굉장히 곤혹스럽게 느꼈을 것이다. 물론 도승은 그러한 인간 욕망의 테두리를 알기에, 그것을 끊어야만 애당초 '억제'와 '금기'라는 요소가 필요 없는 '신'의 영역에 이를 수 있다는 명령을 내린 것이다.[166]

중국의 '금기 위반형 함몰 설화'에서는 주인공이 영물을 구해준 다음 보물을 얻어 동물들이 대화하는 것을 알아들을 수 있게 된다. 하지만 동물들의 대화 내용을 누설하면 안 된다는 금기가 따라붙는다. 각편에 따라 영물이 사람으로 나타나 직접 재난을 예고하고 금기를 부여하는 경우도 있다. 이 금기는 '누설하면 안 됨'이라는 것이었는데 누설하면 돌로 변한다는 결과도 같이 예고를 받는다.

⊙ 내일 해가 뜰 때 여기가 모두 바다로 변할 거니 산으로 피난가면 살아남을 수 있을 것이다. 대신 이 일은 아무한테도 알려주면 안 된다. 그렇지 않으면 돌로 화할 것이다.[167]

⊙ "안 죽을라면 빨리 따라나서라."고 그러거든. 그런개 며느리가 빨리 나오라고 하닝개 집에 가서 애기를 업고 따라 나섰어. 따라 나성개 중이 뭐라고 하는고 하니, "살을라면 뒤를 돌아다 보지 마라. 뒨로아보지 말면서 나만 따르라."[168]

---

166 김혜정, 「'장자못 전설'의 전파력 연구」, 『구비문학연구』 28, 한국구비문학회, 2009, 16~17쪽.

167 "等明天太陽神一出來的時候, 這裏就要變成一片汪洋, 妳要早點跑上山去, 這樣妳就可以得救了. 但是這件事妳不能告訴任何一個人, 不然, 妳就會變成石頭的."〈天上人間〉, 『中華民族故事大系』 1, 1995, 521쪽.

168 〈상입석리의 장자못 전설〉, 『한국구비문학대계』 5-1, 한국정신문화연구원, 1980, 113쪽.

다음 표로 중국과 한국 함몰 설화의 금기를 비교해 보고자 한다.

〈표11〉 한·중 금기 위반형 함몰 설화의 '금기'

구분	금기	금기 준수 시	금기 위반 시	금기 부여 목적
한국	뒤돌아보지 말라	며느리 살고 장자 파멸	며느리 화석 장자 파멸	구세계(가족)와의 연락 차단
중국	누설하지 말라	주인공 살고 동네 파멸	주인공 화석 마을 생존	마을 공동체와의 연락 차단

금기는 어떤 신격에 의하여 인간에게 제시되며, 그것이 파기될 시에만 의미를 획득한다. 다시 말해, 금기는 파기와 늘 동반해서 나타난다. 금기는 반드시 파기되고 파기하는 자는 벌을 받게 된다. 금기는 신이 인간을 테스트하는 것이라고 할 수 있는데, 인간은 종종 타고난 호기심 혹은 인간적인 한계 때문에 금기를 위반하곤 하였다. 〈장자못 전설〉에서 며느리의 금기 준수 여부와 관계없이 장자로 대표된 가족의 운명에는 변함이 없다. 즉, 도승이 행하는 징악으로 장자와 장자로 대표되는 가족은 파멸을 면할 수 없다. 오직 며느리의 생사가 금기에 달려 있다. 금기를 준수하면 살아남아 신의 세계로 편입될 수 있으나 금기를 위반할 경우 영원히 신의 세계로 편입될 수 없다. 즉, 이 금기는 장자 며느리 한 사람한테 적용된 것이고, 다른 사람의 생사문제가 엮이지 않는다. 금기 준수 시 그녀는 신의 동행자가 되고, 금기 파기 시 그녀는 '미련한 인간'으로 추락한다.

반면, 중국 '금기 위반형 함몰 설화'에서의 금기는 사뭇 다른 양상을 보인다. 주인공이 금기를 지킬 경우에는 마을이 파멸되어도 혼자 살아남을 수 있다. 주인공이 금기를 위반할 경우에는 주인공 혼자 죽고 마을은 파멸을 면할 수 있다. 이런 면에서 볼 때, 이 금기에 마을의 운명이 달려 있다. 주인공이 마을 사람을 구해줄 수 있는 열쇠를 쥐고 있는 만큼 그의 선택이 중요하다. 금기 준수 시 그는 마을의 유일한 생존자가 되고, 금기

파기 시 그는 마을 전체를 구하는 영웅이 되는 대신에 자신의 생명을 잃게
될 것이다.

(3) 함몰

　㉠ 생각하다가 노인이 급히 부락으로 돌아가서 꽹과리를 치면서 어른과
　　아이들을 모두 깨워 도망 가라고 했다. 사람들이 산정상에 막 도착했을
　　때 큰물이 부락을 잠겼다.[169]

　㉡ 그래서 이렇게 돌아본께 쏘가 되야, 되야. 야가(여기가), 집도 읎어져
　　버리고 벼락 맞아가지고 쏘가 되야 야가.[170]

　㉢ 그이, 그 참말로 따라 나갔단 말에. 나가이, 그 집을 완전히 다 비켜나
　　오니께네, 고마 머 난데 없는 구름이 끼디이 고만, 참 베락(벼락)을 때리
　　는 게라. 때래부는데, 한 방 놔부이 고만에 고마 쏘(沼)이 됐부래.[171]

한국과 중국의 '금기 위반형 함몰 설화'에서 재난은 모두 예언대로 발
생하였다. 〈장자못 전설〉에서 장자는 징치를 받아 죽고, 그의 집터도 못
이나 호수 또는 늪이 된다. 이는 '학승 모티프'에 따른 결과 구실을 한다.
이는 장자에 대한 징벌이기도 하지만 장자가 살던 악의 공간에 대한 정화
와 소거라고도 볼 수 있다. 이것은 한 집안의 재편을 위한 정화의식이기도
한 것이다. 홍수와 불을 통한 정화는 혼돈의 세계를 질서화하는 보편적인
신화소이다. 이것은 질서를 위해 혼돈으로 되돌아가는 것이며 새로운 세
상을 만들기 위한 태초회귀 행위와도 같다. 장자못은 온 세상이 아니라

169 "想到這兒, 老人就轉身跑回部落, 敲起銅鑼, 把大人小孩都喊了起來, 叫大家快跑. 人
　　們剛跑到山頂, 大水就淹沒了部落."〈北極星〉, 『中華民族故事大系』4, 1995, 314쪽.
170 〈안동부락 장자못 전설〉, 『한국구비문학대계』6-8, 한국정신문화연구원, 1986, 157쪽.
171 〈황산사의 부도〉, 『한국구비문학대계』7-9, 고려원, 1982, 294쪽.

특정지역인 한 집안이 물에 의해 소멸하는 모습을 보여주고 있는데, 이런 물에 의한 멸망이나 침수는 단순히 소멸만을 뜻하는 것이 아니며, 새로운 창조, 새로운 생명, 새로운 인간의 생성을 전제로 하는 것이다.[172] 비록 특정지역에 국한 되더라도 한 집안의 멸망은 다시 새로운 집안의 시작과 밀접한 관련이 있음을 보여준다.

중국 '금기 위반형 함몰 설화'에서 주인공은 금기를 어기고 곧 재난이 있을 것이라는 소식을 마을 사람한테 전해준다. 그 결과 함몰 재난은 예언대로 일어났지만 마을 사람들은 산에 올라가 살아남을 수 있었다. 여기서 일어난 홍수는 처음부터 권선징악과 관계되는 수단이 아니므로 일종의 자연재해에 가까운 것이다. 그래서 이 홍수에는 징치의 성격이 없다. 이 유형은 오직 주인공이 금기를 어기는 부분에 초점을 맞추어 그의 영웅적 행동을 서술한다. 즉, 대부분 중국 '금기 위반형 함몰 설화'는 권선징악의 주제보다 주인공의 희생 의식을 더 뚜렷하게 드러낸다.

물론 〈천상인간〉처럼 신이 악한 왕과 그의 무리를 징치하기 위해 홍수를 일으켰다고 명확하게 밝힌 경우도 있다. 주인공 아랍특은 지신을 후대한 이유로 신의 선택을 받았지만 결국 그도 무고한 마을 사람을 구하기 위해 금기를 어겨 돌로 화하였다. 이를 〈장자못 전설〉과 비교해서 볼 때 앞부분이 상당히 비슷하다. 왕과 그의 무리는 악행을 저지르며 지신을 못 알아보고 학대하지만 아랍특은 지신을 후대한다. 결국 왕과 그의 무리는 장자처럼 징치의 대상이 되고 아랍특도 장자 며느리처럼 신격의 선택을 받아 살아남을 자격을 획득한다.

---

172 박계옥, 「한국 홍수설화의 신화적 성격과 홍수 모티프의 서사적 계승 연구」, 조선대학교 국어국문학과 박사논문, 2005, 88~89쪽.

(4) 화석

〈장자못 전설〉에서 며느리가 금기를 어겨 화한 이물로 '돌미륵', '돌부처', '석불', '바위' 등이 다양하게 나타난다. 착한 며느리가 금기 위반에 따른 징벌로 불행한 결과를 맞는 비극성을 보여주고 있다.

> ㉠ 그 다음날, 뇌성벽력해서 순간 산이 무너지고 물이 솟아 나왔다. 모두들 울컥하며 "해력포가 우리를 위해서 희생하지 않았으면 우리가 다 죽었을 거야."라고 말하였다. 모두들 해력포가 화한 돌을 찾아 산정상에 옮겨 놓았다. 대대손손이 모두 이 영웅을 기억할 수 있도록 제사를 지내기 시작하였다. 전설에 의하면 지금도 '海力布石'이라는 곳이 있다.[173]
> ㉡ 거기 넘어오면서 그렇개 자기집을 한번 봐보고 싶은 생각이 들었어. 이왕 못보면 못볼까 무서운개 한 번 뒤돌아봤어. 아, 뒤돌아봤더니만 그래 그렇개 그냥 바위, 바우가 돼버렸어.[174]

장자의 며느리는 중이 제시한 금기를 어겨 결국 돌로 화하고 만다. 그러나 이를 죽음의 의미 외에 재생의 의미로도 읽어낼 수 있다. 며느리의 화석 모티프는 생명과 영겁의 자유로서 죽음에 의연할 수 있는 바위로의 환생을 통한 재생을 의도하고 있으며 이것은 죽음을 초월하는 인간생명의 자유의지를 함축한다. 죽은 며느리는 돌의 형상으로 남지만 신성시되고 신앙화 되는 차원으로 승화되면서 영원한 생명을 얻게 된다. 이는 '장

---

173 "到第二天早晨, 在轟轟的雷聲中, 忽然聽見一聲震天動地的響聲, 霎時山崩水湧, 洪水滔滔. 大家都感動地說: '不是海力布為大家而犧牲, 我們都要被洪水淹死了!' 後來大家找到了海力布變的那塊石頭, 把它擱在一個山頂上, 好讓子子孫孫都紀念這個犧牲自己保全大家的英雄海力布, 子子孫孫都祭祀著他. 據傳說, 現在還有叫"海力布石頭"的地方."〈獵人海力布〉,『中華民族故事大系』1, 1995, 455~456쪽.
174 〈상입석리의 장자못 전설〉,『한국구비문학대계』5-3, 고려원, 1983, 113쪽.

자못'과 '돌'이 일정 성씨 시조(姓氏始祖) 및 영웅의 탄생지(誕生地)로 숭앙되는 것과 표리적 양상이라 할 수 있다. 장자못 전설이 천신계(天神系) 신화에 대한 상대적인 인식을 기저로 하여 그 신적(神的) 질서에 대한 반명제(反命題)를 내포하는 것과, 장수 신화 또는 시조 신화가 기왕에 확립된 신적 질서에 복속되는 것은 표리(表裏)이고 정반(正反)의 양상인 것이다. 특히 죽은 며느리가 신앙의 차원으로 승격되는 양상은 유화(柳花)가 죽은 후에 신앙의 대상이 되는 것과도 비견된다.[175] 금기를 위반한 것은 신적 질서에 대응하는 인간의 자유로운 생명력의 표현으로서 비록 신이 부여한 통과의례를 통과하지 못하여 돌로 변하는 징벌을 받았지만 신의 창조에 가까이 접근하려는 인간의 의지는 영원히 기념할 만한 것이며 화석 모티프는 바로 인간의 이러한 정신구조를 반영하고 있는 것이다.[176] 박정세는 〈장자못 전설〉의 며느리가 돌이 된 것에 대해 다음과 같은 해석을 제기하였다. "스님이 착한 며느리만은 함께 처벌되는 것을 막으려고 하였으나 허사가 되었음을 안타까워하고 있다. 당시 남성중심의 유교문화에서 며느리가 혼자 살아가기엔 그리 쉽지 않은 분위기를 감지하였음을 알 수 있다. 그래서 한두 개의 전설을 제외하고는 장자늪계의 전설 거의 모두에서 착한 여성도 결국 돌기둥이 되고 만다."[177] 그러나 며느리만 살았다고 서술한 각편들도 있고, 며느리와 신랑이, 아니면 며느리와 애기가 같이 생존하게 된 며느리 생존형 각편도 상당히 많다. 게다가 이와 같은 해석은 며느리가 성화(聖化)되는 것을 해명할 수 없다. 이는 유교문화가 형성하는 분위기를 지나치게 의식한 해석으로 보인다.

중국의 '금기 위반형 함몰 설화'에서 남주인공들이 동물들의 말을 알아

---

175 천혜숙, 「전설의 신화적 성격에 관한 연구」, 계명대학교 박사학위논문, 1987, 80쪽.
176 박계옥, 앞의 논문, 90~91쪽.
177 박정세, 『성서와 한국 민담의 비교』, 연세대학교출판부, 1996, 108쪽.

들는 것은 신의 영역에 속한다. 선택된 인간이 혼자서만 알고 있어야 할 신들의 영역에 다른 인간이 들어서게 하는 것은 금지된 타부이다. 금기를 범할 경우 받아야 할 징벌은 이미 예고되어 있다. 그러나 주인공은 신성에 대한 두려움과 마을 공동체에 대한 애정 사이에서 자신의 자발적 선택으로 금기를 깨고 신들의 영역을 인간들에게 열어 보이며 돌로 변하는 징벌을 적극적으로 받아들인다.[178]

    ㉠ 사람들이 산 정상에 도착하자마자 물이 부락을 삼켰다. 모두들 돌아서 노인을 찾으려 했지만 그림자도 안 보였고 불러 봐도 대답이 없었다. 마을 상공에 한 줄기의 파란 연기가 하늘로 올라가 순식간에 반짝거리는 별로 변했다. 마치 烏蘇里汗 노인이 자상한 눈으로 모두를 바라보는 듯했다. 사람들이 이 별이 바로 烏蘇里汗 노인임을 알았다.[179]

    ㉡ 평지에서 三尺 높이의 홍수가 일어나 거친 파도가 금방 아랍특을 따라 잡았다. 순식간 젊은 아랍특은 돌로 변해 더 이상 앞으로 나아갈 수가 없었다. (중략) 그 목민들만 이 재난에서 살아남았다.[180]

    ㉢ 해력포는 말하면서 돌로 변해 버렸다. 모두들 해력포가 돌로 변한 것을 보고 슬프게 소떼와 양 떼를 몰고 떠났다.[181]

---

178 김선자, 『변신이야기, 필멸의 인간은 불멸의 꿈을 꾼다』, 살림출판사, 2003, 52쪽.

179 "大家剛跑到山頂, 大水就淹沒了部落. 大家回頭找老人, 可是怎麼也找不見影, 怎麼喊也不聞聲, 只見村頭上一股青煙沖上天空, 一眨眼化作一顆亮晶晶的星星, 像老人慈祥的眼睛註視著大夥. 人們知道這星就是烏蘇裏汗老人. 大人孩子就在山頭上跪拜起來. 從此, 滿族在祭祖時都要祭星. 祭星就是祭烏蘇裏汗老人."〈北極星〉,『中華民族故事大系』4, 1995, 315쪽.

180 "立刻平地漫起三尺多深的洪水, 洶湧的水浪很快地追上了阿拉特. 刹那間, 年輕的牧人阿拉特變成了一座山石, 再也不能移動一步. (中略) 洪水的狂瀾把殘暴的王爺和他的奴仆以及他的千百只羊都給卷走了, 只有那些牧民躲過了這次大難."〈天上人間〉,『中華民族故事大系』1, 1995, 522쪽.

181 "海力布邊說邊化, 就漸漸變成了一塊僵硬的石頭. 大家看見海力布變成了石頭, 立

이처럼 중국 '금기 위반형 함몰 설화'의 주인공들의 이와 같은 '희생(犧牲)' 관념은 먼 옛날부터 내려왔는데 고대의 '살왕헌제(殺王獻祭)' 풍습에서 그 근원을 찾을 수 있다. 고대 사람들은 재난과 마주칠 때 속수무책(束手無策)으로 신에게 기도할 수밖에 없다. 그 수단의 하나가 제사인데, 처음에는 분명 소과 양을 제물로 올렸다. 아직 구체적 시기가 고증된 것은 아니나, 언제부터인가 사람을 제물로 바치기도 하였다. 대체로 큰 재난 앞에서 여러 동물을 제물로 바쳤는데도 소용이 없을 때 사람을 제물로 바치기 시작했을 가능성이 높다. 한편으로는 제물로 바친 사람을 통해 신과 인간 세상이 소통하는 경로를 만들 수 있다고 믿었기 때문이다. 또 한편으로는 바친 사람이 세상 사람을 대신해서 달게 벌을 받는다는 의미도 있다. 중국 고대의 기우제 때 치르던 '분무왕(焚巫尪)'을 바로 이와 같은 맥락에서 이해할 수 있다. 은상(殷商)시대의 탕왕(湯王)도 기우제의 제물이 된 기록이 있다.[182] 제왕들에게는 반인반신(半人半神)의 특성이 부여되므로 재난을 없애야 하는 의무를 가진다. '금기 위반형 함몰 설화'에서 등장한 주인공들은 '희생'관념을 계승하여 사람들 대신 적극적으로 벌을 받겠다는 의미가 있다. 예를 들어서, 〈북극성〉에 등장한 주인공이 바로 한 부락의 추장(酋長)이었다. 또 중국 고대에서 내려온 '희생'관념이 일반인에게도 요구되는 미덕이 되었다. 재난이 닥쳤을 때 사람들은 누군가가 그들 대신해서 죄를 받기를 원했고, 중국 설화 향유층들의 이와 같은 의식은 그대로 설화에 반영되었을 것이다.

刻很悲痛地趕著牛羊馬群, 把家遷走." 〈獵人海力布〉, 『中華民族故事大系』 1, 1995, 455쪽.

182 『呂氏春秋·順民篇』云: "湯克夏而正天下, 天大旱, 五年不收. 湯乃以身禱于桑林, 曰: '余一人有罪, 無及万夫; 万夫有罪, 在余一人. 無以一人之不敏, 使上帝鬼神伤民之命.' 于是翦其发, 㰱其手, 以身为牺牲, 用祈福于上帝. 民乃甚悦, 雨乃大至." 陳奇猷 校釋, 『呂氏春秋校釋』, 學林出版社, 1995, 479쪽.

2) 한·중 금기 위반형 함몰 설화의 의미

이상의 분석을 통해 한·중 '금기 위반형'의 주인공이 모두 금기를 어겨 돌로 화한 모습을 확인할 수 있다. 주인공들이 모두 금기를 어겨 이에 따른 징벌을 받았다. 그럼 이들의 금기 위반은 같은 것인가? '금기 위반형 함몰 설화'가 각각 어떠한 의미를 갖고 있는가? 여기서는 이를 밝히기 위해 금기 화소에 다시 초점을 맞추어 실마리를 찾고자 한다.

'금기 위반형 함몰 설화'의 주인공들은 모두 '선(善)'한 존재이다. 이들은 선행을 베풀고 도승을 후대하거나 위험에 처한 동물을 구한다. 이로 인해 각각의 보상을 받게 되는데, 장자의 며느리는 도승으로부터 함몰에 대해 직접 예언을 받고, 중국의 주인공들은 영물을 구하여 동물의 말을 알아들을 수 있는 보석을 얻는 동시에 들은 이야기를 누설하지 말라는 금기를 부여 받는다. 하지만 여기서 양국의 이야기는 차이를 보이는데, 즉 중국의 경우 주인공들이 금기를 어길 시 받을 징벌을 미리 알고 있다는 것이다.

> ㉠ 이 보물을 얻어 입에다 물고 있으면 세상의 모든 동물의 말을 알아들을 수 있다. 근데 당신이 들은 말을 혼자만 알고 있어야 되고 남한테 누설하면 안 되니 누설할 경우에 머리부터 발끝까지 딱딱한 돌로 변할 것이오.[183]
>
> ㉡ 이 일은 아무한테도 말하면 안 되고, 그렇지 않으면 돌로 변해 버릴 것이오.[184]

---

[183] "您得著那塊寶石, 把它含在嘴裏, 就能聽懂世上各種動物的話. 但是, 您所聽到的話, 只能自己知道, 可不要向別人說, 如果向別人說了, 那末您就會從頭到腳, 變成僵硬的石頭而死去."〈獵人海力布〉, 『中華民族故事大系』1, 1995, 454쪽.

[184] "但是這件事妳不能告訴任何人, 不然, 妳就會變成石頭的."〈天上人間〉, 『中華民族故事大系』1, 1995, 521쪽.

ⓒ "당신은 나를 좇아 오시오." 그래, 그 중을 좇아서 그 "부두골"이라는
　　데를 따라 올라 가니까, "아, 뒤를 돌아다 보지 말고서 나를 따라 오시
　　오." 하드래.[185]

ⓓ "내 말만 듣고 당장 집에 돌아가서 얘길 업고 이 이 뒷산으로 도망허는
　　디, 별소리, 집터에서 별소리가 나도 돌아보지 말고 떠나시오."[186]

　인용문을 보면 중국 '금기 위반형 함몰 설화'의 주인공들은 금기와 어
길시 따르는 징벌을 동시에 부여 받았다. 그러나 장자의 며느리는 거의
'뒤돌아보지 말라'는 금기만 듣고 그 징벌에 대해서는 모르고 있다. 이
때문에 며느리는 후에 금기를 위반할 때 거의 호기심이나 두려움, 걱정으
로 인한 무의식 상태에서 뒤를 돌아보게 되는 반면, 중국의 주인공들은
징벌을 명확하게 알면서 자발적인 선택을 하여 금기를 어긴다. 그 다음으
로 금기 위반의 동기를 알아보도록 하겠다.

ⓐ 해력포가 생각해 보았다. 재난이 곧 일어나는데 혼자 피난가고 모두들
　　재앙을 당하게 내버려두면 되나? 내가 나를 희생하더라고 모두를 구출
　　하고 말거야. 그래서 그는 보석을 얻어 사양할 때 쓴 이야기, 오늘 새들
　　이 하는 말과 급히 도망가는 이야기, 들은 말을 누설하면 돌로 화한다는
　　이야기 등등을 모두 털어놨다.[187]

ⓑ 그리고 떠났어. 그리고 즉시 집에 와서 얘기를 업고 그 뒷산으로 그냥

185 〈부도의 유래〉, 『한국구비문학대계』 3-1, 한국정신문화연구원, 1980, 60쪽.
186 〈안동부락 장자못 전설〉, 『한국구비문학대계』 6-8, 한국정신문화연구원, 1986, 157쪽.
187 "海力布想: 災難立刻就要來到了. 如果我只顧自己避難, 讓大家受禍, 這能行嗎? 我
　　寧肯犧牲自己, 也要救出大家. 於是他把如何得到寶石, 如果利用打獵, 今天又如何
　　聽到一群飛鳥議論和忙著逃難的情形, 以及不能把聽來的事情告訴別人, 如果告訴
　　了, 立刻就會變成石頭而死等等, 說了出來."〈獵人海力布〉, 앞의 책, 455쪽.

올라가닌게 저그 집에서 벼락 벼락치는 소리가 나지요. (조사자: 벼럭치는…) 그래서 이렇게 돌아본께 쏘가 되야, 되야.[188]

ⓒ 그런께 이넘우 인자 저거 남편 생각, 시부모 생각, 자식 생각, 전부 생각나는데, 그래 인자 새미에서 딱 나오다가, 요거는 간단합니다. 아무래도 참 본정신이 나가거등. 그래 살 이래 돌아봤는 기라.[189]

이처럼, 중국 주인공들은 돌로 화할 것을 명백히 알면서도 금기를 어긴다. 이는 마을 전체를 구해 주고자 스스로의 목숨을 버리고 돌이 되는 아름다운 선택이다. 주인공은 개인을 위해서가 아니라 마을 공동체를 위해서 자발적으로 금기를 어긴다. 마을 사람 전체를 구조하려는 욕심, 자기의 희생을 아끼지 않은 마음, 이게 바로 그들이 금기를 어기는 동기로 작동하였을 것이다. 이는 아마도 고대부터 이미 존재했던 중국인들의 강렬한 이천하(利天下) 정신으로 설명될 수 있을 것이다. 죽어서 몸의 각 부분이 해, 달, 별, 산, 강, 초목으로 변한 창세신 반고(盤古)부터 시작하여 앞에서 제시한 은상(殷商)시대의 탕왕(湯王)이 자진해서 기우제의 제물이 된 것에서 이와 같은 이천하(利天下)의 사상을 엿볼 수 있다. 팔괘(八卦)를 그려 사람들한테 가르침을 주었으나 천제의 징벌로 죽음을 당한 복희, 십여 년에 걸친 힘겨운 치수사업 동안 세 번이나 자기 집 앞을 지나갔는데 한 번도 집에 들르지 않은 대우(大禹), 백성의 질병을 치료하기 위하여 하루에 70가지 독초(毒草)를 맛보다가 결국 단장초(斷腸草)를 먹고 목숨을 잃은 신농씨(神農氏) 등은 모두 중국 역사의 유명한 인물인데 이들의 공통적인 특징이 바로 자신보다 천하를 우선적으로 생각하는 '이천하'의 정신이다.

---

188 〈안동부락 장자못 전설〉, 『한국구비문학대계』 6-8, 한국정신문화연구원, 1986, 157쪽.
189 〈황지 장자못의 유래〉, 『한국구비문학대계』 8-11, 고려원, 1984, 633쪽.

한편 장자의 며느리는 가정에 대한 미련, 궁금증, 큰 소리에 놀라서 본능적으로 뒤돌아보게 되어 돌로 화한다. 그녀의 이런 행동은 인간의 미련함을 절실히 보여주고 있다. 특히 며느리는 한 가정의 안주인이다. 가정을 버린다는 것은 곧 남편과의 결별을 뜻하고, 이는 윤리와 사회적 측면에서 평가했을 때 도덕의 상실을 의미한다. 게다가 시아버지가 악행을 저질렀다고 하지만 시부모님을 남겨두고 혼자 떠나는 것은 불효이기 때문에 며느리는 뒤돌아보지 않을 수가 없다. 이는 그의 선심(善心)에서 우러난 본능적인 선택이기도 하지만 결국 그녀가 신의 세계로 편입하는데 장애 요인으로 작용하기도 하였다. 신의 세계로 편입하기 위해 그녀는 이처럼 초자연적인 세계와 세속적 세계 사이에서 갈등하다가 결국 마지막 관문을 통과하지 못하고 약한 의지 때문에 징벌 받는 비극을 맞는다.

이처럼 중국 '금기 위반형 함몰 설화'의 남주인공이나 〈장자못 전설〉의 며느리는 모두 금기를 어겨 이에 따른 징벌을 받았다. 금기는 신들이 인간에게 설정한 통과의례로 볼 수 있지만 그것은 언제나 잔인한 유혹이었다. 왜냐하면 금기마다 모두 양면성이 있는데, 하나는 '하지 말라'는 것이고, 다른 하나는 사람들 호기심에서 나온 '해보라'는 유혹이다. 금기를 위반하고 싶은 충동이 금기 위반에 대한 두려움을 능가할 때 금기는 파기된다. 며느리가 금기를 못 지킨 이유도 결국 인간적 본성 때문이다. 본능적으로, 무서워서, 미련이 남아서 등 지극히 인간적인 모습으로 인해 금기를 파기하게 된 것이다. 즉, 인간은 인간의 속성으로 인하여 비극을 맞게 된 것이다. 결국 〈장자못 전설〉에서의 금기 파기는 예상되는 결과였으며 이로 인해 전설의 비극성이 한층 더해졌다. 하지만 며느리는 뒤돌아봄으로써 심리적 감금 상태에서 탈출하게 되었다. 이것은 억압된 충동의 발산이며 또한 인간이 자유의지를 지닌 주체적 존재임을 밝히는 것이다.[190]

통과의례는 삶의 새 고비, 삶의 새 관문, 인생의 새 문턱에서 치르는 제의를 의미하는 것이다.[191] 이러한 의례적 기능에 금기가 있는 것인데, '징조 조작형 함몰 설화'의 주인공들은 모두 이 관문 앞에서 좌절하였다. 〈장자못 전설〉은 중국의 '금기 위반형 함몰 설화'보다 인간의 본능적인 부분, 인간의 자유 의지에 대해 강조한다. 며느리는 인간계에서 신의 세계로 편입되는 도중에 '뒤돌아보지 마라'는 금기를 파기하고 만다. 초자연적인 세계로 가는 도중이니 만큼 인간적인 속성을 버려두어야 하는 것이 초자연적 세계의 진리일 것이다. 그러나 인간으로 살아온 며느리는 인간적 본능을 버리지 못해 화석이 된다. 결국 며느리의 화석은 그가 인간의 본능적 속성을 이겨내지 못했음을 보여주며, 이를 통해 인간적 한계를 시사한다.

한편 중국 '금기 위반형 함몰 설화'의 주인공들은 마을 공동체를 위하여 과감하게 금기를 어겼는데, 이는 신을 향한 직접적인 항거이다. 그는 혼자서 신의 세계로 편입할 수 있는 기회를 포기하고 자발적으로 희생의 길을 선택한다. 홍수로부터 마을을 구하기 위해 스스로의 몸을 버린 영웅의 영혼은 살아 있다. 그 영혼은 돌이라는 또 다른 형태의 몸을 통해 그 성스러움을 내보인다. 장자(莊子)식으로 보자면 그 몸이 돌로 나타나든 물고기로 나타나든, 아니면 나무로 나타나든 중요한 것은 아니겠지만 변신 신화의 발생을 가능케 했던 세계관으로 바라볼 때 돌이라는 것은 또 다른 중요한 몸이다. 돌이 갖고 있는 상징성과 그것을 통해 드러나는 영웅들의 영혼에 관해 생각해 볼 때, 그것은 영혼의 전이가 돌을 통해 드러난다고 믿었던 고대인들 사유방식의 표현이라고 볼 수 있다. 그래서 공동체를 위해 신의 금기를 범한 뒤 돌로 변한 인간에게, 인간이라는 유기체에서

---

190 김선자, 「금기와 위반의 심리적 의미에 대한 고찰」, 『중국어문학논집』 11, 중국어문학연구회, 1992, 23쪽.
191 김열규, 『한국의 신화』, 일조각, 1981, 68쪽.

돌이라는 무기체로 변한 것에 대한 슬픔 같은 것은 보이지 않는다. 돌은
자랑스러운 희생의 상징이다. 그것은 개인보다 집단을 앞세웠던 중국 사
회의 사회문화적 맥락을 보여 주는 것으로서 거기에는 공동체적 심리가
들어 있다. "개인의 생명은 중요한 것은 아니다. 종족의 생명이 근본이
다." 오랫동안 중국인의 사고를 지배해 온 이러한 생각이 돌로 변하는
영웅들의 이야기를 탄생시켰다. 마을 사람들을 위하여 스스로의 자유로
운 의지에 의해 돌로 변하는 마을 영웅의 이야기는 사회구조와의 관련성
을 생각하게 한다. 신화에서 우리가 읽어낼 수 있는 것은 상징과 이미지이
지만 그것은 사회문화적 맥락에서 완전히 유리되어 있지 않다.[192]

　한국과 중국 '금기 위반형의 주인공'은 신이 제시한 금기를 어겨 모두
인간의 자유의지를 드러내지만, 막일근, 해력포 등 주인공은 마을 공동체
를 위해 자발적으로 선택한 것이고, 며느리는 가정에 대한 미련 때문에
본능적으로 반응한 것이다. 이로 인하여 중국의 '금기 위반형 함몰 설화'
는 한 사람의 영웅적 체험을 묘사하여 결말의 비장성이 넘치는 반면, 한국
의 '금기 위반형 함몰 설화'는 며느리의 미련함을 드러내 비극적인 색채
가 농후하다. 정리하면 다음과 같다.

〈표12〉 한·중 금기 위반형 함몰 설화의 화소와 의미

구분	금기	금기 제시자	징벌 제시 여부	금기 위반 동기	결과	공통점	차이점
한국: 장자못 전설	뒤돌아보지 마라	도승 (신격)	×	호기심 본능	장자 파멸 며느리 화석	인간 자유 의지를 보여줌	인간적 한계를 드러낸 비극성
중국: 엽인해력포	누설하지 마라	동물 (신격)	●	자발적 선택	동네 구조 해력포 화석		영웅적 모험의 비장성

192　김선자, 『변신이야기, 필멸의 인간은 불멸의 꿈을 꾼다』, 살림출판사, 2003, 56~57쪽.

3. 영물(靈物)복수형 함몰 설화

함몰 설화 유형을 비교해보면 '징조 조작형 함몰 설화'와 '금기 위반형 함몰 설화'는 한국과 중국에서 공통적으로 존재하는 유형이다. 그렇지만 '영물복수형 함몰 설화'는 중국의 독특한 유형이라 볼 수 있다. 동물의 보은이나 복수는 민간 설화에서 자주 나오는 화소들이다. 여기서는 신성을 모독당한 신령한 동물이 복수를 위해 홍수를 일으켜 마을을 함몰시킨다. 각편의 내용을 정리하면 다음 표와 같다.

〈표 13〉 중국 영물복수형 함몰 설화의 서사전개

No.	제목	영물	선행	악행	복수
1	담생 전설	뱀	뱀을 양육하기	뱀의 양육자를 잡아감	고을이 함몰되고 관리들은 물고기가 됨
2	무강 전설	뱀	뱀을 양육하기	뱀의 양육자를 잡아감	고을이 함몰되고 관리들은 물고기가 됨
3	공하 전설	뿔 달린 뱀	뱀을 양육하기	뱀의 양육자를 죽임	현이 함몰되고 할머니의 집만 남음
4	고우 전설	백사	백사 고기를 안 먹음	백사를 죽임	여러 집이 함몰되고 노씨네 집만 무사
5	홍업 전설	말	말고기를 안 먹음	말을 죽여 말고기를 나누어 먹음	마을이 함몰되고 생존한 모자가 돌이 됨
6	수계 전설	흰소	소고기를 안 먹음	소를 죽여 소고기를 나누어 먹음	마을이 함몰되고 할머니만 생존
7	만와수당의 전설	사슴	사슴 고기를 안 먹음	사슴을 죽여 고기를 나누어 먹음	수룡이 동네를 함몰시키고 과부집만 무사

영물복수형 함몰 설화에서는 사람들이 영물을 모독하는데 그 행위에는 영물을 잡아 죽여 고기를 나누어 먹는 것, 영물에 대한 경외심이 없이 그를 기른 주인을 해치는 것이 있다. 오직 한 사람만이 영물의 고기를

먹지 않거나 영물을 보호하고 존경해 준다. 결국 영물이 복수를 하기 위해 홍수를 일으켜 마을을 함몰하게 만들고, 다만 영물에게 경외심을 가진 자, 은혜를 베푼 자만 살아남는다. 이 유형의 구성은 단순하게 "선행 – 보답, 악행 – 징치"로 되어 있다.

〈고우 전설〉, 〈흥업 전설〉, 〈수계 전설〉, 〈만와수당의 전설〉 4편에서는 사람들이 백사, 말, 소, 사슴을 잡아 고기를 나누어 먹는다. 어느 한 사람, 혹은 한 집만 고기를 먹는 것을 거부하는데, 얼마 후 홍수가 발생하여 고기를 나누어 먹은 사람들은 모두 징벌을 당했으나 오직 먹지 않은 사람만 목숨을 보전할 수 있었다.

> ㉠ 갑자기 우렛소리가 크게 일고 큰 비가 억수같이 내려 홍수가 발생했다. 몇몇 집들은 모두 침몰되었으나 오직 노씨네 집만 아무 일 없는 듯 무사했다.[193]
>
> ㉡ 당나라 때 흰 소 한 마리가 이 마을에 왔는데 마을 사람들이 모두 이 소를 잡아먹었는데 한 노파만이 먹지 않았다. 하루 동안 큰 비가 내려 두 마을은 모두 침수되었다. 노파는 대나무 지팡이 삼아 비속으로 도망치는데 뒤를 돌아보니 땅이 계속해서 침몰하고 있었다. 그리하여 대나무를 땅에 꽂자 비로소 침몰이 멈추었다.[194]

인용문을 통해서 우리는 이 유형의 설화에 살생(殺生)을 하면 벌 받는다는 관념이 뚜렷이 드러난다는 것을 읽어낼 수 있다. 초기에 중국은 살생

---

193 "有鄰人暑假, 共殺一白蛇. 未久, 忽大震雷電雨, 發洪, 數家皆溺無遺, 唯盧在當中, 一家無恙." 唐·趙璘, 『因話錄』, 上海古籍出版社, 1979, 112쪽.

194 "唐時有一白牛入于本村, 村人共殺食之, 惟一老姬不食. 一日天降大雨, 二村俱陷. 老姬携一傘竹杖, 乘雨而走, 回望地陷不已, 遂以傘插地, 乃止." 謝啓昆監修, 『廣西通志』 13, 海文出版社(台北), 1966, 9154~9155쪽.

을 저지르면 벌 받는다는 관념이 없었다. 물질적인 풍요가 매우 부족한 시대에는 보통사람이 고기를 누릴 수 있는 기회가 적다. 이 때문에 그 당시 고기를 먹는다는 것은 신분의 상징이며 국가의 대사(大事)도 모두 '고기를 먹는 자들이 모여 의논을 했다(均由肉食者謀之)'. 그러나 고기를 먹으려면 살생이 불가피 했다. 이 외에도 고대에 살육(殺戮)을 행하는 일은 아주 많았다. 전쟁, 형벌, 옥살이, 정치 투쟁 등의 과정에서 모두 살육이 행해졌다. 그러나 억울한 죽임이나 잘못 죽임을 당한 경우가 아니라면 그로 인해 벌을 받는 일이 매우 드물었다.

불교가 중국에 유입된 후 불교의 각 종파별로 관념의 차이가 존재하긴 했으나 살생을 금지하는 것은 공통된 기본 계율이었다. 살생은 한때 십악(十惡)에 포함되었으며 인간의 행위를 상당 부분 제약했다. 심지어 민간에서 살생의 죄는 전통 관념 중 대죄에 속하는 '불충불효'의 수준을 뛰어넘었다.[195] 동진(東晉) 치초(郗超)의 『봉법요(奉法要)』에서는 대표적인 '십선십악설(十善十惡說)'을 제기했다. 즉 선을 행하는 자는 살인, 도둑질, 음란한 짓을 행하지 않고 질투, 분노, 어리석음을 하지 않으며 거짓말, 꾸미는 말, 이간질, 악한 말을 내뱉지 아니한다는 뜻이다(十善者, 身不犯殺, 盜, 淫, 意不嫉, 恚, 癡, 口不妄言, 綺語, 兩舌, 惡口).[196] 처음엔 주로 사람에 대해서 살생을 금했으나 시간이 흐름에 따라 동물을 살생하지 않고 식물을 훼손시키지 않는다는 의미로 확장되었다. 불살생계(不殺生戒)란 생명을 지닌 대상을 임의로 죽이지 않고 본래의 수명을 누릴 수 있게 하는 것으로 해석된다.

『법구경(法句經)』에는 '불살위인, 신언수심, 시처불사, 소적무환(不殺爲

---

195 朱文廣, 「夷堅志報應故事所見南宋民衆觀念與基層社會」, 陝西師範大學 碩士學位論文, 2006, 10쪽.

196 石峻 외, 『中國佛敎思想資料選編』 1, 中華書局, 1981, 17~18쪽.

仁, 慎言守心, 是處不死, 所適無患)'이라는 구절이 있다. 즉 살생하지 않는 자는 인자요 말을 신중히 하고 마음을 지키면 영원히 죽음을 조우하지 않을 것이며 어딜 가나 우환이 없다는 뜻이다.[197] 특히 중국에서 영향력이 큰 불교 종파인 '대승불교'는 신도가 고기 먹는 것을 허락하지 않아 살생하면 벌을 받는다는 관념을 크게 강화시켰다. 불교에선 악을 행하면 벌을 받게 되는 원인을 '업보(業報)'로 귀결시킨다. 만약 악을 행하면 삼악도(三惡道)인 지옥, 악귀, 가축의 목숨의 굴레에서 벗어날 수 없다. 민간의 응보관(應報觀)은 불교의 '삼세의 윤회(三世輪回)' 관념의 영향을 받았다. 보응의 선악 기준이라는 방면에서 민간신앙은 전통 응보관, 불교의 인과 응보관과 융합하였고 세간의 함몰 재난과 수재를 모두 살생에 의한 인과응보라는 방향으로 해석하게 하였다.

한편, 복수를 행한 영물 중에 뱀과 용이 많이 등장한다. 뱀과 용이 영험한 동물로 등장해서 홍수를 일으켜 동네 전체를 함몰시키는데 이는 중국의 수신 신앙, 즉 용 신앙과 관계를 맺고 있다.

　㉠ 한 고을의 어떤 이가 길을 걸어가다가 작은 뱀 한 마리를 발견하고 이 뱀에게서 영기를 느꼈다. 그리하여 집으로 데리고 가서 기르니 (중략) 담생은 주인을 업고 달아나는데 고을은 함몰되어 호수가 되었고 현령과 관리들은 물고기가 되었다.[198]

　㉡ 할머니가 매번 밥을 먹을 때마다 뿔 달린 작은 뱀이 침대 사이에서 보고 있었으니 (중략) 뱀이 꾸짖으며 말하기를, 왜 나의 어머니를 죽였느냐면서 어머니를 위해 복수하겠다고 했다. 그 후 매일 밤 우레와 바람

197　蔡志忠, 『法句經·慈仁品』, 三聯書店, 1998.
198　"邑人有行于途者, 見一小蛇, 疑其有靈, 持而養之 (中略) 擔生負而奔, 邑淪為湖." 王國維, 『水經注校』, 上海人民出版社, 1984, 368쪽.

소리가 들리는데 (중략) 밤사이에 이 현 주변 40리는 돌연 함몰되어 호수가 되었고 선비들은 이것을 "함호"라 칭했다.[199]

예문처럼 영험한 동물인 뱀을 해친 것 때문에 마을 전체에 함몰의 재난이 일어난다. 용과 뱀은 중국에서 일찍부터 수신 신앙의 대상인데 용은 뱀과 긴밀한 관계를 맺어왔다. 특히 두 번째 인용문의 '뿔 달린 작은 뱀'이란 부분을 보면 용의 이미지와 다름이 없다. 용 신앙은 세계에서 가장 보편적인 신앙 형태로, 지역과 시대를 넘어 농경사회에는 골고루 분포되어 있는 신앙이기도 하다. 용의 이미지는 기본적으로 여러 가지 동물 이미지 종합해서 형성되었는데 뱀은 용의 기원설 중에서 가장 보편적인 지지를 받고 있다. 대체로 용의 기본적인 형태가 모두 뱀과 비슷하고 꼬불꼬불한 몸 상태, 헤엄을 잘 치는 습성이 모두 뱀에서 온 것이므로 뱀과의 관련이 가장 깊다 할 수 있다.

고복승(高福升)은 중국 용(龍)신앙의 형성과정을 세 단계로 정리해 보았다. 중국 용신앙의 형성과정 첫 번째 단계는 시기상 원시사회에 해당한다. 이 시기는 사람들의 공포와 경외심으로 사(蛇)신앙이 형성되고 성행하게 되었다. 그때에 사신앙이 크게 성행했다는 것은 사람의 얼굴에 뱀의 몸을 가진 형상으로 『산해경(山海經)』에 기록된, 적지 않은 수의 신들을 통해서 확인할 수 있다. 그 중 중국의 최고신인 여와와 복희 또한 이런 형상을 띤다. 특히 여와와 복희는 서로 다른 지역의 사람들이 섬긴 신이었다. 그럼에도 불구하고 그들의 형상은 사람의 얼굴에 뱀의 몸으로, 심지어 부부의 관계로 상상해 교합한 뱀 두 마리로 그려졌다. 이는 사신앙이

---

199 "每食輒有小蛇頭上戴角在床間 (中略) 蛇感人以靈言, 噴令: '殺我母, 當為母報仇.' 此後每夜輒聞若雷若風 (中略) 方四十裏與城一時俱陷為湖. 士人謂之"陷河". 南朝·宋 范曄, 唐李賢注 『后漢書』 10, 中華書局, 1965, 2852쪽.

중국 원시사회에 크게 성행하였음을 분명히 알려주는 것이다. 두 번째 단계는 농업사회이다. 초기 농업사회에 살았던 사람들은 부족을 단위로 활동했다. 이때의 뱀은 단순히 신앙의 대상을 넘어서 치우부족(蚩尤部族)의 토템동물이 되었다. 세 번째 단계는 중화민족이 형성된 시기이다. 중원(中原)을 통일한 황제부족(黃帝部族)은 치우부족과 끊임없이 전쟁을 벌였다. 그 결과 전쟁과 함께 양 부족 간의 문화 교류가 시작되었다. 이로써 황제부족을 중심으로 형성된 중화민족(여기서는 한족을 가리키는 뜻으로 쓰인다)은 뱀을 토템동물로 섬기게 되었다. 훗날 하나라 건국 후, 통치자들은 왕권의 신성성을 강조하기 위해서 뱀의 신체와 소(牛)의 뿔로 현실에 존재하지 않는 동물인 용을 만들었다. 시간이 갈수록 용이 왕권의 상징으로 굳어지면서 중화민족의 상징으로 확대되었다.[200]

　중국과 한국은 원시사회에서 공통적으로 뱀을 신앙의 대상으로 삼았다. 사(蛇)신앙은 양국의 원시사회 때부터 크게 성행했다. 그러나 농업사회로 넘어온 뒤, 사신앙이 용신앙으로 전환하는 과정에서는 차이를 보인다. 사신앙을 용신앙으로 전환시킨 요소의 존재 여부가 문제인 것이다. 중국의 경우에 뱀은 신앙의 대상일 뿐만 아니라 중화민족의 토템동물로까지 인식되었다. 뱀이 당시 사람들의 의식 속에서 가장 높은 자리를 차지하게 된 것이다. 그렇기 때문에 한나라의 통치 계층은 왕권을 신성화하기 위해 일반 백성과 구별될 수 있는 동물을 설정함에 있어서 뱀을 빼놓을 수 없었고, 한편으로는 뱀을 참고해야만 했던 것이다. 따라서 뱀이 용 못지않게 '수신의 위상'을 지니고 있다. 그래서 영물복수형 함몰 설화에서 영험한 동물로 등장하는 뱀은 늘 수재를 일으켜 복수를 행하곤 한다.

---

200   高福升, 「韓·中 龍傳乘의 政治·宗教的 比較研究」, 경희대학교 박사학위논문, 2014, 116~118쪽.

한편, 한국 설화에 투영된 뱀의 상징은 고통, 저주, 원망을 나타내는 부정의 의미와 인간 생활의 부(富)와 풍요, 안전을 가져오는 긍정의 의미로서 두 가지의 상반되는 속성을 가진다. 뱀이 긍정의 의미로 상징될 때에는 생명탄생, 불사(不死)를 기원하는 대상이고 국가와 마을의 수호신의 근원인 동시에 행운과 다산을 가져오는 영물로 표현된다.[201] 한국에서도 뱀이 복수하는 설화가 있는데, 홍수와 직결된 경우는 드물다. 뱀의 복수를 다루는 설화로 대표적인 것으로 〈허미수 형제와 뱀의 혼령〉[202], 〈뱀의 정기를 받고 태어난 허적〉[203] 등이 있는데, 이들 이야기에서는 뱀의 횡포를 인간이 퇴치하고, 이에 대한 뱀의 보복이 시도된다. 죽인 뱀이 가해자의 집에 태어나 그 사람의 대를 이어갈 아들이기에 차마 죽이지 못하고 마는 인륜에 의한 좌절이 드러난다. 결국 이 아들 때문에 가운이 쇠퇴하여 패가망신을 하고 만다. 이를 통해서 볼 때, 한국에서 뱀의 복수를 다룬 설화에서 뱀의 복수는 업(業)신앙과 직결된다는 특징을 읽어낼 수 있다. 즉, '뱀이 있으면 흥하고, 뱀을 쫓아내면 가운이 쇠한다'는 것이다. 종합해서 볼 때 중국 영물복수형 함몰 설화에서 등장한 뱀은 수신의 성격이 강하고, 중국 용 신앙의 형성 과정을 통해 뱀과 용이 긴밀하게 관계를 맺음을 알 수 있다. 그리고 한국에서 뱀 복수에 관한 설화를 보면 주로 '업신앙'과 직결되는데, 뱀을 해치고 퇴치한 사람은 결국 패가망신을 당하고 만다.

또 다른 측면에서 볼 때, 영물복수형 함몰 설화에서 영물의 고기를 나누어 먹는 것은 중국 민중 사상의 현세성과 공리성의 특징을 엿볼 수 있게

---

201 손근조, 「뱀 변신설화 연구」, 인제대학교 석사학위논문, 2003, 8~9쪽.

202 〈허미수의 뱀퇴치와 허적의 출생담〉, 『한국구비문학대계』 7-2, 고려원, 1984, 52~57쪽.

203 〈뱀의 정기를 받고 태어난 허적〉, 『한국구비문학대계』 3-4, 한국정신문화연구원, 1984, 307~309쪽.

한다. 일반 백성들의 주된 관심은 현세적 행복으로, 허무맹랑한 내세와 정신적 열반(涅槃)의 경지를 위해 현실에서의 삶의 행복을 버리는 것과 거리가 멀다. 영물인 뱀이나 말, 용고기를 먹는 것도 사람들의 음식에 대한 욕망을 충족시키기 위한 것이었다. 일반 백성들이 미식을 묘사하는 말로 전해지는 "하늘의 용 고기, 땅의 당나귀 고기(天上龍肉, 地上驢肉)"라는 속어에서도 용 고기의 미식에 대해 사람들이 느끼던 유혹이 얼마나 큰가를 알 수 있다. 그래서 비록 신령한 동물을 죽여 고기를 나누어 먹으면 보복을 당한다는 것을 알더라도 그 대가를 아깝게 여기지 않았던 것이다.

4. 한·중 함몰 설화의 특징과 의미

1) 홍수의 범위와 홍수를 주관하는 '신'

한국과 중국의 함몰 설화는 모두 국지적인 함몰을 다루지만 그 구체적인 범위는 다르다. 함몰 설화에서는 신이 나타나 의인을 선별한 다음 악한 공간을 물로 정화시키곤 하였다. '징조 조작형 함몰 설화'를 보면 신이 징치를 행하는 대상은 모두 마을이란 공간이었다. 대체로 마을이 원래 악한 공간으로 나오거나 마을 사람이 신의 예언을 무시하고 신성을 모독하는 것에서 파멸의 이유를 찾을 수 있다. 중국의 영물복수형도 마찬가지로 마을을 악한 공간으로 설정했고 영물이 홍수를 일으켜 마을을 함몰시킨다.

하지만 한국의 '금기 위반형 함몰 설화'에서는 함몰의 범위가 더 축소되어 장자의 집을 악한 공간으로 설정하여 서사를 전개한다.

㉠ 그 장자늪 자리에 아주 거부(巨富)가 살았대. 무지무지한 거부가 살았

었는데 어특케 구두센지 인제, 메누리가 하나 있었어요, 그 집이, 메누리가 하나 있구 인저 아들두 죽었단 말야. 근데 중이 인제 시주 하러 갔더니 이 사랑에서 이제 중이 목탁 뚜둘기는 소리를 듣구 보구서 내다 보구설랑 그 종을 불러가구 말이지. "응, 우리는 뭐 줄게 읍고 한 삽 퍼다 줘라." 거 뭘 퍼다 주느냐 허믄 쇠똥을 좀 한 삽을 퍼다 바랑에다 느췄어요.[204]

ⓛ 또 그와 같이, "마루 밑에 있는 것 옹기장군 속에서 쳐진 나락 한 주먹만 내 가라."고, 그랬다고 뭐라고 헌게 또 대퇴를 매라 뭐, 데퇴를 매라. 또 그 야단을 내거든요. (조사자: 대퇴를 매라. 대퇴를 매라?) 태퇴, 뭐 져 태퇴란 것 타작해다 콩을 담아가지고 머리에 딱 둘려가지고 물을 주면 은 콩이 막 불어 자치면 그 것 전딜거예요? 그러고 또 뭐 대퇴라면 옛날에 거대로 종금(?)허고 그랬잖아요. 그 식으로 대퇴를 맨다는 것을 옛날에는 벌을 줄라면 그런 식도 있었다고 그럽디다. 그런 식으로 허거든요. 그제는, "아미타불." 허고는 그냥 떠나버리거든요. [205]

인용문을 통해서 알 수 있듯이, 장자는 인색하고 탐욕스럽고 물질에 집착하는 욕심 많은 존재로 등장한다. 그는 도승의 시주를 거부하고 도승을 학대하는 등 악한 모습을 보인다. 여기서 등장한 중은 절대선의 경지에 있는 신의 대리자이다. 신은 무조건, 무차별적으로 사람들을 징치하지 않는다. 그래서 장자에게 구원받을 수 있는 기회를 주는 구원자 역할도 담당한다. 하지만 장자는 중을 학대하여 내쫓으므로 살 기회를 놓치고 말았다. 악한 장자를 대표로 한 그의 집도 마찬가지로 악한 공간이다. 이는 물질에 집착한 장자가 확립한 질서이므로 도승의 방문은 곧 악한 공간의 소멸과

204 〈장자늪〉, 『한국구비문학대계』 1-4, 한국정신문화연구원, 1981, 267쪽.
205 〈안동부락 장자못 전설〉, 『한국구비문학대계』 6-8, 한국정신문화연구원, 1986, 157쪽.

새로운 질서의 출현을 나타낸다. 즉, 도승이 장자를 징치하는 것은 "악행 →징치"라는 단순 징치로 볼 수 있다.

　장자와 다르게 그의 며느리는 선행을 베푼 자로 등장한다. 즉, 장자와 며느리는 한 집안에 사는 이질적인 존재라 할 수 있다. 장자와 며느리는 여러 가지 면에서 대립을 보이는데, 우선 장자와 며느리는 '선'과 '악'의 대립을 보여준다. 이것은 달리 말해 '구원받을 대상'과 '징벌 받는 대상'으로 분류하여 생각할 수 있다. 그리고 가정 안에서 역할에 따라 '명령을 내리는 자'와 '명령에 순종하는 자' 혹은 '적극성'과 '소극성'의 대비까지 나타난다.[206] 이와 같은 며느리는 시아버지의 악행을 지켜보다 도승을 쫓아가서 시주하고 시아버지의 악행에 대한 용서를 빌었다. 결국 선한 며느리는 도승의 선택을 받고 따라 나오라는 지시를 받았지만 악한 장자는 징벌 받는다. 즉, 장자의 이러한 악행들이 인과론적 결말에 대응되어 장자가 죽음을 맞이하고 집터가 못으로 변하는 결과를 야기하고 있다. 하지만 이야기가 여기서 끝나면 신의 단순한 징치라는 의미에서 그쳤을 것이다. 중이 며느리의 선행을 보고 그녀에게 살아날 기회를 주는 동시에 금기를 부여한다. 며느리와 중의 관계가 시작 부분의 화합에서 대립으로 이동한 것인데 엄격하게 말하면 이는 성과 속의 대립이다. 며느리는 가족에 대한 미련이 남아 혹은 벼락 소리에 놀라 뒤를 돌아봄으로써 결국 돌로 화하고 말았다. 한편 며느리의 금기 위반은 인간이기에 일어날 수밖에 없는 숙명적인 것이다.

　며느리가 결국 금기를 어겨 돌로 화하고 말았다. 하지만 각편에 따라 며느리가 아이를 데리고 나와 살아남는다거나 신랑과 살아남았다는 각편도[207] 있다. 이들 각편은 며느리 생존형이라 부를 수 있다. 비록 며느리가

206　송미영, 「〈장자못 전설〉 연구」, 한국교원대학교 석사학위논문, 2001, 72~73쪽.

168 한·중 민간서사의 전개 구조와 전승 의식

살아남아 집안을 어떻게 다시 이어간다는 부연설명은 없지만, 한 집안에
서 악한 장자가 죽고, 착한 며느리가 살아남은 것 자체만으로도 질서의
재편을 상징한 것이 아닌가? 그리고 며느리가 돌로 화한 것은 재생의 의
미를 내포한다. 원래 생존자가 여성이라는 점과 돌로 변했다는 모티프
자체는 비극적 색채를 띠지만, 다산성과 생명에 대한 암시는 새로운 창조
와 재생의 가능성을 열어준다. 결국 며느리의 화석 모티프는 생명과 영겁
의 자류로서 의연할 수 있는 바위로의 환생을 통해 재생을 의도하고 있으
며 죽음을 초월하는 인간생명의 자유의지를 엿볼 수 있다. 죽은 며느리는
돌의 형상으로 남지만 신성시되고 신앙화 되는 차원으로 승화되면서 영
원한 생명을 얻게 된다.[208]

결국 장자의 악행 때문에 그의 집터가 함몰하면서 그가 지은 죄는 물로
씻기었고, 그 곳은 깨끗한 공간으로 재탄생하였다. 그러나 물로의 심판은
장자에 대한 징벌이기도 하지만 장자가 살던 악의 공간에 대한 정화와
소거라고도 할 수 있다. 이것은 그의 집을 재편하기 위한 정화의식이기도
한다. 여기서 비록 정화의 공간이 한 집으로 축소되었지만 정화의 의미는
똑같다. 이른바 새로운 질서의 출현을 위해 혼돈으로 되돌아가는 것이다.
결국 장자의 집안에서 파멸과 재편이 동시에 일어나는 것과 다름이 없다.

한편, 함몰 설화에 등장한 신에 대해 살펴보도록 하자. 함몰 설화에 신
은 대부분 자기 모습을 감추어 과객이나 노옹, 도승 등의 모습으로 나타나
곤 하였다. 그리고 그들이 속해 있는 신성 공간에 대한 묘사도 찾을 수가

207　며느리가 살아남았다고 명확하게 밝힌 각편 리스트가 다음과 같다. ①〈아침못 전설〉,
　　『한국구비문학대계』 2-2, 1981, 353~355쪽, ②〈삭실늪이 생긴 유래〉, 『한국구비문학
　　대계』 8-11, 1984, 168~170쪽, ③〈의림지 장자못 전설〉, 『한국구비문학대계』 2-8,
　　1986, 555~556쪽, ④〈장자못 전설〉, 『한국구비문학대계』 6-8, 1986, 52~53쪽, ⑤
　　〈부안읍 장자못 전설〉, 『한국구비문학대계』 5-3, 1983, 141쪽.
208　박계옥, 앞의 논문, 90쪽.

없다. 즉, 신이 모습을 감춰 인간 세상에 내려와 일방적으로 사람들을 테스트를 한 후 징벌을 가하는 것이다. 함몰 설화의 모든 설화는 인간계에서 전개되며 신이 모습을 드러나긴 하지만 일정한 신은 없다. 중국 같은 경우에, 관음보살로 나오고, 지역신인 태산노모로 나오고, 그냥 이름 없는 신선으로 나오기도 한다. 한국의 〈돌부처 눈 붉어지면 침몰하는 마을〉담에서 과객, 도승, 풍수 등이 모두 신격의 대리자였다. 중국 소수민족 홍수 설화를 보면 보통 일정한 신이 등장하기도 하고 그 신이 속해 있는 공간, 즉 신성공간도 그려진다. 하지만 한국과 중국의 함몰 설화에서는 일정한 신격이 없고, 인간 세상과 대비되는 신성계도 언급되지 않는다.

2) 갈등양상과 그 의미

한·중 함몰 설화를 보면 한국에서는 '금기 위반형'인 〈장자못 전설〉이 전국적으로 널리 전파되어 있고, 많은 각편을 창출하였다. 그에 반해 '징조 조작형'인 〈돌부처 눈 붉어지면 침몰하는 마을〉은 많은 각편을 창출해 내지 못하고 일부 지역에 한정적으로 전승되어 왔다. 이와 반대로 중국에서는 〈엽인 해력포〉를 대표로 한 '금기 위반형 함몰 설화', 〈공하 전설〉를 대표로 한 영물복수형 함몰 설화가 일부 지역에 국한되어 몇 편의 이야기만 전파되었을 뿐이다. 중국의 '징조 조작형 함몰 설화'가 그나마 일부 지역에서 활발한 전승양상을 보였는데, 특히 중원 지역의 남매혼 이야기와 결합하여 인류재창조형 설화로 부상한 다음 많은 각편을 창출해 냈다. 여기서는 각 유형 안에서 나온 갈등양상을 살펴 이 유형의 통합적인 의미를 규명하고자 한다.

양국 '징조 조작형 함몰 설화'에서 신의 대리자인 서생이나 과객이 마을 사람들을 테스트하기 위해 마을로 들어왔는데 한 노파만 그를 후대한다. 이로 인해 그는 착한 노파한테 성문이나 돌 거북에 피가 나면 빨리 도망가라고 알려주었다. 노파는 이로 인해 매일 성문이나 돌 거북을 살피러 가는데 이를 이상하게 여긴 마을 사람이 그 이유를 물어보고 서생의 예언을 믿기는커녕 오히려 노파를 놀려주려고 작정한다. 즉 마을 사람들은 간접적으로 신의 계시를 받았지만 이를 외면한다. 마을 사람 중 누군가가 성문이나 돌 거북에 피를 발랐고 함몰 재난을 불러일으켰다. 결국 서생의 예언을 믿은 노파만 살아남고, 나머지 마을 사람들은 재난에서 목숨을 잃고 말았다. 바꿔 말하자면 신을 믿은 자는 살아남고, 신을 의심한 자는 죽게 된 것이다. 만약에 노파도 이 신의 메시지를 믿지 않았다면 마을 사람들과 똑같이 죽을 수도 있었다는 것이다. 여기서 정리해 보면, 서생이나 과객이 마을로 들어와 두 차례를 걸쳐 마을 사람들을 테스트 한다. 첫 번째는 누가 신성을 알아볼 수 있냐는 것이고, 두 번째는 신성에 대한 경외심을 가지고 있냐는 것이다. 여기서 신성을 못 알아보고, 신성에 대해 경외심을 가지지 못한 마을 사람들이 신과 대립 관계를 형성한다.

중국 '금기 위반형 함몰 설화'도 마찬가지로 신성이 영물을 통해 나타나 그를 믿는 자, 의인을 먼저 골라내고, 보물을 주는 동시에 금기를 하나 더 부가시켜서 인간과 신의 대립을 화합에서 대립으로 몰고 간다. 즉, 누설하지 말라는 금기를 부여하여 이 의인이 금기를 지킬 시 구원을 받을 수 있지만, 이를 위반할 경우에 신은 그를 똑같이 징벌한다. 결국 신과 대립관계에 선 주인공이 금기를 어겨 돌이나 다른 이물로 화하게 된다. 하지만 주인공의 소원대로 마을 사람들이 구출된다. 이에 따라 신이 제시한 금기를 위반한 주인공이 마을을 구원한 영웅으로 부상된다.

한편 한국 '금기 위반형 함몰 설화'인 〈장자못 전설〉에서 장자는 신성을 못 알아보고 신격인 도승과 대립 관계를 이루며, 그의 며느리는 신성을 알아본 덕분에 잠시나마 신과 화합하는 관계에 놓인다. 하지만 며느리

역시 신이 부여한 '돌아보지 말라'는 금기를 지키지 못하였다. 결국 그녀도 신과 대립 관계를 이루면서 신의 징벌을 받아 돌로 화하게 된다. 여기서는 신의 징치를 통해서 신의 위력(威力)을 과시하는 데 성공한다. 하지만 다른 각도에서 보면 며느리는 자신의 의지에 따라 뒤를 돌아봄으로써 인간이 자유의지를 지닌 주체적 존재임을 밝혔다. 즉, 한·중 '금기 위반형 함몰 설화'에서는 한편으로는 신의 힘을 과시하고, 다른 한편으로는 인간이 신을 능가하는 주체임을 밝히는 의미를 내포하고 있다.

그리고 중국의 영물복수형 함몰 설화는 구조가 비교적 단순한데 영물이 신의 대리자로써 사람들을 테스트한다. 영물과 대립 관계를 형성한 자들, 즉 그를 모독한 자는(예를 들어 영물의 고기를 나누어 먹거나 영물한테 하는 가혹 행위를 한 자) 모두 물로 징치 당하고 그한테 은혜를 베푼 자는 보상을 받는다. 이는 영물인 뱀과 용에 대한 경외심에서 우러난 공포를 나타낸다.

종합해서 볼 때, 한·중 함몰 설화의 심층 구조는 모두 신, 혹은 신격이 사람을 테스트하는 과정을 서술하는데, 일차, 이차의 테스트를 통과한 사람이 재난을 피할 수 있지만, 통과를 못한 자는 파멸의 운명을 피할 수 없다. '징조 조작형 홍수 설화'에서 신이 사람을 테스트하기 위해 유용하게 쓰는 도구가 "예언"과 "징조"라면, '금기 위반형 홍수 설화'에서 신이 사람을 테스트하기 위해 유용하게 쓰는 도구는 "예언"과 "금기"이다. 결국 중의 예언과 징조를 믿는 할머니, 과객의 예언과 징조를 믿는 할머니 모두 신의 구원을 받아 유일한 생존자가 된다. 그러나 신이 제시한 금기를 위반한 장자의 며느리, 해력포는 모두 징벌을 받아 돌로 변하고 말았다. 바꿔 말하면 신과 대립관계를 보인 자들은 모두 파멸에 이르렀고 신을 굳게 믿고 끝까지 신과 화합한 관계를 이룬 자들은 모두 보상을 받았다. 하지만 장자며느리와 해력포는 인간이 자유의지를 지닌 주체임을 과시하는 데

성공한다. 특히 해력포는 신과 대립 관계를 이루면서 비록 돌로 화하였지
만 대대로 추앙받는 영웅이 되었다.

위와 같은 분석을 통해 우리는 함몰 설화의 내포된 의미는 모두 "신이
행하는 인간에 대한 끝없는 테스트, 신성 모독한 사람을 향한 징치"에서
찾을 수 있음을 알 수 있다. 신은 일차 테스트로 선한 자와 악한 자를
갈라내고, 더 정확하게 말하면 신자와 불신자를 구분하고, 그 다음에 신
이 한 예언, 신이 제시한 금기를 통해 최종 테스트를 한다. 이를 통과한
자는 마지막까지 생존할 수 있고, 이를 통과하지 못한 자는 탈락한다.

아래와 같이 도표로 정리할 수 있다.

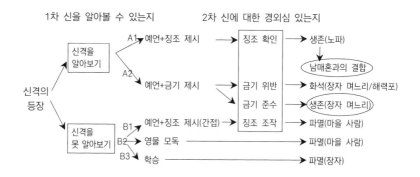

한국의 〈장자못 전설〉에서는 신의 위력을 과시하는 것에 중점을 둔다.
특히 이 유형에서 한 가정 구성원을 상대로 이중 징치를 행함으로써 신의
권위를 더없이 보여준다. 〈장자못 전설〉을 보면 며느리가 일차 테스트를
통과한 후에도 금기를 위반했다는 이유로 결국 신의 징치를 받는다. 이를
통해 신의 권위는 누구도 무시할 수 없는 것임을 과시한다. 하지만 신이
제시한 금기를 위반한 며느리의 용기는 포상할 만하다. 이는 사람의 자유
의지로 신의 권위에 맞서는 용감한 행위이다. 이와 같은 며느리의 용기에
감탄하고, 신이 행하는 징치가 부당함에 반기를 들어 〈장자못 전설〉은

전승 과정에서 많은 변이를 보인다. 대표적인 것으로 금기 모티프에 관한
것인데 금기가 탈락되거나, 금기가 그대로 제시되어도 며느리가 화석 대
신에 생존으로 끝을 맺는 경우가 대부분이다. 이들 변이형의 공통점이
바로 이중 징치에서 단일 징치로 바뀐 것이다. 이때 장자를 최대한 악한
모습으로 묘사하고, 중이 직접 악한 장자를 징치한다. 중은 선(善)의 대변
자로서 악을 심판하는 것이다. 중과 장자의 대립은 선과 악의 대립이자
성과 속의 대립이다. 설화 향유층들은 중의 힘, 즉 신성한 힘을 빌려 인색
하고 탐욕스러운 장자를 징치하는 방식으로 자신들의 불만을 해소하고
있다. 장자는 부자, 가진 자로서 당시 설화 향유층들에게는 자신들을 억
압하는 지배 계층으로 생각될 수 있다. 장자의 패망은 곧 향유층의 승리이
며 불만의 방출구로 볼 수 있다.

　중국의 '징조 조작형'은 한국과 비슷하게 신이 마을을 상대로 징치하는
것을 다룬다. 그러나 '징조 조작형 함몰 설화'가 전승과정에서 변이를 거
쳐 남매혼과 결합한 다음 인류재창조형 홍수 설화로 부상된다. 변이된
함몰 설화는 신의 징치에 중점을 두지 않고, 이미 발생한 홍수에 대처해
나가는 것에 중점을 둔다. 그래서 권선징악의 색채도 크게 약화된다. 즉,
변이된 중국 함몰 설화의 특징은 신이 행하는 징치보다 홍수에서 사람을
구조해 내는 것, 홍수 유민(遺民)이 인류재창조에 참여한다는 것에 중점
을 두고 있다는 것이다. 이는 중원 지역 남매혼 모티프와의 결합한 복합형
함몰 설화에서 그 특징을 추출할 수 있다.

　여기서 우리는 '금기', '예언', '징조'를 중심으로 한·중 함몰 설화 중
인간과 신의 대립을 살펴보고 더 나아가 한·중 함몰 설화의 심층적 구조
를 살펴보았다. 신은 끊임없이 인간들을 테스트하는데, '금기'나 '예언',
'징조' 모두 신이 사람들을 테스트하는 도구로 적용되었다. 한·중 '징조
조작형 함몰 설화'에서 노파가 1차적으로 신을 알아보고, 2차적으로 신성

에 대한 경외심을 보임으로써 결국 신과 화합 관계를 이루어 구원을 받았다. 1차 테스트에서 떨어진 마을 사람들은 간접적으로 징조를 들었으나 신격도 알아보지 못하고, 신에 대한 경외심도 가지지 않았다. 결국 징조 조작함으로써 신과 대립관계를 이루어 징치를 받았다.

　한국의 '금기 위반형 함몰 설화' 〈장자못 전설〉에서 장자 며느리는 1차 테스트에서 통과하고, 2차 테스트에서 떨어져 신과 대립 관계를 이루어 결국 징치를 받았다. 신은 악한 장자에게 징치를 가한 다음 금기를 위반한 며느리에게도 징치를 행한다. 즉 이중 징치를 통해 신의 권위를 뚜렷하게 보여준다. 중국의 '금기 위반형 함몰 설화'를 보면 주인공도 장자 며느리처럼 1차 테스트를 통과하지만 금기를 위반했다는 이유로 징치를 받았다. 하지만 장자며느리와 해력포는 인간이 자유의지를 지닌 주체임을 천명하는 데 성공한다. 특히 해력포는 신과 대립 관계를 이루면서 비록 돌로 화하였지만 대대로 추앙받는 영웅이 되었다. 종합해서 볼 때 한·중 '금기 위반형 함몰 설화'는 한편으로는 신의 힘을 과시하고, 다른 한편으로는 인간이 신을 능가하는 주체임을 밝히는 의미를 내포하고 있다.

한·중 인류재창조형 홍수 설화의 화소와 의미

　대홍수가 일어나고 세계가 멸망될 위기에 처한다. 소수의 생존자들만 남는데 생존자를 보면 대략 남매 둘이나 인간 남자 한명, 혹은 두 명이다. 이때 어떻게 인류를 재창조해 나갈 수 있는지가 가장 중요한 과제로 부상한다. 남매 둘이 살아남아 천의시험을 거쳐 남매혼 방식으로 인류를 재창조하는 방식이 있는가 하면 인간인 남자가 한 명만 살아남아 천신의 딸, 즉 천녀와 결연해서 인류의 계보를 다시 이어가는 경우도 있다. 예를 들어, 이족(彝族)의 〈홍수조천의 고사(洪水潮天的故事)〉, 『러어터이(勒俄特衣)』에서 나온 〈홍수범람(洪水氾濫)〉, 나시족(納西族)의 〈인류천사기(人類遷徙記)〉, 〈좌치로일저(鉈治路一苴)〉, 야오족(瑤族)의 〈개천벽지의 전설(開天闢地的傳說)〉 등이 대표적이다. 그런데 한국에서는 남매혼 자료를 쉽게 접할 수 있는 반면, 천녀혼 자료가 매우 드물다. 대신 한국에는 〈나무도령과 홍수〉담이 널리 전승되고 있고, IV-2에서 자세히 분석하겠지만 중국 남쪽 소수민족의 천녀혼 홍수 설화와 〈나무도령과 홍수〉담의 구조를 보면 유사한 점이 상당히 많다. 그래서 IV-2에서는 두 설화군을 비혈연혼(非血緣婚)으로 묶어 비교 연구를 시도하고자 한다. II장에서 자료 양상을 살펴봄으로써 우리는 인류재창조형 홍수 설화에서 홍수의 발생원인, 피난, 천의시험, 인류재창조를 4가지 큰 요소가 전체 서사의 뼈대 역할을 하고 있는 것을 알 수 있었다. 그래서 인류재창조형 홍수 설화의 비교를 이

4가지 요소로 나누어 진행하고자 한다.

1. 한·중 남매혼 홍수 설화

Ⅱ장의 남매혼 홍수 설화의 자료 정리를 통해 중국 서남 소수민족 자료
와 한국 자료의 내용을 쉽게 파악할 수 있었다. 두 자료군은 비슷한 서사
구조를 지닌다고 할 수 있다. 즉, 두 자료군은 대체로 '홍수 발생 → 남매가
살아남기 → 천의 시험 → 남매가 혼인하여 시조가 되기'의 맥락에서 전개
된다. 그러나 같은 구조를 지닌다고 해서 똑같은 서사가 전개되는 것은
아니다. 다음 4가지 화소, 곧 홍수 발생원인, 피난 수단, 남매 결연, 인류재
창조를 통해 구체적인 서사맥락을 비교하고, 그 의미를 파악하고자 한다.

1) 한·중 남매혼 홍수 설화의 화소

(1) 홍수 원인

홍수 설화에서 매우 중요한 요소 중의 하나가 바로 홍수의 발생 원인인
데, 중국 학자 타오양(陶陽)은 홍수의 원인을 천제징벌형(天帝懲罰型), 천
신쟁전형(天神爭戰型), 뇌공복수형(雷公復讎型), 자연재해형(自然災害型)으
로 나눈 적이 있다.[209] 뇌공복수형은 대표적으로 묘족(苗族) 및 야오족(瑤
族)의 홍수 설화를 들 수 있다. 전체적으로 대부분 홍수 설화의 원인은
신의 분노, 즉 신과 인간의 갈등에서 비롯된다. 다음에 홍수의 원인에 대
해 자세히 살펴보도록 하겠다.

---

209   陶陽, 『中國創世神話』, 上海人民出版社, 1989.

㉠ 뇌공이 철로 된 우리에서 빠져나와 황급히 앞을 향해 달렸다. 그는
도중에 아배과본(인명)이 돌아온 것 보고 겁을 내더니 길가에 굵은 오
동나무를 보자 그 안에 들어가 숨었다. (중략) 뇌공이 이로 인해 크게
낙심하여 홍수를 내려 아배과본을 없애려고 마음을 먹었다.[210]

– 〈아배과본(阿陪果本)〉 묘족(苗族)

㉡ 뇌공이 이어서 발버둥을 치려고 했으나 포백의 덮개가 동종처럼 내려
와 그를 단단히 덮어 버려 더 이상 빠져 나갈 구멍이 없었다. (중략)
뇌공이 세상 사람들을 다 없애려고 마음을 먹었다.[211]

– 〈포백의 고사(布伯的故事)〉 장족(壯族)

㉢ 이 세대 사람들의 마음씨가 좋지 않구나. 양곡을 낭비하여 곡식을 가지
고 두렁을 만들고, 밀떡으로 논꼬를 막으며, 쓴 메일가루와 단 메일가루
로 벽을 도배하니 格滋천신이 보다 못해 말했다. "이렇게 낭비하는 것
은 마땅치 않다! 이 대(代) 사람들의 마음씨가 나쁘니 모조리 바꾸어야
겠구나."[212]   – 〈인류기원(人類起源)〉 이족(彝族)

㉣ "아들딸들은 먹을 것이 없기 때문에 걸핏하면 싸우고 아우성이었다.
그리하여 집안이 편한 날이 없었다. 그들은 부모를 공경할 줄도 모르고
형제간의 화목하게 지낼 줄도 몰랐다. 꼭 이 농부네 집만 그런 것은

---

210 "雷公逃出鐵籠後, 慌慌張張地朝前跑, 不巧, 在半路上看見阿陪果本回來了, 他心裏
害怕, 看見路邊有半截一抱多粗的梧桐樹杆, 就鑽進樹心裏去躲藏起來 (中略) 雷公
從此寒心極了, 就決定降滿天洪水來淹死阿陪果本."〈아배과본(阿陪果本)〉, 『中華
民族故事大系』 2, 上海文藝出版社, 1995, 635~636쪽.

211 "雷王還想掙扎, 布伯的雞罩就像一口銅鍾那樣從上落下來, 把雷王牢牢地罩住. 再也
逃不脫了 (中略) 雷王想著要把世間的人都殺光."〈포백의 고사(布伯的故事)〉, 『中
華民族故事大系』 3, 上海文藝出版社, 1995, 379~381쪽.

212 "這代人的心不好, 糟蹋五谷糧食, 谷子拿去打埂子, 麥粑粑拿去堵水口, 用苦蕎面, 甜
蕎面糊墙. 格滋天神看不過: '不該這樣來糟蹋! 這代人的心不好, 這代人要換一換'."
〈인류기원(人類起源)〉, 『梅葛』, 雲南人民出版社, 2009, 25쪽.

아니었다. 그때는 너나 할 것 없이 가난한데, 아들딸을 많이 두어서
어느 집이나 똑같았다."[213]   -〈인류의 시조〉(한국)

　ⓜ 옛날 이 世上에는 큰물이 져서 世界는 전혀 바다로 化하고 한 사람의
　　 生存한 者로 없게 되었다. 그때에 어떤 남매 두 사람이 겨우 살게 되어
　　 白頭山 같이 높은 산의 上上峰에 漂着하였다.[214] -〈대홍수 전설〉(한국)

　이처럼, 한국의 남매혼 홍수 설화에 홍수 원인이 많이 언급되지 않은
반면 중국 홍수 설화 자료에서는 홍수 원인이 다양하게 나타나 있다. 중국
묘족 홍수 설화 자료 〈아배과본(阿陪果本)〉, 장족(壯族)의 〈포백의 고사(布
伯的故事)〉, 이족『메이거』의 〈인류기원〉 등에서는 홍수의 발생 원인을
구체적으로 밝혔다. 뇌공과의 갈등에서 기인한 홍수가 있는가 하면, 인간
의 사악한 마음에 분노한 천신이 홍수를 내린 경우도 있다. 즉, 이때 홍수
는 뇌공, 천신이 인간을 징치하는 수단으로 이용되는 것이다. 그 외에 리
족(黎族)의 〈방해정(螃蟹精)〉에서는 뇌공이 게를 죽여 게 배속의 노란 물
을 인간 세상으로 흘러내려서 홍수가 일어나기도 한다. 투쟈족(土家族)의
〈손후자상천(孫猴子上天)〉에서는 원숭이가 나무를 타고 하늘로 올라가 인
간 세상에 가뭄이 들었다는 거짓 보고를 해서 옥황상제가 물을 뿌려 홍수
가 일어나는 경우도 있다. 하지만 천신 혹은 뇌신이 인간을 징치하기 위해
홍수를 일으키는 경우가 대부분이다. 조현설은 홍수 설화 중 홍수 원인을
세 가지로 나누어 아래와 같이 규명한 적이 있다. 그에 따르면 '신 원인형
홍수 설화'가 '자연 원인형 홍수 설화'의 신화적 변이형이기는 하지만 신
원인형은 홍수의 원인을 어쨌든 '신'에게서 찾고 있다. 홍수의 원인에 대
한 이런 인식은 홍수라는 자연현상을 설명 가능한 영역, 다시 말해 거시적

---

213 한상수, 『한국인의 신화』, 문음사, 1980, 223~224쪽.
214 손진태, 『孫晉泰先生全集2·한국민족설화의 연구』, 태학사, 1981, 514쪽.

인 필연성의 영역으로 끌어들여 이해하려는 종교적 태도의 소산이다. 자연의 우연성이 주는 불안으로부터 회피하려는 마음이 신이라는 필연성을 호출한 것이라고 해도 좋은 것이다. 하지만 '신원인형 홍수 설화'가 보여주는 신화적 사유는 자연의 우연을 신이라는 필연으로 단순 치환하고 있다는 점에서 의사적 필연성 안에, 혹은 우연과 필연의 애매한 경계 지점에 위치해 있는 것이다. 홍수의 원인이 필연성으로 확정되려면 '인간'이라는 새로운 항목이 설정되어야 한다. 다시 말해 인간과 신의 관계 속에서 홍수의 원인이 이야기되어야 한다는 것이다.[215] 이에 따라 홍수의 원인을 인간한테서 찾을 경우, 주로 인간의 잘못을 들어 인간과 신의 적대적인 관계로 인해 홍수가 발생하는 것으로 그려져 있다. 인간은 신의 말을 듣지 않고 신의 공간을 침범하거나 신의 사신을 죽이기까지 한다. 이는 모두 인간이 신의 권위를 무시한 것에서 기인한다.

그러나 한국 자료를 보면 한상수의 『한국인의 신화』에서 수록된 〈인류의 시조〉만 홍수 발생 전 어지럽고 질서 없는 인간상(人間相)을 묘사했을 뿐, 신의 등장이 없다. 손진태가 채록한 〈대홍수 전설〉을 비롯한 기타 남매혼 홍수 설화에서는 홍수의 원인이 아예 제시되지 않았다. 따라서 한국 자료에서는 홍수가 대체로 우연히 발생한 자연재해로 등장하는 반면, 대부분 중국 소수민족 홍수 자료에서는 홍수는 뇌공 혹은 천신이 악한 인간, 천신의 사자를 죽인 사람을 징치하는 수단으로 이용된다. 이에 따라 살아남은 유민(遺民)도 다른 양상을 보인다.

㉠ 뇌공이 이로 인해 크게 마음이 상하여 홍수를 내려 아배과본(인명)을 죽이고자 하였다. 이때 더룡(인명), 파룡(인명)이 그의 목숨을 구해 준

---

215 조현설, 「동아시아 홍수신화 비교연구」, 『구비문학연구』 16, 한국구비문학회, 2003, 476쪽.

은혜를 생각해 보니 차마 그들까지 죽일 수가 없었다.[216]

　　　　　　　　　　　　　- 〈아배과본(阿陪果本)〉 묘족(苗族)

ⓛ 뇌공이 말하기를: "내가 너희 둘을 죽이지 않을 건데 나는 내 이빨을 하나 뽑아 너희들에게 은혜를 갚을 예정이다. 얼른 이빨을 들고 가서 심어라! 며칠만 지나면 여기서 큰물이 질 텐데 세상 사람들이 다 죽어도 너희 둘은 살아남을 수 있다."[217]

　　　　　　　　　　　　　- 〈포백의 고사(布伯的故事)〉 장족(壯族)

ⓒ 格滋천신이 무모륵왜(武姆勒娃 - 신의 사자)를 인간 세상으로 보내며 3대(代)의 사람들을 모조리 바꾸라고 명하였다. 그가 곰으로 변신하여 홍수를 막고 좋은 인종을 찾아 인간 세상을 이어가고자 한다.[218]

　　　　　　　　　　　　　- 〈인류기원(人類起源)〉 이족(彝族)

ⓔ 신왕(神王)과 선왕(仙王), 수왕(水王)과 용왕(龍王)이 涅儂撒薩歇(신의 사자)을 보내 착한 사람을 찾고자 하였다. 선한 마음을 가진 사람으로 하여금 대(代)를 잇게 하려 함이다.[219]

　　　　　　　　　　　　　- 〈홍수도천(洪水滔天)〉 이족(彝族)

묘족과 장족 남매혼 홍수 설화 자료에서 뇌공이 자기 목숨을 구해준

216　"雷公從此寒心極了, 就決定降滿天洪水來淹死阿陪果本. 這時他又想起德龍, 爸龍兩兄妹救了他的性命, 不忍心淹死他們."〈아베과본〉,『中華民族故事大系』2, 1995, 636쪽.

217　"雷公說: '我不會殺害你們, 我拔下一個牙齒送給你們, 報答你們的救命之恩, 你們趕緊把牙齒拿去種下吧! 過幾天就要發大水, 天下的人都會死光, 你們兄妹可以活下來'!"〈포백의 고사(布伯的故事)〉.『中華民族故事大系』3, 1995, 379~381쪽.

218　"格滋天神派武姆勒娃下凡來, 派他把第三代人換一換, 武姆勒娃變只大老熊, 堵水漫金山, 尋找好人種, 留下傳人煙."〈인류기원〉, 雲南省民族民間文學楚雄調査隊,『梅葛』, 雲南人民出版社, 2009, 25쪽.

219　"神王和仙王, 水王和龍王, 派了涅農撒薩歇, 査訪好心人, 要讓好心人傳宗接代." 郭思九·陶學良,〈홍수도천(洪水滔天)〉,『査姆』, 雲南人民出版社, 2009, 55쪽.

남매한테 이빨을 하나 남겨 주고 홍수를 피할 수 있도록 도와준다. 이족 남매혼 홍수 설화에서는 대부분 천신이 홍수를 내리기 전에 "마음 착한 사람(好心人)"을 찾아 대를 잇게 한다는 복선을 깔곤 한다. 이때 홍수는 권선징악의 수단으로 악한 사람을 멸망시키고, 착한 사람으로 혈통을 잇게 하는 것이다. 그래서 홍수 나기 전에 천신은 사신(使臣)을 보내 조건(마음씨가 착한 것)에 부합하는 한 쌍의 사람을 찾고, 홍수가 날 때 그들이 순조롭게 살아남을 수 있도록 방법을 가르쳐준다. 즉, 살아남은 사람은 선별의 과정을 거친 것이다. 예를 들어, 묘족의 〈아배과본〉에 덕용(德龍), 파용(爸龍), 그리고 장족(壯族)의 〈포백적고사(布伯的故事)〉에 복의 남매(伏依兄妹)는 모두 뇌공을 풀어준 사람으로, 뇌공의 은인(恩人)이다. 『메이거』 〈인류기원〉에서 학박야(學博若)의 네 아들은 모두 밭을 원상태로 되돌려 놓은 곰에게 벌을 줄 것을 주장하지만 막내아들만이 막내 누이동생을 업고서 뛰어와 "그의 머리가 조부와 닮았고, 그의 몸은 조모와 닮았으니 절대 때리면 안 됩니다. 절대 죽이면 안 돼요."[220]라고 사정하였다. 『아시더시안지(阿細的先基)』 〈세상의 여러 세대 인류(世上的几代人)〉에서도 역시 막내아들이 잡힌 늙은이를 위해 사정해 주었다. "묶을 수도 없고, 때려서도 안 되고, 매달 수도 없습니다. 일단 말부터 들어보지요."[221] 즉, 대부분 홍수 설화자료에서 살아남게 되는 남매는 모두 마음씨 착한 사람이었다. 정리해 보면, 중국 소수민족 홍수자료에서 살아남게 되는 사람들은 모두 선별의 과정을 거친 마음씨 착한 사람이었다.

　반면, 한국의 남매혼 홍수 설화에는 홍수 발생의 원인에 대한 명확한

220　"看它的頭像祖父, 看她的身子像祖母, 千萬不能打, 千萬不能殺."〈인류기원〉, 雲南省民族民間文學楚雄調査隊, 앞의 책, 2009, 29쪽.

221　"捆也不能捆, 打也不能打, 吊也不能吊, 讓他先說上幾句話."〈세상의 여러 세대 인류〉, 雲南省民族民間文學紅河調査隊, 『阿細的先基』, 1959, 48쪽.

설명이 없다. "옛날에 어느 해 석 달 열흘 동안 비가 내려 큰 장마가 들었다. 마치 하늘의 큰 물동이를 내리붓듯이 비가 쏟아지는 통에 이 세상은 온통 홍수가 져서 물바다가 되었다."[222]거나 "그들은 높은 산꼭대기까지 올라가서 머루를 따고 있는데 갑자기 소나기가 쏟아졌다."[223]는 식으로 서술되어 있다. 이때 홍수는 그저 자연재해일 뿐이다. 그러므로 홍수로부터 살아남은 사람의 선별은 무작위로 이루어졌으며, 그들이 살아남을 수 있었던 까닭은 스스로 높은 산꼭대기에 올라갔다거나 홍수 발생 시 마침 산꼭대기에 있었던 덕이다. 그들은 신의 도움을 받아 살아남았다기보다는 운이 좋아서 살아남았다고 할 수 있다.

그래서 한국과 중국의 남매혼 홍수 설화는 처음부터 다른 방향으로 전개된다. 하나는 신이 주관한 범위 안에 홍수를 일으켜 원수를 갚거나 악한 인간을 벌하는 것이고, 이때 최후의 생존자도 선별의 과정을 거친다. 다른 하나는 우연한 자연재해로 난 홍수이며, 살아남은 주인공은 신의 선택을 받은 존재가 아니다.

(2) 피난 수단

홍수가 일어난 다음 남매는 피난을 가는데, 한국 남매혼 홍수 설화에서는 남매가 대부분 산에 올라가 피난하는 것으로 나타난다. 중국 남쪽 소수민족의 홍수 자료에서는 피난 도구가 다양하게 나타나는데, 그 대표적인 피난 도구로 호로(葫蘆)와 목고(木鼓)[224]를 들 수 있다.

---

222 임동권, 『한국의 민담』, 서문당, 1973, 87쪽.

223 한상수, 앞의 책, 1980, 224쪽.

224 목고는 소가죽으로 나무토막 양쪽 끝을 감싸 만든 것이다. 중국 남매혼 홍수 설화 자료 36편중에서 조롱박 혹은 박으로 피난하는 각편이 24편이고, 木鼓로 피난하는 각편이 5편이 있다. 나머지는 나무궤짝이나 동굴 혹은 산으로 피난하는 것으로 그려진다.

㉠ 강량(인명), 강매(인명)는 뇌공한테 받은 조롱박 씨를 받아 그날 밤에
바로 심어놓고 (중략) 강량 강매가 조롱박에다 구멍을 하나 뚫어 같이
들어가 물살을 타고 내려갔다.[225]

- 〈착뇌공의 고사(捉雷公的故事)〉동족(侗族)

㉡ 옛날 옛날에 큰물이 져서 세상 사람들이 모두 죽었는데 조롱박 안에
숨은 남매가 살아남을 수 있었다.[226]

- 〈토가인의 조선(土家人的祖先)〉투쟈족(土家族)

㉢ 아모요백(阿嬤堯白 - 신의 이름)이 홍수를 방출시켜 남은 만물을 모두
없애기로 했다. 그는 큰 북을 만들어 쌍둥이 남매 마흑, 마뉴를 북 안에
숨겨 놓고, 북 안에 찹쌀 밥 두 덩어리, 동방울 하나, 칼집이 있는 작은
칼, 한 쌍의 조개를 넣었다.[227]

- 〈아모요백의 천지 창조(阿嬤堯白造天地)〉지노족(基諾族)

㉣ 두 고아가 녕관왜(신의 이름)의 말대로 속이 빈 나무 한 토막을 베어
소가죽으로 양쪽을 감싸 여러 가지 물건을 그 안에다 넣어두었다.[228]

- 〈인종유전(人種流傳)〉징퍼족(景頗族)

㉥ 하루는 셋째와 일곱째가 산으로 머루를 따러 갔다. 그들은 높은 산꼭대
기까지 올라가서 머루를 따고 있는데 갑자기 소나기가 쏟아졌다.[229]

225 "姜良, 姜妹得了雷公送的葫蘆種籽, 就連夜把它種下 (中略) 姜良, 姜妹就把葫蘆挖
開一個洞, 一齊鑽進葫蘆裏, 順著洪水到處漂." 〈捉雷公的故事〉, 『中華民族故事大
系』4, 1995, 685~686쪽.

226 "很久很久以前, 洪水泡了天, 天下人都被淹死了. 只有一個葫蘆裏躲著的兄妹倆還
活著." 〈土家人的祖先〉, 『中華民族故事大系』5, 1995, 687쪽.

227 "阿嬤堯白就決定發大水把剩余的萬物全部淹死. 她做了一個大鼓, 把一對雙胞胎兄
妹瑪黑, 瑪妞放在鼓裏躲起來, 然後在鼓裏放上兩團糯米飯, 一對銅鈴, 一把帶鞘的
小刀, 一對貝殼." 〈阿嬤堯白造天地〉, 『中華民族故事大系』16, 1995, 795쪽.

228 "兩個孤兒按照甯貫娃的主意, 砍了一截空心樹, 用牛皮箍住兩頭, 把准備好的東西
放在鼓裏." 〈人種流傳〉, 『中華民族故事大系』10, 1995, 24쪽.

229 〈인류의 시조〉, 한상수, 앞의 책, 1980, 234쪽.

- 〈인류의 시조〉(한국)

   ◯ 그때에 어떤 男妹 두 사람이 겨우 살게 되어 白頭山 같이 높은 산의 上上峰에 漂着하였다.[230]

- 〈대홍수 전설〉(한국)

   예문에서 나온 것처럼 한국 남매혼 홍수 설화에서 주인공들은 대부분 산으로 피난한다. 중국 남매혼 홍수 설화의 경우 산으로 피난 가는 것도 가끔 있기는 하지만, 조롱박과 목고를 타고 피수하는 내용이 주류를 이루고 있다. 산에 올라가서 피난 가는 것에 대해 박계옥은 산에 대한 한국인의 깊은 숭앙의식과 연관되어 있다고 하며, "한국의 남매혼 설화에서 높은 산은 신성한 장소이며, 남매를 속세의 인간에서 하늘의 선택을 받은 인간으로, 새로운 인류를 탄생시킬 사명을 가진 성스러운 인간으로 만드는 통과의례적 장소이다. 홍수가 닥친 후 세계의 희망이며 중심으로서 신과의 교류가 가능한 장소로서 그 구원의 의미와 재생의 계기를 마련해주고 있는 것으로서 다른 나라보다 산의 중요성이 부각되어 있다."[231]고 하였다.

   한편 중국학자들의 조롱박에 대한 해석은 다양한데, 조롱박을 토템으로 보기도 하고, 중화민족의 모체에 대한 숭배로 보기도 한다. 또한 조롱박을 자궁으로 여기는 학자들도 적지 않다. 예를 들어, 뤼웨이(呂微)는 조롱박은 자궁을 상징하는 것이며 '피수(避水)', 또는 '피난(避難)'이란 말은 태아가 모체에 잉태됨을 뜻하는 은어이다. 또한 조롱박을 깨고 나오는 것은 곧 모체에서 태어남을 상징한다. 만약 홍수 이야기 전체가 인류 모체의 출산의 고통을 묘사하는 것을 내포하고 있다면 재난 후 남겨진 한 쌍의 남녀는 울음소리와 함께 태어난 신생아일 것이다. 많은 학자들이 피수(避

---

230 손진태, 앞의 책, 1981, 514쪽.

231 박계옥, 앞의 논문, 51쪽.

水) 도구인 조롱박이 모체를 상징한다는 점에 대해서 공통적으로 인식하는데, 천빙량(陳炳良)의 말에 따르면, "저 큰 조롱박은 의심할 여지없이 모태를 상징하는 것이며 홍수는 곧 양수를 나타내는 것이다. 두 아이(복희, 여와)가 조롱박에 들어가 홍수의 재난을 피한 것은 그들이 다시 태어난 것과 다름없다."[232]

그러나 조롱박이 자궁을 상징한다는 것은 과도한 해석이 아닌가 싶다. 조롱박의 상징성을 그의 자연적 속성에서 먼저 찾아보는 것이 마땅하다. 따라서 조롱박이 상징하는 것이 무엇이든 조롱박이 피수(避水)의 도구가 될 수 있었던 결정적인 이유는 그것이 본래 피수(避水)의 기능을 가지기 때문이라 본다. 윈난(雲南) 애로산(哀牢山) 아래 사는 이족은 오늘날에도 외출 시 강을 건너거나 물에서 물고기를 잡을 때 허리에 한 개 혹은 여러 개의 조롱박을 달고 간다. 조롱박을 구명 도구로 삼은 것은 꼭 신화의 이야기만이 아니며 역사적 사실이다. 양자강 유역이든 황하 남북 유역이든 모두 조롱박을 구명 도구로 쓰는 현상은 조롱박이 고대의 중요한 수상 교통 도구였음을 알 수 있게 한다.

물론, 조롱박이 내포하는 것은 결코 피수의 기능만이 아니며 그것은 어떤 신비한 원시 신앙의 요소를 포함한다. 중국고대의 신앙과 풍습에서 일찍이 조롱박은 하나의 중요한 예기(禮器)였다. 『예기·혼의(礼记·昏义)』에서 "부부가 같이 제사음식을 먹고 박을 반으로 잘라 그것으로 술을 같이 마신다(共牢而食, 和졸而酯)"라는 말이 있다. 이와 같은 연장선에서 왕샤오롄(王孝廉)의 조롱박에 대한 해석이 일부분 승긍이 간다. "부부가 박을 반으로 자르는 것은 천지가 만물을 낳는 것을 상징하고 이는 '후사를 잇기' 위한

---

232 "那個大葫蘆無可懷疑地代了了母胎, 而洪水則代表胎水. 兩個小孩(伏義, 女媧)進入瓜內避過洪水之災, 他們可算得到重生." 陳炳良, 「廣西瑤族洪水故事研究」, 『神話, 禮儀, 文學』, 臺北聯經出版公社, 1986, 70쪽.

것으로 천지와 같이 음양이 상생하고 자손이 번창하기를 희망하는 것이다. 천지를 상징하고 남녀를 상징하는 데 박이 사용된 것은 고대부터 계속 천지의 혼돈을 조롱박에 비유해왔기 때문일 것이며 이로써 조롱박이 깨지면서 인류의 탄생이 시작되었다는 원시신앙을 알 수 있다."[233]는 것이다.

(3) 남매 결연(천의 시험)

그 다음으로 주목할 만한 것은 천의시험 모티프이다. 남매는 혼인하기 전에 수치심을 극복하기 위한 여러 가지 노력을 하는데 대표적인 것이 천의시험이다. 즉, 남녀가 맷돌 굴리기, 연기 피우기 등 다양한 방법으로 하늘이 그들의 결혼을 허락하는지를 시험한다. 중국 소수민족 남매혼 홍수 설화에서는 많은 지면을 사용해 남매가 반복적으로 천의를 확인하는 과정을 서술하고 있는데 이는 당시의 어쩔 수 없는 상황과 남매간 결혼에 대한 어려움을 반영해주고 있다. 한국의 남매혼 홍수 설화에서는 천의시험 부분이 상대적으로 간략하며, 자세한 과정의 서술을 생략하는 경우도 있다. 예문을 들어 이를 대조해 보겠다.

> ㉠ 마미(摩咪)가 듣고 인간 세상을 멸한 것을 후회하였다. 그는 남매로 하여금 인간 세상을 재창조하게 하기로 마음을 먹었다. 남매 둘이 하나는 맷돌을 들고 동산으로 올라가고, 하나는 맷돌을 들고 서산으로 올라가 같이 맷돌을 굴려 내렸을 때 마미가 이를 합치게 하였다. 남매가 연이어 세 번 굴렸는데 세 번이 다 합쳤다.[234]

233　王孝廉,『中國的神話世界』, 臺北聯經出版公社, 1987, 407쪽.

234　"摩咪聽了, 後悔不該毀滅人類. 想來想去, 決定讓兄妹成親繁衍人類. 當兄妹二人, 一個帶著一扇磨盤走上東山, 一個帶著一扇磨盤走向西山, 相互呼喚一聲, 雙雙滾下磨盤時, 摩咪使神讓磨盤重合了. 兄妹二人滾了一次又一次, 一個滾了三次, 三次都重合了."〈兄妹傳人類〉,『中華民族故事大系』6, 1995, 16쪽.

- 〈남매의 인류 창조(兄妹傳人類)〉 하니족(哈尼族)

ⓛ 너는 동산에 가서 향을 피우고 내가 남산에 가서 향을 피울 건데 연기가 합치나 보자. 그러나 연기가 합쳐졌을 때 동생이 급히 몸을 숨겼다. 복희가 그녀 뒤를 따라 쫓아갔다. 복희가 가다가 금구(金龜) 도사를 우연히 만났다. 금구 도사는 그에게 동생이 서매산에 숨어 있다고 사실대로 말해 주었다. 복희가 급히 달려가 동생을 찾아냈다. 결국 둘은 소나무 밑에서 식을 올려 결연하였다. 여동생이 누가 알려 주었냐 물었더니 복희가 금구 도사가 알려주었다고 사실대로 대답했다.[235]

- 〈나공나공가(儺公儺母歌)〉 묘족(苗族)

ⓒ 그들이 생각하였다. 만일 이대로 가다가는 사람의 씨가 끊어질 수밖에 없는 것이다. 그렇다고 형제간의 결혼할 수도 없었다. "어떻게 하면 좋을까?" 날마다 고심을 하던 동생은 누나에게 말했다. "누님, 아무래도 누님과 나는 결혼해야겠지?"(중략) "그럼 한 번 하늘에 물어보는 게 좋겠다."(중략) 그리하여 그들은 큰 접시에 맑은 물을 떠다 놓고 누나가 먼저 손가락을 깨물어 핏방울을 떨어뜨렸다. (중략) "이제는 결혼해야지요 누님!" "그렇구나, 우리는 아무래도 결혼을 해야 되는가 보다."[236]

- 〈인류의 시조〉(한국)

ⓓ 얼마 동안을 생각하다 못하여 남매가 각각 마주 서 있는 두 봉우리 위에 올라가서 계집아이는 암망을 굴려 내리고 사나이는 수망을 굴려 내렸다.

---

235 "你到東山燒香, 我去南山把香焚, 兩邊香煙結一團. 看見香煙快結團, 妹妹急忙躲藏身. 伏羲看見妹妹走, 隨後追趕不稍停. 伏羲行到中途上, 巧遇金龜老道人, 金龜開言從實講, 西眉山上去藏身. 伏羲聽得這句話, 急忙前往尋妹身, 果然尋見妹妹縣, 松樹脚下拜爲婚. 妹妹開言問兄道: "誰人報告你真情?" 伏羲從實回言答: "金龜老道報得真." 〈儺公儺母歌〉, 芮逸夫, 「苗族的洪水故事與伏羲女媧的傳說」, 『人類學集刊』 1, 1938, 160~161쪽.
236 〈인류의 시조〉, 한상수, 『한국인의 신화』, 문음사, 1980, 224~225쪽.

그리고 그들은 각각 하느님께 기도를 하였다.[237] -〈대홍수 전설〉(한국)

위의 인용문을 통해서 두 가지 특징을 확인할 수 있다. 첫째, 중국 소수 민족 남매혼 홍수 설화에서는 천의시험에 대한 기술이 길고 상세하다. 때로는 반복해서 확인하는 경우도 있고, 때로는 사물이나 동물에 견주어 혼인의 가능성을 확인하기도 한다. 이와 달리, 한국 자료는 간단한 기술 로 끝내는 경향이 있다. 둘째, 중국 자료에서 천신이나 신격이 남매를 조 종하듯이 옆에서 여러 시험을 하라고 부추긴다. 한국 자료에서는 남매가 스스로 시험을 감행한다. 시험하는 과정이 대체로 알아서 하는 식으로 진행되고, 신의 역할이 없다.

정리해 보면 천의시험 단계에서 중국 소수민족 남매혼 홍수 설화는 천 신이 남매를 인도하는 역할을 하나, 한국의 남매혼 홍수 설화에서는 남매 가 이미 스스로 주인공이 되었다. 대가 끊기는 위기에 직면하면 남매가 먼저 결혼의 필요성을 깨닫고 그 후로 이 결혼의 정당성을 입증하기 위해 천의시험을 하는 것이다. 반면 소수민족 자료에서 천신은 남매의 결혼을 건의하고 남매 옆에서 시험받는 것을 지도해 주거나 혹은 신의 힘으로 굴려 내려온 맷돌을 합치게 하는 등 큰 역할을 수행한다.

한편 한국과 중국은 공통적으로 맷돌 굴리는 것, 연기 피우는 것, 피를 하나로 합치는 방법 등을 천의시험의 방식으로 쓴다. 맷돌은 암망과 수망 으로 이루어져 있으며, 각각 남녀를 상징하는 것으로 볼 수 있다. 연기가 공중에서 이상하게 합쳐지는 것은 현존하는 한(漢) 무량사석실 화상(武梁 祠石室畫像)인 여와와 복희의 그림을 연상시킨다. 두 사람의 하반신은 물 고기의 비늘이 달린 꼬리가 서로 엉켜 돌고 있다. 따라서 맷돌과 연기의

---

237 〈대홍수 전설〉, 손진태, 『孫晉泰先生全集2·한국민족설화의 연구』, 태학사, 1981, 8쪽.

합쳐지는 것의 상징적인 의미를 남녀 사이에 성결합(性結合)으로 보고 있다. 마지막으로 등장하는 피 섞기에 대해서는 자식을 얻는다는 것으로 보고 있다. 자식은 바로 부모의 혈을 합친 산물로 볼 수 있다.[238]

　그 외에 중국에서 천의시험의 일환으로 여동생이 몸을 숨기고 오빠가 그녀를 찾아내거나 여동생이 도망가고 오빠가 쫓아가는 텍스트를 흔히 볼 수 있다. 이때 거북이가 항상 여동생 숨은 곳을 오빠한데 밝혀 남매가 결연하는 데 도움을 주고, 여동생이 화가 나서 거북이를 발로 밟아 등을 조각낸다. 오늘날에도 거북이 등껍질에 금이 많이 가있는 이유가 이 때문이다. 이는 거북이에 대해 유래를 설명(釋源)하는 것인데 이를 통해 중국 남매혼 홍수 설화의 신화적 분위기를 엿볼 수 있다. 반대로 한국 각편 중에서 대부분 천의시험을 언급하지만 그렇지 않은 경우도 있다. 경북 월성에서 전승되는 〈형제봉, 형제산〉에서는 남매가 결혼하기 위해 남동생은 김해 김씨, 누이는 정골 허씨로 성을 바꾼다. 이처럼 천의시험 대신 남매가 스스로 성을 바꾸는 것은 하늘의 뜻을 물어보기보다 인간들이 직접적으로 문제해결에 나서는 능동적 태도를 드러내는 것이다.

(4) 인류재창조

　마지막으로 인류를 재창조하는 과정을 비교해 보겠다. 남매가 혼인하여 인류를 재창조하는 것이 이 유형의 특징이라 할 수 있는데 한국과 중국 홍수 설화에서 대를 잇는 방식은 각각 어떻게 서술되어 있는지 살펴보겠다.

　　㉠ 포삭(인명)과 옹니(인명)가 어쩔 줄 모를 때 운모 파파(雲母婆婆)가 웃
　　으면서 들어와 말하였다. "이것은 인종이니 물에 빠뜨려도 안 되고,

산 밑으로 던져도 안 된다. 조각으로 잘라 하늘 아래 곳곳에 뿌리고, 얇게 썰어 토지 위에 여기저기 던져 사람을 나오게 해라."(중략) 그 후로 황량한 세상 곳곳에 노래 소리 나고, 곳곳에 연기 나고, 커쟈(客家) 사람들은 나무처럼 자랐으며, 묘쟈(苗家) 사람은 새싹처럼 늘고, 투쟈인(土家人)은 죽순처럼 나서 세상 곳곳에 다 사람이 생겼다.[239]

      - 〈포색과 웅니(布索和雍妮)〉 투쟈족(土家族)

ⓛ 부부가 이 고깃덩어리가 보기 흉해 잘라서 장막 위에 늘어놓고 햇볕에 7일 7밤 동안 말렸더니 조각들이 깨와 야채 씨로 변했다. 부부가 이 씨들을 산에 가져가 뿌렸는데 다수는 평지에 떨어져 평지에 밥 짓는 연기가 나면서 백가성이 생겨 한족 사람으로 변했다. 소수는 산에 떨어지기도 하고, 강가 차나무 숲에 떨어진 씨는 타산요(茶山瑤)가 되었다.[240]

      - 〈복희남매의 고사(伏羲兄妹的故事)〉 야오족(瑤族)

ⓒ 동생이 임신하고 9개월 있다가 이상한 조롱박 하나를 낳았다 (중략) 천신이 금 송곳으로 조롱박을 열고, 은 송곳으로 조롱박을 열어 보았다. 첫 번째를 열고 한족이 나왔다 (중략) 아홉 번째를 열어보니 다이족(傣族)이 나왔는데 그들이 절을 짓고 경문을 외우며 불교를 믿었다. 아홉 개의 종족이 나오니 인간 세상이 흥성하기 시작한다.[241]

---

239 "布索和雍妮不知道怎麽辦的時候, 雲母婆婆笑呵呵的走來了. 她說: "這個血球是人種, 不可沉入水潭, 不能丟下岩坎; 砍成坨坨撒到天邊, 切成片片甩到地邊, 叫它三處發人去吧! (中略) 從此荒凉的世界上這裏歌聲繞繞, 那裏炊煙裊裊, 客家人像樹木一樣長起來, 苗家人像苗苗一樣長起來, 土家人像笋子一樣發起來, 大地上到處都有了人." 〈布索和雍妮〉, 『中華民族故事大系』 5, 1995, 650쪽.

240 "夫妻二人覺得太難看, 便把肉團砍碎, 放在曬棚上暴曬, 經過七天七夜的暴曬, 變成芝麻和青菜籽, 夫妻倆拿到山上去撒, 多數落下平地, 平地火煙升騰, 成了百家姓, 變爲漢人. 少數散落在山上, 落在河邊茶樹林的, 成了茶山瑤." 〈伏羲兄妹的故事〉, 『中華民族故事大系』 5, 1995, 26쪽.

241 "妹妹懷孕了, 懷孕九個月, 生下一個怪葫蘆 (中略) 天神用金錐開葫蘆, 天神用銀錐

-〈인류기원(人類起源)〉이족(彝族)

㉣ 아무튼 이들은 결혼하여 오늘날 많은 사람들이 있게 되었다. 그들은
인류의 시조가 된 것이다.[242]　　　　　　　-〈인류의 시조〉(한국)

㉤ 두 사람의 혼인은 인류의 멸종을 면했으며, 오늘날의 사람들은 모두
그 남매의 후예들이라고 한다.[243]　　　　　-〈남매의 혼인〉(한국)

　한국 자료에서는 인류재창조에 대한 구체적인 서술을 찾기 어렵다. 대
체로 남매가 혼인해서 오늘날 많은 사람이 있게 되었다거나 오늘날의 사
람들은 모두 그 남매의 후예라고 서술한다. 한국 각편들의 경우 〈대홍수
설화〉, 〈인류의 시조〉, 〈남매의 혼인〉을 제외하고는 남매가 성씨의 시조
혹은 어느 지역의 시조가 되었다. 인류의 시조보다 민중 생활과 가까운
성씨가 더 쉽게 접근할 수 있다. 즉 앞의 3편이 인류기원담, 창세 신화의
성격을 지닌다 하면, 나머지는 민중의 삶과 긴밀하게 연결되어 있는 방향
으로 흘러가고 있다.

　이와 반대로 중국 소수민족 남매혼 홍수 설화자료에서는 풍부한 '후일
담'이 덧붙는다. 남매가 결혼하는 것으로 끝을 맺는 경우도 있지만 그렇
지 않은 경우가 훨씬 많다. 소수민족 남매혼 홍수 설화 자료 36편 중에서
핏덩어리 혹은 고깃덩어리를 낳고, 이를 자르자 많은 사람이나 민족, 혹
은 백가성(百家姓)의 시조로 변한다는 자료가 17편으로 가장 많은 비중을
차지하고 있고, 그 다음으로 조롱박을 낳자 그 안에서 여러 민족의 선조가
나왔다는 자료가 4편이다. 그 외에 한 번에 아이를 수십 명 낳거나[244] 개

開葫蘆. 戳開第一道, 出來是漢族 (中略) 戳開第九道, 出來是傣族, 傣族蓋寺廟, 念經
信佛教. 出來九種族, 人煙興旺了."〈인류기원〉, 『梅葛』, 2009, 48~50쪽.
242 〈인류의 시조〉, 한상수, 앞의 책, 1980, 226쪽.
243 〈남매의 혼인〉, 임동권, 앞의 책, 1972, 88쪽.

가죽 부대를 낳아 그 안에서 수많은 아이가 나온다는 것도 있다.[245]

　여기서 주목할 것은 핏덩어리 혹은 고깃덩어리를 낳아 이를 작게 잘라 사방에 뿌렸더니 수많은 사람이 되었다는 점이다. 중국 학계에는 남매가 낳은 이 '괴태(怪胎)'를 근친상간의 징벌로 보는 견해가 있다.[246] 그러나 이는 남매혼을 지나치게 오늘날의 시각으로 해석한 결과인 듯하다. 남매는 천의시험을 거쳐 결혼했으며, 그러므로 이 결혼에는 근친상간의 죄악보다 신성성이 뚜렷하게 나타난다. 양쯔용(楊知勇)은 원시시대 사람들의 관념 중 '단(團)'과 '원(圓)'은 가장 크고 많다는 뜻으로 해석되는데, 남매가 결혼한 후 낳은 것은 완전한 인간이 아닌 살덩어리였고 이것은 바로 이러한 관념의 구현이라고 하였다.[247] 어쨌든 간에 천의시험을 거친 남매혼은 일반 혼인 방식보다 신성성을 지니고 있으니 재창조 방식도 신성할 수밖에 없다. 살덩어리를 무수히 많은 조각으로 잘라 흩뿌리고 그 작은 조각 하나하나가 사람으로 변했다고 하니, 이는 사실상 남매가 결혼한 후 대단히 많은 사람을 낳았다는 것을 나타내며 여기에 징벌의 의미는 전혀 담겨 있지 않다. 이는 인류를 번식시키려는 강렬한 바램을 담고 있는 것이지 근친혼에 대한 징벌이 아니다. 더 나아가 남매가 살덩어리를 작은 조각으로 잘라서 땅에 뿌리는 행위는 농경과 관련이 있다고 생각해 볼 수 있다. 기나긴 농경의 역사에서 씨를 뿌리고 농작물을 수확하는 것은

244　무라오족의 〈阿昴兄妹制人煙〉, 하니족의 〈兄妹傳人類1〉, 부랑족의 〈兄妹成婚〉 등등.

245　〈開天闢地〉, 『中華民族故事大系』 5, 1995, 317~322쪽.

246　潘定智, 「民族學工作者應重視民間文學硏究－從古代神話傳說和圖騰崇拜談起」, 『貴州民族學院學報』 1, 貴州民族學院, 1981.
　　　烏丙安, 「洪水神話中的非血緣婚姻觀」, 『民間文學論選』, 中國民間文藝硏究會, 湖南人民出版社, 1982, 34~49쪽.
　　　陶陽·鐘秀, 『中國創世神話』, 上海人民出版社, 1989, 220쪽.

247　楊志勇, 「洪水神話淺探」, 『民間文學論壇』 2, 中國民間文藝硏究會, 1985, 59~66쪽.

줄곧 불변의 경작 방식이었는데 이는 원시시대 사람들이 이러한 양식을 신화에 응용하여 그들이 후손과 농작물의 번성을 간구하는 순수한 바람을 반영했다고 생각할 만한 근거가 된다.

그 다음으로 주목할 만한 것은 조롱박에서 만물이 나온다는 대목이다. 조롱박은 때로는 홍수를 피하는 도구로 사용되고 '조인도구(造人道具)'로 사용된다. 앞에서 피수도구로의 조롱박을 살펴봤는데 조인도구로 사용하는 조롱박도 같은 연장선에서 해석할 수 있다. 즉, 조롱박을 잘라보면 씨가 많이 들어 있어 중국에서는 다손다복(多孫多福)을 상징하는 것으로 많이 여긴다. 이러한 속성 때문에 조롱박이 신성시되었을 것이다. 홍수 설화에서 조롱박이 빈번하게 등장하는데 남매혼 홍수 설화가 소수민족의 원시 신앙과 긴밀하게 결합했음을 엿볼 수 있다.

위와 같은 화소 비교를 통해 한·중 남매혼 홍수 설화의 공통점과 변별점을 파악할 수 있었다. 한국과 중국 남매혼 홍수 설화는 모두 대홍수 후에 남매가 살아남아 천의시험을 거쳐 결연해서 인류를 재창조해 나가는 서사 맥락을 지니고 있다. 하지만 한국 홍수 설화는 홍수 발생의 원인에 대한 서술이 거의 없는 반면, 중국 자료에서는 홍수의 발생 원인이 상세히 묘사되고 있으며 대체로 신과 인간의 갈등이 홍수의 원인이 된다. 그리고 홍수에서 살아남은 남매가 천의 시험을 거쳐 결연하는 것은 동일하나 중국 자료는 천의 시험에 대한 상세한 서술이 있는 게 특징이다. 한국 자료는 대부분 천의시험에 대해 간단하게 서술하고 각편에 따라 천의시험 대신 남매 스스로 성씨를 바꿔 결연하는 경우도 있다. 인류를 재창조하는 방식에 관해서 한국 자료는 서술이 간략하여 남매가 결연해서 인류의 시조가 되는 각편이 있는가 하면 남매가 지역의 시조, 성씨의 시조가 되는 각편도 있다. 반면 중국 자료는 대략 남매가 인류의 시조가 되는 것으로 서술하여 그들이 결연해서 핏덩어리를 낳아서 자르거나, 조롱박을 낳아서 자르는 등 여러 가지 인류 재창조 방법이 제시된다. 이를 통해 중국 소수민족 남매혼 홍수 설화와 원시 신앙의 긴밀한 상관관계를 알 수 있다.

2) 한·중 남매혼 홍수 설화의 의미

중국 소수민족 남매혼 홍수 설화에선 뇌신, 천신과 천신이 보낸 사자(使者), 혹은 신격인 동물 등이 빈번하게 등장한다. 서사가 전개되는 과정에서 그들의 역할이 주축을 이룬다고 해도 과언이 아니다. 신들이 때로는 홍수의 주관자(홍수의 발생을 결정)로, 때로는 계시를 주는 자(착한 사람한테 홍수의 발생을 알려주고 피난 방법을 가르쳐줌)로, 때로는 인종(人種)을 찾는 주도자(홍수가 지나가고 나서 여기 저기 다니면서 살아남은 남매를 찾음)나, 남매 혼인의 '중매자'(옆에서 결혼을 부추김), 혹은 세상 만물을 여는 자(조롱박을 쪼개서 만물이 나오게 함)로 등장한다. 한마디로 뇌신이나 천신은 소수민족 홍수 설화 자료에 빠질 수 없는 존재이며, 홍수의 발생, 홍수 유민(遺民), 홍수 후 인류 재창조 등을 담당하고 있는 것이다. 예를 들어, 『메이거』〈인류기원〉에서 천신의 역할은 아래와 같다.

ㄱ 격자천신이 보다 못해 말했다. "이렇게 낭비하는 것은 좋지 못한데, 이 대(代) 사람들의 마음씨가 안 좋구나. 이 대의 사람들을 모조리 바꿔야겠다."

ㄴ 격자천신이 무모륵왜를 인간 세상으로 보내 3대(代)의 사람들을 바꾸라고 명하였다. 무모륵왜가 곰으로 변신하여 홍수를 막고 좋은 인종을 찾아 대를 이어가게 하려고 했다.

ㄷ 무모륵왜가 말했다: "인심이 몹시도 좋지 못하구나. 인종이 곧 바뀔 것이다. 물이 꽉 차서 홍수가 날 것이다 …… 총각의 인심이 좋으니

박 씨앗을 3알을 주겠다. 얼른 가서 심어라.”

㉣ 천신이 놀래서 내려와 홍수를 정지시켰다. 동쪽으로 가리키니 산봉우리가 드러나고, 남쪽으로 가리키니 풀과 나무뿌리가 보였다. 격자천신이 인종을 찾으러 사방팔방 돌아다녔다……인종을 찾았다. 천신이 몹시 기뻐했다. 남매한테 분부하며 말하길: “세상의 인종이 너희 둘밖에 안 남았으니 혼인하여 대를 이어가거라.”

㉤ 천신이 가리키면서 말했다. 이쪽에 나무 한 그루가 있고, 저 쪽에 나무 한 그루가 있다. 하나는 수나무이며, 다른 하나는 암나무이다. (중략) 남매는 나무처럼 한 가정을 꾸려라.

㉥ 조롱박을 찾았다. 조롱박을 잘 갖다놓고 천신이 금 송곳으로 조롱박을 쪼갰다. 천신은 송곳으로 조롱박을 쪼갰다.[248] - 〈인류기원〉 이족(彝族)

위의 예문을 ㉠→㉡→㉢→㉣→㉤→㉥의 순서로 연결을 시키면 전체 홍수 이야기가 그려진다. 이를 통해 서사에서 천신의 비중과 역할이 크다는 특징을 엿볼 수 있다. 즉 신이 스토리 전개를 좌우한다고 평가할 수 있다.

그리고 천신 외에 뇌신이 직접적으로 등장하는 홍수 설화 자료를 많이 찾아볼 수 있다. 앞서 홍수 원인부분에서도 언급했듯이 뇌공과 인간의

---

248 “㉠ 格滋天神看不過: 不該這樣來糟蹋! 這代人的心不好, 這代人要換一換. ㉡ 格滋天神派武姆勒娃下凡來, 派他把第三代人換一換, 武姆勒娃變只大老熊, 堵水漫金山. 尋找好人種, 留下傳人煙. ㉢ 武姆勒娃說: ‘人心很不好, 要換人種了, 水要漫金山, 大水快發了(中略) 小弟弟妳良心好, 給妳三顆葫蘆籽, 趕快回去栽葫蘆. ㉣ 格滋天神著了慌, 下凡來車水. 東方指一指, 山頭現出來, 南方指一指, 草根數目看見了(中略) 格滋天神找人種, 四面八方走(中略) 人種找到了, 天神好喜歡, 吩咐兄妹倆: ‘世上人種子, 只剩妳兩個, 兄妹成親傳人煙. ㉤ 天神指著說: “這邊一棵樹, 那邊一棵樹, 一棵是公樹, 一棵是母樹(中略) 兄妹學樹成一家. ㉥ 葫蘆找到了, 葫蘆放好了, 天神用金錐開葫蘆, 天神用銀錐開葫蘆.”雲南省民族民間文學楚雄調查隊, 〈인류기원(人類起源)〉, 『梅葛』, 雲南人民出版社, 2009, 25~50쪽.

갈등으로 홍수가 발생되는 경우가 많았다. 36편의 남매혼 홍수자료 중 뇌신이 직접 등장해서 홍수를 일으킨 자료는 13편이 있다. 야오족(瑤族)의 〈복희형매적고사(伏羲兄妹的故事)〉를 예로 들어 보겠다.

  ㉠ 얼마 있지 않아 뇌공이 또 싸우러 왔다. 하늘에서 날아 내려와 한 발로 지붕 위에 섰는데 비틀거리다가 쿵하고 바닥으로 떨어지고 말았다. 대성이 물항아리로 그를 덮어버려 곡식 창고에 가두었다.[249]

  ㉡ (복희남매)가 구정물을 떠서 뇌공한테 주었다. 뇌공이 물을 받아 한 모금 먹고 갈증을 해소했고, 두 모금 먹고 내뿜었더니 쿵 소리 나면서 곡식 창고가 부서졌다. 그는 얼른 탈출하여 앞문으로 도망갔다.[250]

  ㉢ 집 뒤쪽으로 나갔다가 복희 남매의 은혜를 갑자기 떠올렸다. 떠나기 전에 이빨 하나 뽑아 주면서 당부하였다. "어려움이 생겼을 때 너희 둘이 이를 땅에 심으면 큰 박이 열려 너희 둘을 살려줄 것이다."[251]

  ㉣ 뇌공이 하늘로 올라간 다음 원한을 풀고자 홍수를 내려 대성을 죽이려고 했다. 천둥이 치고, 바람도 세게 불고, 검은 구름이 잔뜩 끼더니 억수같이 퍼붓는 비가 계속 내렸다.[252]

  ㉤ 어느 날 태백선인(太白仙人)이 인간 세상에 내려와 남매 앞에 딱 나타나

---

249 "不久雷公又來挑戰, 從天上飛了下來, 一脚踏在屋頂, 脚跟未站穩, 骨碌碌一個踉蹌, 啪嗒一聲跌下地來, 大聖用水缸把他蓋住, 關在禾倉裏."〈伏羲兄妹的故事〉, 『中華民族故事大系』 5, 1995, 23쪽.

250 "(伏羲兄妹)舀了一瓢潲水(泔水)給雷王喝. 雷公得水, 喝了第一口, 解渴; 喝了第二口, 使勁一噴, 轟隆一聲, 禾倉立刻破裂, 他跳出倉來急忙從前門逃走了."〈伏羲兄妹的故事〉, 『中華民族故事大系』 5, 1995, 23쪽.

251 "剛走到屋後, 忽然想起伏羲兄妹給他的好處, 臨去時, 拔下一顆牙齒送給他們, 並囑咐他倆說": "到了有難之時, 你們就把它種在地裏, 會長個大瓜來救你們."〈伏羲兄妹的故事〉, 『中華民族故事大系』 5, 1995, 23쪽.

252 "雷王回到天上, 要報仇雪恨, 想用大水來淹死大聖, 雷聲震撼萬裏長空, 狂風大作, 烏雲密布, 瓢潑大雨嘩嘩下個不停."〈伏羲兄妹的故事〉, 『中華民族故事大系』 5, 1995, 23~24쪽.

남매에게 결혼하라고 권했다. (중략) 태백선인이 말하기를: "너희들 둘
이 맷돌 하나씩 들고 각자 봉우리에 올라간 다음 동시에 맷돌을 굴려
내려봐라. 맷돌이 합치면 너희 둘이 결혼하는 것이다."[253]

  – 〈복희형매적고사(伏羲兄妹的故事)〉 야오족(瑤族)

  위의 예문을 ㉠→㉡→㉢→㉣→㉤의 순서로 연결시키면 이족 남매
혼 홍수 설화처럼 대략적인 전체 홍수 이야기가 그려진다. 뇌공은 자기를
속이고, 붙잡아둔 대성(大聖)한테 복수하려고 홍수를 일으키는 반면 자신
에게 은혜를 베푼 복희 남매에게는 보답으로 이빨을 남겨주고 피난 방법
도 알려준다. 홍수가 끝난 후 세상에서 유일한 생존자인 남매가 하늘에서
내려온 태백 신선의 계시를 받고 결연한다. 이족, 야오족(瑤族)의 자료 외
에 대부분의 소수민족 남매혼 홍수 설화에서 신은 홍수를 일으키고, 남매
에게 피난 방법을 알려주고, 마지막 천의시험 및 인류재창조하는 데까지
모두 개입하고 있다. 즉, 중국 홍수 설화에서는 인간계와 대립되는 천상
계를 그리면서 신이 인간 세상을 주관하는 역할을 보여준다.
  그러면 한국 홍수 자료에선 신이 어떤 식으로 등장할까? 〈인류의 시조〉
를 예로 들어 보겠다. 이 자료 안에선 신이 직접적으로 등장한 부분을
찾을 수 없다. 굳이 찾는다면 '하늘'이 한 번 나왔을 뿐이다. 그렇다면
신의 역할이 빠지고 서사가 어떻게 전개되는지 살펴보자.

  "어떻게 하면 좋을까?" 날마다 고심을 하던 동생은 누나에게 이렇게
  말했다.

---

253 "一天太白仙人下凡, 攔住兄妹的去路, 勸他們倆人結婚 (中略) 太白仙人說: "你們倆
    各搬一片石磨, 各上一個山頭, 兩人同時把它從山上滾下, 如果兩片磨石仍舊合在一
    起, 你倆就結婚吧." 〈伏羲兄妹的故事〉, 『中華民族故事大系』 5, 1995, 24쪽.

"누님, 아무래도 누님과 나는 결혼해야겠지."

"글쎄 말이다. 너와 내가 결혼할 수도 없고 안할 수도 없으니……"

"그래도 이 세상에는 누님과 나밖에 없으니 결혼하는 수밖에 없지 않아."

"그럼 한번 하늘에 물어보는 게 좋겠다. 너는 앞산 위에 올라가서 청솔가지를 모아 놓고 불을 지르고 나는 뒷산에 올라가서 청솔가지를 모아 놓고 불을 질러서 산에 있는 연기가 하늘에서 하나로 합쳐지면 결혼하기로 하자."

……

"우리는 결혼해야 되겠지."

"아니다. 동생아! 이것만으로는 결혼할 수 없구나. 이번에는 맷돌을 굴려 보자구나.……"

……

"이제 결혼해야지요, 누님!"

"아니다 동생아! 이것만으로는 결혼할 수 없구나……"

……

"이제는 결혼해야지요, 누님!"

"그렇구나. 우리는 아무래도 결혼을 해야 되는가 보다."[254]

- 〈인류의 시조〉(한국)

그 다음으로 〈대홍수 전설〉도 살펴보도록 하겠다.

男妹는 世上에 나와 보았으나 人跡이라고는 구경할 수 없었다. 만일 그대로 있다가는 사람의 씨가 끊어질 수밖에 없으나 그렇다고 兄妹間에

---

[254] 〈인류의 시조〉, 한상수, 『한국인의 신화』, 문음사, 1980, 224~225쪽.

結婚을 할 수도 없었다. 얼마 동안을 생각하다 못하여 兄妹가 각각 마주
서 있는 두 峰 위에 올라가서 계집 아니는 암망(구명 뚫어진 편의 맷돌)을
굴려 내리고 사나이는 수망(下部石臼)을 굴려 내렸다. (或은 망代신 靑솔개
비에 불을 질렀다고도 한다.) 그리고 그 들은 各各 하느님에게 祈禱를 하였
다. 암망과 수망은 異常하게도 山골 밑에서 마치 사람이 일부러 포개 놓은
것 같이 合하였다. 兄妹는 여기서 하느님의 意思를 짐작하고 結婚하기로
서로 決心하였다.[255]

이처럼, 〈인류의 시조〉나 〈대홍수 전설〉에서 신이 등장해 홍수를 예언
하고 피난 방법 알려주는 등의 모습을 찾을 수 없다. 신 대신에 남동생이
먼저 결혼하자고 하고, 누나는 거절했다가 천의시험 끝에 결혼하기로 결
심한다. 아니면 남매가 각각 맷돌을 굴려 내린 다음 하느님에게 기도를
한다. 즉, 여기서 신은 남매혼에 주도적인 영향을 미치지 않는 존재이다.
남매는 인간의 힘과 지혜로 홍수를 이겨내고 인류를 재창조하는 것이다.
하느님이란 단지 이 과정을 지켜보는 방관자이며 증인(證人)으로 봐도 무
방하다. 다른 두 편의 자료도 이와 비슷한 양상을 띤다. 전체적으로 한국
남매혼 홍수 설화가 강조하고자 한 것은 인간이 스스로 새로운 세상을
개척해 나가는 정신, 인간의 지혜, 인간의 힘을 것이다.

종합해서 보면 한국의 홍수 설화와 중국 소수민족 남매혼 홍수 설화는
비슷한 구조를 가지고 있으나 홍수 발생의 원인과 성격, 홍수가 발생한
후에 살아남은 사람에 대한 선택, 인류재창조의 과정 등 여러 방면에서
차이점을 보인다.

소수민족의 홍수는 인간과 신의 갈등으로 인해 발생한 것이며, 살아남

---

255 〈대홍수 전설〉, 손진태, 『孫晉泰先生全集2·한국민족설화의 연구』, 태학사, 1981, 514쪽.

을 사람도 엄선된 과정을 거쳐 살아남는 방법을 알게 된다. 또한 그들이 혼인하여 인류를 재창조할 때, 직접 아이를 낳았다는 서술 대신에 조롱박을 하나 낳아 그 안에서 여러 민족이 나왔다는 서술이 많은데, 이는 홍수 신화와 원시신앙의 결합을 보여주는 대목이다. 그밖에 전체 서사에서 신이 차지한 분량이 많고 서사의 주축을 이룬다는 점, 신이 인간사를 결정해 주는 존재로 돋보인다는 점이 특징이다. 즉, 신이 전체 서사의 주체가 되는 것인데 이를 통해 우리는 중국 소수민족 홍수 설화의 '신본주의(神本主義)'지향을 읽어낼 수 있다.

반면 한국 자료는 남매혼 홍수 설화의 중심 모티프는 보존되었으나 전승 과정에서 대중화(大衆化)가 된 상태라고 할 수 있다. 홍수의 발생도 우연한 자연재해로 나타나고, 하늘의 신이 내려와 계시를 주거나 피난 방법을 가르쳐 주는 서술도 없다. 인간인 남매는 신의 구원 없이 살기 위해 우연히 높은 산으로 피신하였다가 살아남았다. 그들은 인종이 끊어지는 것을 염려하다가 스스로 남매혼의 방식을 선택하며 이때 천의시험을 치르는 것은 단지 하늘의 뜻을 확인하는 방법의 하나이다. 즉, 신의 역할이 약화되거나 없어진 양상을 보이며 인간이 설화의 주체가 된 것을 볼 수 있다. 그래서 한국 남매혼 홍수 설화는 인간 스스로가 개척해 나가는 힘을 보여주며, 서술의 주체로 등장한다. 신의 역할은 단지 뜻을 나타내고 보증해 주는 정도로 축소된 것이다. 즉, 한국의 남매혼 홍수 설화는 '신본주의(神本主義)'에서 '인본주의(人本主義)'로 넘어간 이후의 이야기라는 것을 알 수 있다.

한편, 중국 소수민족 사이에 전승되는 남매혼 홍수 설화는 다양한 서사와 전개를 가진 반면 한국의 남매혼 홍수 설화는 서사가 비교적 간략하게 전개되어 있다. 한편 중국 소수민족의 홍수 설화는 신화적인 원모를 그대로 보유하고 있는 반면 한국 남매혼 홍수 설화는 전파되는 과정에서 신화적인 요소가 많이 탈락된 듯하다. 특히 여러 가지 독특한 변이 양상을 보이는데 하나는 홍수 배경이 전란으로 바뀐 것이고 또 하나는 달래강이나 달래고개의 지명유래 설화로의 변이다. 전란을 배경으로 한 남매혼 설화는 남매 둘만 전쟁에서 살아남아 천의시험을 한 다음 결연해서 성씨의 시조가 되는 이야기를 담는다. 이를 통해 전란이 한반도에 끼친 영향, 민중들이 전쟁으로 인해 받은 아픔을 엿볼 수 있다. 그리고 달래강이나 달래고개의 유래에서 전 세계를 파멸시킨 홍수를 국지적인 소나기로 변모시켜 남동생 혹은 오빠의 정욕을 중심으로 서사가 전개된다. 이는 한국의 윤리 관념이 이야기를 다른 방향으로 변모시킨 결과라 볼 수 있다. 남매혼 홍수 설화의 신화적 요소가 탈락되어 달래강 전설이 파생되는 것은 신화가 전설로 변이되는 과정을 보여주는 좋은 예이기도 하다. 한국 남매혼 홍수 설화에서 신화적 요소 탈락되면서 신의 역할도 함께 축소되었다. 인간이 설화의 주체가 되면서 신(神) → 인(人)의 관계 대신에 인(人) → 인(人)의 관계가 서사의 주축이 되어 인간사, 윤리적 문제를 제기하기 시작한다.

2. 한·중 비혈연혼 홍수 설화

중국 소수민족 홍수 설화 자료 중에서 홍수에서 살아남은 인간 남자와 천신의 딸이 결연하는 천녀혼 유형을 찾아 볼 수 있다. 여기서 천녀혼 홍수 설화, 그리고 한국의 〈나무도령과 홍수〉담 유형을 한 자리에 놓고 비교를 시도하고자 하는데, 두 설화가 모두 남매혼이 아닌 비혈연혼 재창조 방식을 취하고 있다. 〈나무도령과 홍수〉 이야기는 소수민족의 천녀혼 유형과 어느 정도 차이가 있으나, 앞서 정리한 줄거리를 보면 대체로 '홍

수 발생 → 인간인 남자가 살아남음 → 결연 장애 → 난제구혼 → 부부가
인류의 시조가 됨'으로 전개되어 구조적으로 비슷한 면모를 지니고 있다.
여기서 홍수 원인, 피난 수단, 혼사장애, 난제구혼 4가지 화소를 통해 그
서사 맥락을 비교해 보고자 한다.

1) 한·중 비혈연혼 홍수 설화의 화소

(1) 홍수 원인

먼저 홍수의 발생 원인이 각각 무엇인지 알아보겠다. 중국 천녀혼 홍수
설화에서 홍수의 원인은 대부분 인간·신의 갈등으로 제시된다. 일단 인
용문을 보도록 하겠다.

> ㉠ 천상 은체곡자는 격야아필(인명)이 죽음을 당한 사건 때문에 9개 바다
> 의 물을 방출시켜 온 땅을 침몰시키려고 했다.[256]
>
> – 〈홍수 범람(洪水氾濫)〉 이족(彝族)
>
> ㉡ 이 사람들이 간이 부었구나, 감히 내 사람을 죽이다니!"(중략) "지금
> 내가 지상의 모두 사람에게 벌을 주어 그들에게 매운 맛을 보여줘야
> 겠어."[257]　　　　　– 〈홍수조천의 고사(洪水潮天的故事)〉 이족(彝族)
>
> ㉢ 종인리은 시대에 들어와 다섯 형제와 여섯 자매가 있었는데 그들이
> 마땅한 배우자를 못 만나 남매끼리 결혼했다. 이와 같은 불길한 소식이
> 하늘까지 들려와 천신을 노하게 만들었다. 그래서 해와 달이 빛을 잃고,

---

[256] "宇宙的上方, 恩體谷滋家, 為爭格惹阿畢的命案, 要放九個海, 把地全淹沒." 馮元蔚,
〈홍수 범람〉, 馮元蔚, 『勒俄特衣』, 四川民族出版社, 1986, 83쪽.

[257] "這些人太大膽了, 敢殺我的人!"(中略) "現在我要懲罰地上所有的人, 讓他們知道
我的厲害."〈洪水潮天的故事〉, 『中華民族故事大系』 3, 1995, 19~20쪽.

산과 산골짜기도 울음을 터뜨렸다. 이는 산이 무너지고 홍수가 나서 재난이 다가오는 징조이다. (중략) 그는 밭을 갈 줄 몰라 (중략) 동신(東神)과 슬신(瑟神) 사는 곳까지 쟁기질을 하였다.[258]

〈인류천사기(人類遷徙記)〉 나시족(納西族)

이족의 〈홍수 범람〉과 〈홍수조천적고사(洪水潮天的故事)〉에서는 천신 은체곡자의 사신이 인간 세상에 내려와 곡식 세를 받으려고 했다가 지상의 사람한테 죽임을 당했다. 이에 천신이 홍수를 내려 인간 세상을 멸망시키려고 했다. 나시족 〈인류천사기〉에서는 남매끼리 결혼하는 것 때문에 천신의 노여움을 사고, 게다가 종인리은이 밭을 갈 줄 몰라 신의 영역을 침범하기도 하였다. 따라서 인간과 신의 갈등으로 인하여 홍수가 발생한다. 여기서 홍수는 인간을 징치하는 역할을 하고, 인간은 징치의 대상이 된다. 홍수의 원인을 구체적으로 언급하지 않고, 삼형제가 황무지를 개간하다가 누군가가 와서 홍수를 예언하는 경우도 있는데, 나시족의 〈좌치로일저(銼治路一苴)〉와 푸메이족(普美族)의 〈파미사렬(帕米查列)〉이 이에 해당된다. 물론 삼형제의 개간은 홍수의 직접적인 원인이 아니다. 그러나 인간의 개간 행위가 토지의 원상복구로 이어지고 그것이 다시 천신의 사자에 대한 위해로 연결된다는 점에서 개간이 반드시 홍수의 원인과 무관한 것은 아니다. 문제는 왜 하필이면 개간이고 천신의 사자에 의한 개간의 뒤집기냐는 것이다. '개간 – 복구'의 구조적 대립상의 의미는 표면적으로는 홍수가 일어나면 세상 모든 것이 휩쓸리고 없어지므로, 밭 갈기는 부질

---

258 "到了從忍利恩一代, 有五個兄弟和六個姊妹, 他們沒有適當配偶, 互相結了婚. 這可穢氣衝天, 觸怒了天神. 于是日月無光, 山和谷也啼哭起來. 這是山崩地裂, 洪水橫流, 災難臨降的預兆 (中略) 他也不會耕田呀(中略)走到東神和瑟神的地方, 開起荒來." 〈人類遷徙記〉, 『中華民族故事大系』 9, 1995, 645쪽.

없는 노동이라는 것을 의미한다. 하지만 신화적 차원에서 '복구'를 바라보자면 홍수가 가진 '카오스로의 회귀'를 상징하는 것을 알 수 있다.[259]

> ㉠ 선녀는 천상으로 돌아가 버리고 갑자기 큰 비가 내리기 시작하여 연일 연월의 대우는 필경 이 세계를 바다로 화하게 하였다.[260]
>
> —〈홍수 설화(목도령)〉(한국)
>
> ㉡ 그런디 하루는 큰 비가 와서 큰물이 져서 왼 동네가 물바대가 되고 둥구나무는 떠내려가게 되느라.[261]　　　—〈둥구나무 아들〉(한국)
>
> ㉢ '이번 홍수는 하느님이 이 세상을 다시 시작하려는 것이다. 새 세상에는 너만 살아서 사람의 조상이 되어야 하느니라.[262]
>
> —〈나무도령과 홍수〉(한국)
>
> ㉣ '좌우간에 비가 시작하거등 너 오동나무에 올라갔고 너 집에 들어앉거라. 천지개복을 하니.' 그래 그런 걸 인자 참 시긴대로 찰밥을 떡 해 갖고 언자 거석하이께, 그 날 참 비가 온단 말이라.[263]
>
> —〈오동나무에 공들여 낳은 아들〉(한국)

한국의 〈나무도령과 홍수〉의 경우 대부분 각편에서 홍수 발생 원인이나 배경이 언급되지 않고 있다. 그저 어느 날에 갑자기 비가 오기 시작하

259　조현설, 「동아시아 홍수신화 비교연구―신·자연·인간의 관계에 대한 인식을 중심으로」, 『구비문학연구』16, 한국구비문학회, 2003, 481~482쪽.

260　〈홍수 설화(목도령)〉, 손진태, 『孫晉泰先生全集2·한국민족설화의 연구』, 태학사, 1981, 672쪽.

261　〈둥구나무 아들〉, 『한국구전설화』7, 평민사, 1990, 270쪽.

262　〈나무도령과 홍수〉, 『한국인의 신화』, 문음사, 1980, 229쪽.

263　〈오동나무에 공들여 낳은 아들〉, 『한국구비문학대계』8-5, 한국정신문화연구원, 1981, 816쪽.

더니 몇 날 며칠을 계속 내려 홍수가 난다고 한다. 그러나 〈사람의 조상인 밤나무 아들 율범〉,〈오동나무에 공들여 낳은 아들〉,〈나무도령과 홍수〉에서는 아버지인 나무가 목도령에게 홍수 원인을 천지개벽으로 인한 것으로 설명한다. 물론, 천지개벽도 자연현상에 해당되는 것이다. 한편 홍수의 원인을 확실하게 밝히는 특이한 각편이 하나 있는데 바로 〈구해준 하루살이·돼지·사람〉이다. 배나무가 목도령에게 서당 앞에 있는 비석에 절대로 피를 바르지 말라고 하는데, 만일 비석에 피를 바르면 큰 변이 일어난다고 말했다. 그러나 한 아이가 비석에 피를 바르자 하늘에 검은 구름이 몰려오고 비가 오기 시작하더니 홍수가 났다. 이는 〈돌부처 눈 붉어지면 침몰하는 마을〉담과 교섭한 양상으로 보인다. 전체적으로 봤을 때 〈나무도령과 홍수〉담은 홍수 원인이 따로 밝혀지지 않고 자연현상으로 홍수가 발생하는 것을 볼 수 있다.

(2) 피난 수단

홍수가 일어난 다음 나무도령이나 중국 천녀혼의 남주인공은 모두 피난길에 나서는데, 〈나무도령과 홍수〉담에서는 나무도령이 아버지인 교목의 도움을 받아 살아남는다. 중국 천녀혼 홍수 설화에서는 대부분 목궤(木櫃)나 목고(木鼓)가 피난 도구로 사용된다.

　㉠ 노인이 셋째한테 말했다. "자네는 착한 사람이니 나무 궤짝 안에 숨어
　　도 되는데 자물쇠를 궤짝 안에 설치하고 양식도 그 안에 넣어라. 숫염소
　　와 숫양을 바깥에 두어라."[264]

264　"老人對老三說：'你是一個很善良的人, 你可以藏在木做的櫃子裏, 把鎖安在裏面, 把
　　口糧放在裏面; 把公山羊和公綿羊放在外面."〈洪水潮天的故事〉,『중화민족고사대
　　계』3, 1995, 23쪽.

-〈홍수조천적고사(洪水潮天的故事)〉이족(彝族)

ⓛ 자네가 발이 하얀 숫야크를 한 마리 죽여서 소가죽을 벗긴 다음에 가죽
으로 북을 만들어라. 가는 바늘과 굵은 실로 꿰매고, 북에다 12개의
줄을 묶어라.[265]   -〈인류천사기(人類遷徙記)〉나시족(納西族)

ⓒ 자네가 발이 하얀 숫야크를 한 마리 죽여서 소가죽을 벗긴 다음에 가죽
으로 북을 만들어라. 가는 바늘과 굵은 실로 꿰매고, 북에다 12개의
줄을 묶어라.[266]   -〈인류천사기(人類遷徙記)〉나시족

ⓔ 그래 나무에 떡 높은게 인자 떡, 자구 만댕이(꼭대기) 올라라 카는 기라,
만댕이 떡 올라 앉으니, "(작은 말소리로) 가만이 있거래이.""알겠습니
더." 그래가 그래 마 개복(개벽)이 돼가, 천지가 해일로 해가지고 물이
마 꽉 채있다.[267]   -〈사람의 조상인 밤나무 아들 율범이〉(한국)

ⓜ "야야, 아무 정깨야(어느 때에는), 아무 연분에, 아무 정깨는 큰 대수(大
水)가 져가주고, 이 세상 사람이 다 씨종 없을끼, 너거 가여 고두밥을
쌀로 서너 말 담아 쪄가주고, 자리에다(자루에다) 여어가, 이 버들 나무
끝까지 너거 모하고 올러와가 피란을 해라."[268] -〈유씨의 시조〉(한국)

ⓗ 나무는 쓰러지면서 나무 도령에게 소리를 쳤다. "어서 내 몸에 올라타
라. 꼭 잡아야 해." 나무 도령은 아버지 몸에 올라타 꼭 껴안고 매달렸
다. 나무도 가지를 굽혀 아들을 안아 주었다.[269] -〈나무도령〉(한국)

---

265 "你要殺一頭白蹄的公牦牛, 剝下牛皮, 做成皮鼓, 要用細針粗線來縫, 鼓上系起十二
   根長繩."〈人類遷徙記〉, 『중화민족고사대계』 9, 1995, 647쪽.

266 "妳要殺一頭白蹄的牦牛, 剝下牛皮, 做成皮鼓, 要用細針粗線來縫, 鼓上系起十二根
   長繩."〈人類遷徙記〉, 『중화민족고사대계』 9, 1995, 647쪽.

267 〈사람의 조상인 밤나무 아들 율범이〉, 『한국구비문학대계』 8-12, 고려원, 2002, 543쪽.

268 〈유씨의 시조〉, 『한국구비문학대계』 7-1, 한국정신문화연구원, 2002, 274쪽.

269 〈나무도령〉, 신동흔, 『세계민담전집』 1(한국편), 황금가지, 2003, 83쪽.

대홍수로 인해서 세계가 물에 잠길 때 목신은 아들을 태우고 표류한다. 즉, 목신은 여기서 원조자 역할을 한다. 이는 아버지가 재난에서 아들을 살리려는 것이기도 하지만, 신이 인간이 재난에서 살아남을 수 있도록 조력해 주는 역할로 봐도 무방하다. 목신은 이와 같은 표류 능력 이외에 예지능력도 가진 신이다. 그래서 그는 동년배의 인간을 구하면 해를 입을 거라는 것을 예지하고 홍수에서 동물은 구할 수 있으나 인간은 구하지 말라고 목도령에게 조언하기도 하였다. 즉, 여기서 '신'은 적극적으로 인간을 돕는 모습으로 나타난다.

중국 남방소수민족 홍수 설화에서는 피난 도구가 다양한데 여기서 목궤와 목고(木鼓)가 나온다. 홍수가 나자 남자가 피난 도구에 들어갔는데 목궤는 배 모양과 비슷하니 쉽게 이해할 수 있다. 앞에서 남매혼 홍수 설화를 다룰 때 지노족(基諾族) 남매가 모두 목고를 타고 피난하였다. 창세신은 남매에게 매일 북채로 북을 세 번 치라고 알려준다. 만일 북소리가 맑으면 홍수가 지나갔다는 것을 의미 하며 칼로 북을 가르고 나와도 된다고 하였다. 결국에 남매는 큰 북에서 나오게 되고 부부의 연을 맺어 인류의 후손을 번영시킨다. 지금까지 지노족(基諾族)은 음력 12월 수확 경삿날에 송구영신(送舊迎新)의 날을 보낸다. 틀을 짜서 북을 걸어놓고 남자는 위에서 북을 치며 춤을 춘다. 여자는 밑에서 북을 치며 반주를 한다. 사람들은 큰북을 둘러싸고 춤을 추며 새 삶을 축하한다. 아마도 큰북은 대지신(大地神)과 관련이 있을 것이고, 또 대지는 출산과 관련이 있다. 이 때문에 북을 제사지내는 것은 출생에 대한 기원을 암시하고 있다.

목고는 오늘날 고(鼓)와 많이 다른 모양인데 진쉬(秦序)가 목고에 대해 이같이 말하였다. 서남 민족 신화에서 고(鼓)를 피수도구로 삼은 경우가 흔한데 이는 각 민족 실제 생활에서 고(鼓)가 숭배의 대상이기 때문이라고 본다. 옛날의 목고는 관고(棺鼓), 배 모양과 비슷하여 늘 조상 숭배와 결부되었다. 그리고 원시적인 목고는 독목주(獨木舟)와 제작 방법이 비슷해서 이에 따라 홍수 설화에서 고(鼓)가 피난도구로 등장한다고 하였다.[270] 앞에서도 언급했지만, 호로 숭배나 목고 숭배는 모두 이들의 자연 속성에서 온 것으로 그 속성에 따라 숭배의 대상이 되었을 것이다.

(3) 혼사장애

비혈연혼 홍수 설화에서는 홍수가 발생하고 인간인 남자 한 명이 살아남아 배필을 찾는 난제를 겪는다. 그러나 한국과 중국 홍수 설화의 결연장애 양상이 사뭇 다르다. 인간인 남자가 천신의 딸과 결혼하려고 하지만 천신은 신과 인간이 통혼할 수는 없다는 이유로 거절한다. 그래서 천녀혼 홍수 설화의 남주인공들의 혼사 장애는 성·속(聖·俗)의 경계로부터, 신과 인간의 경계로부터 온 것이다. 그러나 나무도령의 혼사 장애는 구원 받은 동년배 청년한테서 온다.

> ㉠ 세 명의 사신한테 중매를 서 달라고 간절히 부탁했다. 천상의 "자(玆)"의 딸을 모셔와 지상의 종에게 시집 오라고 했다. 은체곡자가 대노하여 "절대 지상의 백성과 통혼할 수 없다"라고 말했다.[271]
>
> － 〈홍수 범람〉 이족(彝族)
>
> ㉡ 그는 사냥개를 밖에다 가두었는데 개가 오히려 되돌아와 집 안을 향해 미친 듯이 짖었다. 아보가 화나서 소리를 질렀다. "불길한 것이 집에 들어왔구나." 그래서 아침부터 저녁까지 그는 계속 칼을 갈고 닦고 그랬다. (중략) 아보가 그를 머리부터 발끝까지 자세히 살펴보고 또 살펴

---

270 秦序, 「談西南洪水神話中的木鼓」, 『山茶』 2, 山茶雜志社, 1986, 19~22쪽.

271 "懇請三使臣, 回去當媒人. 聘請天上"玆"的女, 嫁給地上的奴隷. 恩體谷玆發怒說: "主奴絶不能通婚." 〈홍수 범람〉, 馮元蔚, 『勒俄特衣』, 四川人民出版社, 1986, 90쪽.

보고 한 참 있다가 말했다. "너는 손톱과 발톱을 빼면 온몸에 혈색이 하나도 없고 손바닥과 발바닥을 빼면 온몸에 금이 하나도 없네! 너의 고향, 아구노래파의 아버지가 자기의 위엄과 영기를 아들에게 물려주지 않았구나."[272] ─〈좌치로일저(鉒治路一苴)〉 나시족(納西族)

ⓒ 그런데 할머니는 두 아이 가운데 똑똑하고 영리한 아이를 자기 딸과 결혼시키려고 생각했다. 이러한 할머니의 마음을 알아차린 아이는 은근히 나무도령을 할머니가 밉게 보도록 꾀를 꾸며냈다.[273]

─〈나무도령과 홍수〉(한국)

ⓔ 두 兒孩는 老婆의 집에서 奴役하게 되었다. 두 雙의 少年 少女는 벌써 成年期에 이르렀다. 그래서 노파는 두 雙의 夫婦를 만들어 世上의 人種을 繼續하고자 하였다. 그러나 親딸을 어느 靑年과 맞출지는가 難問이었다. 靑年도 서로 收養女(혹은 婢라고도 함)을 娶함을 좋아하지 아니하였다. 하루는 목도령이 없는 틈을 타서 救助된 靑年은 老婆에게 이렇게 말하였다.[274] ─〈홍수 설화(목도령)〉(한국)

나무도령의 혼사 장애가 그가 구한 동년배 청년에게서 비롯된 것임이 명확히 드러난다. 청년도 역시 노파의 친딸과 결연하고 싶어서 여러 가지 꾀를 내어 나무도령을 곤경에 빠뜨린 것이다. 나무 도령이 아버지인 목신

---

272 "他把牧羊犬關在外面, 可是牧羊犬反倒回頭向家裡狂吠. 阿普生氣地叫喊起來: "有什麼不祥的東西來到家裡了!"於是早上, 晚上, 只見他磨刀, 擦刀 (中略) 阿普很仔細地對他打量了又打量, 端詳了又端詳, 從頭直看到腳, 好久好久才說: "你呀! 要不是手指甲和腳趾甲, 身上就沒有一點血色了! 要不是手掌盒腳掌, 全身就沒有一點紋路啦! (中略) 你的家鄉, 阿扣魯來坡的父親可沒有把自己的威靈傳給兒子呀!"〈鉒治路一苴〉,『중화민족고사대계』 9, 1995, 653쪽.

273 〈나무도령과 홍수〉, 한상수, 앞의 책, 1980, 232쪽.

274 〈홍수 설화(목도령)〉, 손진태, 앞의 책, 1981, 168쪽.

의 명을 어겨 청년을 구했을 때부터 예언된 운명이기도 하다. 〈나무도령과 홍수〉담 후반부에서 청년과 나무도령의 공방(攻防)이 중심 서사로 부각될 때, 나무도령이 구한 여러 동물들이 그를 도와 승리를 거둔다. 이는 나무도령이 구한 동물들이 조력자로 변해 선과 악의 대립에서 선의 승리를 이끈 것으로, 구원 받은 청년이 배은망덕(背恩忘德)의 존재로 도드라지는 것은 이 대립 구조가 효과적으로 작용했기 때문이다. 중국 천녀혼 홍수 설화와의 비교를 시도해보면 자료에서 나타나는 결연 장애가 사뭇 다른 것을 볼 수 있는데, 이는 주노(主奴)의 신분격차, 신과 인간의 경계, 성과 속의 경계가 주요 요인으로 작용하기 때문이다.

(4) 난제구혼

중국 소수민족 천녀혼 홍수 설화 및 한국 〈나무도령과 홍수〉담에서 홍수에서 살아남은 인간 남자가 배필을 찾는 도중에 똑같이 난제를 겪는데, 이른바 난제구혼이다. 구혼자가 구혼 과정에서 해결할 수 없는 난제를 직면했을 때, 결연될 천녀 혹은 동물의 도움을 받아 이를 극복한다. 구혼 남성이 성공할 수 있는데 이들이 결정적 역할을 한다. 일단 구혼자들이 어떤 난제를 만났는지를 살펴보도록 하겠다.

> ㉠ 셋째 활쏘는 재주를 시험하기 위해 자매 셋이 자수 바늘 하나를 문지방에 꽂아 그를 보고 활로 바늘 구멍을 쏘아 꿰뚫으라고 했다. 첫 번째는 제대로 못 맞혀서 바늘 구멍이 활에 맞아 잘렸다. 두 번째는 활이 딱 맞게 바늘 구멍을 꿰뚫었다. 선녀들이 기쁘게 말하기를: "너의 활 쏘는 재능이 아주 좋구나. 이제부터 지상의 요괴와 악마를 상대할 수 있겠네."[275]　　　　　　－〈파미사렬(帕米査列)〉 푸메이족(普美族)
>
> ㉡ "나는 네가 재주 있는 총각인 걸 알아. 그래! 9개 산림의 나무를 전부

베어라." 리은(인명)이 그날 밤에 친홍포백명(천녀의 이름)과 상의를 했는데 그녀가 아버지 몰래 리은에게 해법을 알려주었다. 그 다음날 아침, 리은이 도끼 아홉 개를 들고 산림에 갖다놓고 말했다. "하얀 나비야 와서 일해라, 검은 개미야 와서 일해라, 리은도 스스로 일한다." 결국 9개 산림의 나무들을 모두 베었다. 아보가 말했다. "네가 유능한 거 알겠는데 그래도 내 딸을 줄 수가 없구나. 베인 산림을 태워 봐라." (중략) 아보가 말했다. "넌 확실히 유능한 게 맞구나. 그래도 내 딸을 줄 수가 없구나. 네가 태운 산림에 가서 곡식을 심어라." (중략) 아보가 말했다. "너 진짜 유능하구나. 네가 수확한 곡식이 3알 빠졌구나. 두 알은 산비둘기 모이주머니에 있고, 한 알은 개미의 배속에 있어. 유능한 총각, 방법을 찾아 곡식을 갖고 오너라." (중략) 아보가 말했다. "네가 유능한 거 맞구나. 그래도 내 딸을 줄 수가 없다. 오늘 밤에 나랑 같이 티베트 푸른 양을 잡으러 가자." (중략) 아보가 말했다. "네가 유능한 거 맞구나. 그래도 내 딸을 줄 수 없다. 오늘 밤에 나랑 강가에 가서 고기를 잡자."[276]　　　　　 ―〈인류천사기(人類遷徙記)〉 나시족(納西族)

---

[275] "爲了試驗老三的箭術, 三姊妹拿來一枚繡花針挿在門檻上, 叫老三一箭穿針眼. 老三搭上箭, 瞄準針眼射去. 第一箭射偏了, 射斷了針眼, 第二箭不偏不斜, 箭頭穿過針眼飛出去. 仙女們高興地說:"你的箭術很高. 從今以後, 你能和地上那些妖魔鬼怪打仗了."〈帕米査列〉,『中華民族故事大系』14, 1995, 21쪽.

[276] "我知道你是個能幹的小伙子, 好吧! 你去給我把九片森林統統砍伐回來." 利恩晩上和襯紅褒白命商量, 襯紅褒白命暗暗把辦法告訴了他. 第二天早晨, 利恩拿了九把大斧, 放在九片森林之中, 口中喊道:"白蝴蝶來做工, 黑螞蟻來做工, 利恩自己也做工." 果然, 九片森林都砍伐完了. (中略) 阿普說:"你確是很能幹! 但是我的姑娘還不能給你. 你把砍過的林地燒乾淨." (中略) 阿普說:"你確是能幹! 但是我的姑娘還不能給你. 你去把九片火地種上糧食." (中略) 阿普就說:"你確是很能幹! 你收到的糧食短少了三粒, 兩粒在斑鳩的膆子里, 一粒在螞蟻的肚子里, 能幹的小伙子, 你想法去取回來吧!" (中略) 阿普說:"你確是很能幹! 但是我的姑娘還不能給你. 今晩我倆一同到岩頭去捉岩羊." (中略) 阿普說:"你確是很能幹! 但是我的姑娘還不能給你. 今晩咱倆到江里去捕魚."〈人類遷徙記〉,『中華民族故事大系』9, 1995, 654~659쪽.

ⓒ 이래 되니까네 그래 인자, "딱 대 놓고 머이 따지 놓고 오며 내 사우로 보꾸마." 그래 둘이 가가지고 깽이로(괭이로)가져 가가지고 인지 띠지 는데, 연들아, (청취 불능)암만 캐도 힘이 당적(當敵)을 몬 해가지고 머이 몬 띠지거등. 그래가 띠지까네 저기 마 머이 띠지거등. 이기 마 할 수 없어 기가 차가 마 앉아가 운다. 우리까네 어데서 난데없는 돼지가 한 마리 뛰오디마는 (중략) "오늘 내가 말이지 좁쌀로 한 말을 줄 모양이 니까네, 너거가 가져가가지고 머이 흩쳐 놓고 오머 내 사우로 본다." (중략) "그래 그러머 오늘은, (말을 고쳐) 내일으는 천상 너거가 좁쌀로 한 말로 머이 흩쳐 놓고 했으이까네, 내일은 내가 가마이로 하나 줄 모양이니까네, 그거 조아 담아 와야 되겠다. (중략) 시알라이까 하나가 없다 카는 기라, 그 주인이. 그래 떡 시알라이까 하나가 없다 캐가지고 그래 한 알 머저 가지러 간다고 인자 다마라(달려) 내려가이까 조거는 다 조아가 올라오거든 (중략) 그래 처녀로 두 낱으로 인자 그 이튿날 말이지 화장을 똑같이 하고, 의복을 똑같이 입히가 두 낱을 딱 시아 놓고 설렁, "누라도 내 딸 알아내며 내 사위 한다."[277]

－〈사람의 조상인 밤나무 아들 율범이〉(한국)

ⓓ 그러던 어느 날, 나무 도령이 없는 사이에 청년이 노파에게 와서 이상한 이야기를 하기 시작했다. "아주머니, 혹시 나무 도령의 재주를 보셨나요?" "재주라니, 무슨 재주?" "저런! 아직 보여 드리지 않았군요. 나무 도령이 어찌나 힘이 센지 한나절 만에 산지락을 밭으로 만들 수 있답니다. 그런가 하면 모래 속에 좁쌀 한 가마니를 섞어 놓아도 한나절 만에 깨끗이 골라 내지요. 그런데 그 사람은 자기가 좋아하는 사람한데만 재주를 보여준답니다. 한번 보여 달라고 해보세요. 아주머니를 좋게

277 〈사람의 조상인 밤나무 아들 율범이〉, 『한국구비문학대계』 8-12, 고려원, 1986, 548~551쪽.

생각한다면 보여 줄 거에요 (중략) 어찌 된 일인가 하면 그 사이 노파의 딸이 뒷문을 통해 동쪽 방으로 옮겨가고 몸종을 서쪽 방으로 보낸 것이었다. 자기는 나무 도령에게 마음을 두고 있는데 어머니는 청년을 좋아하고 있음을 눈치 채고서 살짝 꾀를 낸 것이다.[278]

− 〈나무도령〉(한국)

이상의 인용문에서 볼 수 있듯이, 중국 소수민족 천녀혼 홍수 설화의 남주인공이나 나무도령은 여러 가지 난제에 부딪치는데, 중국의 경우에는 활쏘기, 숲의 나무 베기, 나무 벤 땅을 불태우기, 곡식 씨를 뿌리기, 곡식을 수확하기, 사냥하기, 물고기 잡기 등이 제시된다. 한국에서는 산자락을 밭으로 만들기, 좁쌀 흩어 놓기, 심은 좁쌀을 다시 담기 등의 난제가 있다. 물론 〈나무도령과 홍수〉담에서 주인이 직접 난제를 내는 경우가 있는가 하면 청년이 악심을 품고 주인한테 나무도령의 재주를 테스트하자고 제안하는 경우도 있다. 이는 선·악 대립의 주제와 일맥상통하는 설정으로 볼 수 있다.

한·중 난제구혼의 난제들 모두 현실 생활, 농경 생활과 긴밀하게 관련되어 있음을 엿볼 수 있다. 논밭을 만들고 씨를 뿌리고 수확하는 것은 모두 일상 속 생산 활동에서 흔한 작업들이다. 물론 어떤 난제는 과장된 색채가 있긴 하나 대체로 보면 현실성이 강하며 남주인공의 체력, 지력(智力), 인내력을 검증할 수 있는 항목들이다. 초민들의 생활 난제에 대한 관심으로 인해 난제해결이란 주제가 저절로 구비문학 작품에 자리 잡힌 것으로 보인다. 왜냐하면 원시 초민(初民)들에게는 생활 중 맞닥뜨리는 난제 해결 문제가 다른 어떤 것보다도 현실적이고 중요한 탓이다.

---

278 〈나무도령〉, 신동흔, 『세계민담전집』 1(한국편), 황금가지, 2003, 86~89쪽.

나무도령은 홍수에서 구해준 동물들의 도움을 받아 위와 같은 난제를 넘기는 데 성공한다. 돼지, 황새, 개미 등이 조력자로 등장한다. 각편에 따라 주인의 딸이 나무도령과 결연하기 위해 직접 꾀를 내는 경우도 있다. 중국 같은 경우에는 동물의 도움을 받는 경우도 있지만 대부분 천신의 딸이 직접 구혼자를 도와준다. 이는 인간인 남자와 천신의 딸 사이의 결연도 천의에 부합한 것임을 알 수 있다. 이는 남매혼 홍수 설화에서 천의시험을 하는 것과 똑같은 효과를 낸다. 이와 같은 난제구혼을 거쳐, 한편으로는 구혼자의 능력을 검증하는 것이니 일종의 통과의례로 볼 수 있다. 다른 한편으로는 난제에 부닥칠 때 늘 신이한 동물이나 천신의 딸의 도움이 있으니 인간 남자가 천신의 딸, 주인의 딸과의 결연도 천의에 부합한 것임을 알 수 있다.

한국과 중국 모두 이처럼 난제구혼의 과정을 거쳐 이뤄진 결연을 노역혼과 연결해서 보는 견해가 있다. 진건헌은 천신이 낸 난제가 모두 인간 세상의 노동이며 구혼자가 한 노동들이 처가의 부를 누적하는 데 크게 기여한다고 고찰했다. 또한 이와 같은 신화들이 사실은 노역혼에 대한 묘사라고 밝혔다. 『한서(漢書)』에서 노역혼에 관해서 "사위가 처를 따라 처갓집에 들어가……처가집에서 복역을 하며 일이년 후에 처갓집에서 후하게 딸과 사위를 내보낸다(婿隨妻還家……爲妻家僕役, 一二年間, 妻家乃厚遣送女)."라는 기록을 찾을 수 있다. 복역(僕役)시간이 짧으면 일이 년, 길면 십 년, 십오 년이 될 수도 있다. 天女婚 유형은 주로 나시족과 이족에서 전승되었는데, 이 두 민족이 노역혼 풍습을 오래 동안 보유한 민족이라는 것을 생각했을 때, 신화는 모두 당시 생활상을 반영한 것임을 알 수 있다.[279]

그러나 이와 같은 견해는 재고할 필요가 있다. 노역혼은 결혼에 앞서서

---

279 陳建憲, 『神祇與英雄 - 中國古代神話的母題』, 三聯書店, 1994, 134~136쪽.

남자가 처가에서 일정기간 노역 봉사하는 혼인 제도이다. 그러나 천녀혼 홍수 설화에서는 인간인 남자가 천상에 머무르지 않고, 여러 가지 난제를 통과한 다음 곧바로 천녀를 데리고 가축과 곡식을 가지고 지상으로 내려오는 것을 볼 수 있다. 노역혼에서는 남자가 보통 가축이나 곡식, 농기구 등을 가지고 처가로 들어가서 사는 것인데 천녀혼 홍수 설화의 내용과는 거리가 멀다. 게다가 노역혼은 사회 발전 과정에서 비교적 늦게 나타난 결혼 형식인데, 천녀혼 홍수 설화를 노역혼과 동일시하는 것은 마땅하지 않다고 본다. 그리고 〈나무도령과 홍수〉담도 이와 같은 맥락에서 이해할 수 있다. 이 유형의 설화들의 핵심은 난제구혼에 있지, 단순한 복역에 있는 것이 아니다. 이러한 난제구혼을 통해서 인간 남자의 능력, 선심(善心)이 부각되고 인간과 신의 신분 격차를 좁힌 한편 의인과 악인의 경계를 더 뚜렷하게 드러내고 있음을 상기해야 한다.

위와 같은 화소 비교를 통해 우리는 한국과 중국 비혈연혼 홍수 설화의 공통점과 변별점을 파악할 수 있다. 양국의 비혈연혼 홍수자료는 모두 '홍수 발생 → 인간인 남자가 살아남음 → 결연 장애 → 난제구혼 → 부부가 인류의 시조가 됨'으로 전개되어 구조적으로 비슷한 면모를 지니고 있다. 하지만 화소별로 차이를 보인다. 중국 천녀혼 홍수 설화에서 홍수의 원인은 대부분 인간·신의 갈등으로 제시되는데 한국의 경우 홍수 원인을 명확히 밝히지 않는다. 중국 자료를 보면 홍수에서 살아남은 자가 신의 계시를 받아 목궤나 목고 안에서 피난한다. 목도령은 아버지인 교목의 등에 타고 홍수에서 살아남을 수 있다. 한국과 중국 자료의 가장 큰 차이가 나타나는 대목은 바로 혼사 장애이다. 중국에서는 남자가 천녀와 결연하는 데 가장 큰 장애가 신과 인간의 경계로부터 온 것인 반면 한국 목도령의 혼사 장애는 홍수에서 구해준 동년배 청년한테서 온 것이다.

이와 같은 장애를 극복하기 위해 목도령은 홍수에서 구해 준 동물의 도움을 받게 되고, 중국 자료에선 인간 남자가 천신이 낸 여러 가지 과제를 스스로 극복해 나가거나 천녀의 도움, 혹은 동물의 도움을 받아 결국 신과 인간의 경계를 뛰어넘는다. 여기서 한 가지 주목해야 할 것은 중국의 인간 남자가 모두 천신의 딸과 결연해서 인류의 조상이 되어 하나의 민족 혹은 여러 민족의 시조가 된다는 점이다. 하지만 한국의 〈나무도령과 홍수〉담을 보면 나무도령이 주인의 딸과 결연해서 인류시조가 되는 경우도 존재하지만 주인 혹은 왕의 사위가 되어 후대들이 잘 살았다는 경우가 대부분이다. 즉, 한국의 비혈연혼 홍수 설화는 인류재창조에 초점을 맞추는 경우도 있지만 대부분 인간의 삶에 초점이 맞춰있음을 알 수 있다.

2) 한·중 비혈연혼 홍수 설화의 의미

〈나무도령과 홍수〉담에서 나무도령은 천상선녀와 목신 사이에 태어난 아들로 등장하기도 하고, 지상 인간인 과부, 혹은 처녀가 목신의 정기에 감하여 임신하여 낳은 아들로 등장하기도 한다. 홍수가 일어나자 목도령은 교목의 도움을 받아 살아남았는데 돼지, 개미 등 여러 동물도 같이 건져 살려준다. 그러나 마지막에 나무도령이 청년을 구하는 대목부터 나무도령과 교목 사이에 갈등이 생겨, 둘은 갈등 양상을 띠기 시작한다.

㉠ "여보세요. 나 좀 살려 주세요." 나무 도령이 돌아보니 자기 또래의 소년 하나가 물살에 떠내려오며 살려 달라고 손짓을 하고 있었다. 자신과 같은 사람을 보자 나무 도령이 반가워서 아버지에게 소리쳤다. "아버지! 사람이에요. 저 사람도 구해 주어요." 그런데 아버지의 반응이 뜻밖이었다. "그 사람은 그냥 놔둬라." "아니 왜요?" 저와 같은 사람인데 구해야지

요!" "저 애를 구하면 뒷날에 후회하게 될 거야." 하지만 나무도령은
소년을 구하겠다는 뜻을 굽히지 않았다.[280]   - 〈나무도령〉(한국)

ⓛ 어떤 아이가 물결을 헤치며 떠내려오고 있었다. 그 아이는 나무도령과
비슷한 또래였는데 물결에 얼마나 지쳤는지 허우적거리면서 소리를
질렀다. "저 좀 살려 주세요, 저를 좀 살려 주세요." 아이는 몹시 안타깝
게 외쳐댔다. "아버지 저기 불쌍한 아이가 있는데 살려 주어야겠어요."
나무도령이 이렇게 말하자 계수나무는 뜻밖에도 "안 된다. 안 돼!"하는
것이었다……"안 된대두"……나무도령이 울먹이며 이렇게 말하자, 아버
지는 할 수 없었던지 화난 목소리로, "정 그렇다면 네 마음대로 해라."[281]
                                   - 〈나무도령과 홍수〉(한국)

이처럼 소년을 살리느냐 마느냐 때문에 나무도령과 교목 사이에 갈등
이 생긴다. 나무도령은 또래 소년을 구하자고 하지만 아버지는 이를 반대
하였다. 개미떼와 모기떼를 구할 때는 계수나무(목신)가 아무런 반대를
하지 않았는데 소년을 구할 때는 두 번의 반대 끝에 마지못해 동의한다.
나무는 신통력을 지녔기 때문에 개미와 모기는 살려주지만, 소년은 구해
주기를 거부한다. 그러나 나무도령의 인자한 마음 때문에 악을 대표하는
또 다른 인간 군상이 생겨나게 된다고 암시를 하고 있다.[282] 결국에 나무도
령 뜻대로 소년을 살려주었는데 아버지의 반대를 무릅쓴 나무도령의 선
택이 훗날 이어지는 고난의 직접적인 원인이 된다. 결국 교목이 예언한
것처럼 목숨을 구해 준 청년은 이후 나무도령의 걸림돌이 된다. 목도령이

---

280 〈나무도령〉, 신동흔, 『세계민담전집』 1(한국편), 황금가지, 2003, 85쪽.
281 〈나무도령과 홍수〉, 한상수, 『한국인의 신화』, 문음사, 1980, 230~231쪽.
282 심치열, 「홍수 이야기에 나타난 신화적 의미지향 연구-한국과 인도를 중심으로」, 『남아
     시아 연구』 6, 한국외국어대학교 남아시아연구소, 2001, 165쪽.

선량한 성품을 지닌 것과 달리 청년은 온갖 간계를 써서 자신을 구해준 목도령을 방해 한다. 여기서 보면 목도령과 목신, 즉 인간과 신의 대립이 있으나 그 대립 양상이 강하지 않다. 즉, 인간과 신의 충돌이 그다지 크지 않다는 것이다. 교목은 단지 자기가 가지고 있는 예지력을 발휘해서 앞일을 예견할 뿐이지 자신의 말을 안 듣는다 해서 어떠한 징벌을 가하지 않는다. 그리고 섬에 도달한 후 교목은 목도령을 내려놓고 가버려서 인간이 추후 어떻게 살아가는지에 대해 책임져주지 않은 모습이다.

> ㉠ 청년도 서로 收養女(혹은 婢라고도 함)를 娶함을 좋아하지 아니하였다. 하루는 木道令이 없는 틈을 타서 救助된 青年은 老婆에게 이렇게 말하였다. 木道令은 世上에 없는 재주를 가졌습니다. 한섬(一石)의 좁쌀을 砂場에 흘려 놓고라도 不過 數食頃에 그 한 섬의 좁쌀을 모래 한 낱 섞지 않고 도로 元來의 섬에 주어 넣을 수가 있습니다. 그러나 그 재수는 좀처럼 親한 사람이 아니면 보이지 아니합니다.[283]
>
> — 〈홍수 설화(목도령)〉(한국)
>
> ㉡ 밤나무 아덜언 부지런허고 행실도 얌전하고 일도 민첩하게 잘 헝께 부재영감언 야럴 이뻐해 주었다. 그렁게 물에서 건져 준 아넌 시기도 허고 시얌도 나고 히서 주인영감보고 벨 소리럴 다 히감서 이 아럴 괴럽힐라고 했다.[284] — 〈구해준 모기 개미 뱀 멧돼지 소년〉(한국)
>
> ㉢ 배나무아덜은 쥔이 되고 살려 준 아는 종이 돼서 사넌데 살레 준 아는 맘씨레 나쁜 아레 돼서 배나무아덜을 없애구 쥔네 체네를 빼틀구 싶어서 한 게구를 페개지고 하루는 배나무 아덜과 더기 아랫섬으루 왁새

---

283 〈홍수 설화(목도령)〉, 손진태, 『孫晉泰先生全集2·한국민족설화의 연구』, 태학사, 1981, 674쪽.

284 〈구해준 모기 개미 뱀 멧돼지 소년〉, 임석재, 『한국구전설화』 7, 평민사, 1990, 272쪽.

잡으레 가자구 했다. 배나무 아덜은 가지고 해서 살레 준 아와 하낭
배를 타구 그 섬으루 갔넌데 배나무아덜이 섬에 올라가자 살레 준 아는
배나무 아덜을 섬에 낭게두구 배를 저서 가삐렜다.[285]

- 〈구해준 하루살이·돼지·사람〉(한국)

이처럼 〈나무도령과 홍수〉담에서 목도령과 청년의 대립, 즉 선·악의
대립을 주축으로 후반부가 진행되며 인간 사회에서 선·악이 공존한다는
사실을 부각시키고 있다. 목도령이 홍수에서 살린 동물은 은혜를 보답하
는 반면 청년은 오히려 은혜를 잊고 꾀를 내서 나무도령의 앞길을 가로막
는다. 동물의 보은 행동과 청년의 배은망덕이 대립되면서 권선징악의 주
제가 한 층 더 부각되는 것이다. 이를 통해 인간의 악한 면을 부각시켜,
인간보다 동물이 더 나을 수 있다는 것을 흥미롭게 보여준다.

　중국 천녀혼 홍수 설화의 대립구조를 살펴보도록 하겠다. 가장 뚜렷한
대립은 천녀의 아버지, 즉 천신과 인간 구혼자의 대립이다.

　㉠ 은제고자가 그 말 듣고 노발대발하며 말했다. "무슨 헛소리, 천상의 선
　　녀는 지상 사람한테 시집 갈 수가 없다." (중략) 은제고자가 아내의 발도
　　나아지고, 딸의 붓기도 빠진 것 보고는 약속을 어겨 딸을 오오한테 보내
　　지 않으려고 했다. (중략) 은제고자의 아내와 딸이 더 심하게 아프게
　　되자, 은제고자가 조급해 하며 오오한테 물었다. "왜 치료할수록 더 아
　　픈게냐?" 오오가 말했다. "당신이 진심으로 나에게 딸을 보내려는 게
　　아닐까봐서 그래." 은제고자가 말했다. "진심으로 딸을 너에게 시집보
　　내려고 한다, 맹세할 수 있다." (중략) 은제고자는 어쩔 수 없이 딸을

---

285 〈구해준 하루살이·돼지·사람〉, 임석재, 『한국구전설화』 2, 평민사, 1987, 32쪽.

그에게 시집보냈다.[286]   - 〈홍수조천적고사(洪水潮天的故事)〉(이족)

ⓒ 밤에 아보(신이름) 리은(인명)이 같이 티베트 푸른 양을 잡으러 갔다. 꼭대기에 도착해서 아보가 피곤하다 하며 리은에게 같이 암동에서 자자고 했다. 아보의 머리는 안쪽을 향하고 리은의 머리는 석굴 바깥을 향했으니 아보는 잠결에 그를 발로 차서 암석 밑으로 떨어뜨릴 생각이었다. (중략) 밤에 아보와 리은이 같이 고기를 잡으러 갔다. 강가에 도착해서 아보가 피곤하다 하며 리은에게 강가에 같이 자자고 했다. 아보의 머리는 육지를 향하고 리은의 머리는 강 있는 쪽을 향했다. 아보가 잠결에 그를 발로 차서 강에 떨어뜨릴 생각이었다.[287]

                    - 〈인류천사기(人類遷徙記)〉 나시족(納西族)

천신은 오오(伍午)가 인간이라는 이유를 들어 그의 구혼을 거부한다. 오오가 홍수에서 살려준 동물들이 그를 천신의 사위로 만들고자 여러 가지 꾀를 냈다. 까마귀가 높이 날 수 있기에 뱀은 까마귀의 목을 휘감고 쥐는 까마귀의 어깨에 앉고 꿀벌은 까마귀의 꼬리에 붙어 땅으로부터 획 하고 날아올라 쿵 하고 천신의 나라에 내려앉았다. 쥐는 천신의 조상 위패를 물어뜯어 망가뜨리고, 독사는 천신 아내를 물고 꿀벌은 천신의 딸을

---

286 "恩梯古茲聽了大發脾氣, 說道:"胡說, 天上的仙女不能嫁給凡人." (中略) 恩梯古茲看見妻子的腳好了, 女兒的腫也消了, 就收回自己說過的話, 不願意把女兒嫁給伍午. (中略) 恩梯古茲的妻子和女兒疼得更厲害了. 恩梯古茲很焦急, 忙問伍午:"你為什麼越醫越疼啊?" 伍午說:"怕你不是真心實意把女兒嫁給我吧!" 恩梯古茲說:"我真心願意把女兒嫁給你, 我敢發誓." (中略) 恩梯古茲沒有辦法, 只得把女兒嫁給他. 〈洪水潮天的故事〉, 『中華民族故事大系』 3, 1995, 27~28쪽.

287 "晚上, 阿普和利恩一同去捉岩羊. 到了岩頭之後, 阿普說是倦乏了, 叫利恩和他一同在岩洞裏睡覺. 阿普頭朝洞裏, 利恩頭朝洞外. 阿普打算乘利恩熟睡時把他一腳蹬下岩去. (中略) 晚上, 阿普和利恩一同去捉捕魚. 到了江邊之後, 阿普說是倦乏了, 叫利恩和他一同在江邊睡覺. 阿普頭朝岸, 利恩頭朝著水. 阿普打算乘利恩熟睡時把他一腳蹬下江去." 〈人類遷徙記〉, 『中華民族故事大系』 9, 1995, 655~656쪽.

쏘고 까마귀도 천신의 집 지붕에서 불길하게 세 번을 울어댔다. 천신을 어쩔 수 없이 사신을 인간 세계에 내려 보내 명의(名醫)를 찾아 구해오도록 하고 누구든지 아내의 발과 딸의 상처를 치료하는 자에게 딸과의 결혼을 허락하겠다고 약속하였다. 이때 동물들은 또 각기 나서서 오오가 천신 집안의 상처를 치료할 수 있도록 돕는다. 오오는 천신이 약속을 어길까 봐서 일부러 천신 아내와 딸의 상처를 더 아프게 한다. 결국 천신은 하는 수 없이 하늘에서 동철로 된 줄을 땅으로 내려 보내는데 오오는 이 기둥을 타고 천상으로 바로 올라 마침내 천신의 셋째 딸과 결혼하게 된다. 이 과정에서 천신은 오오가 인간 남자라는 이유로 거절한다. 즉, 성(聖)·속(俗)의 갈등을 가장 큰 혼사장애로 볼 수 있다. 그러나 오오의 압박으로 인하여 천신은 어쩔 수 없이 그를 사위로 받아들이는데, 이로 인해 성·속의 갈등이 사그라지는 것으로 알 수 있다.

〈인류천사기〉에서도 이와 같은 성·속의 갈등이 뚜렷하게 드러난다. 천신 아보(阿普)가 인간인 남자를 사위로 받아들이지 않기 위해 여러 차례 그를 죽이려 한다. 사냥하러 갈 때, 물고기 잡으러 갈 때 아보는 계속 리은(인명)을 해치려고 하였다. 이와 같은 성·속의 갈등이 살벌한 분위기를 조성한다. 결국 리은은 천신 딸의 도움을 받아 여러 고비를 넘겨 그녀와 결연하는 데 성공한다. 푸메이족(普美族)의 〈파미사렬〉에서는 천신이 직접 등장하지 않고 천신의 딸 셋이 직접 홍수에서 살아남은 인간 남자를 시험한다. 활을 쏘는 능력을 인증 받은 인간 남자가 결국 셋째 천녀와 결연한다. 여기서 천신이 직접 등장하지 않고, 결연 장애도 뚜렷하게 드러나는 것은 아니지만 천녀가 인간 남자의 능력을 시험한 후 결연하는 것을 보면 역시 성과 속의 차이에서 비롯된 결연장애라고 볼 수 있다.

종합해서 보면, 중국 천녀혼 홍수 설화와 한국의 〈나무도령과 홍수〉담은 유사한 구조를 가지고 있으나 세부 서사가 다른 방향으로 전개되었음을 알 수 있다. 천녀혼 홍수 설화에서 천상계와 지상계는 엄밀히 구분된 대립 공간이다. 천녀혼 홍수 설화는 성·속 공간을 분리하는 데 목적을 둔다. 동물 등의 힘으로, 혹은 천녀의 도움으로 성속 공간이 잠시 융합되었다가 다시 단절되어 서로 독립적인 공간이 된다. 이 과정에서 동물은 인간사회와 신성 공간을 연결해 줄 수 있는 신비로운 존재로 부각된다. 반면에 〈나무도령과 홍수〉담은 선과 악이 공존하는 인간사회를 그대로 보여준다. 모든 서사가 인간계에서 전개 되며 인간계와 대립된 공간이 설정되어 있지 않다. 〈나무도령과 홍수〉담에 등장한 동물들은 단지 조력자로서 선악의 대립을 돋보이게 한다. 권선징악적 요소가 강하게 부각되어 있기에 〈나무도령과 홍수〉담은 신화적 요소가 매우 적다. 다만 나무도령이 시조가 되는 이야기가 상세하게 기술되어 그는 선한 인간의 대표로, 청년은 악한 인간의 대표로 인간사의 양면성을 보여준다. 따라서 두 자료군의 차이점을 아래와 같이 정리해 볼 수 있다.

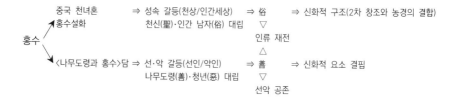

〈나무도령과 홍수〉담에서는 선·악의 대립을 주축으로 후반부가 진행되며 인간 사회에서 선·악이 공존하는 사실을 부각시키고자 한다. 그러나 중국 천녀혼 홍수 설화에서는 선과 악의 대립이 명확하지 않고, 인간과 신의 관계(대립 - 잠깐의 합병 - 대립)가 서사의 중심이 된다. 즉, 인간 세상과 성속 공간의 확립이 그 최종 목적이다.

한 가지 주목해야 할 것은 '곡물유래(穀物由來)'담과 '가축유래(家畜由

來)'담이다. 중국 소수민족 홍수 설화에서 하나의 중요한 특징은 바로 대부분 인간이 어려운 시험을 모두 극복한 후 곡물과 가축을 소유하게 되었다는 점이다. 곡물과 가축은 천신이 혼수로 천녀에게 하사하는 방식이나 천녀가 몰래 인간계로 가져오는 방식 등으로 인간계에 전해지게 되었으며, 그 방식과 관계없이 인간남자가 천녀와 결혼한 후에 인간계에서 농사를 짓고 한곳에 정착해 살기 시작 했다는 사실은 동일하다. 곡물의 기원, 가축의 기원과 인류가 다시 후대를 이어가는 것 모두 홍수 설화에서 찾아볼 수 있는 재창조의 상징이다.

한·중 인류재창조형 홍수 설화의 비교를 통해서 우리는 한국과 중국 인류재창조형 홍수 설화의 특징을 쉽게 파악할 수 있다. 중국 소수민족의 홍수 설화에서는 신들의 개입이 잦은데 그 중에서도 뇌공이 가장 자주 등장한다. 뇌공은 지상의 인간에게 괴롭힘을 당하고 복수를 위해 홍수를 일으키곤 한다. 그러나 뇌공은 인간에게 복수하는 동시에 착한 남매를 구하려고 이빨을 뽑아 남매한테 주기도 하는 등, 양면성이 있는 신으로 볼 수 있다. 그 다음으로 자주 등장한 천신도 마음씨가 나쁜 인간을 징치하기 위해 홍수를 일으키는데, 그 전에 늘 사자를 보내어 선한 사람한테 재난의 계시를 주고 홍수에서 살아남을 수 있도록 도와준다. 이로 인하여 인류가 다시 번성할 수 있게 된다. 즉, 대부분 신들은 징치자이기도 하고, 구원자이기도 한 것을 알 수 있다. 동시에 신은 인류재창조 방식에 있어서도 크게 기여한다. 즉, 이 신들의 양면성은 '징치―화합―재생'의 관념이 포함되어 있다. 사실 신의 이와 같은 양면성은 인류 원시 심리의 갈등을 드러내고 죄를 범하기, 사죄, 재생의 깊은 함의를 내포하고 있다.

한국 인류재창조 홍수 설화에 등장한 신은 모습을 숨긴(隱形) 신이라 볼 수 있다. 남매혼 홍수 설화나 목도령과 홍수담에서 신이 인간을 징치하기 위해 홍수를 일으키는 경우는 흔하지 않다. 대부분의 홍수는 자연재해

로 우연히 발생한다. 홍수로 인해 닥친 인류 전멸의 위기에서 인간이 인간
사회의 재난을 피하기 위해 능동적인 행위를 취하는 것을 볼 수 있다.
신은 인간의 행위에 큰 영향을 미치지 못하며, 신은 나타나지 않거나 중간
에 사라지는 모습을 보였다. 한국의 홍수 설화는 인간과 신의 대립 양상이
강하지 않다. 즉, 인간과 신의 충돌이 그다지 크지 않다는 것이다. 남매혼
홍수 설화의 경우 신의 모습은 아예 나타나지 않는다. 인간이 주도적으로
수신자인 하늘에게 메시지를 보내고 하늘은 그것에 답만 해 주거나 남매
가 지향하고자 하는 가치에 동조해 줄 뿐이다. 나무도령 홍수 설화에서도
목신은 홍수로 인해 물바다가 된 세계를 표류할 때 나무도령이 이동할
수 있는 이동 수단이 되어주고 예지적 능력으로 소년을 구하지 말라는
메시지만을 발화할 뿐 정작 섬에 도착해서는 나무도령과 함께하지 못하
며 나무도령 혼자서 모든 역경을 헤쳐 나가게 한다. 즉, 신은 인간의 삶에
대해 끝까지 책임져주지 않는다. 다만 앞일만을 예언할 뿐이며 자신이
금지한 사항을 인간이 따르지 않는다고 해서 어떠한 위해(危害)를 가하지
도 않는다. 금지의 메시지를 발화할 뿐 모든 선택은 인간에게 맡기는 모습
을 보인다. 따라서 남매혼 홍수 설화와 나무도령 홍수 설화의 신은 그
모습을 현시하지 않은 채 인간의 뜻에 동조하거나, 인간의 삶을 끝까지
책임져주지 않는 모습으로 나타난다.[288] 이처럼 한국 인류재창조형 홍수
설화에는 인류재창조 과정에서 '화합—재생'의 관념이 부각되어 있음을
읽어낼 수 있다.

3. 한·중 인류재창조형 홍수 설화의 특징과 의미

---

[288] 이향애, 「한국 홍수설화 연구」, 서강대학교 석사학위논문, 2008, 65~66쪽.

이 장에서는 한·중 인류재창조형 홍수 설화 비교연구를 진행하였는데, 인류재창조형 홍수 설화는 재창조를 중심으로 이루어진 일련의 홍수 설화들을 일컫는다. 홍수는 인류에게 파괴적인 타격을 주고 치명적인 재앙을 초래한다. 이러한 홍수를 피할 수 있는 사람은 극히 드물며, 어떤 때는 겨우 한 두 명만 살아남기도 한다. 이 한 두 명이 재창조의 과정을 거쳐 다시 후대를 이어가게 된다. 이것이 바로 한·중 인류재창조형 홍수 설화에서 다루는 대체적인 내용이다.

남매가 천의시험을 한 후 결혼을 해서 후손을 이어가는 방식이 있는데 대부분의 중국 소수민족 홍수 설화에서는 남매가 조롱박을 타고 살아남아 인류의 자손을 재창조한다. 한국의 남매도 멸종위기에 처하게 되어 과감하게 남매간 혼인을 선택하게 된다. 이 밖에 인간남자와 천녀간의 혼인을 다루는 이야기도 있다. 이 과정에서 인간남자는 죽음을 무릅쓴 각종 시험을 겪게 된다. 결국에 그는 천신에게 인정을 받아 천녀와 결연하게 된다. 이는 인간이 신으로 거듭나는 통과의례이자 죽음에서 재탄생까지의 과정을 그리고 있는 것이다. 또 한국의 목도령과 홍수에서는 인간계의 남자가 표류하는 도중 동년배의 남자를 구하는 내용을 다룬다. 비록 그 남자는 주인공에게 많은 장애물을 설정하지만 결국 남자주인공은 이 장애물들을 모두 극복하여 주인의 딸과 연을 맺게 되었고, 인류의 시조, 성씨의 시조가 되거나 한 집안을 꾸려나간다. 똑같이 재창조라 부르지만 한국과 중국의 인류재창조형 홍수 설화에서 홍수를 거쳐 탄생한 시조, 재창조의 주체상의 차이가 보인다. 이와 동시에 양국 자료에서 나온 대립관계, 의미도 서로 다르다. 여기서 재창조의 주체와 시조의 차이, 대립관계를 살펴 양국 인류재창조형 홍수 설화의 서로 다른 성격을 통합해서 논의하고자 한다.

1) 재창조의 주체와 시조의 탄생

중국 인류재창조형 홍수 설화를 보면 홍수는 대부분 신과 인간의 갈등에서 비롯된 것임을 알 수 있다. 살아남은 사람도 신의 선택을 거쳐야 하고 인류를 재창조하는 과정에서도 신들이 많이 참여하는 특징이 있다. 천신이나 뇌신의 역할이 전체 서사의 주축을 이루면서 신의 우세를 드러낸다.

앞서『메이거』와 야오족(瑤族)의 〈복희남매의 고사〉를 통해 천신의 역할을 살핀 적이 있다. 이 두 자료에서는 천신이 직접 홍수를 일으키고, 사자를 보내 착한 사람을 선정하며 또한 살아남은 사람의 결연 및 후대를 이어가는 방식에까지 관여한다. 그리고 다른 소수민족 남매혼 홍수 설화에서도 이와 비슷한 양상을 확인할 수 있다. 투쟈족(土家族) 남매혼 홍수 설화 자료 〈포색과 옹니(布索和雍妮)〉에서는 인간들이 뇌공을 붙잡아 가둔다. 마음씨 착한 막내 옹니가 뇌공한테 불과 물을 갖다 주어 뇌공이 탈출하는 것을 도와준다. 뇌공한테서 이 이야기를 들은 옥황상제는 대노하여 홍수를 일으켜 인간들을 징치하고자 하였다. 태백금성(太白金星)이 무릎을 꿇고 "누구는 뇌공을 잡고, 누구는 뇌공을 풀어준다. 원수는 갚는 것이지만, 은혜도 갚는 것이다"[289]라고 하면서 사정하였다. 결국 뇌공을 도와준 포색과 옹니 남매는 조롱박씨와 홍수의 예시를 받았다. 홍수가 끝나고 세상이 멸망될 위기 속에서 남매만이 살아남았다. 그들이 결연을 거부하자 풍부공공(風父公公), 운모파파(雲母婆婆), 오구백백(烏龜伯伯) 등 여러 선인이 다가와 결연하라고 설득한다. 풍부공공이 맷돌 두 개를 들고 와서 남매보고 굴리라고 했다. 이를 지켜본 선인(仙人)들은 맷돌이 합친 것을 보며 "맷돌이 밑으로 굴려내려 합쳤다. 맷돌도 짝이 필요한데 너희

---

289 "有人捉雷公, 也有人放雷公, 有仇要報仇, 有恩要報恩呀."〈布索和雍妮〉,『中華民族故事大系』5, 上海文藝出版社, 1995, 643쪽.

들도 결혼해라."²⁹⁰라고 노래를 부른다. 그 다음 운모파파가 조롱박 줄기 두 개를 들고 와서 남매보고 심어보라 권한다. 길게 자란 조롱박 덩굴이 서로 얽혔다. 선인들이 이를 보고 또 결혼하라고 권한다. 이어서 남매는 선인들의 건의를 받아 대나무를 쪼개보는 것, 도망가고 쫓아가는 것 등 여러 과정을 거쳐 끝내 결혼하기로 한다. 즉, 신이 직접 모습을 드러내 남매 옆에서 천의시험 내용을 계시해 주고 시험하는 과정을 주도한다. 백일 후에 옹니가 핏덩어리를 하나 낳았는데 운모파파가 다가와 어떻게 해야 할지를 가르쳐 준다. 결국 포색은 운모파파의 계시대로 핏덩어리를 99조각으로 자르고, 여기저기에 흩쳤다. 이 조각들이 자라서 묘쟈인(苗家人), 커쟈인(客家人), 투쟈인(土家人)이 된다.

그 외에 무라오족의 〈아앙남매의 인류 창조(阿仰兄妹制人煙)〉, 〈복희남매의 전설(伏羲兄妹的傳說)〉, 푸이족의 〈아배가본과 그의 자녀(阿培哥本和他的兒女)〉, 야오족의 〈복희남매의 고사(伏羲兄妹的故事)〉, 묘족의 〈아배과본(阿陪果本)〉, 〈나공나모가(儺公儺母歌)〉 등은 모두 이와 비슷한 서사 전개를 지니고 있다. 그리고 뇌공의 등장을 대신해 용왕이 나와 인간들을 징치하는 하니족의 〈남매의 인류 창조(兄妹傳人類)2〉가 있다. 여기서 용왕이 악한 인간을 징치하고, 남매만 살아남아 세상이 전멸할 위기에 닥치자 여자 천신 오마(奧瑪)가 세상으로 내려와, 남매의 결연을 돕고 그들에게 도끼, 괭이, 곡물씨 등을 나눠준다. 나중에 여동생이 조롱박을 낳았는데 오마가 다시 등장하여 이들에게 조롱박을 여는 법을 알려준다. 지노족(基諾族)의 〈아모요백의 천지 창조(阿謨堯白造天地)〉에서 아모요백(신의 이름)이 천지를 창조하였는데 해가 7개 뜨고, 식물이 타죽으며, 지상의 사람은

---

290 "巖磨滾下山坡, 兩扇合在一起了; 巖石都要作伴, 妳們該成親了."〈布索和雍妮〉, 위의 책, 1995, 646쪽.

동물을 잡아먹고, 동물은 사람을 잡아먹으니 세상이 매우 혼란스러웠다. 이 때문에 아모요백은 홍수를 일으켜 세상의 혼란을 끝낸다. 단지 남매 둘만을 큰 북 안에 넣고 살려낸다. 나중에 아모요백이 남매한테 조롱박씨를 주었고, 조롱박이 자라자 그 안에서 만물이 나왔다. 나중에 남매가 일곱 명의 아들딸을 낳았는데 그들이 각각 결혼해서 지노족의 세 가지 지파인 우유(烏尤), 아하(阿哈), 아시(阿西)를 이루었다. 즉, 중국 남매혼 홍수 설화를 보면 대체로 신이 홍수를 일으키고, 남매를 선택하여 살려주며, 인류의 재창조 과정에도 적극적으로 참여한다. 즉, 홍수의 발생부터 인류의 재창조까지 다 신의 주관 하에 진행된다. 결국 이 유형의 남매혼 홍수 설화에서는 신의 우세가 드러난다.

한편 천녀혼 홍수 설화를 재창조의 주체와 시조의 탄생을 중심으로 살펴보려 한다. 『러어터이』의 〈홍수범람〉을 보도록 하겠다. 거목 삼형제는 황무지를 개간하고 있었는데 대단히 이상한 일을 겪게 되었다. 그들이 첫날 갈았던 땅이 그 다음날 잡초가 무성한 황무지로 다시 돌아와 있었던 것이다. 알고 보니 천신의 사신 아격엽고(인명)가 멧돼지를 끌고 와 그들이 갈아 놓은 밭을 원래의 모습으로 뒤집어 놓는 것이었다. 이 광경을 본 삼형제는 몹시 화가 나서 소리를 지르며 뛰어나와 사신을 사로잡았는데, 오직 셋째만이 온화한 태도로 그에게 이유를 물었다. 사신이 말하기를 그는 홍수의 소식을 전하러 온 것이라고 했다. 인간 세상의 용사(勇士)가 천신의 사신 격야아필(인명)을 때려 죽여 천신의 노여움을 사게 되었고 천신은 곧 홍수를 일으켜 대지를 침몰시키려 한다는 것이었다. 이어서 삼형제에게 홍수를 어떻게 피할 수 있는지를 알려 주었고 말을 마친 후 곧 하늘로 올라가 버렸다. 홍수가 범람하자, 막내 거목무오만 나무 궤짝 안에 숨어 들어가 다행히 목숨을 건질 수 있었다. 나중에 거목무오가 천신이 보내온 세 명의 사자를 예로써 대하니 사자들은 그를 잡아가지 않았을 뿐 아니라 도리어 그를 대신하여 천신의 딸에게 혼사를 제의한다. 마지막에 그는 천신의 딸과 결연한 후 아이 셋을 낳았지만 다 말을 못하는 벙어리였다. 이로 인해 거목무오는 여러 동물을 천신의 집 앞에 보내 아들을 치료하는 비법을 엿듣게 한다. 결국 참새가 비법을 엿듣고 무오는 천신이 말한 비법에 따라 대나무 세 대를 불살라 세 가마솥에 물을 끓여 세 아들을 데게 하니 세 아들이 각기 다른 말을 내뱉었다. 그들이 곧 장족, 이족, 한족 세 민족의 조상이 되었다. 즉, 여기서도 신이 홍수의 주관자, 계시자, 인류의 재창조를 주도하는 역할을 하는 것을 볼 수 있다.

나시족(納西族)의 〈좌치로일저〉[291] 및 〈인류천사기〉[292]도 모두 인간과 신의 갈등으로 인하여 홍수가 발생한다. 이들 주인공 및 서사가 대략 비슷한데 종인리은 남매끼리 결혼하여 신의 노여움을 사고, 게다가 형제들은 밭을 갈 줄 몰라서 천신이 사는 곳까지 쟁기질하여 갔다. 이들을 징치하기 위해 천신이 홍수를 일으켰는데 종인리은은 신의 사자한테 계시를 받아 살아남았다. 그리고 그가 결연 장애를 해소하는 부분을 보면 모두 천녀의 도움을 받아 고비를 넘긴다. 그리고 야오족(瑤族) 〈천지개벽적 전설(開天闢地的傳說)〉을 보면 신의 실수로 홍수가 일어나고, 세상을 재건시키는 것 또한 신이 도맡아 하고 있음을 볼 수 있다.

이처럼 이들 비혈연혼 홍수 설화도 남매혼 홍수 설화처럼 홍수의 발생부터 인류재창조까지 모두 신의 주관 하에 진행된다. 그리고 그 과정에서 인간 남자가 신의 사자한테서 계시를 받아 성공적으로 홍수 재난에서 살아남는다. 그 이후 난제 구혼 과정에서 천녀의 도움 혹은 동물의 도움을 받아 천신의 허락을 얻어내곤 한다. 천녀와 결혼 후 가진 말 못하는 아이

291 〈銼治路一苴〉, 『中華民族故事大系』 9, 995, 669~678쪽.
292 〈人類遷徙記〉, 위의 책, 1995, 644~664쪽.

의 치료법도 천신만이 알고 있어, 우여곡절 끝에 치료 비법을 받아낸다. 이와 같은 과정을 다 거친 다음에야 인간인 남자가 드디어 신의 영역으로 편입되어 각 민족의 시조, 혹은 여러 민족의 공통 시조가 된다.

종합해서 볼 때, 중국의 인류재창조형 홍수 설화 자료를 살펴보면 신은 홍수의 발생, 피난, 천의시험, 난제구혼, 인류재창조 등 여러 과정을 주관한다. 즉, 인간 위에 신이란 다른 존재가 있는 것이다. 그 안에서 인간의 우세보다 신의 우세를 한층 더 부각시킨다. 한편 중국 인류재창조형 홍수 설화는 거의 범세계적인 홍수를 다루고 있다. 인류가 멸망될 위기에 처하자 주인공들은 남매가 결연하는 남매혼 방식 혹은 인간 남자와 천녀가 결연하는 천녀혼 방식으로 인류를 재창조해 결국 여러 민족의 시조를 탄생시켰고 이로써 여러 민족이 생겨났다고 한다. 즉, 중국의 인류재창조형 홍수 설화는 주로 신의 주관 하에 이뤄진 여러 민족 시조의 탄생을 다룬다. 중국 인류재창조형 홍수 설화에서는 같은 선조에서 비롯된 민족 시조의 탄생, 민족의 기원이 같다는 사실 등을 다루면서 민족의 강한 통합의식을 보여준다.

그 다음으로 한국 인류재창조형 홍수 설화 중 재창조의 주체와 시조의 탄생을 살펴보겠다. 〈대홍수 설화〉[293]에서 세상에 큰물이 져서 세계는 바다로 화하고 한 사람의 생존자도 없게 되었다. 그때에 어떤 남매 두 사람이 겨우 살아남아 백두산 같이 높은 산의 정상에 표착하였다. 물이 다 걷힌 뒤 남매는 세상에 나와 보았으나 인적이라고는 구경할 수 없었다. 만일 이대로 있다가는 사람의 씨가 끊어질 수밖에 없었으나 그렇다고 남매간에 결혼을 할 수 없었다. 얼마 동안을 생각하다가 결국 남매가 각각 마주 서 있는 두 봉우리 위에 올라가서 계집아이는 암망을 굴려 내리고

---

[293]   손진태, 『孫晉泰先生全集2 · 한국민족설화의 연구』, 태학사, 1981, 514쪽.

사나이는 수망을 굴려 내렸다. 그리고 그들은 각각 하느님에게 기도를 하였다. 그러자 암망과 수망은 신기하게도 산골 밑에서 마치 사람이 일부러 포개 놓은 것 같이 합하였다. 남매는 여기서 하느님의 의사(意思)를 짐작하고 결혼하기로 서로 결심하였다. 사람의 씨는 이 남매의 결혼으로 인하여 계속하게 되었다. 지금 많은 인류의 선조는 실로 옛날의 그 두 남매라고 한다. 〈형제봉, 형제산〉[294]은 해일을 배경으로 되어 있으며, 남매가 살아남아 절손을 염려하는 대신에 성을 안다는 서술이 나온다. 남매간은 원래 결혼할 수 없으니 남동생은 김해 김씨, 누이는 정골 허씨로 성을 바꾸어 결혼한다. 그리하여 남매가 김해 김씨와 정골 허씨의 시조가 되었는데 지금도 양씨 간은 결혼하지 않는다. 〈남매의 혼인〉과 〈인류의 시조〉에서는 남매가 능동적으로 결연에 나서서 결국 둘은 인류를 다시 이어갈 시조가 되었다.

그 다음으로 〈나무도령과 홍수〉담을 살펴보도록 하겠다. 〈사람의 조상인 밤나무 아들 율범이〉[295]에서 율범이 아버지인 밤나무의 도움을 받아 홍수에서 살아남아 여러 가지 난제구혼 끝에 주인의 딸과 결연해서 사람의 시조가 되었다. 〈홍수 설화(목도령)〉[296]에서 목도령은 아버지인 나무를 타고 섬에 도착하였는데 거기서 난제구혼을 거쳐 노파의 친딸과 결혼해서 인류의 시조가 된다. 〈류씨의 시조〉[297]에서는 버들나무 아들이 홍수에서 버들나무 등에 올라가 피난해서 살아남아 류씨의 시조가 되었다. 〈나무도령〉[298], 〈나무도령과 홍수〉[299]도 이와 비슷한 맥락에서 서사가 전개된

---

294 〈형제봉, 형제산〉, 『한국구비문학대계』 7-2, 한국정신문화연구원, 1987, 59~62쪽.
295 〈사람의 조상인 밤나무 아들 율범이〉, 『한국구비문학대계』 8-12, 고려원, 1986, 542~551쪽.
296 〈홍수 설화(목도령)〉, 손진태, 앞의 책, 1981, 672~676쪽.
297 〈류씨의 시조〉, 『한국구비문학대계』 7-1, 한국정신문화연구원, 1980, 273~274쪽.
298 〈나무도령〉, 신동흔, 『세계민담전집』 1(한국편), 황금가지, 2003, 81~89쪽.

다. 이들 4편은 목도령이 주인의 딸과 결연해서 인류의 시조가 된다. 그러나 나머지 각편에서는 인류의 시조가 되는 대신에 목도령이 왕의 사위가 되거나, 대부분 주인의 딸과 결연해서 그 집의 사위로 잘 살았다는 것으로 끝을 맺는다. 즉, 〈나무도령과 홍수〉담은 인류의 시조를 다루는 경우도 물론 존재 하지만 대부분은 나무도령이 살아남아 주인의 딸과 결연해서 한 집안을 이어간다는데 초점을 맞춘다.

정리해서 보면 한국 인류재창조형 홍수 설화에서 홍수는 대부분 자연재해로 나오고, 신이 악한 인간을 징치하는 목적으로 홍수를 일으키는 경우는 극소수이다. 즉 전체 재창조 과정에서 신의 참여가 거의 없고 인간이 재창조의 주체로 등장한다. 한편, 시조 탄생을 보면 한국 남매혼 홍수 설화에서 남매가 홍수에서 살아남아 결연해 인류의 시조되는 것 외에 어느 성씨의 시조가 되거나 한 집안을 이어간다는 경우가 많다.

중국 인류재창조형 홍수 설화는 대부분 신의 주관 하에 진행되므로 신의 역할이 매우 중요하다. 즉, 인간 위에 신이란 다른 존재가 있는 것이다. 그 안에서 인간의 우세보다 신의 우세를 더욱 부각시킨다. 한국 인류재창조형 홍수 설화는 사람이 재창조의 주체가 되므로 신의 역할은 거의 없다. 가끔 신이 나와도 인간보다 우세를 드러내지 않는다. 한편 중국 인류재창조형 홍수 설화에서는 홍수를 거쳐 한 민족의 시조, 혹은 여러 민족의 공통된 시조가 탄생한다. 한국에서는 인류 시조의 탄생도 있지만 한 성씨의 시조, 한 집안의 시조를 주로 다루고 있다.

2) 갈등양상과 그 의미

---

299 〈나무도령과 홍수〉, 한상수, 『한국인의 신화』, 문음사, 1980, 227~235쪽.

한국과 중국 인류재창조형 홍수 설화에서 모두 갈등양상이 존재한다. 앞에서도 간단하게 비혈연혼의 갈등양상을 언급하였지만 여기서 남매혼 홍수 설화의 갈등양상을 같이 살펴 통합적으로 인류재창조 홍수 설화의 의미를 규명하고자 한다.

한국 남매혼 홍수 설화에서 신은 직접 모습을 드러내지 않았다. 『한국의 민담』에서 수록되어 있는 〈남매의 혼인〉에서는 큰 장마가 들어 세상이 온통 물바다가 되었다. 두 남매는 다행히 홍수를 피해 높은 산으로 일찍 피난하였기에 겨우 살아남았다. 남매인 까닭에 결혼할 수도 없고 자식이 없으니 적적할 뿐 아니라 일손도 모자라며, 이렇게 살다가 인종이 끊어질 수도 있다는 걱정이 있었다. 남매는 맷돌을 가지고 높은 산으로 올라가서 각각 맷돌을 굴렸는데 맷돌이 하나로 포개졌다. 남매는 이것을 하늘의 뜻이라 생각하고 결혼해 인류의 멸종을 면했다. 〈인류의 시조〉에서는 홍수의 발생 원인부터 남매가 인류의 시조되기까지 다 언급되었지만 신의 등장을 찾아볼 수가 없다. 그 외에 각편에서도 역시 신이란 존재를 찾을 수가 없다.

한국 비혈연혼 홍수 설화는 모두 홍수의 원인에 대한 언급이 없다. 즉, 홍수는 신이 인간을 징치하는 수단이 아니다. 나무도령은 아버지인 교목의 도움을 받아 생존할 수 있었는데, 이 과정에서 나무도령과 교목이 청년을 구하는 것 때문에 의견충돌이 일어났으나 큰 대립은 아니었다. 전체적으로 볼 때는 나무도령과 교목은 부자 관계로, 교목은 조력자의 역할을 했을 뿐이다. 후반부에 들어가 목도령과 청년의 대립이 주축을 이루면서 인간 사회에서 선과 악이 공존한다는 사실을 부각시킨다. 목도령이 홍수에서 구한 동물들이 그에게 은혜를 보답하는 것과 대조되게 청년은 계속 그에게 악심을 품는다. 즉, 이 유형의 설화에서는 신과 인간의 대립이 드러나지 않고, 인간 세계 안에서 서사가 진행된다. 서사의 주축은 인간계 안에서 인간과 인간의 대립, 선과 악의 대립이다.

따라서 한국 인류재창조형 홍수 설화에는 신과 인간의 갈등이 없고, 인간계와 대비되는 신성 세계가 없다. 모든 서사가 인간계 안에서 전개되는 것이 특징이다. 남매혼 홍수 설화에서 신이 노하여 인간을 징치하고자 홍수를 내리는 경우가 드물고, 신이 직접 혹은 사자를 보내 홍수를 예언하는 경우도 찾을 수가 없다. 은연중에 신과 인간은 화합의 관계를 맺는다. 신이란 단지 홍수 발생부터 인류재창조의 과정을 지켜보는 방관자 역할을 수행한다. 한편 〈나무도령과 홍수〉는 인간과 인간의 관계, 선과 악의 관계를 다루면서 인간사의 양면성을 보여주고 있으므로 교훈적인 색채가 강하다.

한국의 경우와 달리 중국 인류재창조형 홍수 설화는 대부분 신의 주관 하에 서사가 전개되고, 홍수는 신이 인간을 징치하는 수단으로써 작용된다. 남매혼 홍수 설화와 비혈연혼 홍수 설화들은 전체 서사가 신과 인간의 갈등을 둘러싸고 진행되며 성·속 갈등의 살벌한 분위기를 조성한다. 홍수 발생에서 인류재창조까지 전체 서사 진행 과정에서 신과 인간의 갈등이 주된 관심사이다. 그리고 천상계가 인간계와 대비되는 신성 공간으로 설정되며 전체 서사가 천상계와 인간계 사이에서 일어난다. 오늘날 대부분 소수민족 사이에서 천상계는 여전히 신성한 공간으로 여겨지며 천상계와 지상계를 연결하는 성직자가 있다. 예를 들어서 이족(彝族)의 삐모어(畢摩)가 바로 지상계와 천상계를 연결하는 역할을 하는 성직자이다. 필(畢)은 읊는다는 뜻이고, 마(摩)는 장자(長者), 스승을 의미하는 것으로 삐모어는 바로 경서를 읊는 장자로 해석할 수 있다. 하니족(哈尼族)은 이와 같은 역할을 맞은 성직자를 보통 '베이마(貝瑪)'라고 부른다. 투쟈족(土家族)의 성직자는 '티마(梯瑪)'라고 부른다. 특히 삐모어는 이족(彝族)의 역사, 사회, 문화 등 여러 방면에서 특별한 지위를 차지한다. 그들은 천상(天

象)을 알고, 귀신도 알아 송경(誦經)과 제사 등의 의례를 통해 성과 속의 경계를 유지하며 성과 속의 조화를 이룬다.[300] 오늘날도 이들 성직자들은 여러 가지 의례를 통하여 천상계와 지상계를 연결하는 역할을 수행한다.

종합해서 보면 중국 인류재창조형 홍수 설화에서 인간과 신의 갈등이 뚜렷하고, 천상계가 지상계의 인물을 선택하여 그로 하여금 인류를 재창조해 나가도록 한다. 천상계와 인간계의 대립을 그리면서 강조하고자 하는 것은 천상계, 즉 신의 선택 받은 인물이 여러 민족의 공통 시조가 되었다는 것이다. 천상계와 인간계의 대립을 그리면서 신의 우세를 부각시켰고 강한 종교의식 또한 드러난다. 반면 한국 인류재창조형 홍수 설화에서는 인간과 신의 대립이 거의 드러나지 않는다. 남매혼 홍수 설화에서 인간은 스스로 삶을 개척해 나가는 보습을 보인다. 비혈연혼인 〈나무도령과 홍수〉담은 선·악의 대립을 주된 단서로 전개된다. 이에 따라 이 유형의 홍수 설화는 교훈적 의미가 강하다. 즉, 한국 인류재창조형 홍수 설화에서는 주로 인간계를 다루며 인간계와 대립되는 세계를 그리지 않는다. 즉, 전체 서사가 인간계 안에서 진행된다.

---

300 張可佳,「族群認同的結構, 特點與認同運作機制－基于涼山彝族原生性宗敎的硏究」, 中國中央民族大學校 博士學位論文, 2005, 59쪽.

한·중 홍수 설화 전승 의식과 문화배경

앞서의 논의를 통하여 한국과 중국 홍수 설화의 유형과 각 유형이 내포한 의미를 파악할 수 있었다. 한국의 징조 조작형 함몰 설화인 〈돌부처 눈 붉어지면 침몰하는 마을〉담과 금기 위반형 함몰 설화인 〈장자못 전설〉은 홍수 발생 원인이 서사의 핵심이고, 홍수 후 인류가 어떻게 재건되는지에 대한 설명은 없다. 이와 반대로 〈남매혼 홍수 설화〉와 〈나무도령과 홍수〉담은 홍수의 원인에 대한 설명이 없고, 멸망의 위기에 처한 인류를 재건하기 위한 일련의 서사가 중심이 된다. 따라서 한국에서 함몰 설화는 주로 홍수 원인을 규명하기 위한 것이고, 인류재창조형 홍수 설화는 홍수 원인에는 관심이 없고 서사의 중심이 인류의 재건에 맞춰져 있다. 즉, 한국 홍수 설화에서는 홍수의 원인과 결과가 분리되어 있다.

중국의 홍수 설화도 크게 함몰 설화와 인류재창조형 홍수 설화로 나뉠 수 있다. 중국의 인류재창조형 홍수 설화는 대부분 홍수의 발생 원인부터 인류재창조까지 유기적으로 서사가 진행된다. 홍수 원인, 결과를 모두 가지고 있다는 점에서 한국 인류재창조형 홍수 설화와 구조적으로 보면 크게 다르다. 한편 한족문화권에서 전승되는 함몰 설화는 '징조 조작형', '금기 위반형', '영물복수형'이 있는데, 이들은 모두 국지적인 함몰을 다루는 유형이라 한국의 함몰 설화와 비슷한 양상을 많이 띤다. 하지만 이와 같은 함몰 설화는 전승 과정에서 홍수의 범위가 범세계적으로 넓어지고 남매혼과 결합하여 인류재창조형 홍수 설화로 확대된다. 인류재창조를 다루려면 논리적으로 범세계적인 홍수가 발생해야 한다. 국지적인 함몰 설화에서는 인류재창조가 부각되지 않는다. 그래서 한국과 중국 홍수 설화를 보면 국지적이냐 범세계적이냐의 공간 차이 때문에 전승 양태도 달라진다. 한국은 대부분 국지적인 홍수가 나와 홍수의 원인, 결과가 분리된 양상이 보인다.

한편, 홍수에 관련된 신격도 차이를 보인다. 중국 소수민족 홍수 설화에서는 신이 홍수를 일으킨다고 명확하게 서술된다. 즉 신이 노해서 범세계적인 홍수를 일으킨다. 한국은 알다시피 인류재창조형 홍수 설화에서 신이 아예 등장하지 않고, 함몰 설화에서는 신이 도승이나 중으로 나타나 홍수를 일으키는데 신의 징치 역할이 남아 있지만 홍수의 범위가 한 마을, 한 집안으로 줄어들어 신격이 약화된다. 중국 한족 같은 경우에도 한국과 비슷하게 신의 역할이 많이 약화되거나 모호해 지는 경향을 보인다. 특히 남매혼과 결합한 '복합형 함몰 설화'에서 신이 노해서 홍수를 일으키는 원인이 모호하다. 즉 한국과 중국 한족의 홍수 설화에서 신은 세계적인 운명을 좌우하지 않고 신격이 많이 약화되어 모호해지는 것이다. 중국 소수민족의 경우에는 홍수 설화의 신성성이 그대로 살아 있어 세계 운명의 보편성이란 문제를 신화와 종교의 영역에서 다루고 있다. 이와 달리 한국이나 한족문화권에서는 역사와 신화가 분리되어 신화는 '진실된 역사'로서의 위상을 일찍부터 상실하고 유교적 사관(史觀)에 자리를 내어주게 된다.

1. 한 가족, 마을의 재건과 민족 공동체의 재건

한국 홍수 설화에 국지적인 홍수가 많다는 것은 이미 서두에서 언급했다. 함몰 설화를 보면 〈돌부처 눈 붉어지면 침몰하는 마을〉담은 한 마을의 파멸을 다루고 있다. 마을 사람들은 어느 날 갑자기 나타난 신격을 알아보지 못하고, 신에 대한 경외심이 없기에 결국 파멸을 맞는다. 이때 신을 의심하지 않은 자만이 살아남는다. 그 외에 한 집안의 흥망을 다룬 〈장자못 전설〉이 전체 함몰 설화에서 큰 비중을 차지한다. 도승을 학대한 시아버지, 도승에게 시주를 주면서 시아버지를 대신해서 사죄한 며느리, 벼락을 맞아 못으로 변한 장자의 집터, 가족에 대한 미련을 못 버려 뒤를 돌아봐 돌로 변한 며느리, 이 모든 서사가 가족이라는 울타리 속에서 전개된다. 그리고 한국 '인류재창조형 홍수 설화'에서는 범세계적인 홍수가 나서 남매만이 살아남아 결연하여 인류의 시조가 되는 설화가 있는가 하면 지역의 시조, 성씨의 시조가 되는 경우도 흔하다. 〈나무도령과 홍수〉담을 보면 나무도령이 아버지인 교목의 도움을 받아 홍수에서 살아남아 주인의 딸과 결연해서 인류시조가 된다는 설화는 일부에 불과하다. 상당수의 각편은 나무도령이 주인의 딸과 결연해서 후대가 잘 살아간다고만 하고 있다. 즉, 범세계적인 홍수가 나서 살아남은 사람이 인류의 시조가 되는 경우는 극히 일부에 불과하다. 전체적으로 볼 때 한국 홍수 설화의 홍수는 한 마을, 한 가정으로 축소된 양상을 많이 보인다. 이에 따라 홍수에서 살아남은 사람이 성씨의 시조도 되고, 그저 가정을 꾸려나가는 평범한 존재로 서술된다. 한국 홍수 설화는 가족 단위, 마을 단위를 중요시하고, 인류의 재창조를 강조하기보다 한 집안의 흥망, 선과 악이 대립되는 인간사를 보여준다고 할 수 있다.

중국의 홍수 설화를 정리해 보겠다. 중국 한족문화권에도 국지적인 함몰을 다룬 함몰 설화가 있다. '징조 조작형 함몰 설화'처럼 마을의 흥망을 다루는 설화가 존재하고, 〈엽인 해력포〉처럼 마을을 구원하기 위해 생명을 바친다는 일련의 이야기도 있었다. 하지만 한 마을의 흥망을 다룬 일련의 함몰 설화는 넓게 전파되지 않고 일부 지역의 전승에 그쳤다. 그리고 전승 과정에서 함몰 설화는 중원지역의 복희 여와 남매혼, 반고 남매혼과 결합하여 전형적인 '인류재창조형 홍수 설화'로 부상하여 많은 각편들을 창출해냈다. 이 유형의 설화는 창세신인 복희 여와, 반고의 업적을 다루고, 염황자손(炎黃子孫)이나 백가성(百家姓)의 내력, 한족의 유래 등을 다룬다. 따라서 국지적인 홍수가 범세계적인 홍수로 확대되면서 인류재창조의 문제를 다룰 수 있게 되었다.

그리고 소수민족의 홍수 설화를 보면 대체로 범세계적인 홍수가 발생하며, 나중에 홍수가 끝나고 살아남은 사람들이 여러 방식으로 결연해서 인류를 재창조해 나간다. 여기서 주목해야 할 것은 바로 재창조를 거쳐 늘 여러 민족이 생긴다는 점이다. 예를 들어, 『메이거』〈인류기원〉에서는 여동생이 조롱박을 하나 낳는데 나중에 천신이 이를 가르고 그 안에서 한족, 다이족, 이족, 묘족, 장족, 바이족, 회족 등 민족이 걸어 나온다. 무라오족의 〈아앙형매제인연(阿仰兄妹制人煙)〉에서는 아앙(阿仰)과 그의 여동생이 결혼해서 아들 아홉 명을 낳았는데 모두 말을 할 수 없었다. 그리고 천신의 계시를 받아 아홉 명의 아들이 말하기 시작했는데 서로 다른 말을 한다. 나중에 그들이 서로 다른 민족이 되는데 오늘날의 묘족, 이족, 푸이족 등이 바로 그때부터 나뉜 것이다. 하니족의 〈형매전인류(兄妹傳人類)〉에서는 여동생이 온몸으로 임신하였는데 첫째는 복부에서 태어나 하니족이 되어 숲 옆에 살고, 둘째는 허리에서 태어나 이족이 되어 산 중턱에 살며, 셋째는 손가락에서 태어나 한족이 되어 평지에 살게 된다. 이처럼 대부분 중국 소수민족 홍수 설화는 여러 민족의 유래를 다루고 있다. 즉, 많은 민족이 혈연관계였고 원류가 같다는 것이다. 민족의 뿌리가 같다는 점은 여러 민족의 응집력을 향상시키는 데 큰 의미가 있다. 이처럼 같은 시조에서 나왔다는 인식은 중국의 여러 소수민족 사이를 연결시키는 역할을 한다.

　종합해서 볼 때 우리는 한국과 중국의 함몰 설화에서 공간적 배경으로 마을이 공통적으로 나옴으로써 마을의 흥망을 다루는 경향이 있음을 알 수 있었다. 한국과 중국에서 마을은 사람들이 모여 사는 사회생활의 단위로서, 고대부터 사람들이 모여 서로 돕고 살아가는 삶의 터전이자 공동체이다. 그래서 마을의 흥망에 대한 관심은 마을 구성원 모두에게 다 있는 것이다. 마을의 흥망을 다루는 것 외에 한국에서는 〈장자못 전설〉처럼 홍수의 범위가 더 축소되어, 한 집안의 파멸과 재건을 다루기도 한다. 그리고 중국 한족문화권에서 전승되는 '복합형 함몰 설화', 소수민족의 '인류재창조형 홍수 설화'는 모두 범세계적인 홍수를 배경으로 하여 한 민족의 유래, 혹은 여러 민족이 원류가 같음을 이야기한다. 이러한 차이는 한국과 중국의 문화 배경과 긴밀한 관계가 있는 것으로 보인다. 우선 한국과 중국 홍수 설화의 전승 배경을 살펴보도록 하자.

　한국의 홍수 설화는 문헌으로 전승되지 않고 구비전승의 방식으로 오늘날까지 전해져 내려왔다. 본고에서 연구대상으로 삼은 홍수 설화들은 주로 1920년대에서 1980년대 사이에 채록된 것들이다. 엄격하게 말하면 한국에는 홍수 신화가 없다. 왜냐하면 특정한 신이 등장하고, 이 신에 의해서 세상이 파괴된다고 명확하게 밝힌 홍수 설화 자료를 찾기 어렵기 때문이다. 즉, 한국 홍수 설화는 주로 전설, 민담의 형식으로 전해져 신화적인 보편성을 잃은 경우가 대부분인 것이다. 신화적인 요소들이 대부분 탈락하여 대중화되는 경향이 보이며 세속 경향(世俗傾向)이 갈수록 강해짐을 엿볼 수 있다. 게다가 한국 함몰 설화의 공간적 배경이 국지적인 마을 단위에 머물지 않고, 홍수 발생 공간이 가족 단위로 더 축소된 〈장자못 전설〉이 강한 전승력을 보인다. 이는 한국 사회의 강한 가족문화 혹은 가족주의에서 그 연유를 찾아볼 수 있다.

한국은 일반적으로 '가족주의'가 매우 강한 나라로 알려져 있다. 뿐만 아니라 이 '가족주의'는 단지 가족에 국한되지 않고 사회 전체로 확산되어 한국인의 사회적 성격과 한국의 사회구조를 결정하는 데에 중요한 요인이 된다.[301] 한국의 '가족주의'는 유교적 가족제도의 확립을 통해 조선시대에 정착되었다는 견해가 일반적이다. 서구에서는 개인주의에 기초한 개인의 주체적 의견과 결정이 행위에 중요한 영향을 미치는 반면, 한국에서는 개인의 결정 못지않게 가족이 영향력을 행사하기 때문에 가족중심적인 성향이 강한 것으로 나타나고 있다. 한국인 대부분은 가족이 중요하다는 생각을 지니고 있으며, 알게 모르게 상당 부분 가족의 영향을 받으면서 살아가고 있다. 가족주의가 한국인의 의식형성과 문화적 정체성에 중요한 영향을 미쳐온 것이다.

조선시대에 완성된 유교적 가족주의는 사회상황에 따라 변화했지만 한국 사회 전반에 걸쳐 지속되고 있다. 조선시대부터 지배층인 양반들이 제시한 가족 원리는 유교적 효를 중심으로 한다. 이처럼 유교적 이념에 입각한 가족제도가 한국 사회에 큰 영향을 미쳤다. 일제 강점기나 6.25 전쟁 등의 혼란기를 거치면서 국가 공동체의 존립이 심하게 흔들린 시기에는 공적 영역이 축소되는 대신 '가족 단위 중심의 생존'이 개개인의 삶의 목표가 되어 개인의 삶을 의지할 최후의 보루로서 가족이 강조되었다.[302] 오늘날에도 한국인들에게 가족은 여전히 가장 중요한 집단으로 간주되고 있다. 전국민 2400만 명을 추출해서 설문 조사한 공보처의 조사에 의하면 조사자의 93.5%가 소속감을 느끼는 집단으로서 가족을 들고 있다. 그러나 국가에 대해서는 10.3%만이, 그리고 이웃이나 지역 사회에

---

301 신수지, 「한국의 가족주의 전통과 그 변화」, 이화여자대학교 박사학위논문, 1997.
302 조혜정, 「한국의 사회변동과 가족주의」, 『한국문화인류학』 17, 한국문화인류학회, 1985.

대해서는 36.9%가 소속감을 갖고 있는 것으로 나타났다.[303] 이를 통해 우리는 한국 사회에서의 가족이란 울타리에 대한 관심을 읽어낼 수 있다. 범위가 축소된 홍수 설화인 〈장자못 전설〉에서 가족과 그 구성원들의 이러한 관계가 찾아진다.

한국 홍수 설화의 또 다른 특징은 바로 성씨의 시조를 말하는 것이다. 한국에서 성씨제도는 단지 혈통의 표지에서 끝나는 것이 아니라, 사회조직의 기초를 이루고 사상, 문화, 도덕, 관습의 근본이 되기에 성씨 시조의 근원과 성씨의 유래를 이야기하는 성씨시조 설화는 한국 민족 문화를 그대로 담아내고 있다고 할 수 있다. 따라서 오늘날에 전해지는 성씨시조 설화는 성씨제도의 정착과 긴밀한 관련을 맺으면서 전승된 것이다. 족보는 성(姓)과 밀접한 관련이 있다. 세월이 흐르고 인구가 늘어나면서 성이 중복되고, 한 성씨를 가진 자손들의 숫자가 늘어나면서 그 계통을 밝히기가 어렵게 되자 그 계통을 일목요연하게 밝히기 위한 계보를 만들었다. 고려시대에 이르러 성씨제도가 정착되면서 가계가 기록되기 시작하다가, 조선시대에 들어와서는 여러 가지 사회적 여건의 성숙과 문벌의식의 팽창으로 족보편찬이 활발해진다. 이는 조선시대에 유교를 숭상하면서 나타난 신분질서 강화와 제사의식과 같은 조상숭배사상의 강조, 문벌과 남녀의 차별이 굳어지는 등의 시대풍토를 반영한 것이다.[304] 한국에서의 성씨제도는 성과 본관을 포함하여 말하는 것이다. 따라서 성과 본관이 일치하여야 같은 가문에 속하는 것이라 말할 수 있다. 성씨 유래담은 한 가지 성씨의 시조에 관한 것이며, 새로운 성씨 집단의 출현을 이야기하는 내용이다. 그래서 성씨유래담은 특정 성씨를 중심으로 각 성씨의 기원과 배경

---

303 김동춘, 「유교와 한국의 가족주의 - 가족주의는 유교적 가치의 산물인가?」, 『경제와 사회』 55, 한국산업사회학회, 2002, 96~97쪽.
304 서해숙, 「한국의 성씨시조신화 연구」, 전남대학교 박사학위논문, 2002, 131쪽.

및 유래의 과정을 전하며 가문의식의 뿌리가 된다. 결국 성씨도 가족(가문)과 혈통을 상징하는 것이다.

한편, 중국 홍수 설화에서는 대부분 범세계적인 홍수가 나오며 한 민족의 기원 혹은 여러 민족의 "동원동조(同源同祖)"를 다룬다. 이는 중국의 문화배경과 긴밀한 관계가 있다. 중국에는 한족을 비롯한 56개의 민족이 있는데, 그 중에 55개가 소수민족이다. 각 민족들은 수천 년의 역사 속에서 교류와 접촉이 진행되면서 다른 민족과 함께 섞여 살거나 또는 자기 민족만이 모여 사는 다양한 분포상황을 형성하였지만 기본적으로 '대잡거, 소취거(大雜居, 小聚居)'의 형태를 보여준다. 따라서 소수민족 거주 지역은 대개 두 개 이상의 민족이 공존하는 형태를 보이고, 대부분 지역에서는 한족의 이주 등으로 한족이 중심이 되어 소수민족과 잡거하고 있다.[305]

그리고 적지 않은 소수민족이 대개 공통 선조인 모(母) 종족집단에서 분화, 발전된 경우가 많기 때문에 일정한 시기 이전에는 같은 종족 명칭으로 분류되었던 역사를 찾을 수 있고 이들 간의 친연성을 쉽게 확인할 수 있다. 예를 들어, 서남 지역의 소수민족의 경우 만주족, 몽골족 및 회족 등 원나라 이후에 중국의 다른 지역에서 이주하여 온 일부 민족을 제외하면, 대개의 소수민족들은 그 기원을 고대에 중국 남부 지역에서 저강(氐羌), 백월(百越), 묘만(苗蠻) 및 복인(濮人)이라는 명칭으로 활동하였던 4개 종족집단에 귀속시킬 수 있다.[306] 저강(氐羌) 계열에는 이족, 장족(藏族), 바이족, 하니족, 나시족, 푸메이족, 투쟈족 등이, 백월(百越) 계열에는 장족(壯族), 푸이족, 다이족, 동족, 마오난족 등이 속하며, 묘만(苗蠻) 계열에는 묘족과 야오족 등이 있고, 복인(濮人) 계열에는 와족, 푸랑족 및 더앙족

---

305 정재남, 『중국소수민족연구』, 한국학술정보출판, 2007, 42쪽.

306 금희연 외, 「중국의 소수민족정책에 관한 연구: 서남 중국 소수민족의 정치참여와 교육 및 문화정책을 중심으로」, 『세계지역연구논총』12, 한국세계지역연구협의회, 1998, 136쪽.

등이 포함된다.

이렇게 여러 소수민족들이 융합하면서 각 민족의 정체성이나 여러 민족의 친연성에 대한 관심이 많아질 수밖에 없었다. 이들의 홍수 설화는 창세 신화의 일환으로 홍수가 인류를 멸망시킨 후 다시 인류가 재창조되는 내용과 시조의 탄생, 민족의 내력 등을 설명한다. 민족의 경계는 다시 말해 그들의 인정 범위는 바로 동일한 '혈연'관계이다. 여러 민족이 하나의 조롱박에서 나온 같은 조상에서 시작했다는 것을 통해 여러 민족이 형제간이라는 끈끈한 정을 만들어내고 이로써 상상속의 진실된 혈연관계를 강조하게 된다. 홍수 설화를 포함한 민간문학은 민족이 가진 일종의 지식이자 기억이다. 그것은 민족 자신의 역사 형태에 대한 설명이자 사회생활의 백과사전이다. 이런 지식과 기억은 은연중에 민족의 정체성을 인도하고 강화시킨다.

하지만 여기서 한 가지 주목해야 할 것은 민족의 "동원동조"서술에서 언제부터인지 확인할 수 없지만 한족도 들어오게 되었다는 점이다. 대다수 소수민족은 일부 소수민족이 통치자적 입장에 있던 일부 예외적인 시대를 제외한 대부분의 시기에 역대 중원왕조의 소수민족 억압 및 차별 정책과 역사적으로 뿌리 깊은 한족우위의 대한족주의(大漢族主義) 사상 등의 영향으로 자주적인 사회경제 발전을 이룩하는 데 부정적인 영향 및 제약을 많이 받았다.[307] 이렇게 과거에는 한족이 소수민족을 배타적으로

---

307 그 예로 蔣介石의 발언을 들어볼 수 있다. "장제스(蔣介石)는 1943년 저술한 『중국의 운명(中國之命運)』에서, 소위 국종동원론(國族同源論)이란 개념을 제시하면서 한족을 國族이라고 하고 한족 이외의 각 소수민족들은 '宗族'이라고 하였다. 이들 각 소수민족은 국족인 한족의 '(같은 집안의) 크고 작은 갈래(大小宗支)'라고 하면서 각 종족 간의 차별은 단지 종교와 지리환경의 차이로 인한 것이라고 설명하고, 중화민족은 그 종지가 부단히 융합되면서 그 인구 역시 점차 번식하였으며, 四海 안의 각 지역 종족이 만약 하나의 시조에서 갈라져 나온 같은 기원이 아니라고 하더라도 대대로 결혼을 통해 결합한 것이다. 따라서 모두 같은 혈통의 크고 작은 종지인 것이라고 주장하였다. 즉

지배하는 상황이었기 때문에 중국의 민족주의가 한족 중심의 민족주의로 나타났지만, 지금은 더 이상 그 효력을 발휘할 수 없게 되었다. 중국 정부는 종교, 언어, 문화가 서로 다른 56개 민족의 다원성을 고려하여 '중화민족'이라는 개념을 사용하여 '중화민족의 다양성', '중화민족의 일체성'을 주장한다. 또한 '하나의 중국' 정책을 시행하여 56개의 민족을 하나로 묶으려고 시도하고 있다. 과거에는 한족을 중심에 놓고 다른 민족을 사이(四夷)라고 부른 것에서 알 수 있듯이 한족 중심의 중화사상을 부각시켰으나, 이제는 여러 민족이 혈연관계에 있으며, 혈연을 중심으로 중화민족이 다시 형성되고 있다는 새로운 신화를 제시해야만 하는 상황인 것이다. 그래서 소수민족의 '민족기원 신화'에 내재된 '동원동조'는 여러 민족에 통합 의식을 쉽게 심을 수 있는 장이 되었고,[308] 이에 따라 민족의 유래, 동원동조를 다룬 홍수 설화에는 민족통합 의식이 강하게 투영된다.

　종합적으로 보면 한국의 홍수 설화는 구비전승되면서 신화적 요소들이 조금씩 탈락되어 주로 전설, 민담으로 전해져 왔다. 홍수의 범위도 세상을 전멸시킨 범세계적 홍수에서 한 마을, 한 집안으로 축소되고 한 마을, 한 집안의 운명, 혹은 어느 성씨의 유래를 다룬다. 즉, 대부분 한국의 홍수 설화는 범세계적 홍수를 공간 배경으로 인류시조의 유래를 다루는 것에 초점을 맞추지 않고 민족의 운명도 다루지 않는다. 한국은 단일 민족이라 민족 공동체에 대한 관심이 다민족으로 구성된 중국보다 약하다는 것은 쉽게 이해할 수 있다. 그래서 국지적인 홍수를 배경으로 한 집안의 흥망을

중국 민족은 역사적으로 하여 여러 종족이 융합되어 형성된 것이며 각지의 여러 종족은 단일한 시조로부터 갈려져 나왔으며 원류가 같기에 같은 혈통상의 크고 작은 갈래라고 주장하였다. 즉 국민당 정부는 한족만을 인정하고 다른 소수민족의 존재를 부인하면서 각 소수민족은 한족의 갈래라고 주장한 것이다." 정재남, 앞의 책, 2007, 73쪽.

308 정진선, 「중국 소수민족의 신화와 상상의 중국 만들기」, 『중국소설논총』 23, 한국중국소설학회, 2006, 95쪽.

다룬 〈장자못 전설〉이 전국적으로 강하게 전파되어 100편 가까이의 각편이 전승된다. 〈나무도령과 홍수〉담도 인류의 시조의 출현을 다룬다고 하지만 전승 과정에서 목도령이 살아남아 우여곡절 끝에 한 집안을 이어가는 변이양상이 생겼다. 이를 통해 우리는 한국의 가족주의 경향을 읽어낼 수 있다. 가족은 오늘날에도 한국인들에게 여전히 가장 중요한 집단으로 간주되고 있다. 한국의 홍수 설화는 주로 구비전승으로 전해져 내려왔으며 각 시대를 거치면서 시대별로 민중들이 지녔던 세계인식의 과정을 중층적으로 투영하고 있다고 할 수 있다. 민중이 전승 담당층이니 그들의 세계인식, 가치관, 지향하는 바 등이 그대로 홍수 설화에 투영된 것이라 볼 수 있다. 그래서 한국의 홍수 설화는 민족의 운명과 결부되지 않고, 민족의 내력을 다루지 않고, 민중들과 긴밀한 관계를 맺고 있는 마을 공동체, 혈연관계를 나누고 있는 가족을 홍수의 대상으로 삼는 것이다.

한편 중국의 한족문화권지역에서 전파되는 함몰 설화는 마을을 단위로 국지적인 홍수를 다루는 것도 있지만 대부분의 경우에 남매혼과 결합하여 복합형 함몰 설화를 이루면서 범세계적인 홍수를 다룬다. 따라서 남매혼과 결합한 복합형 함몰 설화는 국지적인 것에서 범세계적인 것으로 홍수가 확대되어 인류재창조를 다루면서 염황자손(炎黃子孫)의 유래, 한족(漢族)의 유래 및 백가성(百家姓)의 유래를 다룬다. 그리고 소수민족의 홍수 설화는 모두 범세계적인 홍수를 배경으로 하여 인류의 기원, 하나의 민족 혹은 다수 민족의 공통된 유래와 민족의 운명을 설명하며 선조들이 어떻게 분투해 왔고 어떻게 개척해 왔는지의 과정을 서술한다. 그러므로 이를 인류의 근원, 민족의 근원이라고 할 수 있다. 이런 방면에서 보면 중국의 인류재창조 및 홍수재난 설화는 민족문화와 민족정신의 수립에 특수한 의의를 가진다. 그리고 같은 시조와 같은 뿌리를 지녔다는 의식을 통해 민족의 응집력을 강화시켜 동족(同族)의 정체성을 확립한다. 특히 소수민족의 많은 홍수 설화는 대체로 창세 신화의 일환으로써 전해지며 종교경전에 보존되었다. 신성한 종교 의식에서 특정 전승자가 반복적으로 이야기하고 끊임없이 민족의 종교, 도덕의식을 강화하고 해석하며, 그로 인해 여러 민족을 하나로 묶는 관념의 출처가 되고, 나아가서 민족 공동의 집단의식을 만들어 민족문화의 발전방향에 영향과 제약을 주고 있다.

2. 사라진 신성과 살아있는 신성

홍수 설화 자료를 전체적으로 비교할 때 우리는 한국 홍수 설화, 한족 문화권 홍수 설화보다 중국 소수민족의 홍수 설화가 신화적 위치를 잘 고수하고 있다는 특징을 발견할 수 있었다. 소수민족 홍수 설화는 신이 홍수를 일으킨다고 명확하게 기술한다. 신이 노해서 범세계적인 홍수를 일으키고 인류재창조의 과정에까지 참여한다. 한국의 인류재창조형 홍수 설화에서는 신이 홍수의 원인자가 아니고 인류재창조의 과정을 지켜보기만 한다. 함몰 설화에는 신이 도승이나 중으로 와서 홍수를 일으키는 신의 징치 역할이 남아 있지만 그 범위가 한 마을, 한 집안으로 줄어들어 신격이 약화된다. 중국 한족 같은 경우도 한국과 비슷하게 신의 역할이 많이 약화되거나 모호해지는 경향을 보인다. 특히 남매혼과 결합한 함몰 설화인 복합형 함몰 설화에서 신이 노해서 홍수를 일으키는 원인이 모호하다. 즉 한국과 한족의 홍수 설화는 신격의 면에서 소수민족 홍수 설화와 다른 양상을 보이며 신은 세계적인 운명을 좌우하지 않고 신격이 많이 약화되고 모호해진다. 이에 비해 중국 소수민족의 경우에는 홍수 설화의 신성성이 그대로 살아 있어 세계 운명의 보편성 문제를 신화와 종교의 영역에서 다루고 있다. 따라서 오늘날까지도 중국 소수민족 홍수 설화는 신화적인 역할을 이행해 오고 있으며 홍수 설화와 직결된 의례들도 많이 찾아볼 수 있다. 이는 소수민족의 문화 배경과 깊은 연관이 있다고 본다.

중국 소수민족이 주로 모여 사는 서남지역은 세계에서 여전히 다민족이 거주하는 최후의 지역 중 하나이다. 횡단(橫斷) 산맥이 서남 소수민족과 외부와의 관계를 단절시켰으며 고유의 민간 문학을 만들어냈다. 이곳은 역사적으로 소위 서남지역의 야만 민족의 소재지이기도 하다.『후한서 권86·남만남이렬전 제76(後漢書卷86·南蠻南夷列傳第76)』에는 서남지역은 야만하고, 쓰촨(四川) 외곽에 자리하고 있다는 내용이 실려 있다. 야랑국(夜郞國, 구이저우)이 있고, 동쪽으론 교지(交趾, 베트남)를 접하며, 서쪽엔 진국(滇國, 윈난)이 있고, 북쪽엔 공도국(邛都國, 쓰촨의 시창)이 있으며, 각각의 군주가 존재한다. 이들은 변발을 하고 가축을 따라 수시로 옮겨 다닌다. '횡단'은 이 지역의 지리적 특징일 뿐만 아니라 문화의 특징이기도 한데, 횡단 산맥은 지형이 험준하여 수십 명의 군주가 이곳에 난립하도록 만들었다.[309] 이로 인해 원주민 문화가 다양하게 공존하면서 폐쇄적 성향을 띠게 되었다. 그러나 폐쇄적으로 고립되기만 한 것은 아니었다. 사통팔달의 하류와 산지는 이 지역의 다양한 문화와 생활방식을 느리게 혹은 빠르게 융합하고 교류하게도 하였다.

이 지역은 고대 중국의 유랑, 도망, 이동의 종결지이고 원주민이 가장 밀집해있는 곳이기도 하다. 중국의 문화 구조에서 이 지역은 낙후된 곳으로 여겨져 왔고, 주류문화에서 이 지역을 대하는 정책은 줄곧 덕(德)으로 다스리는 것이었다. 중국 정통 문화의 주된 방향은 동쪽을 향해 있었고 중국 역사에 있어서 영웅들이 중원에 진출해 서로 다투어 천하를 얻고자

---

309 雲南省民族民間文學楚雄調查隊,『梅葛』序言, 雲南人民出版社, 2009, 3쪽.

하는 축록중원(逐鹿中原)이 하나의 은유적인 표현임과 동시에 정통 주류 문화의 일관된 방향이었다.[310] 19세기 말에 들어서 현대화가 되면서 중국 전통문화는 나날이 사라져 갔다. 그러던 가운데 낙후되고 고립되었던 중국 서남부 지역에 독특하고 창조적인 전통문화가 남아있음을 주목하게 되었다. 이 지역의 문화는 우리에게 많은 시사점을 안겨주고 있으며 '우리가 누구이고 어디서 왔으며 어디로 가는지'와 같은 인생에서 피할 수 없는 문제에 대한 해답을 제시한다. 이를 인류 사회의 유년시절 문화라 말할 수 있으며, 이는 동시에 여전히 살아 숨 쉬는 문화이기도 하다.

그 가운데 서남쪽의 여러 소수민족 민간 문학은 오랜 역사적 교류를 통해 서로 녹아들게 되었다. 이렇게 서로 녹아든 모습이 주로 이웃한 많은 민족 간에 동일한 설화 모티프와 이야기 유형 등이 전해 내려오는 것에서 나타난다.[311] 쓰촨, 윈난, 티베트와 맞물려 있는 묘족, 야오족, 장족(壯族), 푸이족, 투쟈족 등의 민족에게서 뇌공이 홍수를 일으킨 이야기가 전해내려 오고 있으며, 쓰촨, 윈난, 티베트(西藏)의 접경 지역에 섞여서 거주하는 나시족, 이족, 푸메이족, 더앙족에게서는 공통적으로 천녀혼 홍수 설화 유형이 전해 내려오고 있다.

뇌공이 노해서 홍수를 일으키고 나아가 남매혼을 통해 인류를 번영 시키는 유형은 남방 소수 민족에게서 보편적으로 찾아볼 수 있으며 이는 소수민족의 뇌신신앙과 밀접한 관련이 있다. 리수족은 연초에 천둥이 치는 것이 봄이 왔음을 상징한다고 여겼다. 겨울 동안 얼었던 강이 풀리면서 물고기가 몸을 뒤집는 등의 움직임이 보일 때 천둥이 친다고 믿었기 때문이다. 그 후에 '뇌(雷)'를 뇌신이나 뇌공으로 인격화 시켰다. 예를 들어

---

310   雲南省民族民間文學楚雄調査隊, 위의 책, 2009, 5쪽.
311   陳建憲, 「論中國民間文學的多元─體格局」, 『吉首大學學報』 2, 吉首大學, 2002, 66쪽.

다이족의 전설에서 뇌공은 사람의 형상으로 돌도끼와 구리 도끼를 사용
한다. 마오난족은 번개를 뇌왕, 뇌공 혹은 뇌파라고 불렀으며 천상의 대
신으로 생각한다. 뇌공은 종종 폭우와 홍수로 인류를 징벌했는데, 그들은
뇌왕에게 제사를 지내는 풍습을 가지고 있다. 그 다음으로 장족(壯族)만
큼 뇌신을 숭배하는 민족은 없다고 할 수 있다. 그들이 거주하는 곳에는
많은 뇌묘와 뇌신묘, 뇌왕묘, 뇌조묘 등이 있다. 그들은 뇌왕을 천상과
인간계의 지배자이며 무한한 권위를 가지고 있는 매우 두려운 존재라고
여겼다. 아울러 뇌신이 비를 내려 인간계에 행복을 가져다준다고 믿었다.
이런 이유 때문에 장족은 뇌신에게 지내는 제사를 무척 성대하게 치른다.
그들은 천둥이 하늘의 북이라고 생각해서 뇌신에게 제사를 지낼 때 구리
북을 쳤다. 이것이 격뇌고(擊雷鼓)로 이 북에는 구름과 번개 문양을 많이
새겼다.[312]

그리고 소수 민족에게 전해지는 다양한 홍수 설화는 모두 인류로 하여
금 홍수를 피하게 하고 시조를 탄생시킨 도구를 숭배대상으로 삼아 모신
다는 공통점이 있다. 여러 민속 활동 중에 비교적 대표성을 지닌 것이
바로 이족(彝族)의 조롱박 숭배와 대나무 숭배이다. 이족은 조롱박을 선조
의 혼(魂)으로 여긴다. 또 인간과 조롱박 사이에는 마치 산사람과 죽은
선조처럼 혈연관계가 존재한다고 생각한다. 조롱박은 곧 선조이며 그 숨
은 뜻은 바로 조롱박이 생명의 탄생지점이자 영혼의 귀착점이라는 것이
다. 이 때문에 지금까지도 이족은 여전히 묘비에 조롱박의 부조를 새긴다.
이는 인간이 조롱박으로 돌아갔음을 상징한다. 이족은 선조의 혼과 위패
를 동일하게 '아보(阿普)'라고 또는 줄여 "보(普)"라고도 부른다. 그리고
이족의 시조는 아보도목(阿普都木)이라 하는데, 직역하면 "조롱박의 후손

---

312   烏丙安, 『中國民間信仰』, 上海人民出版社, 1995, 30쪽.

도목(都木)"이라는 뜻이다.[313] 오늘날에도 신평현(新平縣)의 이족은 혼례를 올릴 때 박을 던지는 풍습을 간직하고 있다. 신부가 신랑집 문밖 십 미터 전쯤 다가왔을 때 신랑의 여형제 혹은 이모가 미리 벼, 옥수수, 콩, 채소 등의 씨앗을 담은 박을 길에 던져 깨트려야 한다. 신부는 박의 파편과 씨앗을 밟으며 지나가야 하며 이를 길한 의식으로 여겼다. 사실상 이것은 박이 모체를 상징한다는 의미를 내포하고 있다. 그 외에 라후족(拉祜族)도 그들의 선조가 조롱박에서 태어났다고 인식하여 조롱박을 숭배하며, 매년 음력 10월 10일부터 3일 동안 성대한 호로절(胡蘆節)을 개최한다.

이 밖에도 이족은 인간이 죽고 난 후 혼령이 대나무 선조가 있는 곳으로 돌아가야 한다고 여겼다. "죽령위(竹靈位)"를 이족어로 "마두(瑪都)"라고 부르는데, 마도를 제작할 때는 꼭 제죽사(祭竹詞)를 낭송해서 죽은 이의 영혼이 대나무에 붙도록 해야 한다. 원난 이족의 나무지파(羅武支系)는 대나무를 선별해 위패를 제작할 때 삐모어가 망자의 후손을 이끌고 제사용품을 가지고 대나무 숲에 가서 제사를 올린다. 후손은 땅에 무릎을 꿇고 삐모어가 제죽사를 부른다. 이때 삐모어와 사람들이 모두 유심히 어떤 대나무가 가장 먼저 흔들리는지 관찰하고, 가장 먼저 흔들린 대나무에 망자의 영혼이 붙었다고 생각한다. 이때 삐모어가 특정한 제사 장소에서 제죽사를 낭송하면서 의례를 행하는데 장엄하고 신성한 분위기를 조성한다.[314]

이런 의례와 같이 상징성이 강한 행사에서 성직자들은 일종의 장엄하고 신비로운 분위기를 연출한다. 그들은 입으로 제사(祭詞)를 부르며 조롱박과 대나무가 인간을 탄생시키는 신화를 재현한다. 이로써 신화와 의

---

313 李世康, 「道敎仙葫與彝族葫蘆崇拜」, 『華夏文化』 4, 雲南省楚雄彝族文化硏究所, 1995, 30쪽.

314 羅曲, 「彝族的竹崇拜文化」, 『西南民族學院學報·哲學社會科學版』 20, 西南民族大學, 1999, 9~10쪽.

례가 서로 해석되는 상호적인 과정을 형성하고 개인과 단체 간의, 현재와 과거 간의, 종족과 시조 간의 동질성을 획득함으로써 종족정신의 가치가 만들어진다. 홍수 설화가 내포하는 특정문화는 그 문화권에 속한 종족 구성원들에게 응집력이 생기게 하는 효과가 있다. 거대한 집단 심리와 강렬한 심리 암시를 형성하여 장기간 같은 문화체계에 있는 사람들로 하여금 은연중에 그 영향에서 벗어날 수 없도록 만든다. 이는 신화가 민간신앙을 강화시키는 과정이기도 하다. 신화의 반복적인 서술과 그에 상응하는 신비로운 의례들이 조롱박 숭배, 대나무 숭배 등 민간신앙을 강화시켰다. 종합적으로 보면 이런 민족 의례와 민속활동은 홍수 설화에 생생한 생명력을 부여함으로써 살아있는 신화가 되게 하였다.

그 외에 소수민족 홍수 설화에서는 북(鼓)으로 홍수를 피하는 상황을 쉽게 볼 수 있다. 각 민족의 실제 생활 속에서 북은 확실히 각별한 존숭을 받았다. 북은 종종 조상숭배와 서로 연관되었고 심지어 조상의 우상과 하나가 되기도 하였다. 그중에 시솽반나(西雙版納)의 기노족의 홍수 설화에서는 한 남매가 소가죽 북에 숨어 운 좋게 홍수를 피하고 살아남게 된다. 창세신은 남매에게 매일 북채로 북을 세 번 치라고 알려준다. 만일 북소리가 맑으면 홍수가 지나갔다는 의미이며 칼로 북을 가르고 나와도 된다고 하였다. 결국에 남매는 큰 북에서 나오게 되고 부부의 연을 맺어 인류의 후손을 번영시킨다. 지금까지도 기노족은 음력 12월 수확 경삿날에 송구영신(送舊迎新)의 날을 보낸다. 틀을 짜서 북을 걸어놓고 남자는 위에서 북을 치며 춤을 추고, 여자는 밑에서 북을 치며 반주를 한다. 사람들이 큰 북을 둘러싸고 춤을 추며, 새 삶을 축하한다. 아마도 큰 북은 대지신(大地神)과 관련이 있을 것이고, 또 대지는 출산과 관련이 있기 때문에 북으로 제사지내는 것이 출생의 기원을 암시하고 있기도 하다.

그리고 묘족의 조상숭배행사는 북과의 관계가 가장 밀접하여, 심지어 직접적으로 북을 조상의 영혼이 머무는 거주지 혹은 조상의 상징으로 삼는다. 리핑(黎平) 일대의 묘족은 성대한 '랍고절(拉鼓節)'을 지낸다. 이 행사는 13년을 간격으로 한 번씩 거행되며, 씨족의 조상에게 제사를 지내는 것이다.[315] 와족의 북은 비교적 원시적인 형태의 북이다. 한 나무토막의 홈을 파서 만든 것으로 소리가 깨끗하고 맑다. 와족은 북이 마을의 평안을 지킬 수 있다고 생각하며, 그것을 '신통한 기물', '신과 통하는 물건'으로 여긴다. 북을 치면 신이 알아듣는다는 것이다. 북은 제사를 지낸 후 평상시에는 맘대로 만지면 안 되며, 다만 제사를 지내거나 신호를 보낼 때, 혹은 기념일 등의 경삿날에만 북을 칠 수 있다. 그리고 음력 사월, 오월 사이에 와족은 북을 위한 집을 지어야 하고, 7월에서 10월 사이가 되면 북을 끄는 성대한 잔치를 거행한다.[316]

이러한 북이 갖는 기원과 그에 대한 전설은 종종 홍수 신화와 관련이 있음을 암시한다. 상고 시대의 인간은 어떤 것도 할 줄 몰랐고, 곡식 또한 자라지 않았다. 어느 날 지신이 분노하여 홍수로 인류를 물에 잠기게 하려고 했다. 사람들은 천신에게 기도하며 물었고, 나무와 풀, 동물들을 모아 놓고 상의했다. 결국 딱따구리를 모방해서 나무를 벤 다음 북을 만들어 치며 신에게 제사를 지내기로 결정했다. 북은 만들었지만 어떻게 쳐도 소리가 나지 않았다. 사람들은 어쩔 수 없이 북을 위해 집을 지어 주었다. 소를 죽이고 사람의 머리를 베어 제사를 지내자 북에서 소리가 나기 시작했다. 이로써 결국엔 신의 노기를 잠재우게 되고 홍수의 재앙에서 벗어나게 되었다. 사람의 머리를 베어서 북에 제사지내는 풍습은 1950년대에 들어와서야 사라지게 되었다. 이외에도 하니족 역시 신년과 농사철이 끝

---

315   秦序, 「談西南洪水說話中的木鼓」, 『山茶』 2, 山茶雜志社, 1986, 19~22쪽.

316   付愛民, 「佤族木鼓文化解析研究」, 『民族藝術』 1, 中國民俗學會, 2006, 72~80쪽.

난 후에 맞는 기념일에 북을 치는 풍습을 가지고 있다. 북을 마주보고 몸을 흔들면서 춤을 추면서 규칙적으로 세 번 북을 치는데 각각 다른 의미가 담겨 있다. 첫 번째 북소리는 인구의 번성을, 두 번째 북소리는 곡식의 풍년을, 세 번째 북소리는 가축의 번식을 의미한다.[317]

신화의 뿌리는 민간신앙에 맞닿아 있다. 민간신앙이 숭배하는 대상과 관념을 잃어버리게 되면 신화는 더 이상 신화라고 할 수 없게 된다. 신화는 대대로 구비전승 혹은 문헌 기록 등의 방식을 통해 전해 내려오게 된다. 신화는 민간신앙에서 비롯된 것이며, 또 의례와 풍습 속에서 표현되고 강화된다. 방금 위에서 다뤘던 박을 조상의 영혼(祖靈)으로 보는 것과 박을 밟는 행위, 북을 조상의 상징으로 모시는 것은 모두 일종의 민속활동이며, 집단적인 행위이다. 이는 서남 소수민족 거주 지역에서 광범위하게 나타난다. 이러한 민속활동 중에 사람들은 모든 과정에 참여하여 체험하며 조상이 남긴 문화유산을 함께 즐기고, 한 집단에 속한다는 영광을 나누게 된다. 수많은 사람들이 수천 년 동안 전해 내려온 홍수 설화를 함께 회상할 때 그들의 집단의식은 틀림없이 강화될 것이고 집단 간의 관계도 끈끈해 질 것이다. 또 집단 구성원 간의 심리적 거리도 줄어들게 되고, 이로써 자신이 숭배하는 대상에 대해 더 뚜렷한 의식과 강렬한 공감대가 생기게 될 것이다.

신화의 전승자는 신화를 진실되고 신성한 것으로 믿고 있다. 신화의 생명은 그 진실성과 신성성에서 유지된다고 할 수 있다.[318] 그러나 한국과 중국 한족문화권에서는 홍수 설화가 신성성을 잃어버린 채 전승되어 왔다. 우리 한국의 함몰 설화에 등장한 신격에 대해 알아보도록 하자. 〈돌부

---

317 鄧啓耀, 『鼓靈』, 江西教育出版社, 1999, 8~10쪽.

318 안병국, 『설화문학론』, 학고방, 2012, 76쪽.

처 눈 붉어지면 침몰하는 마을〉담에서 신은 주로 도사나 과객, 지사 등으로 등장한다. 예를 들어 〈계화도의 유래〉에서는 지나가던 과객 하나가 부락을 지나면서 돌부처 콧구멍에서 피가 나면 이 지역이 함몰된다고 예언한다. 〈놋다리 이야기〉에서는 노파한테 대접을 받은 도사가 떠나면서 뒷산 망부석에 피가 나면 피난가라고 권한다. 그리고 〈장자못 전설〉에서는 신이 모두 중으로 등장하여 악한 장자를 대상으로 징치한다. 장자의 며느리는 장자와 달리 중한테 공양미도 주고 시아버지를 대신해서 사죄하여 결국 의인으로 선별될 수 있었다. 하지만 의인으로 선별되어 중을 따라 집을 나오면서 뒤돌아보지 말라는 금기도 동시에 부여받는다. 며느리는 가정에 대한 미련, 궁금증, 혹은 큰 소리에 놀라는 것 때문에 본능적으로 뒤를 돌아보아 결국 돌로 화하고 말았다. 여기서 중으로 등장한 신의 역할이 더없이 부각된다. 하지만 〈장자못 전설〉은 한 가정에서 서사가 진행되는데 이에 따라 신이 징치할 수 있는 공간적 범위가 많이 축소된다. 따라서 함몰 설화에서 신은 도승이나 중으로 등장하여 징치의 역할을 하지만 징치의 공간적 범위가 마을, 한 집안으로 축소되어 그 신격이 많이 약화됨을 엿볼 수 있다. 그리고 신이 속하는 신성계(神聖界)에 대한 서술도 없으니 신의 존재 또한 애매모호할 수밖에 없다. 신이 인간 세상에 내려와 사람을 시험하고 신성을 모독한 사람을 대상으로 징치를 하지만 구체적으로 어떤 신격이 징치를 행했는지는 정확히 알 수가 없다. 한편 한국 인류재창조형 홍수 설화에서는 신이 아예 모습을 감추었다. 남매혼 홍수 설화에서는 신이 홍수를 일으키는 존재도 아니므로 아예 모습을 감추어 인간이 행하는 것에 동조만 해준다. 신은 늘 인간과 일정한 거리를 유지하고 있으며 필요에 따라 협력 관계를 맺을 뿐이다. 〈나무도령과 홍수〉 설화에서는 목신이 등장하지만 나무도령의 아버지로서 조력자의 역할을 했을 뿐이고, 목신이 나서서 홍수를 일으키거나 사람을 징치하는 역할을 하지 않아 그 관여가 매우 제한적이다.

중국 한족문화권 홍수 설화에서 등장한 신격이 한국과 비슷한 양상을 띤다. 함몰 설화에서 신은 과객, 서생, 관음보살 등으로 등장한다. 〈역양 전설〉에서는 한 서생이 길을 지나며 늘 의로운 일을 하는 할머니에게 이 고장이 곧 함몰하여 호수가 될 것이니 성문 문지방에서 피가 나는 것을 보면 북쪽 산으로 도망가라고 한다. 〈유권 전설〉, 〈석호호 전설〉에서는 신이 아예 등장하지도 않고, 동네 함몰에 관한 예언은 동요를 통해서 전해 진다. 따라서 중국 함몰 설화에서도 신은 과객이나 서생 등으로 등장하여 징치의 역할을 하지만 징치의 공간적 범위가 한국처럼 마을로 축소되어 그 신격이 많이 약화됨을 알 수 있다. 한편, 중국의 함몰 설화가 전승과정 에서 남매혼과 결합하여 복합형 함몰 설화를 창출하였는데 이는 범세계 적인 홍수를 배경으로 한다. 홍수가 나서 돌사자와 친분을 맺었던 남매만 이 살아남아 인류를 재창조해 나가는 내용으로, 따라서 홍수의 범위도 한 마을에서 범세계적인 홍수로 확대되었다. 하지만 이와 같은 복합형 함몰 설화는 범세계적인 홍수를 배경으로 하고 있지만 홍수의 원인에 있 어서는 대부분이 상세하게 언급하고 있지 않다. 신이 노해서 홍수를 일으 킨다는 서술 대신에 홍수를 대부분 자연재해로 묘사한다. 예를 들어『중 원신화전제자료(中原神話專題資料)』에 수록된 〈인조야(人祖爺)〉를 보면 거 북이가 남매에게 홍수 재난을 예언하는데 홍수를 십만 팔천 년에 한 번 씩 발생하는 재난이라고 한다. 〈두 남매(兩兄妹)〉에서도 돌사자가 울면서 남매한테 이 세계가 원래 만 팔천년에 한 번씩 '혼돈(混沌)'으로 돌아간다 고 하였다. 이처럼 한족문화권에서 전승되는 복합형 함몰 설화에서는 홍 수의 범위가 범세계적인 것으로 확대되었지만 신이 노해서 홍수를 일으 켰다는 원인이 모호하다. 즉 홍수의 원인 부분에서 신의 존재를 삭제시킨 것이다. 이에 따라 신의 형상이 매우 흐릿하게 된다.

　종합해서 볼 때, 한국이나 중국 한족문화권 홍수 설화에서 신은 세계적인 운명을 좌우하지 않고 신격이 많이 약화되고 모호해진다. 이와 달리 중국 소수민족의 경우에는 홍수 설화의 신성성이 그대로 살아 있어 세계 운명의 보편성 문제를 신화와 종교의 영역에서 다루고 있다. 한국이나 한족의 홍수 설화가 신화적 보편성을 잃은 것은 신화와 역사가 일찍 분리되어 역사의 영역에서 세계 보편성을 논하였기 때문이라 할 수 있는데, 그 배경에 대해 살펴보도록 하겠다.

　중국 소수민족의 경우 홍수 설화 내지 창세 신화가 곧 그들의 역사서이다. 각 민족의 창세 신화는 그 민족의 역사와 생활 형태에 따라 각기 독자적인 양상을 띠기는 하지만 대체로 천지개벽과 인류기원, 홍수범람과 남매간의 결혼, 가축이나 곡물, 불 등 문화의 발견, 생활습속의 유래 등을 공통적으로 담고 있다.[319] 한마디로 이들 설화들은 소수민족 선조의 탄생을 다루는 사서이다. 대부분 소수민족은 창세시를 보유하고 있다. 이들 창세시는 신화를 바탕으로 구성되어 동시에 신화의 전승과 보존에 큰 역할을 한다. 이들 서사시는 신화, 가요, 전설이 한 데 모여 신화를 중심으로 인류의 기원, 천지의 분리, 홍수 범람 등의 주제를 다룬다. 대부분 소수민족은 창세시를 자기 민족의 역사라고 생각한다.[320] 묘족, 푸이족(布依族)은 서사시를 '고사가(古史歌)'라고 칭한다. 이족은 서사시 『메이거』를 "자기 민족의 기원을 밝히는 것(根譜)"이라고 생각하여 이를 모르는 사람이 없다.

319　李子賢, 「創世史詩産生時代芻議」, 『探尋一個尙未崩潰的神話王國』, 雲南人民出版社, 1991, 265쪽.

320　그 연장선 위에 소수민족 창세서사시 속에 1차 창세와 2차 창세를 통합적으로 살펴봄으로써 창세의 논리를 밝히는 연구, 창세서사시를 오늘날 소수민족 민간 습속과 관련지어 진행하는 연구가 향후의 중요한 연구과제가 된다. 박종성이 『메이거』에 주목하여 위와 같은 연구를 진행하고 있는데 의미 있는 연구 성과가 나올 것으로 기대된다. 박종성, 「중국 운남 이족 『메이거』와 민간습속(신앙)에 관한 에세이」, 미발표 논문.

소수민족 홍수 설화는 창세서사시에 들어 있는 경우가 많다. 소수민족의 경우에는 자기 민족의 과거, 즉 역사를 신화와 종교 차원에서 다루고 있다. 따라서 홍수 설화가 신화와 종교 영역에서 여전히 신빙력을 가지고 있다. 그러나 한국과 중국 한족문화권의 경우에는 일찍이 문자를 활용하면서 역사를 종교적인 측면에서 분리시켰다. 따라서 세계 보편적인 질서를 신화와 종교의 영역에서 논하지 않고 역사의 영역에서 논하였다. 그래서 한국과 중국 한족문화권 같은 경우에는 홍수를 신화와 종교 영역이 아니라 역사 영역에서 다룬다. 맹자(孟子)는 '일치일난(一治一亂)'을 언급하면서 '홍수'에 관해 다음과 같이 기술하였다.

천하에 사람들이 살아온 지 오래인데, 한 번 다스려지고 한 번 어지러워졌다. 요의 시대에 물이 거꾸로 흘러서 온 중국에 넘쳐 뱀과 용이 살게 되자, 백성은 살 곳이 없어서 낮은 데 사는 사람들은 둥지를 만들고 높은 데 사는 사람들은 굴을 파서 살았다. 『상서』〈대우모(大禹謨)〉에 '아득히 넘실대는 물이 나를 경계하도다'라고 했다. 아득히 넘실대는 물은 홍수를 가리킨다. 그래서 순이 우에게 물을 다스리게 했다. 우는 땅을 파서 물이 바다로 흘러가게 하고 뱀과 용을 늪으로 몰아내며 물을 기슭 사이로 다니게 했으니, 장강과 회수, 황하와 한수가 그것이다. 험하고 막힌 데가 없어지자 날짐승들과 길짐승들이 사람을 해치는 일이 없어졌고, 그런 뒤에야 사람들은 평평한 땅을 얻어서 살게 되었다.[321]

---

321 "天下之生久矣, 一治一亂. 當堯之時, 水逆行, 泛濫於中國, 蛇龍居之, 民無所定. 下者為巢, 上者為營窟. 書曰: '洚水警余.' 洚水者, 洪水也. 使禹治之. 禹掘地而注之海, 驅蛇龍而放之菹, 水由地中行, 江·淮·河·漢是也. 險阻既遠, 鳥獸之害人者消, 然後人得平土而居之." 정천구, 『맹자, 시대를 찌르다』, 산지니, 2014, 52~53쪽.

이처럼, 맹자는 홍수를 난(亂)의 개념으로 설명한다. 홍수를 난세를 표현한 하나의 양상으로 이해한 것이다. 홍수가 날 때는 어지러운 세상이 오고, 홍수가 다스려지면 치세(治世)가 온다. 주자도 인류사회가 "한 번 다스려지고 다시 어지러워지고, 한 번 어지러워지고 다시 다스려진다(一治必又一亂, 一亂必又一治)"라고 논의를 펼쳤다. 유학은 수천 년 동안 중국을 비롯한 동아시아 국가에 여러 방면에 있어서 지대한 영향을 미쳤다. 중국인의 역사관은 대체로 역사순환사관으로서 일치일난을 역사 흐름을 관통하는 원리로 보았다. 유학이 유입된 후로 한국에서도 유교적 역사관의 원형이 오랫동안 지속되었다.[322] 예를 들어, 조선 시대에 이이가 맹자의 일치일난설(一治一亂說)에 따라 역사변혁의 시기를 200년으로 보고 아래와 같은 진술을 한 적이 있다. "예로부터 치국이 중엽에 이르면 반드시 안일에 빠져 국세가 쇠약해지는 것입니다. (중략) 지금은 조선조가 건국된 지 200여 년이 지나 중쇠기이니 이때가 바로 천명을 지속시킬 때인 것입니다."[323] 이처럼 한국과 한족문화권에서는 일찍부터 이와 같은 유교적 역사관을 통해 세계 질서의 보편성을 논하였다. 따라서 일치일난은 역사 전개의 반복되는 본원적 양상으로 생각되었고 이런 맥락에서 홍수는 난세의 한 양상으로 내려앉았다. 세상의 원리, 세계의 질서나 보편성을 말하는 것이 신화였으나, 홍수와 관련해서는 상당 부분 유교적 역사관으로 이해하는 단계로 넘어갔다. 그래서 중국처럼 신격이 모호해지거나 한국처럼 능력이 약화된 신이 등장하는 홍수 설화가 나타나게 된 것이다.

　물론 한국에도 신화의 성격을 견지하고 전승되는 홍수 설화가 아예 없는 것은 아니다. 함경도에 전승되는 본풀이「셍굿」가운데「천년두레 천

322　오항녕, 『조선초기 성리학과 역사학-기억의 복원, 좌표의 성찰』, 고려대학교 민족문화연구원, 2007, 40쪽.

323　이진표, 『한국사상사』, 학문사, 2002, 166~167쪽.

년장재비 내력담」은 〈장자못 전설〉과 비슷한 내용이지만 다른 본풀이와 결합하면서 신화 노릇을 하면서 본풀이로 전승되어 왔다. 창세 신화와 일정한 관계를 유지하면서 홍수 신화의 흔적을 지니고 있다는 점에서 이 야기는 소중한 의미가 있다.[324] 하지만 한국에서는 무속의 권력이 약하며 주류에 속한다고 볼 수 없다. 그리고 이들은 민족의 내력, 운명을 다루는 것도 아니고 한 집안의 운명만을 다루고 있다. 다시 말해 〈장자못 전설〉 유형의 홍수 설화는 민족의 운명을 대신해 한 집안의 운명을 다룬 것으로 의미가 축소된 것이다.

이처럼 한국 홍수 설화는 신화적 위치를 고수하지 못하고 전설, 민담의 형식으로 산재되어 있다. 홍수 설화와 직결된 의례나 풍습을 찾기도 어렵다. 바로 이러한 점을 한국 홍수 설화의 이례적인 특징이라고 할 수 있다. 한국 홍수 설화를 통해 우리는 신화가 전설로, 민담으로 이행하는 궤적을 파악할 수 있다. 한편 신성성이 사라진 한국 홍수 설화의 의의를 어떤 면에서 찾을 수 있을까 하는 의문이 제기된다. 한국에서 홍수 설화는 민간에서 구비전승 되면서 민족의 운명, 조상의 내력과 결부되지 않았다. 〈장자못 전설〉이나 〈돌부처 눈 붉어지면 침몰하는 마을〉, 〈나무도령과 홍수〉 담을 통해서 볼 때, 한국 홍수 설화의 초점은 민족, 시조에 대한 관심보다 늘 권선징악의 교훈적 의미에 초점이 맞추어져 있음을 알 수 있다. 사람들은 일련의 홍수 설화를 통해 인간이 살아가는 데에 필요한 규범과 도덕을 이해한다. 도덕적 규범에서 벗어나는 행위, 옳지 못한 일을 행하면 반드시 처벌을 받아 불행하게 되고 최악의 경우에는 죽음의 단계까지 이르게 될 수도 있다. 이들 설화 중에서 악을 저지른 자, 신을 배신한 자는 늘

---

324 김헌선, 「한국 홍수설화의 위상과 비교설화학적 의미」, 『민속학연구』 31, 국립민속박물 관, 2012, 113쪽.

파멸의 운명을 면할 수 없다. 이는 한국의 홍수 설화가 전승 과정에서 민중의 의식을 중층적으로 반영한 결과라 할 수 있다. 중국 소수민족의 홍수 설화와 달리 한국의 홍수 설화는 민중의 삶과 긴밀한 관계를 맺고 민중의 가치관, 민중의 욕망, 민중의 희로애락을 고스란히 담고 있는 것이다.

한국 홍수 설화를 전체적으로 볼 때 범세계적인 홍수보다 국지적인 것이 더 많이 나온다. 특히 한 가족의 재편을 다루는 〈장자못 전설〉은 널리 전국적인 전승 양상을 보여준다. 이는 한국의 강한 가족주의에서 그 연유를 찾을 수 있다. 중국 한족문화권에서도 국지적인 홍수를 다룬 함몰 설화가 있지만 전승 과정에서 국지적인 것에서 범세계적인 홍수로 확대되었고, 그 결과 남매혼 모티프와 결합하여 인류재창조형 홍수 설화로 부상되는 변이양상을 보였다. 인류재창조를 다루려면 논리적으로 범세계적인 홍수가 발생해야 한다. 또한 한국의 경우는 대부분 국지적인 홍수가 나와 그 원인, 결과가 분리되었다. 중국 소수민족 홍수 설화는 대체로 범세계적인 홍수를 다루고 원인부터 결과까지 유기적으로 전개된다. 그러면서 홍수 설화를 통해서 한 민족, 혹은 여러 민족 시조의 유래, 즉 '동원동족'을 다룬다. 여러 민족이 하나의 조롱박에서 출현해 같은 조상을 갖는다는 이야기는 상상 속의 혈연관계를 진실로 여기게 하면서 여러 민족들이 서로 형제간이라는 유대의식을 갖게 한다.

한국, 중국 한족문화권, 그리고 소수민족 홍수 설화에서 등장한 신격도 각각 차이를 보인다. 소수민족 홍수 설화에서는 대부분 홍수를 어떤 신이 일으키고 그가 인류재창조까지 관여하여, 원인과 결과의 주재자로서의 신격이 가장 명확하다. 한국의 경우 인류재창조형 홍수 설화에서는 신격이 거의 등장하지 않고, 함몰 설화에서는 도승이나 중으로 나타나지만 그 범위가 한 마을이나 집안으로 축소되어 신격이 약화되었다. 중국 한족문화권의 것들은 한국과 유사하게 신격이 약화되거나 또는 모호한 경향을 보인다. 대체로 가장 많이 전승되는 남매혼과 결합된 복합형 함몰 설화에서도 홍수의 주재자로서의 신격이 모호하게 나타난다. 한편, 소수민족 홍수 설화는 여전히 살아있는 신화로서의 위상을 갖고 있으며 이것은 그와 직결된 의례를 통해서 뒷받침된다. 소수민족의 신화가 종교와 역사와 분리되지 않은 채 자신들의 근원과 세계의 질서와 같은 보편성 위에 존재하고 있기 때문이다. 따라서 소수민족의 홍수 설화는 단지 하나의 서사가 아니라 과거에 있었다고 믿는 '진실된 역사'로서 역할을 해왔다. 이와 달리 한국과 중국 한족문화권에서는 신화는 '진실된 역사'로서의 위상을 일찍부터 상실하고 유교적 사관에 자리를 내어주었다. 일치일난은 역사 전개의 반복되는 본원적 양상으로 생각되었고 이런 맥락에서 홍수는 난세의 한 양상으로 내려앉았다.

제Ⅵ장
결 론

　민간 설화는 기타 민간문학, 민간예술과 마찬가지로 한 민족의 생활 현실과 생활에 대한 그들의 생각과 감정을 표현하고 있다. 또한 그들의 상상력과 환상이 유난히 발랄하게 펼쳐져 있기도 하다. 따라서 민간 설화는 민족 성격의 예술적인 표현이며 민족사에 있어 더없이 훌륭한 색인이 되어준다.[325] 한국과 중국은 지리적으로 인접하고 오랜 시간 역사적 교류를 거치면서 광범위하고 깊은 문화적 친연관계를 맺어 왔다. 특히 민간문학 측면에서 한·중 양국은 주제, 모티프, 구성 등을 상당부분 유사하게 공유하고 있다. 이 중에서 홍수 설화는 양국에서 보편적으로 존재한 설화 가운데 하나로 꼽을 수 있다. 그래서 본고에서는 양국의 홍수 설화를 유형별로 분류하여 비교하는 작업을 진행하였다.

　본고는 중국, 한국 홍수 설화의 영향 관계를 밝히기 보다는 현재까지 전승되어 온 한·중 홍수 설화의 양상에 주목하여 연구를 진행하였다. 즉, 영향 관계보다 전승, 변이를 거친 현(現) 모습에 관심을 두었다. 이런 작업을 통해 본고는 한국과 중국 홍수 설화의 공통점, 차이점을 밝혀내는 것은 물론 양국 설화의 의미까지 밝혔다. 더 나아가 이러한 공통점과 차이점을 생기게 한 근원을 규명하기 위해 한·중 홍수 설화의 전승 배경과 전승

325　쫑쩡원, 「민간설화 탐구에 대한 일부 인식과 견해」, 『한·중·일 설화 비교연구』, 민속원, 1999, 11쪽.

의식을 살펴보았다. 본문에서 논의된 내용들을 정리하면 다음과 같다.

한국과 중국이 공유하고 있는 홍수 설화 유형으로 크게 '함몰 설화'와 '인류재창조형 홍수 설화'를 들 수 있다. 함몰 설화는 한 마을, 한 집 등의 국지적인 함몰을 다룬 유형인데 대부분은 홍수원인이 서사의 핵심이 된다. 그리고 인류재창조형 홍수 설화는 홍수의 재난이 끝나고 인류가 멸망의 위기에 처하게 되면서 인류를 재창조하기 위해 남매혼이나 비혈연혼을 택해서 인류를 다시 이어가는 설화들이다. Ⅱ장에서는 먼저 한국과 중국의 홍수 설화에 대한 기존 분류법을 살핀 후 이를 기반으로 홍수의 범위를 기준으로 한국과 중국의 홍수 설화를 크게 '함몰 설화'와 '인류재창조 홍수 설화' 두 가지로 분류하였다. 그리고 한국의 함몰 설화를 다시 두 가지 유형으로 나누어 보았는데 하나는 〈돌부처 눈 붉어지면 침몰하는 마을〉담으로 대표되는 '징조 조작형 함몰 설화'이고, 다른 하나는 〈장자못 전설〉로 대표되는 '금기 위반형 함몰 설화'이다. 중국의 함몰 설화 유형은 세 가지로 분류하였는데 '징조 조작형', '금기 위반형' 및 '영물복수형'이다. 유형을 비교해 보면 '영물복수형'은 한국에서 쉽게 찾기 어려운 유형으로, 중국의 특수한 유형으로 볼 수 있다. 그리고 한국의 '인류재창조형 홍수 설화'로 〈남매혼 홍수 설화〉와 〈나무도령과 홍수〉담이 있고, 중국의 '인류재창조형 홍수 설화'로 〈남매혼 홍수 설화〉와 〈천녀혼 홍수 설화〉가 있다. 그래서 이들 각각을 '남매혼 홍수 설화'와 '비혈연혼 홍수 설화'로 묶어 인류재창조형 홍수 설화의 하위 유형으로 분류하였다. 분류 작업 후 유형별로 한·중 홍수 설화의 자료 양상을 살펴보았다.

이어서 Ⅲ장에서 유형별로 비교 연구를 진행하였는데, Ⅲ장-1에서 '징조 조작형 함몰 설화'를 비교하는 데에 있어 먼저 화소 비교를 진행하여 서사 전개상의 공통점과 차이점을 밝힌 다음 의미를 살펴보았다. 화소별로 비교한 결과 의인(義人)을 선택하는 데 있어서, 중국 문헌 기록에서는 선·악의 대립보다 신에 대한 신(信)과 불신(不信)의 대립이 더 뚜렷하고, 근대에 채록된 각편에서는 선행과 악행의 에피소드가 추가되면서 선과 악이 대립이 강해졌다. 한국의 각편들도 중국 각편과 대략 비슷한 양상을 보인다. 선과 악의 대립을 강조하는 것이 대부분인데, 전라도에서 채록된 대부분 각편이 중국 문헌 기록과 가장 비슷한 양상을 띤다는 것을 확인할 수 있었다. 즉, 선과 악의 대립이 없고, 신에 대한 신(信)과 불신(不信)의 대립만 존재하는 것이다. 이와 같은 유형의 설화는 표면적으로 권선징악의 구조를 갖추고 있으며, 그 심층 구조에는 신에 대한 신(信)과 불신(不信)이 깔려 있다.

다음으로 '징조 조작형 함몰 설화'의 재난 구현 방식으로 중국 자료에서는 성문, 돌 거북이, 돌사자의 변이 과정을 확인하였는데, 역사 기록 등을 통해 이와 같은 변천이 민간 신앙과 긴밀하게 결부됨을 확인할 수 있다. 반면에 한국에서는 재난의 징조가 주로 돌미륵이나 돌부처의 코, 망부석이나 바위 등을 통해 구현되며, 각편 사이에 크게 변화된 양상은 보이지 않는다. 이는 한국의 함몰 설화가 대부분 20세기의 특정 시기에 채록되었기에 시대의 흐름에 따른 전승내용의 변형이 확연히 나타나지는 않았을 가능성이 크기 때문이라고 볼 수 있다.

의미도 살펴보았는데, 한국과 중국의 '징조 조작형 함몰 설화'는 모두 '신의 사람을 향한 징치'를 의미하고 있다. 하지만 중국에서는 '징조 조작형 함몰 설화'가 전파 과정에서 남매혼 모티프와 결합하면서 징치의 색채는 크게 떨어진다. 그리고 오히려 징치를 넘어서서 '인류의 재창조'를 지향하는 경향을 보인다. 이는 주로 중국 중원 지역에서 보이는 특징인데, 아마도 남매혼이 집중적으로 분포하는 지역이기 때문에 이와 같은 변이가 가능했을 것이다. 한편, 한국의 '징조 조작형 함몰 설화'에서는 불교의 흔적을 많이 포착할 수 있다. 한국에 전파되는 과정에서 불교와의 교섭이 많아 이 유형의 설화가 불교의 영향 하에서 권선징악 중 '선'과 '악'이 도승을 우대하느냐 학대하느냐는 것과 긴밀하게 결합하였을 가능성이 높다. 이와 달리 중국의 '징조 조작형 함몰 설화'에서는 '선'과 '악'을 평가하는 잣대로 '효'나 '경로' 사상이 많이 동원된다. 이는 명나라 때 예법과 효도를 강조한 것과 관련이 있다. 주원장(朱元璋)이 명나라를 건국한 초기에 전충전효(全忠全孝)를 선양하여 그때부터 효가 사람들의 마음속에 깊이 자리 잡았다. 전체적으로 볼 때, '징조 조작형 함몰 설화'가 신에 대한 '신(信)'과 '불신(不信)'에서 출발하여 전파 과정에서 갈수록 윤리도덕관념을 더 내세워 '권선징악'의 의미를 획득하였다고 할 수 있다.

그 다음 Ⅲ장-2에서 한·중 '금기 위반형 함몰 설화'에 대한 비교를 진행하였다. 한국에서 〈장자못 전설〉로 대표되는 '금기 위반형 함몰 설화'는 전국적으로 넓은 분포를 보이고, 많은 각편을 산출해 내면서 강한 전파력을 보이고 있다. 중국의 '금기 위반형 함몰 설화'는 양이 많지 않고, 주로 내몽고 등 유목민족 거주지, 한족 거주지, 윈난성(雲南省) 리수족(傈僳族) 거주지 등에서 전승되어 왔다. 서사 전개를 보면 한국의 〈장자못 전설〉과 다른 면이 있으나 두 설화 모두 의인 선택, 금기 제시, 금기 위반, 화석(금기 위반에 따른 징벌) 화소를 공유하고 있다. 의인을 선택하는 부분에서 〈장자못 전설〉의 가장 뚜렷한 특징이 바로 '학승(虐僧) 모티프'인데, 처음부터 선과 악이 대립되어, 장자는 '악'의 대표자, 며느리는 '선'의 대표자로 서술된다. 며느리는 시주행위 때문에 구출대상으로 선택받아 도승한테서 따라 나오라는 지시를 받는다. 동시에 뒤돌아보지 말라는 금기도 부여받는다. 이때 금기를 위반하면 받는 징벌에 대해서는 미리 언급되지 않는다. 반면 중국에서는 보통 주인공들이 동물을 구조하는 선행이 묘사된다. 주인공들은 간접적이나 직접적으로 홍수가 올 것을 알게 되는데 이를 누설하면 안 된다는 금기를 부여받는다. 그리고 금기 위반시 돌로 변한다는 징벌의 내용도 미리 알게 된다. 결국 양국의 주인공들은 모두 금기를 어기는데 장자의 며느리는 가정에 대한 미련, 걱정, 호기심, 큰소리에 놀라서 금기를 위반하여 돌로 변하였다. 그리고 장자의 집터는 못으로 변하고 만다. 중국의 주인공들은 금기 위반을 하면 돌로 변할 것이라는 결과를 알면서도 마을 사람들을 구하기 위해 자발적으로 재난 소식을 누설하여 금기를 어기게 된다. 결국 마을 사람들은 구조되는데 반해 주인공은 끝내 돌로 변하고 만다.

이어서 한·중 '금기 위반형 함몰 설화'의 의미도 살펴보았다. 한국과 중국의 '금기 위반형 함몰 설화'의 주인공은 신이 제시한 금기를 어기는 것으로 모두 인간의 자유의지를 드러내지만, 중국의 '해력포'는 마을 공동체를 위해 자발적으로 선택한 것이고, 장자의 며느리는 가정에 대한 미련 때문에 본능적으로 반응한 것이라는 차이가 있다. 이로 인하여 중국의 '금기 위반형 함몰 설화'는 한 사람의 영웅적 체험을 묘사하여 결말에 비장성이 넘치는 반면, 한국의 '금기 위반형 함몰 설화'는 며느리의 미련함을 드러내 비극적인 색채가 농후하다.

그 다음 Ⅲ장-3에서 중국에만 전승되는 영물복수형 함몰 설화를 살펴보았다. 함몰 설화 유형을 대조해 보자면 '징조 조작형 함몰 설화'와 '금기 위반형 함몰 설화'는 한국과 중국에서 공통적으로 있는 유형이다. 그런데 '영물복수형 함몰 설화'는 중국의 독특한 유형이라 볼 수 있다. '영물복수형 함몰 설화'는 대개의 경우 사람들이 영물을 모독하는데 그 모독 행위를 보면 영물을 잡아 죽여 고기를 나누어 먹는 것이 있고, 영물에 대한 경외심이 없이 그를 기른 주인을 해치는 것이 있다. 오직 한 사람만이 영물 고기를 안 먹거나 영물을 보호하고 존경해 준다. 결국 영물이 복수하기 위해 홍수를 일으켜 동네를 함몰하게 만든다. 다만 영물한테 경외심을 가진 자, 은혜를 베푼 자만 살아남는다. 이 유형의 구성은 단순하게 "선행 – 보담, 악행 – 징치"로 되어 있다. 이 유형의 설화는 '살생(殺生)을 하면 벌을 받는다'는 관념을 뚜렷이 드러낸다고 할 수 있다. 초기에 중국은 '살생을 저지르면 벌을 받는다'는 관념이 없었다. 불교가 중국에 유입된 후 불교의 각 파별 간에 관념의 차이가 존재하긴 했으나 살생을 금지하는 것은 불교의 공통된 기본 계율이었다. 살생은 한때 십악(十惡)에 포함되었으며 인간의 행위를 상당 부분 제약했다. 응보의 선악 기준 방면에서 민간신앙은 전통 응보관, 불교의 인과 응보관과 융합하였고 세간의 함몰 재난과 수재를 모두 살생에 의한 인과응보라는 방향으로 해석하였다. 한편, 복수를 행한 영물 중에서 뱀과 용이 많이 등장한다. 뱀과 용이 영험한 동물로 등장해서 홍수를 일으켜 동네 전체를 함몰시키는데 이는 중국의 수신 신앙, 즉 사(蛇)신앙, 용(龍)신앙과 관계를 맺고 있다. 중국 역사상 뱀과 용은 긴밀한 관계를 맺어온 수신이며 용신앙은 사신앙에서 왔다고 할 수 있다. 따라서 뱀은 용 못지않게 '수신의 위상'을 지니고 있다. 그래서 영물복수형 함몰 설화에서 영험한 동물로 등장한 뱀은 늘 수재를 일으켜 복수를 행하곤 하였다. 즉, 중국 영물복수형 함몰 설화에서 등장한 뱀은 수신의 성격이 강하다. 한국에서 뱀 복수에 관한 설화를 보면 대략 홍수 아닌 '업 신앙'과 직결되는데, 뱀을 해치고 퇴치한 사람은 결국 패가망신을 당한다.

이어서 Ⅲ장 – 4에서 함몰 설화 중 홍수의 범위와 홍수를 일으킨 신격에 대해 살펴보았다. 중국의 함몰 설화는 대부분 한 마을의 패망을 다루고 있는데, 〈장자못 전설〉은 한 집안의 패망을 다루고 있다는 점에서 한국의 함몰 설화의 홍수 범위가 한 집안으로 축소된 특징을 보인다. 그리고 함몰 설화에서 신은 대부분 자기 모습을 감추어 과객이나 노옹, 도승 등의 모습으로 나타나곤 하였다. 그들이 속해 있는 신성 공간에 대한 묘사도 찾을 수가 없다. 즉, 신이 모습을 감추고 인간 세상에 내려와 일방적으로 사람들을 테스트하여 징벌을 가하는 것이다. 결국 함몰 설화의 모든 서사는 인간계에서 전개되어 신이 모습을 드러내긴 하지만 특정한 신은 존재하지 않는다. 중국의 경우에는, 신이 관음보살로 나오고, 지역신인 태산노모로 나오고, 그저 이름 없는 신선으로 나오기도 한다. 한국에서는 〈돌부처 눈 붉어지면 침몰하는 마을〉담에서 과객, 도승, 풍수 등이 모두 신의 대리자였다. 하지만 한국과 중국의 함몰 설화에서는 모두 일정한 신격이 없고, 인간 세상과 대비되는 신성계도 언급되지 않는다.

　마지막으로 한국과 중국 함몰 설화의 갈등양상을 살펴 통합적인 의미를 추출해 보았다. 이 유형의 설화에서 예언과 금기는 모두 신이 인간을 테스트하는 '도구'로 활용되어 신과 대립한 자들은 모두 파멸할 수밖에 없는 운명임을 강조한다. '징조 조작형 함몰 설화'에서 신이 사람을 테스트하기 위해 유용하게 쓰는 도구가 '예언'과 '징조'라면, '금기 위반형 함몰 설화'에서는 '예언'과 '금기'이다. 결국 과객의 예언과 그가 언급한 징조를 믿는 노파가 신의 구원을 받아 유일한 생존자가 된다. 신격을 못 알아보고 신과 대립을 보인 마을 사람은 모두 파멸을 면하지 못하였다. 특히 〈장자못 전설〉에서 신과 화합하는 관계를 보였던 며느리도 신이 제시한 금기를 위반하여 징벌을 받아 돌로 변하고 말았다. 즉, 이 유형의 공통된 의미는 "인간을 향한 신의 끊임없는 시험과 신성을 모독한 자를 향한 징치라고 할 수 있다. 이로써 신은 인간에게 지속적으로 자신의 힘을 과시하는 것이다.

　그 다음으로 Ⅳ장에서 한·중 '인류재창조형 홍수 설화'에 대한 비교를 진행하였다. 한국의 '인류재창조형 홍수 설화'로 남매혼 유형과 나무도령과 홍수 설화 유형이 있다. 그리고 중국의 '인류재창조형 홍수 설화'로는 남매혼, 천녀혼 유형이 있다. 본고에서는 한·중 남매혼과 비혈연혼 홍수 설화 두 가지를 나누어 각각 비교를 진행해 보았다. Ⅳ장-1 한·중 '남매혼 홍수 설화'를 비교하는 데 있어 우선 4가지 화소, 곧 홍수 발생원인, 피난 수단, 남매 결연, 인류재창조를 통해 구체적인 서사맥락을 살펴보았다. 한국과 중국 소수민족 남매혼 홍수 설화는 비슷한 구조를 지니고 있으나 홍수 발생의 원인과 성격, 홍수가 발생한 후에 살아남은 사람에 대한 선택, 인류재창조의 과정 등 여러 방면에서 차이점을 보이기도 한다. 대부분 소수민족 자료에서 홍수는 '신이 악한 인간을 벌하기 위해서 일으킨' 것이며, 살아남은 사람도 엄선의 과정을 거쳐 살아남는 방법을 알게 된다. 또한 그들이 혼인하여 인류를 재창조할 때, 직접 애를 낳았다는 서술 대신에 조롱박을 하나 낳아 그 안에서 세상 만물이 나왔다는 서술이 많은데, 이는 홍수 설화가 토착신앙과 결합한 양상을 보여주는 것이다. 그 밖에 전체 서사에서 신이 차지하는 분량이 많고 이것이 서사의 주축을 이룬다는 점, 신이 인간사를 결정해 주는 존재로 돋보인다는 점이 특징이다.

반면 한국 자료는 '남매혼 홍수 설화'의 중심 모티프가 보존되었으나 전승 과정에서 대중화(大衆化)가 된 상태라고 할 수 있다. 홍수의 발생도 우연한 자연재해로 나타나고, 하늘의 신이 내려와 계시를 주거나 피난 방법을 가르쳐 주는 서술도 없다. 인간인 남매가 신의 구원 없이 높은 산으로 피신하였다가 살아남는다. 그들은 인종이 끊어지는 것을 염려하다가 스스로 남매혼의 방식을 선택하며, 천의시험은 단지 하늘의 뜻을 확인하는 방법의 하나이다. 즉, 신의 역할이 약화되거나 없어지는 양상을 보이며 인간이 설화의 주체가 되는 것이다. 그래서 한국 남매혼 홍수 설화는 인간 스스로가 세계를 개척해 나가는 힘을 보여주며, 인간을 서술의 주체로 등장시킨다. 신의 역할은 단지 뜻을 나타내고 보증해 주는 정도로 축소되는 것이다.

그 다음으로 Ⅳ장-2에서 한·중 '비혈연혼 홍수 설화'에 대한 비교를 진행해 보았다. 〈나무도령과 홍수〉 이야기는 소수민족의 천녀혼 홍수 설화 유형과 어느 정도 차이가 있으나, 앞서 정리한 줄거리를 보면 대체로 '홍수 발생 → 인간인 남자가 살아남음 → 결연 장애 → 난제구혼 → 부부가 인류의 시조가 됨'으로 전개되어 구조적으로 비슷한 면모를 지니고 있다. 여기서 홍수 원인, 피난 수단, 혼사장애, 난제구혼의 4가지 화소를 통해 그 서사 맥락을 비교해 본 결과, 두 설화에는 결연 장애에서 가장 큰 차이가 있었다. 나무도령의 혼사 장애는 그가 구한 동년배 청년에게서 비롯된 것임이 명확히 드러난다. 청년 역시 노파의 친딸과 결연하고 싶어서 여러 가지 꾀를 내어 나무도령을 곤경에 빠뜨린다. 이는 나무도령이 아버지인 목신의 명을 어겨 청년을 구했을 때부터 예언된 운명이기도 하다. 〈나무도령과 홍수〉담 후반부에서 청년과 나무도령의 공방(攻防)이 중심 서사로 부각될 때, 나무도령이 구한 여러 동물들이 그를 도와 승리를 거둔다. 이는 나무도령이 구한 동물들이 조력자로 변해 선과 악의 대립에서 선의 승리를 이끈 것이며, 구원 받은 청년이 배은망덕의 존재로 도드라지는 것은 이 선악의 대립 구조가 효과적으로 작용했기 때문이다. 이를 중국 천녀혼 홍수 설화와 비교해 보면 자료에서 나타나는 결연 장애가 완전히 다른데, 천신은 구혼하러 온 남자가 인간이라는 이유를 들어 그의 구혼을 거부한다. 그리고 인간인 남자를 사위로 받아들이지 않기 위해 여러 차례 난제를 내고, 그의 목숨까지 빼앗으려고도 하였다. 따라서 중국 비혈연혼 홍수 설화에서는 주노(主奴)의 신분격차, 신과 인간의 경계, 성과 속의 경계가 결연 장애의 주요 요인이다.

이처럼 중국 천녀혼 홍수 설화와 한국의 〈나무도령과 홍수〉담은 유사한 구조를 가지고 있으나 서사가 다른 방향으로 전개된다. 천녀혼 홍수 설화는 성·속의 공간을 정리하는 데 목적을 두어 동물 등의 힘으로, 혹은 천녀의 도움으로 성속 공간이 잠시 융합되었다가 다시 단절되어 서로 독립적인 공간이 된다. 이에 비해 〈나무도령과 홍수〉담은 선과 악이 공존하는 인간사회를 그대로 보여준다.

마지막으로 Ⅳ장-3에서 인류재창조형 홍수 설화 중 재창조의 주체와 범위를 살피고, 재창조 과정 중의 갈등양상을 살펴 남매혼 홍수 설화와 비혈연혼 홍수 설화의 통합적인 의미를 고찰하였다. 중국 인류재창조형 홍수 설화는 대부분 신의 주관 하에 사건이 진행되어 신의 역할이 중요하다. 즉, 인간 위에 '신'이라는 다른 존재가 있는 것이다. 그 안에서 인간의 우세보다 신의 우세를 보여준다. 한국 인류재창조형 홍수 설화는 사람이 재창조의 주체가 되고 신의 역할은 거의 없다. 가끔 신이 나와도 인간보다 우세를 드러내지 않는다. 홍수 후 재창조 과정을 거쳐 중국에서는 여러 민족의 시조가 탄생하는 반면, 한국에서는 인류 시조의 탄생도 있지만 대부분 한 지역의 시조의 탄생 혹은 한 성씨의 시조의 근원, 한 집안의 재편 등을 다루고 있다.

그리고 갈등양상을 보면, 중국 인류재창조형 홍수 설화에서는 인간과 신의 갈등이 뚜렷하고, 천상계의 신이 지상계의 인물을 선택하여 그가 인류를 재창조해 나가도록 한다. 천상계와 인간계의 대립을 그리면서 강조하고자 하는 것은 선택받은 인물이 여러 민족의 공통 시조가 되었다는 것이다. 또한 천상계와 인간계를 그림으로써 강한 종교의식을 드러낸다. 한국 인류재창조형 홍수 설화에서는 인간과 신의 대립이 거의 드러나지 않는다. 남매혼 홍수 설화에서 인간은 스스로의 삶을 개척해 나가는 역량을 보인다. 비혈연혼인 〈나무도령과 홍수〉담은 선·악의 대립을 주된 단서로 전개된다. 이에 따라 이 유형의 홍수 설화는 교훈적 의미가 강하다. 즉, 한국 인류재창조형 홍수 설화에서는 주로 인간계를 다루는데 인간계와 대립되는 세계를 그리지 않음으로써 전체 서사가 인간계 안에서 진행되는 것이다.

마지막 Ⅴ장에서 한·중 홍수 설화 전승 의식과 문화배경을 고찰하였다. 전체적으로 볼 때 한국 '징조 조작형 함몰 설화'인 〈돌부처 눈 붉어지면 침몰하는 마을〉담과 '금기 위반형 함몰 설화'인 〈장자못 전설〉은 홍수 발생 원인이 서사의 핵심이고, 홍수 이후 인류가 어떻게 재건되는지에 대한 설명이 없다. 이와 반대로 남매혼 홍수 설화와 〈나무도령과 홍수〉담은 홍수의 원인에 대한 설명이 없고 인류가 멸망할 위기에 닥쳐서 다시 재건하기 위한 일련의 서사가 중심이 된다. 따라서 한국의 함몰 설화는 주로 홍수 원인을 규명하기 위한 것이고, 인류재창조형 홍수 설화는 홍수 원인에 관심이 없고 서사의 중심이 인류의 재건에 맞춰져 있다. 즉, 한국 홍수 설화에서 홍수의 원인과 결과는 분리되어 있다.

중국의 홍수 설화도 크게 함몰 설화와 인류재창조형 홍수 설화로 나눌 수 있다. 중국의 인류재창조형 홍수 설화는 대부분 홍수의 발생 원인부터 인류재창조까지 유기적으로 서사가 진행된다. 홍수 원인과 결과를 모두 가지고 있다는 점에서 한국의 인류재창조형 홍수 설화와 구조적으로 차이가 있다. 한족문화권에서 전승되는 함몰 설화는 모두 국지적인 함몰을 다루는 유형이라 한국의 함몰 설화와 비슷한 양상을 많이 띤다. 하지만 이와 같은 함몰 설화는 전승 과정에서 홍수의 범위가 범세계적인 홍수로 확대되면서 남매혼과 결합하여 인류재창조형 홍수 설화로 확대된다. 따라서 인류재창조를 다루려면 논리적으로 범세계적인 홍수가 발생해야 된다. 국지적인 함몰 설화에서는 인류재창조가 부각되지 않는다. 그래서 한국과 중국 홍수 설화를 보면 국지적이냐 범세계적이냐의 공간 차이 때문에 전승 양태도 달라진다. 한국은 대부분 국지적인 홍수가 나와 홍수의 원인과 결과가 분리된 양상이 보인다.

V장-1에서는 국지적인 함몰과 범세계적인 홍수에 초점을 맞추어 논의하였다. 한국과 한족문화권에서 국지적 함몰을 다룬 함몰 설화는 공간적 배경을 모두 마을로 하고 있다. 한국과 중국에서 마을은 옛날부터 사람

들이 모여 사는 사회생활의 기본적인 단위로서, 고대부터 사람들이 서로 돕고 살아가는 삶의 터전이자 공동체이다. 마을의 흥망에 대한 관심은 모든 마을 구성원한테 공통된 것이다. 중국의 함몰 설화는 전승과정에서 홍수의 범위가 범세계적인 홍수로 확장되고, 이후 남매혼과 결합하여 인류재창조형 홍수 설화로 확대된다. 하지만 한국에서는 함몰 설화의 공간적 배경이 국지적인 마을 단위를 넘어서지 않고, 오히려 홍수 발생 공간이 가족 단위로 축소된 〈장자못 전설〉이 더욱 강한 전승력을 보였다. 이는 한국 사회의 강한 가족문화 혹은 가족주의에서 그 연유를 찾아볼 수 있는 것이다. 가족주의는 한국인의 의식형성과 문화적 정체성에 중요한 영향을 미쳐왔고, 조선시대에 완성된 유교적 가족주의는 사회상황에 따라 변화하였지만 한국 사회 전반에 걸쳐 지속되고 있다. 오늘날에도 한국인들에게 가족은 여전히 가장 중요한 집단으로 간주된다.

　한편 중국 소수민족 홍수 설화자료에서 홍수는 대부분 범세계적인 홍수로 나와 한 민족의 기원 혹은 여러 민족의 "동원동조(同源同祖)"를 다룬다. 이는 중국의 문화적 배경과 긴밀한 관계가 있다. 중국에는 한족을 비롯한 56개의 민족이 있는데, 그 중에 55개가 소수민족이다. 이 많은 소수민족들은 주로 변방지역에 흩어져 민족별로 군거(群居)하거나 여러 민족들이 잡거(雜居)한다. 그리하여 각 민족의 정체성이나 여러 민족의 친연성에 대한 관심이 많을 수밖에 없다. 게다가 홍수 설화의 전승 방식을 보면 대부분 창세시의 일부로 전승되어 왔다. 즉, 홍수 설화는 창세 신화의 일환으로써 홍수가 인류를 멸망시킨 후 다시 인류를 재창조시키는 과정과 민족의 기원 등을 설명하는데 활용되는 것이다. 또한 그들은 '동원동조'를 통해 서로 하나의 선조를 가진 형제간이라는 끈끈한 정을 만들어내고 이로써 상상속의 진실한 혈연관계를 강조하게 된다. 민족의 경계는, 다시 말해 그들의 동족(同族) 인정 범위는 바로 동일한 '혈연관계'이다.

홍수 설화를 포함한 민간문학은 일종의 민족의 지식이자 기억이다. 그것은 민족이 지닌 자신의 역사 형태에 대한 설명이자 사회생활의 백과사전이다. 이런 지식과 기억은 은연중에 민족의 정체성을 강화시킨다.

중국 소수민족의 홍수 설화는 창세 신화로서 한 민족 혹은 몇몇 민족의 유래와 민족의 운명을 설명하며 선조들이 어떻게 분투해 왔고 어떻게 개척해 왔는지의 과정을 서술한다. 그러므로 이는 민족의 근원을 이야기하는 것이라고 할 수 있다. 그리고 이런 측면에서 중국의 인류재창조 및 홍수재난 설화는 민족문화와 민족정신의 수립에 특수한 의의를 가진다. 그것이 바로 권위를 통해 민족의 심리를 통섭하고 강화하며 하나의 통일된 민족통합 의식을 형성한다는 것이다. 특히 소수민족의 많은 홍수 설화는 창세시의 한 부분으로써 전해지며 종교경전에 많이 보존되었다. 신성한 종교 의식에서 특정 전승자가 반복적으로 서술하며 끊임없이 민족의 종교 및 도덕의식을 강화하고 해석하며, 그것이 한 민족의 문화적 관념의 출처가 되도록 만들고 민족 공동의 집단의식이 되어 민족문화의 발전방향에 영향과 제약을 주고 있다.

소수민족 홍수 설화에서는 대부분 홍수를 어떤 신이 일으키고 그가 인류재창조까지 관여하여, 원인과 결과의 주재자로서의 신격이 명확하다. 그리고 중국 소수민족의 신화는 민간신앙에서 비롯된 것이며, 또 민속사상(民俗事象)을 통해 민간신앙을 표현하고 강화시킨다. 중국 소수민족의 홍수 설화는 여태껏 살아있는 신화로 볼 수 있는데 Ⅴ장-2에서는 이 특징에 주목하여 이어서 홍수 설화와 결부된 소수민족의 민간신앙을 고찰하였다. 소수민족에게 전해지는 홍수 설화는 다양하지만, 그들 대부분에게는 홍수를 주관하는 뇌신(雷神)에 제사를 지내는 풍속이 있다. 그리고 인류가 홍수를 피한 도구 혹은 생명 탄생체를 숭배대상으로 삼아 모셨다. 이러한 여러 민속 활동 중에서 비교적 대표성을 지닌 것이 바로 이족(彝

族)의 조롱박 숭배와 대나무 숭배이다. 이밖에도 소수민족 홍수 설화에서 북(鼓)으로 홍수를 피하는 상황을 쉽게 볼 수 있다. 각 민족의 실제 생활 속에서 북은 확실히 각별한 존숭(尊崇)을 받았다. 종종 조상숭배와 서로 연관되었고 심지어 조상의 우상과 하나가 되었다. 특히 묘족(苗族)의 조상숭배 행사는 북과의 관계가 가장 밀접하다. 심지어 직접적으로 북을 조상의 영혼이 머무는 거주지 혹은 조상의 상징으로 삼기도 한다.

소수민족의 홍수 설화와 달리 한국과 중국 한족문화권에서 홍수 설화는 신화적인 위치를 고수하지 못하였다. 한국에서는 앞에서 보았듯이 인류재창조형 홍수 설화에 신이 아예 등장하지 않고, 함몰 설화에서는 신이 도승이나 중으로 와서 홍수를 일으켜 신의 징치 역할이 남아 있지만 그 범위가 한 마을, 한 집안으로 줄어들어 신격이 약화된다. 중국 한족문화권 같은 경우에도 한국과 비슷하게 신의 역할이 많이 약화되거나 모호해지는 경향을 보인다. 특히 복합형 함몰 설화, 즉 남매혼과 결합한 함몰 설화에서 신이 노해서 홍수를 일으키는 원인이 모호하다. 따라서 한국과 한족의 홍수 설화에서 신은 세계적인 운명을 좌우하지 않고 신격이 많이 약화되어 모호해진다. 따라서 소수민족 홍수 설화는 여전히 살아있는 신화로서의 위상을 갖고 있으며 이것은 그와 직결된 의례를 통해서 뒷받침되었다. 소수민족은 신화가 종교와 역사와 분리되지 않은 채 자신들의 근원과 세계의 질서와 같은 보편성 위에 존재하고 있기 때문이다. 따라서 소수민족의 홍수 설화는 단지 하나의 서사가 아니라 과거에 있었다고 믿는 '진실된 역사'로서 역할을 해왔다. 이와 달리 한국과 중국 한족문화권에서는 신화는 '진실된 역사'로서의 위상을 일찍부터 상실하고 유교적 사관에 자리를 내어주었다. 일치일난(一治一亂)은 역사 전개의 반복되는 본원적 양상으로 생각되었고 이런 맥락에서 홍수는 난세의 한 양상으로 내려앉았다.

　이처럼 한국에서는 홍수 설화가 민족의 내력, 민족의 운명과 결부되지 않고 문자 상의 기록 없이 대부분 전설, 민담의 형식으로 구비전승 되어 신화적인 보편성을 잃었다. 그러나 바로 이러한 점이 한국 홍수 설화의 이례적인 특징이라고 할 수 있다. 한국 홍수 설화를 통해 우리는 신화가 전설로, 민담으로 이행하는 궤적을 파악할 수 있다. 구비전승으로만 전해져 내려온 홍수 설화에는 각 시대를 거치면서 변모한 민중들의 세계인식 과정이 중층적으로 투영되어 있다고 볼 수 있다. 우리는 한국 홍수 설화를 통해서 인본주의(人本主義)를 추출할 수도 있고, 뚜렷한 삶의 지향, 권선징악의 가치관도 엿볼 수 있다. 이는 홍수 설화가 신화적 지위를 사수한 중국 소수민족에서는 찾아볼 수 없는 특징이다.

　본고는 한·중 홍수 설화의 비교를 연구 주제로 삼아, 홍수로 인한 파멸에 중심을 둔 서사와 파멸 후 재창조에 중심을 둔 일련의 설화를 연구대상으로 하였다. 연구를 통해 한국과 중국 홍수 설화의 공통점과 변별점, 각 유형의 의미도 파악하고자 하였다. 기존 한·중 홍수 설화의 비교는 개별적인 주제에만 집중되어 전반적인 연구가 많이 이루어지지 못하였다. 이에 본고에서는 자료의 폭을 넓혀 한·중 홍수 설화 자료를 통합적으로 분류한 다음 화소별로 비교하고, 이를 통해 유형별 홍수 설화의 의미를 파악하였다. 나아가 이와 같은 의미를 결정해 주는 문화배경, 전승 의식을 살피면서 논의를 심화시켰다. 본 연구의 의의는 세 가지 면에서 찾아볼 수 있다. 첫 번째는 유형 분류와 방대한 자료이다. 유형 분류를 통해 우리는 한국과 중국의 홍수 설화를 더 일목요연하게 파악할 수 있었다. 한·중 홍수 설화를 크게 두 가지 유형으로 나누어 유형별로 자료를 수집하고 기초 자료를 정리하여 후속 연구자들에게 자료로 활용될 수 있도록 하였다. 두 번째는 자료에 대한 정밀한 분석이다. 본고에서는 화소별로 한·중 홍수 설화를 살펴보고 텍스트에 입각하여 정밀한 분석을 하였다. 이를 통해서 비슷한 화소를 지닌 홍수 설화의 변이과정을 살펴볼 수 있었고, 여타 여러 의미와 층위를 검토할 수 있었다. 세 번째는 문화와 결부해서 설화를 바라보는 것이다. 설화는 전승하는 집단의 문화와 가치관을 반영한다. 각 나라의 설화에는 그 나라의 특성이 고스란히 담겨 있다. 따라서 설화에 대한 연구는 곧바로 각 나라의 문화적 특성을 이해하는 단초가 된다. 홍수 설화는 한국과 중국에서 공통적으로 존재하는 유형으로 이에 대한 연구를 통해 한국과 중국이 공유하는 문화적 보편성과 함께 특수성을 찾아낼 수 있다. 본고에서 진행한 설화 연구 역시 한·중 양국의 문화 배경을 고려하고, 동시에 오늘날 양국 문화 현상을 설명하고자 하였다는 점에서 의미가 있다. 한·중 홍수 설화의 비교연구는 이제 시작되었을 뿐이다. 앞으로 자료의 폭을 더욱 확장시키고 정리하여 다양한 유형에 대한 정밀한 분석 작업들이 지속적으로 진행되어야 할 것이다.

참고문헌

1. 자료

김열규, 『한국의 신화』, 일조각, 1981.

손진태, 『孫晉泰先生全集2·한국민족설화의 연구』, 태학사, 1981.

신동흔, 『세계민담전집』1(한국편), 황금가지, 2003.

임동권, 『한국의 민담』, 서문당, 1972.

임석재, 『한국구전설화』, 평민사, 1987~1993.

한국정신문화연구원, 『한국구비문학대계』(전85책), 1980~1992.

한상수, 『한국인의 신화』, 문음사, 1980.

『楚辞补注』, 洪兴祖, 中华书局, 1983.

陈奇猷校释, 『吕氏春秋校释』2, 学林出版社, 1984.

『淮南子·俶真训』高诱 注, 上海古籍出版社, 1989.

干宝, 『搜神记』, 世界书局(台北), 1975.

乐史, 『太平寰宇记』, 四库本, 台湾商务印书馆, 1986, 第469册.

_____, 『太平寰宇记』, 四库本, 台湾商务印书馆, 1986, 第470册.

郦道元, 王国维注校, 袁英光整理标点, 『水经注校』, 上海人民出版社, 1984.

唐·赵璘撰, 『因话录』, 上海古籍出版社, 1979.

北宋·李石撰, 李之亮点校, 『续博物志』, 巴蜀书社, 1991.

南朝·宋 范晔, 唐·李贤注 『后汉书』10, 中华书局, 1965.

谢启昆监修, 『广西通志』13, 海文出版社(台北), 1966.

陈奇猷校释, 『吕氏春秋校释』, 学林出版社, 1995.

鲁迅, 『古小说钩沉』(上), 鲁迅全集出版社, 1947.

中华民族故事大系编委会, 『中华民族故事大系』, 上海文艺出版社, 1995.

张振犁, 『中原神话专题资料』, 中国民间文艺家协会河南分会, 1987.

祁连休·肖莉, 『中国传说故事大辞典』, 中国文联出版社, 1991

陈志良, 「沉城的故事」, 『风土什志』2, 成都风土什志社, 1940.

江苏省民间文学工作者协会编, 『江苏民间文学』, 中国民间文艺出版社, 1981.

江苏省宜兴县文化局编, 『陶都宜兴的传说』, 中国民间文艺出版社, 1984.

山东省梁山县三套集成办公室编印, 『中国民间文学集成·梁山民间故事集成』4, 山东省梁山县三套集成办公室, 1991.

田家村主编, 『中国民间文学集成·长兴故事卷』, 江苏省湖州市长兴县民间文学集成编纂委员会, 1997.

李德君·陶学良,『彝族民间故事』, 云南人民出版社, 1988.

中国民间文学集成吉林卷编辑委员会,『中国民间故事集成·吉林卷』, 中国文联
    出版社, 1992.

叶镜铭,『民俗』107, 中山大学语言历史学研究所民俗学会, 1930.

云南省民族民间文学楚雄调查队,『梅葛』, 云南人民出版社, 2009.

红河调查队搜集翻译整理,『阿细的先基』, 云南人民出版社, 1959.

郭思九·陶学良,『查姆』, 云南人民出版社, 2009.

冯元蔚,『勒俄特衣』, 四川民族出版社, 1986.

2. 참고논저
1) 단행본

권태효,『중국 운남 소수민족의 제의와 신화』, 민속원, 2004.

김달진 역,『法句經』, 현암사, 1997.

김선자,『변신이야기, 필멸의 인간은 불멸의 꿈을 꾼다』, 살림출판사, 2003.

박정세,『성서와 한국 민담의 비교』, 연세대학교출판부, 1996.

서영대·송화섭,『용, 그 신화와 문화』, 민속원, 2002.

서유원,『중국창세신화』, 아세아문화사, 1998.

안병국,『설화문학론』, 학고방, 2012.

오항녕,『조선초기 성리학과 역사학－기억의 복원, 좌표의 성찰』, 고려대학교 민
    족문화연구원, 2007.

이동철,『한국 용설화의 역사적 전개』, 민속원, 2005.

이민숙 외 역,『풍속통의』하, 소명출판, 2015.

이신성·고희가,『한·중 민간설화 비교 연구』, 보고사, 2006.

이진표,『한국사상사』, 학문사, 2002.

이인택,『중국 신화의 세계』, 풀빛, 2000.

박종성,『구비문학, 분석과 해석의 실제』, 월인도서출판, 2002.

장주근,『풀어쓴 한국의 신화』, 집문당, 1998.

전경욱,『(한·중·일)연의 역사와 민속』, 태학사, 1996.

전인초 외,『중국신화의 이해』, 아카넷, 2002.

정재남,『중국 소수민족 연구』, 한국학술정보, 2007.

최래옥,『한국 구비전설의 연구』, 일조각, 1981.

＿＿＿,『한국구비전설의 연구』, 일조각, 1981.

최인학, 『한·중·일 설화 비교연구』, 한국민속원, 1999.

홍희 외, 『현대중국의 전통문화와 문화접변』, 심포지움, 2006.

金荣华, 『中国民间故事类型索引(一)』, 中国口传文学学会, 2000.

王孝廉, 『中国的神话世界』, 台北联经出版公社, 1987.

石峻 等, 『中国佛教思想资料选编』1, 中华书局, 1981.

陶阳·钟秀, 『中国创世神话』, 上海人民出版社, 1989.

马昌仪·刘锡诚, 『石与石神』, 学苑出版社, 1994.

蔡志忠, 『法句经·慈仁品』, 三联书店, 1998.

左汉中, 『中国吉祥图像大观』, 湖南美术出版社, 2001.

程 憬, 『中国古代神话研究』, 北京大学出版社, 2011.

马昌仪, 『中国神话学文论选萃』, 中国广播电视出版社, 1994.

钟敬文, 『钟敬文民间文学论集』(下), 上海文艺出版社, 1986.

李道和, 『岁时民俗与古小说研究』, 天津古籍出版社, 2004.

杨利慧, 『女娲溯源-女娲信仰起源地的再推测』, 北京师范大学出版社, 1999.

李子贤, 『探寻一个尚未崩溃的神话王国』, 云南人民出版社, 1991.

陈建宪, 『神祇与英雄-中国古代神话的母题』, 三联书店, 1994.

_____, 『人神共舞』, 湖北人民出版社, 1994.

何星亮, 『中国自然神与自然崇拜』, 上海三联书店, 1992.

邓启耀, 『鼓灵』, 江西教育出版社, 1999.

中国各民族神话宗教大词典编审委员会, 『中国各民族神话宗教大词典』, 北京学
  苑出版社, 1993.

2) 학위논문

高福升, 「韓·中 龍傳乘의 政治·宗教的 比較硏究」, 경희대학교 국어국문학과, 박
  사학위논문, 2014.

박계옥, 「한국 홍수설화의 신화적 성격과 홍수 모티프의 서사적 계승 연구」, 조선
  대학교 박사학위논문, 2005.

박정임, 「아이누민담 연구」, 강원대학교 석사학위논문, 2009.

서해숙, 「한국의 성씨시조신화 연구」, 전남대학교 박사학위논문, 2002.

손근조, 「뱀 변신설화 연구」, 인제대학교 석사학위논문, 2003.

송미영, 「〈장자못 전설〉 연구」, 한국교원대학교 석사학위논문, 2001.

이향애, 「한국 홍수설화 연구」, 서강대학교 대학원 석사학위논문, 2008.

장장식, 「설화의 금기연구」, 경희대학교 석사학위논문, 1984.

천혜숙,「전설의 신화적 성격에 관한 연구」, 계명대학교 박사학위논문, 1987.

최래옥,「설화와 그 소설화 과정에 대한 구체적 분석-특히 장자못 전설과 옹고집
　　전의 경우」, 서울대학교 석사학위논문, 1968.

曹柯平,「中国洪水后人类再生神话类型学研究」, 扬州大学 博士学位论文, 2003.

陈建宪,「论中国洪水圈-关于568篇异文的结构分析」, 华中师范大学 博士学位论
　　文, 2005.

宿　晶,「中西洪水神话的文化差异」, 山东大学 硕士学位论文, 2008.

颉加丽,「中外洪水神话比较研究」, 山西大学 硕士学位论文, 2016.

张　卓,「南方雷神形象与雷神故事之变迁」, 云南大学 硕士学位论文, 2014.

张可佳,「族群认同的结构, 特点与认同运作机制─基于凉山彝族原生性宗教的研
　　究」, 中央民族大学 博士学位论文, 2005.

郭　锐,「佤族木鼓文化研究综述」, 中央民族大学 博士学位论文, 2006.

郭　丽,「彝语之民族"洪水神话"解读」, 四川大学 硕士学位论文, 2007.

朱文广,「夷坚志报应故事所见南宋民众观念与基层社会」, 陕西师范大学 硕士学
　　位论文, 2006.

3) 학술지논문

권태효,「돌부처 눈 붉어지면 침몰하는 마을담의 홍수설화적 성격과 위상」,『구비
　　문학연구』6, 한국구비문학회, 1998.

김동춘,「유교와 한국의 가족주의-가족주의는 유교적 가치의 산물인가?」,『경제
　　와 사회』55, 한국산업사회학회, 2002.

김선자,「금기와 위반의 심리적 의미에 대한 고찰」,『중국어문학논집』11, 중국어
　　문학연구회, 1992.

김재용,「동북아 창조신화와 양성원리」,『구비문학연구』12, 한국구비문학회,
　　2001.

＿＿＿,「동북아시아 지역 홍수신화와 그 변이에 대한 연구」,『한국고전연구』4,
　　한국고전연구학회, 1998.

김헌선,「한국 홍수설화의 위상과 비교설화학적 의미」,『민속학연구』31, 국립민
　　속박물관, 2012.

김혜정,「장자못 전설'의 전파력 연구」,『구비문학연구』28, 한국구비문학회, 2009.

나경수,「남매혼설화의 신화론적 검토」,『한국언어문학』, 한국언어문학회, 1988.

박정세,「한국 홍수설화의 유형과 특성」,『신학논단』, 연세대학교 신과대학, 1995.

박종성,「남매혼 전승의 서사적 변주와 전략」,『비교한국학』24, 국제비교한국학

회, 2016.

신동흔, 「설화의 금기 화소에 담긴 세계인식의 층위–장자못 전설을 중심으로」, 『비교민속학』 33, 비교민속학회, 2007.

신연우, 「장자못 전설의 신화적 연구」, 『열상고전연구』 13, 열상고전연구회, 2000.

심치열, 「홍수 이야기에 나타난 신화적 의미지향 연구–한국과 인도를 중심으로」, 『남아시아 연구』 6, 한국외국어대학교 남아시아연구소, 2001.

오정미, 「장자못 설화 연구–여성의 '돌아봄'의 의미를 중심으로」, 『국어문학』 60, 국어문학회, 2015.

이주노, 「중국 함몰형(陷沒型) 홍수전설 시탐(試探)」, 『중국문학』 64, 한국중국어문학회, 2010.

_____, 「한국과 중국의 함호형 전설 비교연구」, 『중국문학』 77, 한국중국어문학회, 2013.

이주영, 「한국 홍수설화에 나타난 신과 인간의 대립담론」, 『한국민속학』 53, 한국민속학회, 2011.

임추행, 「한·대 홍수남매혼신화의 서사구조 고찰」, 『비교문학』 55, 한국비교문학회, 2011.

장경섭·신용하, 『21세기 한국의 가족과 공동체 문화』, 지식산업사, 1996.

정진선, 「중국 소수민족의 신화와 상상의 중국 만들기」, 『중국소설논총』 23, 한국중국소설학회, 2006.

조현설, 「한국 창세신화에 나타난 인간의 문제」, 『인문과학논집』 11, 강남대학교 인문과학연구소, 2002.

_____, 「동아시아 홍수신화 비교연구–신·자연·인간의 관계에 대한 인식을 중심으로」, 『구비문학연구』 16, 한국구비문학회, 2003.

조혜정, 「한국의 사회변동과 가족주의」, 『한국문화인류학』 17, 한국문화인류학회, 1985.

천혜숙, 「남매혼신화와 반신화」, 『한국어문연구』 4, 계명어문학회, 1988.

_____, 「홍수설화의 신화학적 조명」, 『민속학연구』 1, 안동대학 민속학과, 1989.

최래옥, 「한국 홍수설화의 변이양상」, 『한국민속학』 12, 민속학회, 1980.

최재선, 「구비설화의 금기모티프에 나타난 민중의식: 장자못, 우렁미인, 효자 호랑이 전설을 중심으로」, 『모악어문학』, 전주대학교 국어국문학회, 1987.

李世康, 「道教仙葫与彝族葫芦崇拜」, 『华夏文化』 4, 云南省楚雄彝族文化研究所, 1995.

刘锡诚, 「陆沉传说再探」, 『民间文学论坛』 1, 中国民间文艺研究会, 1997.

陈炳良,「广西瑶族洪水故事研究」,『神话, 礼仪, 文学』, 台北联经出版公社, 1986.

芮逸夫,「苗族的洪水故事与伏羲女娲的传说」,『人类学集刊』1, 国立中央研究院 历史语言研究所, 1938.

吕　微,「中国洪水神话结构分析」,『民间文艺论坛』, 中国民间文艺研究会, 1986.

向柏松,「洪水神话的原型与建构」,『中南民族大学学报』, 中南民族大学, 2005.

李子贤,「丽江纳西族洪水神话的特点及其所反映的婚姻形态」,『思想战线』, 云南 大学, 1983.

＿＿＿,「东亚视野下的兄妹婚神话与始祖信仰」,『民间文艺论坛』, 中国民间文艺 研究会, 2012.

伊藤清司,「人类的二次起源-中国西南少数民族的创世神话」,『民族文学研究』, 中 国社会科学院民族文化研究所, 1990.

傅光宇,「"陷湖"传说之类型及其演化」,『民族文学研究』, 中国社会科学院民族文 化研究所, 1995.

万建中,「地陷型传说中禁忌母题的历史流程及其道德话语」,『广西民族学院学报』, 广西民族大学, 2001.

刘劲予,「论洪水神话与文化分型」,『中山大学学报』3, 中山大学, 1997.

蔡茂松,「论洪水神话内涵差异性的成因」,『民间文学论坛』, 中国社会科学院民族 文化研究所, 1983.

陈建宪,「中国洪水神话的类型与分布」,『民间文学论坛』3, 中国社会科学院民族 文化研究所, 1996.

鹿忆鹿,「百年来洪水神话研究回顾」,『民间文学青年论坛』, 中国民俗学会, 2003.

刘旭平,「望夫何以成石」,『民间文化』, 中国民间文艺家协会, 1999.

秦　序,「谈西南洪水神话中的木鼓」,『山茶』, 山茶杂志社, 1986.

付爱民,「佤族木鼓文化解析研究」,『民族艺术』1, 中国民俗学会, 2006.

罗　曲,「彝族的竹崇拜文化」,『西南民族学院学报·哲学社会科学版』, 西南民族 大学, 1999.

찾아보기

정소화(程小花)

중국 魯東대학교에서 학사 학위를 받고
고려대학교 국어국문학과에서 고전문학을 전공하여 석사와 박사 학위를 취득하였다.
현재 중국 산동대학교에서 포닥 연구원으로 재직 중이다.
연구 분야는 한·중 고전문학 비교, 한·중 문화 커뮤니케이션 등이다.
대표적인 연구 성과로 「〈申屠澄〉研究」(『중국인문과학』 제57호), 「인류재창조형 홍수신화
비교연구: 이족 4대 창세시 홍수자료와 한국 홍수 자료의 비교를 중심으로」(『중국인문과학』
제58호) 등이 있다.

한국서사문학연구총서 31

한·중 민간서사의 전개 구조와 전승 의식

2021년 2월 26일 초판 1쇄 펴냄

지은이 정소화
펴낸이 김흥국
펴낸곳 도서출판 보고사

책임편집 이소희
표지디자인 손정자

등록 1990년 12월 13일 제6-0429호
주소 경기도 파주시 회동길 337-15 보고사
전화 031-955-9797(대표), 02-922-5120~1(편집), 02-922-2246(영업)
전송 02-922-6990
메일 kanapub3@naver.com / bogosabooks@naver.com
http://www.bogosabooks.co.kr

ISBN 979-11-6587-149-9   93810
ⓒ 정소화, 2021

정가 23,000원